Les Misérables 2

The Classic Books

레 미제라블 2

빅토르 위고

북로드

차례

28. 파리의 도가니 속으로 들어가다

1831년, 프랑스는 표면상으로는 평화로워 보였지만 실제로는 혁명의 뚜렷한 조짐이 꿈틀거리고 있었다. 1789년과 1792년 혁명의 숨결이 되살아나고 있었던 것이다.

당시 프랑스에는 파리를 중심으로 결사단체들이 대거 생겨나고 있었다. 이들 가운데 'ABC동지들'이라는 곳이 있었는데, 이 단체의 주된 모토는 어린이 교육을 육성하고 인간의 지위를 향상하는 것이었다. 프랑스어로 ABC, 즉 '아베세'는 '지위가 낮은 자', 즉 '민중'이라는 뜻의 '아베세(Abaissé)'와 발음이 같아서 붙여진 것으로 'ABC동지들'은 곧 '민중의 동지들'을 뜻하는 이름이었다.

비밀조직인 'ABC동지들'은 역사, 규모, 조직력 등 모든 면에서 아직은 초기 단계에 머물러 있었다.

파리에서 그들이 자주 모이는 장소 두 곳이 있었는데, 하나는 중앙 시장 부근의 '코랭트'라는 선술집이었고, 다른 하나는 생 미셸 광장에 있는 뮈쟁이라는 이름의 작은 카페였다. 이 두 곳의 뒷방은 자연스레 그들의 아지트가 되었다.

그들은 만나면 술 마시고 노래하며 왁자지껄 어울렸다. 또한 수많은 쟁점을 놓고 격론을 벌였고, 그런가 하면 조심스럽게 밀담을 나누기도 했다.

그들의 밀실 벽에는 현재의 왕정에 저항하는 하나의 상징물이 걸려 있었는데, 그것은 바로 왕정복고 이전 공화국 시대의 프랑스 지도였다.

'ABC동지들'은 대개 학생들이었고, 이들은 노동자들과 자주 어울렸다. 조직의 주축을 이루는 인물은 앙졸라, 레글, 쿠르페락 등 젊은이들로, 굳건한 우정과 동지애로 결속된 그들은 형제처럼 지냈다.

앙졸라는 부잣집 외아들이었다. 그는 매력적인 젊은이이면서도 때에 따라서는 무섭게 변할 수도 있는 인물이었다. 말하자면 성직자처럼 경건한 사람이 될 수도 있고, 목숨 걸고 싸우는 용감한 전사가 될 수도 있는 그런 인물이었다. 그는 자신의 이상과 믿음에 따라 생각하고 행동하는 실천가였다. 그리고 자신의 신념을 방해하는 것은 무엇이든 공격하고 무너뜨리는 저항적 인물이기도 했다.

레글은 겉으로는 활발하지만 알고 보면 매우 불행한 청년이었다. 동지들 사이에서 보쉬에라고도 불리는 그는 어떤 것에도 성공하지 못하는 것이 특기라면 특기였다. 실패에 이골이 난 그는 모든 것을 그냥 웃어넘기는, 일면 초연하고 일면 냉소적인 성격의 소유자였다. 스물다섯 살이라는 새파란 나이에 그는 벌써 대머리가 되어 있었다. 그리고 부친이 남겨준 유산을 거의 날려버린 상태였다. 어설프게 투기에 손댔다가 집과 농토를 죄 날려버린 것이다. 이제 그에게 남아 있는 것이라고는 빛나는 대머리와 자조 섞인 웃음 이외에는 아무것도 없었다.

쿠르페락은 정열적이면서도 매우 이성적인 청년이었다. 그는 동료들이 중심을 잃지 않도록 조율하는 역할을 했다. 그런 만큼 그는 모든 면에서 조직의 중심이었다. 그의 아버지 이름은 드 쿠르페락인데, 그는 이 호칭을 귀족정치의 유물로 여겼기에 자신의 이름을 그냥 쿠르페락이라고 했다.

'ABC동지들'은 모두 한 배를 탔고 같은 종교를 믿었다. 그것은 다름 아닌 '진보'라는 이름의 종교였다. 그들은 자신들을 프랑스혁명이 낳은 아들이라 자처했다. 그리하여 그들은 웃고, 떠들고, 실없는 농담을 하다가도 프랑스혁명 초기인 1789년이라는 시기를 말할 때면 이내 진지하고도 숙연하게 돌변하는 것이었다.

그리고 마리우스는 이들과 운명적으로 만났다.

*

이야기는 다시 거슬러 올라가 마리우스가 외조부의 집을 나왔을 때였다.

그날 오후 레글은 몹시 기분 좋은 얼굴로 뮈쟁 카페 입구에 기대서 있었다. 그는 할 일 없이 빈둥거리는 사람처럼 주위를 기웃거리다 이륜마차 한 대가 광장으로 들어오는 것을 보았다. 마차는 그다지 급할 게 없어 보였는데, 어쩐지 방황하고 있는 것처럼 보였다. 저 마차는 어디로 가는 길일까? 왜 저렇게 천천히 가고 있지? 레글은 마차가 움직이는 방향을 유심히 지켜보았다. 안에는 마부와 한 청년이 나란히 타고 있었는데, 청년 앞에는 상당히 큰 여행 가방이 놓여 있었다. 가방 거죽에는 지나가는 사람들도 볼 수 있을 만큼 크고 까만 글씨로 '마리우스 퐁메르시'라는 이름표가 붙어 있었다.

그 이름을 보자 레글의 눈이 번쩍 뜨였다. 그는 자세를 바로잡고 마차 안의 청년에게 큰 소리로 외쳤다.

"마리우스 퐁메르시 씨!"

그 소리에 갑자기 마차가 멈춰 섰다. 안에 있던 청년은 깊은 생각에 잠겨 있었던 듯 문득 고개를 들었다. "네?"라고 청년이 레글을 쳐다보았다.

"마리우스 퐁메르시 씨인가요?"

"그렇소."

"마침 당신을 찾고 있던 참이었소."

레글의 말에 마리우스는 의아한 표정을 지었다.

"무슨 일이죠?"

마리우스가 반문하는 것도 무리는 아니었다. 그는 지금 막 조부의 집을 뛰쳐나온 길이었고, 눈앞에 있는 사람은 난생처음 보는 얼굴이었다.

"난 당신이 누구인지 모르겠소."

"나도 당신을 알지 못하오."

레글은 태연하게 대답하며 그를 쳐다보았다.

마리우스는 별 실없는 위인이 길 한복판에서 사람을 갖고 노는구나 생각했다. 장난할 기분이 아니었던 그는 노골적으로 눈살을 찌푸렸다. 그러나 레글은 전혀 개의치 않고 말을 이었다.

"엊그제 학교에 안 나왔지요?"

"내가 그랬던가요?"

"분명히 당신은 결석했소."

"당신도 나와 같은 학교 학생이오?"

마리우스의 물음에 레글의 대답이 이어졌다.

"그래요. 당신과 크게 다를 건 없지만. 그날은 어쩌다 우연히 학교에 가봤지요. 가끔 안 하던 짓을 할 때가 있잖소? 아무튼 강의실에 들어갔더니 마침 교수가 출석을 부르고 있더군요. 그는 매번 출석을 부를 때면 진짜 바보 같은 짓을 하곤 하죠. 이름을 세 번 불러도 대답이 없으면 그 이름을 아예 지워버리는 겁니다. 그럼 순식간에 수업료 60프랑이 날아가 버리는 셈이잖소?"

마리우스는 귀를 기울여 듣기 시작했고, 레글은 계속 말했다.

"그 교수 이름이 블롱도요. 알아요? 심술궂은 매부리코 블롱도 말이오. 그 인간 말이에요, 결석한 사람을 적발해내면 아주 좋아 죽는데, 그날은 일부러 P부터 시작하더라고요. 나는 신경도 안 썼소. P는 나랑 아무 상관 없으니까. 호명은 별 이상 없이 진행되었소. 그러자 블롱도는 몹시 실망한 표정을 짓더군요. 난 속으로 말했어요. '귀여운 블롱도, 오늘은 아무도 걸려들지 않았군.' 그런데 이 작자가 갑자기 '마리우스 퐁메르시'라고 외치는 거요. 물론 아무도 대답하지 않았지만. 블롱도는 역시 올 게 왔다는 듯 재차 목청을 높여서 '마리우스 퐁메르시'를 불렀소. 그러고는 회심의 미소를 지으며 펜을 들더군요. 그렇지만 내게도 인정이란 게 있거든. 재빨리 이런 생각을 했지요. 잠시만, 지금 선량한 녀석의 이름이 지워질 판국이다. 녀석은 태평하기 그지없지만 분명 재미있는 놈일 거야. 그나저나 모범생은 아니군. 점수를 따려고 애쓰지도 않고, 과학이니 문학이니, 신학이니, 철학 따위를 되는 대로 주워 삼켜서 자랑하려는 박식한 애송이도 아니야. 겉멋만 잔뜩 든 작자도 아니다. 그렇다면 존경할 만한 게 으름뱅이가 분명해. 지금쯤 거리를 빈둥거리거나, 교외에 틀어박혀 있거나, 아니면 날라리 여공에게 빠져 있거나, 미인들 뒤꽁무니를 쫓고 있거나, 어쩌면 내 여자 집에 숨어 있는지도 모르지. 까짓것 아무렴 어때. 블롱도 꼰대나 골탕 먹여야지! 그 순간 블롱도는 '말살'의 검은 펜에 잉크를 찍으며 '마리우스 퐁메르시!'라고 세 번째 호명을 했고, 나는 곧바로 '네!'라고 대답했소. 그래서 당신 이름이 지워지지 않은 거요."

"이봐요!"

마리우스가 무슨 말을 하려 했으나 레글이 틈도 주지 않고 말을 이었다.

"그리고 대신 내가 지워졌소."

"그건 또 왜요?"

마리우스의 물음에 레글은 여전히 태연스럽게 이야기했다.

"나는 앞자리에 있다가 대답하고 나서 슬그머니 뒷문 쪽으로 갔소. 그랬더니 교수가 뭔가 낌새를 챘는지 나를 뚫어지게 쳐다보더군요. 그러다가 느닷없이 L자로 넘어가더란 말이오. 정말이지 못말리는 작자요. L은 내 이름 머리글자요. 내 이름이 레글이거든."

"레글? 멋진 이름이군요!"

마리우스가 그의 말을 끊으며 중얼거렸다.

레글이 계속 말했다.

"그 작자는 바로 내 이름을 붙들고 늘어지더군요. '레글!'이라고. 나 역시 망설일 것도 없이 곧바로 대답했소. 그러자 그는 발톱을 감춘 호랑이처럼 음흉하게 웃더니 이렇게 말하더군요. '자네가 퐁메르시라면 레글은 아니겠지.' 물론 이건 당신에게도 반갑지 않은 일이겠지만, 나에게는 더욱더 치명적이었소. 그는 곧바로 내 이름을 지워버렸으니까."

당황한 마리우스가 외쳤다.

"저런! 무슨 말을 해야 할지……."

레글이 말했다.

"어쨌거나 친구, 내 말이 당신에게 교훈이 되었다면 다행이오. 그러니 앞으로 결석일랑 하지 마시오."

레글이 말했다.

"정말 미안하게 됐습니다."

"더 이상 다른 학우의 이름이 지워지는 일이 없도록 하란 말이오."

"진심으로 뭐라고 할 말이……."

마리우스가 미안해서 어쩔 줄을 모르자 레글이 웃음을 터뜨렸다.

"아니, 난 기쁘게 생각해요. 안 그러면 원치도 않는 변호사가 되기 위해 내가 내 무덤을 파야 될 판이었는데, 제명되었으니 오히려 잘된 거죠. 덕분에 변호사가 되는 길 따위는 끊겨버렸으니까. 이제 미망인의 변호나, 나쁜 놈들 변론 같은 건 하지 않아도 되겠소. 이것도 당신 덕분이오, 퐁메르시 씨. 그런데 당신 집은 어디요?"

"이 마차가 내 집이오."

그러자 레글은 태연한 표정으로 말했다.

"집안에 돈이 좀 있나 보죠? 축하하오. 거기서 살면 집세가 1년에 9천 프랑쯤 되겠군."

이때 쿠르페락이 카페에서 나왔다. 마리우스의 얼굴에 씁쓸한 미소가 떠올랐다.

"2시간 전부터 이 마차에서 살게 됐는데, 여기서 나가고 싶어 견딜 수가 없소. 그런데 문제는 어디로 가야 할지 모르겠다는 겁니다."

"그럼 나 있는 데로 갑시다."

쿠르페락이 마리우스에게 말했다.

그러자 레글이 끼여들었다.

"내가 먼저 그렇게 말하고 싶었지만…… 난 집이 없는 형편이라서 말이야."

"자네는 잠자코 있어, 레글."

쿠르페락은 다짜고짜 마차에 올라타더니 말했다.

"마부 양반, 포르트 생 자크 여관으로 갑시다."

이렇게 해서 마리우스는 그날 밤부터 포르트 생 자크 여관의 쿠르페락의 방에 자리를 잡게 되었다.

마리우스와 쿠르페락은 곧 친구가 되었다. 젊은 나이에는 조금만 뜻이 통해도 대번에 친해지고 서로에게 받은 마음의 상처도 빨리 아문다. 마리우스는 쿠르페락과 함께 있으면 마음이 편했다. 일찍이 그에게는 없었던 일이었다. 쿠르페락은 아무것도 묻지 않았고, 물어볼 생각조차 하지 않았다. 이 나이 때는 모든 것이 얼굴에 나타나게 마련이다. 그러니 굳이 말을 주고받을 필요도 없다.

그런데 어느 날 아침, 쿠르페락이 무슨 이야기 끝에 느닷없이 이렇게 물었다.

"그건 그렇고 자네는 정치적으로 어떤 입장인가?"

"뭘 그런 걸 묻나?"

마리우스는 쿠르페락의 질문에 약간 기분이 상한 듯 대답을 얼버무렸다. 그러나 쿠르페락은 물러서지 않고 단도직입적으로 다시 물었다.

"어느 파인가 말이야?"

"민주적 보나파르트 파."

"몸만 사리는 회색분자로군."

쿠르페락이 비아냥거리듯 중얼거렸다.

이튿날 쿠르페락은 마리우스를 뮈쟁 카페로 데려갔다. 카페 앞에서 그는 의미심장한 미소를 지으며 마리우스의 귀에 대고 속삭였다.

"자네한테 혁명에 뛰어들 기회를 주지."

잠시 후 두 사람은 'ABC동지들'의 방으로 들어갔다. 쿠르페락은 마리우스를 다른 동료들에게 소개하고 나서 낮은 목소리로 짤막하게 덧붙였다.

"학생이야."

그동안 고립된 생활을 하면서 혼자 자문자답하는 것에 익숙한 마리우스는 지금 이 '난다 긴다' 하는 젊은이들 무리 속에서 약간 위축되는 기분이었다. 시끄럽게 떠들어대는 자유로운 정신들이 그의 사상을 뒤흔들었다. 그들은 철학, 문학, 미술, 역사, 종교에 대해 전혀 다른 시각으로 이야기했다. 그것은 이제껏 알지 못했던 사상의 곁가지들을 들여다보는 듯한 느낌이었다. 또한 그것에 대해 전망할 수 없었기 때문에 몹시 무질서한 듯한 의심도 들었다. 그의 모든 관점이 흔들리고 있었다.

이 청년들이 침범하지 못할 일이란 아무것도 없는 것 같았다. 그들은 기발한 의견을 내며 세상의 다양한 형상이나 사물, 사상 등에 대해 토론했다. 마리우스에게는 그러한 토론에서 오가는 모든 말들이 아직 낯설었고, 그의 내면에 적지 않은 충격을 안겨주었다.

마리우스도 청년들의 모임에 가끔 참석해서 어쩌다 토론에 끼어들 때가 있었다. 어느 때 이런 토론은 그의 정신을 밑바닥부터 흔들어놓기도 했는데, 한번은 뮈쟁 카페의 깊숙한 뒷방에서 이러한 일이 일어난 적이 있다. 그날 밤에는 'ABC동지들' 전원이 모여 있었다. 뒷방의 램프불은 평소와 달리 무척 밝았다. 열을 올리거나 하지는 않았지만 분위기가 떠들썩했다. 제각기 토론에 열중하는 가운데 앙졸라와 마리우스 두 사람은 잠자코 있었다. 동료들끼리 잡담을 하다 보면 간혹 일종의 '평화로운 소란'을 빚기도 하는데, 확실히 진지한 이야기도 있었지만 토론이 농담처럼 흐르거나 뒤죽박죽돼버리는 경우도 있었다. 의견을 주고받다가 서로 말꼬리를 붙잡고 늘어지기도 했다. 아무튼 여기저기에서 다양한 이야기들이 오갔다.

그때 레글이 한 친구에게 무언가를 말하려다 특정한 날짜를 내뱉고는 입을 다물었다. 그가 무슨 대화나 논쟁 끝에 그렇게 말했는지는 모르지만 아무튼 그는 짐짓 비장하게 운을 떼듯 말했다.

"1815년 6월 18일, 워털루!"

순간, 그때까지 조용히 앉아 있기만 하던 마리우스가 얼굴을 들어 동지들을 유심히 살펴보았다.

마리우스는 워털루라는 지명을 듣고 속으로 몹시 고무되었으나, 곧이어 워털루전투를 은유적으로 표현한 듯한 '죄악'이라는 단어가 나오자 더 이상 참을 수 없었다.

그는 벌떡 일어나더니 벽에 걸린 프랑스 지도 쪽으로 성큼성큼 걸어갔다. 그는 지도 밑부분의 경계선이 그려진 구획 안에 있는 조그마한 섬 위에 손가락을 대고 말했다.

"코르시카 섬. 이 작은 섬 하나가 프랑스를 위대하게 만들었다."

마리우스의 말은 얼어붙은 기류에 휘몰아치는 바람과도 같았다. 금방이라도 무슨 일이 일어날 것 같은 분위기였다.

그때 한 친구가 레글에게 무슨 말인가를 하면서 그가 좋아하는 흉상의 모습을 흉내 내려다 멈추고 마리우스의 말에 귀를 기울였다.

푸른 눈의 앙졸라가 여전히 허공에 눈길을 고정한 채 마리우스 쪽은 돌아보지도 않고 말했다.

"프랑스가 위대해지는 데 코르시카 섬 따위는 필요 없어. 프랑스는 프랑스이기 때문에 위대한 거야. 사자이기 때문에 사자이듯이."

마리우스는 그 말에 조금도 위축되지 않았다. 그는 앙졸라를 향해 돌아서더니 서슴없이 말했다. 그의 목소리는 배에서부터 튀어나와 진동하듯 울려 퍼졌다.

"맹세코 나는 프랑스를 경멸하는 게 아니야! 나폴레옹과 프랑스를 하나로 간주하는 것은 결코 프랑스를 경멸하는 뜻이 아니야. 그래, 내가 말하고 싶은 건 이거야. 나는 자네들 중에서 가장 신참이야. 그런데 솔직히 난 자네들한테 놀라움을 금치 못하고 있어. 현재 우리의 입장은 무엇이고, 우리는 어떤 사람들인가? 자네들은 누구이고, 나는 또 뭔가? 일단 황제에 대해 말해보지. 나는 자네들도 나와 같은 청년이라고 생각했어. 그런데 자네들은 지금 대체 어디에 정열을 쏟고 있는 건가? 그 정열을 어떻게 하려는 거지? 황제를 찬미하지 않는다면 도대체 누구를 받들어야 한단 말인가? 더 이상 뭐가 필요하다는 건가?"

모두 입을 다물었다. 앙졸라는 고개를 숙였다. 침묵은 항상 동의 아니면 굴복의 표시다.

마리우스는 거의 숨도 쉬지 않고 더욱 열정적으로 말을 이었다.

"우리 모두 올바른 생각을 가져야 해! 그러한 황제의 제국에 산다는 건 일개 국민으로서 얼마나 큰 영광인가! 수많은 왕조의 몰락을 선포하고, 유럽을 단숨에 변모시켰으며, 프랑스 제국을 로마제국과 대등하게 만들었고, 대육군을 창설해서 높은 산이 사방에 독수리를 날려 보내듯 지상의 곳곳에 대군을 보내고, 승리의 영광을 거듭 거머쥐며 유럽 유일의 금빛 찬란한 민족이 되고, 역사적으로 가장 위대한 거인이 되고, 후세 사람들의 찬탄을 받고도 남을 만큼 완벽하게 세계를 정복했네. 이 얼마나 위대하고 숭고한 일인가! 이처럼 위대한 것이 또 어디 있겠나?"

"있지!"

콩브페르가 짧고 또렷하게 외쳤다. 모두의 시선이 일제히 그에게 쏠렸다. 그러자 그는 다시금 짧고 또렷하게 말했다.

"자유를 얻는 일!"

그 말에 마리우스는 고개를 숙였다. 간단하지만 냉엄한 이 한마디는 서사시처럼 이어지던 강렬한 피력을 관통하고 격정적인 마음까지 지워버리는 느낌이었다. 마리우스가 다시 고개를 들었을 때 콩브페르의 모습은 보이지 않았다. 아마도 마리우스의 열정적인 장광설을 한마디로 일축해버린 것에 대해 스스로 만족하고 나가버렸는지도 모른다. 모두 그를 따라 나가고 앙졸라와 마리우스 단둘이 남았다.

앙졸라는 냉랭한 시선으로 마리우스를 바라보았다. 그러나 마리우스는 정신적으로 자신이 진 것은 결코 아니라고 생각했다. 그의 가슴속에는 아직도 흥분의 열기가 남아 있었다.

그날 저녁의 일은 마리우스의 내면을 흔들어 슬픔의 어두운 그림자를 새겨놓았다. 굳이 비유하자면, 그것은 대지가 의식을 가지고 있다면, 씨앗을 뿌리기 위해 곡괭이로 파헤쳐졌을 때 땅이 느끼는 것과도 같았다. 그 순간 대지가 느끼는 건 상처의 아픔뿐이다. 씨앗이 싹틀 때의 설렘이나 결실의 기쁨 같은 건 훨씬 나중에야 찾아오는 법이다.

가까스로 하나의 신념을 굳혀가던 참이었는데 그것을 금세 버려야 한단 말인가? '아니지, 그럴 수는 없어'라고 그는 자신을 타일렀다. 의심 따위는 하지 않으리라 굳게 맹세했다. 그러나 이미 의혹은 시작되었다. 아직 완전히 빠져나오지 못한 하나의 신앙과, 또 그 속으로 들어갈 결심도 굳히지 않은 또 다른 신앙의 틈바구니에 끼여 있다는 것은 견딜 수 없는 일이었다.

마리우스는 간신히 아버지에게 가까이 다가간 지금, 다시 그로부터 멀어진다는 것이 두려웠다. 그는 이것저것 반추할수록 불안감이 더욱 커졌다. 주변에 여기저기 암초들이 도사리고 있는 듯했다. 외조부의 의견에도, 친구들의 의견에도 동의할 수 없었다. 그는 외조부의 관점에서 보면 무모하기 짝이 없었고, 친구들의 관점에서 보면 뒤떨어진 존재였다. 그는 자신이 노인으로부터도, 젊은이들로부터도 고립되어 있다는 것을 깨달았다. 그리하여 마리우스는 뮈쟁 카페에 두 번 다시 가지 않았다. 그러한 의식의 혼란 속에서 그는 생활의 중대한 면을 도외시했다. 그러나 현실은 그렇게 쉽게 외면할 수 있는 게 아니었다.

어느 날 아침 여관 주인이 방으로 찾아와 마리우스에게 말했다.

"쿠르페락 씨가 당신의 보증인이지요?"

"예."

"방값을 지불해주셨으면 합니다."

"쿠르페락을 좀 불러주십시오."

마리우스가 부탁했다.

곧 쿠르페락이 오자 주인은 방을 나갔다. 마리우스는 지금까지 그에게 털어놓고 싶지 않았던 이야기, 그러니까 자신은 의지할 데가 없는 사람이고 부모나 일가친척도 없다고 고백했다.

"자네는 뭐가 될 작정인가?"

쿠르페락이 물었다.

"모르겠어."

마리우스가 대답했다.

"하려는 일은 있나?"

쿠르페락이 다시 물었다.

"그것도 모르겠어."

"돈은 있고?"

"15프랑뿐이야."

"그럼 나더러 방값을 빌려달라는 건가?"

"천만에!"

"옷은 몇 벌이나 가지고 있나?"

"저것뿐이야."

"값나가는 물건이라도 있고?"

"시계는 하나 있어."

"은시계인가?"

"금시계야. 이거."

"헌옷 장수를 알고 있어. 자네 코트와 바지를 사줄 거야."

"마침 잘됐군."

"그럼 자네는 이제 바지와 조끼, 모자, 윗옷이 각각 한 벌밖에 없게 되지."

"그리고 구두랑."

"맨발로 다니지 않는 것만으로도 사치지."

"그 정도면 충분해."

"난 시계포 주인도 알아. 자네 시계를 사줄 거야."

"좋아."

"그런다고 되는 게 아냐. 자넨 앞으로 어떻게 살아가려는가?"

"뭐든 해야지. 나쁜 일만 아니라면."

"영어 할 줄 아나?"

"아니."

"독일어는?"

"못해."

"안 되겠군."

"왜?"

"출판사를 하는 친구가 하나 있어. 백과사전 같은 걸 만들지. 자네가 독일어나 영어 번역을 할 수 있다면 좋겠다고 생각했어. 보수는 적지만 그럭저럭 살아갈 수는 있을 테니까."

"그럼 영어와 독일어를 공부하면 되지."

"그 전에는 어떻게 할 건가?"

"옷이나 시계를 팔면 어떻게 되겠지."

쿠르페락은 곧 헌옷 장수를 불렀다. 헌옷 장수는 마리우스의 옷을 20프랑에 샀다. 그러고 나서 둘은 시계포로 갔다. 시계포 주인은 마리우스의 시계를 45프랑에 샀다.

"괜찮군."

여관으로 돌아오는 길에 마리우스가 쿠르페락에게 말했다.

"나에게 15프랑 있으니까 합치면 80프랑이야."

"그런데 방값은?"

쿠르페락이 현실을 환기시켰다.

"아 참, 그걸 잊고 있었군."

마리우스가 말했다.

여관 주인이 계산서를 가지고 왔다. 밀린 방값은 70프랑이었다.

"이제 10프랑 남았어."

마리우스가 말했다.

"보통 일이 아니군. 자네는 영어를 공부하는 동안 5프랑으로 버티고, 나머지 5프랑은 독일어를 공부하는 동안 먹고살면 끝이야. 이 상황에서 살아남으려면 최대한 빨리 어학을 깨우치거나 잔돈푼으로 가늘고 길게 연명하는 수밖에 없겠어."

쿠르페락이 말했다.

마리우스가 곤궁한 생활에 허덕이고 있는 동안, 원래 천성적으로 남의 불행한 사정을 외면하지 못하는 질노르망 이모는 마침내 마리우스의 숙소를 찾아냈다. 어느 날 마리우스가 학교에서 돌아와 보니 이모의 편지와 봉인된 상자 하나가 와 있었다. 상자 속에는 금화 6백 프랑이 들어 있었다.

마리우스는 이제 충분히 혼자 살아갈 방도가 생겼으니 앞으로는 걱정할 것 없다는 편지와 함께 금화를 이모에게 돌려보냈다. 이때 그에게는 3프랑밖에 남아 있지 않았다.

질노르망 양은 마리우스가 돈을 거절한 사실을 아버지에게 알리지는 않았다. 아버지가 화낼까 봐 두려웠기 때문이다. 아버지는 '앞으로 내 앞에서 그 흡혈귀 얘기는 꺼내지도 마라!'고 하지 않았던가.

이후 마리우스는 포르트 생 자크 여관을 나왔다. 더 이상 빚을 지고 싶지 않았던 것이다.

마리우스의 생활은 갈수록 곤궁해졌다. 옷가지나 시계를 음식과 맞바꾸는 일은 아무것도 아니었다. 빵 없이 보내는 하루, 촛불 없는 저녁, 팔꿈치가 해진 옷, 웃음거리가 되는 낡아빠진 모자, 희망 없는 미래, 식당 주인의 모욕, 땅에 떨어진 자존심……, 마리우스는 산다는 것이 그렇게 비참할 수가 없었다.

마리우스는 가끔 어두워지기를 기다렸다가 빵과 치즈 한 조각을 사서 도둑처럼 살그머니 자신의 다락방으로 가지고 들어갔다. 때때로 행인들은 옆구리에 책을 낀 한 청년이 음식점에서 여자들 틈바구니에 섞여 욕을 먹고 떼밀리다가 울상을 지으며 길모퉁이의 푸줏

간으로 슬쩍 들어가 살점이 약간 붙은 싸구려 양갈비 한 조각을 사서 그것을 종이에 싸서 책갈피에 찔러 가지고 나오는 광경을 목격하곤 했다. 그는 그 갈비로 사흘을 버텼다. 첫날에는 고기를, 이튿날은 기름을, 마지막 하루는 뼈를 갉아먹었다.

질노르망 이모는 몇 번이나 금화를 보내왔다. 그때마다 마리우스는 도움 같은 건 조금도 필요하지 않다며 돌려보냈다.

앞서 말한 그의 마음속에 사상의 혁명이 일어났을 때, 그는 아직 아버지의 장례식 때 입었던 검은 옷을 벗지 않은 채였다. 그 뒤로도 그는 상복을 벗지 않기로 했으나 이마저 뜻대로 되지 않았다. 어느 날 결국 윗옷이 없어졌다. 지금은 바지도 없애야 할 판이었다. 이제 어떻게 해야 할 것인가? 쿠르페락이 일전에 신세 진 것에 대한 보답이라며 마리우스에게 낡은 윗옷 한 벌을 주었다. 그 옷은 녹색이었다. 마리우스는 어둠이 깔리지 않으면 밖으로 나가지 않았다. 어두워지면 윗옷이 검은색으로 보였다. 언제나 상복 차림으로 지내고자 했던 그는 이렇게라도 소망을 이루었다.

비참하기 그지없는 생활을 꾸려가면서도 마리우스는 마침내 변호사가 되었다. 이때까지 그는 표면상으로는 쿠르페락의 방에서 함께 지내는 것으로 되어 있었다. 그리하여 그의 편지는 쿠르페락의 주소로 왔다.

그는 변호사가 되고 나서 외조부에게 부드럽지는 않으나 예의를 갖춰 소식을 알렸다. 질노르망 씨는 부들부들 떨면서 마리우스의 편지를 읽고는 발기발기 찢어 쓰레기통에 던져버렸다. 그로부터 며칠 후, 질노르망 양은 아버지가 방에서 혼자 크게 떠들어대는 소리를 들었다. 노인이 몹시 흥분하면 나오는 버릇이었다. 질노르망 양이 귀 기울여보니 노인이 이렇게 소리치고 있었다.

"네놈이 바보가 아니라면 알고 있을 거다. 남작은 변호사가 될 수 없다는 걸."

*

마리우스는 근근이 살아가면서 점점 궁핍에도 이력이 붙었다. 그는 독일어와 영어를 배워 쿠르페락이 소개해준 출판사에서 번역과 편집 등의 일을 하며 1년에 7백 프랑을 벌었다.

마리우스는 2개의 번지가 붙어 있는 50-52번지의 고르보 누옥에서 1년에 30프랑짜리 방 하나를 얻어 살았다. 장 발장과 코제트가 머물렀던 때 셋집 주인이자 문지기였던 노파는 이미 죽었고, 그녀와 거의 비슷한 노파 하나가 있었다. 어느 철학자의 말대로 노파는 씨가 마르지 않았던 것이다. 파리의 극빈자들이 이 고르보 누옥에 둥지를 틀고 있었다. 그들은 이곳에서 점점 더 궁핍한 생활로 내몰리다 결국 하수도 청소부 아니면 넝마지기로 전락했다.

마리우스는 연 수입 7백 프랑으로 집주인 노파에게 자기 방 청소를 맡기고, 밥을 먹고, 방세를 내고, 약간의 옷을 사고 세탁을 했다.

그러고도 돈이 조금 남아 친구에게 빌려줄 때도 있었다. 마리우스는 빚을 지느니 차라리 굶는 것을 택하며 자신의 생활에 만족했다. 그리고 모은 돈을 아버지의 은인인 테나르디에를 찾는 데 썼다.

마리우스는 아버지를 생각할 때면 어김없이 테나르디에를 떠올렸다. 그는 몽페르메유에서 여관 주인이 파산했다는 소식을 듣고 백방으로 수소문했으나 끝내 찾지 못했다. 아버지의 생명의 은인인 테나르디에를 찾아내 궁핍한 처지에 놓여 있을 그를 도와주는 것은 아버지가 남긴 부채를 갚는 일로서 자신의 명예를 걸고 지켜야 할 일이라고 생각했다.

어느덧 마리우스는 스무 살이 되었다. 외조부의 집을 나온 지 3년이 지났다. 이때까지도 두 사람은 서로 얼굴을 마주하려고 하지 않았다. 만나서 좋을 것도 없었다. 그래 봤자 피차 부딪힐 일만 있었다. 대체 누가 누구를 이길 수 있겠는가?

마리우스는 할아버지를 오해하고 있었다. 그는 할아버지가 자신을 전혀 사랑하지 않는다고 여겼다. 아들을 사랑하지 않는 아버지는 있어도 손자를 귀하게 여기지 않는 할아버지는 없는 법이다.

질노르망 씨는 사실 마음속으로 마리우스를 끔찍이 사랑하고 있었다. 단지 그 사랑을 자신의 방식대로 냉랭하고도 삐딱하게 표현했을 뿐이다. 그런데 막상 손자가 떠나버리자 마음속에 구멍이 뻥 뚫린 듯했다. 딸에게 다시는 그 녀석 이야기를 하지 말라고 명령했지만, 그게 또 너무 잘 지켜지는 것이 못내 섭섭했다.

언제부터인가 질노르망 씨는 멍하니 시간을 보낼 때가 많았다. 마리우스가 없는 삶은 아무래도 쓸쓸했다. 노인에게는 햇빛만큼이나 애정이 필요하다. 애정은 삶을 뜨겁게 만들어주는 보약이다. 워낙 강한 성격을 가진 그였지만, 마리우스가 떠난 뒤부터 그의 마음속에는 어떤 변화가 일어났다. 설령 무슨 일이 일어나더라도 그 '몹쓸 놈'에게는 절대 손을 내밀지 않겠다고 다짐했지만, 막상 그는 늘 괴로워하고 있었다. 여지껏 누구에게나 단 한 번도 마리우스에 대해 묻지 않았으나 마음속으로는 언제나 손자 생각뿐이었다.

때때로 남의 일에 간섭하기 좋아하는 위인들이 그에게 마리우스의 안부를 묻곤 했다.

"손주는 지금 어디서 뭘 하고 지낸답니까?"

그러면 노인은 간혹 슬픔을 이기지 못할 때는 한숨 섞인 목소리로, 또 어쩌다 아무 내색도 하고 싶지 않을 때는 옷소매를 손톱으로 퉁기면서 대답하곤 했다.

"퐁메르시 남작님은 어느 변두리에서 시답잖은 변호사질을 하고 있다네요."

마리우스는 변호사가 되었으나 법정에 서지는 않았고, 또 그의 조부가 생각하는 것처럼 시답잖은 변호사질도 하지 않았다. 그는 변호사라는 직업에 대한 환상에서 벗어났다. 소송을 맡아 재판정에 드나들고 일거리를 찾아다니기 진저리가 났다. 무엇 때문에 그런 일을 해야 하는가? 이제 생활의 방편을 바꿔야 할 이유도 없었다.

출판사 일이 대단한 건 아니지만 비교적 건실하고, 또 과히 힘들지도 않았다. 거기서 나오는 수입만으로도 충분히 먹고살 수 있었다.

마리우스의 일상은 고독하게 흘러갔다. 천성적으로 혼자 있기를 좋아하는 데다 예전의 충격이 가시지 않은 탓에 앙졸라가 주관하는 그룹에도 적극적으로 참가하지 않았다. 물론 지금도 사이가 나쁜 편은 아니었고, 경우에 따라서는 성의껏 협조할 생각이었지만, 그 이상 깊이 관여하지는 않았다.

마리우스가 가까이 지내는 사람은 둘뿐이었다. 바로 쿠르페락과 마뵈프 노인이었다. 그는 자신의 아버지를 알게 해주고 사랑하게 해준 마뵈프 노인을 좋아했다. 마뵈프도 부드럽고 점잖은 마리우스를 좋아했다. 그는 사제를 지내던 형이 죽고 나서 공증인의 파산으로 전 재산을 잃고 점점 형편이 좋지 않게 되자 집사를 그만두고 아우스터리츠에 초가집을 하나 얻어 살았다. 그러나 마뵈프는 점점 짙어가는 궁핍의 그림자 속에서도 순수함을 잃지 않았다. 마리우스는 그런 노인이 좋았다. 그는 한 달에 한두 번쯤 유일한 친구인 쿠르페락과 마뵈프 노인을 만나면서 고독한 나날을 보냈다.

29. 사랑, 두 별의 충돌

마리우스의 유일한 즐거움은 교외 가로수길이나 뤽상부르 공원의 호젓한 오솔길을 산책하는 것이었다.

고르보 누옥도 어느 날 산책길에 우연히 발견한 것이었다. 그는 주위가 한적하며 방세가 싸다는 점이 마음에 들어 거기서 살기로 마음먹었다. 거기 사람들은 그를 마리우스 씨라고만 알고 있었다.

사랑의 정열을 제외하고 모든 정열은 결국 몽상 속으로 자취를 감추게 마련이다. 마침내 마리우스의 정치적 정열도 몽상 속으로 잠겨버렸다. 1830년의 혁명이 그를 만족시키고 그의 정열을 가라앉혔다. 이제 그는 어떤 당파에도 속하지 않았고, 다만 '인류라는 당파'에 속해 있었다. 또한 인류 중에서도 프랑스, 프랑스 중에서도 민중을, 민중 안에서는 여성을 택했다. 특히 그가 연민을 가지는 대상은 여성이었다. 현재의 그는 사실보다는 관념을 좇고, 마렝고전투 같은 사건보다 〈욥기〉 같은 책을 찬양했다.

1831년도 절반쯤 지나간 어느 날, 마리우스를 시중드는 노파가 옆방의 종드레트 일가가 쫓겨나게 생겼다는 말을 그에게 전했다. 마리우스는 거의 날마다 밖으로 나다녔기 때문에 옆방에 사람이 살고 있다는 것도 모르고 있었다.

"그들이 왜 쫓겨나는 겁니까?"

마리우스가 물었다.

"방세를 내지 않아서죠. 여섯 달치나 밀렸어요."

"그게 얼마죠?"

"20프랑요."

노파가 대답했다.

마리우스에게는 서랍 속에 모아둔 30프랑이 있었다.

"여기요."

그는 노파에게 돈을 주면서 말했다.

"25프랑입니다. 이걸로 방세를 내주십시오. 나머지 5프랑은 그 가없은 분들에게 주시고, 절대 내가 주었다는 말은 하지 말아주세요."

＊

마리우스는 어느덧 중키의 잘생긴 청년으로 성장했다. 검고 풍성한 머릿결, 미끈하고 지적인 이미지를 풍기는 이마, 대범하게 퍼진 콧방울, 과묵하고 진지한 태도, 그리고 얼굴 전체에 어딘지 기품 있고 사려 깊은 분위기가 감돌았다. 또한 불그레한 입술과 하얗고 고른 치아로 더욱 돋보이는 매력적인 그의 미소는 엄격한 이미지를 부드럽게 만들었다. 때로는 이지적인 이마와 그 육감적인 미소가 묘한 대조를 보일 때도 있었다. 그의 눈은 비교적 작은 편이었으나 눈동자는 큰 편이었다.

궁핍했던 시절, 그는 거리를 지나갈 때 젊은 여성들의 시선을 의식하며 죽을 만큼 수치스러운 기분으로 도망치듯 그곳을 벗어나곤 했다. 그녀들이 자신의 낡아빠진 옷을 보고 비웃는다고 생각했기 때문이다. 그러나 사실, 그 여자들은 마리우스의 아름다운 용모에 호감을 느낀 것이었다.

마리우스는 자신을 바라보는 뭇 여성들의 속마음을 제멋대로 착각하면서 도무지 붙임성이라고는 없는 사람이 되어버렸다. 무조건 여자라면 도망가기 바빴으니 마음에 두고 있는 여자 또한 하나도 없었다. 그러다 보니 생활은 점점 무미건조해졌다. 쿠르페락의 표현에 의하면 '멍청한 생활'이었다.

쿠르페락은 마리우스에게 이렇게 비꼬며 충고 아닌 충고를 하곤 했다.

"제발 고상 좀 떨지 마. 충고하겠는데 책만 파지 말고 가끔 여자도 좀 보라고. 왈패라도 여자는 좋은 거야, 마리우스! 그렇게 수줍어하고 도망치기만 하면 정말 바보가 되고 말 거야."

쿠르페락은 또 언젠가 우연히 길에서 마리우스를 만났을 때 이런 말도 했다.

"어이, 신부님 아니신가?"

마리우스는 이 말을 듣고 나서 일주일 동안 늙거나 젊거나 상관없이 전보다 더 여자를 멀리했고, 심지어 쿠르페락마저 피했다.

이 세상에 마리우스가 피하지 않고 아무런 관심도 없는 여자는 딱 2명이었다. 그들도 여성이라고 말하면 그는 몹시 당황할 것이다. 그중 한 사람은 그의 방을 청소해주는 수염 난 노파였다. 어느 날 쿠르페락은 마리우스와 노파를 싸잡아 짓궂은 농담을 했다.

"마리우스는 수염 난 자기 하녀 때문에 자기는 수염을 안 기른단 말이야."

마리우스가 피하지 않는 또 다른 여자는 종종 그의 눈에 띄는 어느 소녀였다. 그는 그때까지 그 소녀에게 한 번도 마음을 써본 일이 없었다.

마리우스는 1년 훨씬 전부터 뤽상부르 공원의 인적 드문 오솔길에서 한 남자와 어린 소녀의 모습을 종종 보았다. 두 사람은 오솔길의 가장 호젓한 벤치에 나란히 앉아 있었다. 혼자만의 세계에 빠져 있는 사람이 그렇듯이 마리우스도 산책을 할 때면 늘 아무 생각 없이 그 오솔길로 가곤 했는데, 그때마다 두 사람이 와 있었다. 남자는 예순 살 정도 돼 보였는데 어딘지 우수가 깃든 모습이었다. 얼핏 강해 보였지만 온몸에 피로한 기색이 역력했다. 훈장이라도 달고 있었다면 영락없는 퇴역 장교의 모습이라고 할 수 있을 것이다.

그는 호인다운 인상이었지만 어쩐지 범접하기 어려운 데가 있었고, 결코 다른 사람과 시선을 마주치려고 하지 않았다. 푸른색 바지에 푸른색 코트, 그리고 챙 넓은 모자를 쓰고, 하얀 셔츠에 검은색 넥타이 차림이었는데, 언제 봐도 깔끔한 모습이었다.

소녀가 처음 그 남자를 따라와서 벤치에 앉았을 때는 불과 열서너 살밖에 돼 보이지 않았고, 보기 흉할 정도로 야위고 겁먹은 듯한 표정 말고는 이렇다 할 특징이 없었으나, 두 눈만큼은 무척 아름다웠다. 둘은 아버지와 딸 같았다.

마리우스는 처음 하루 이틀은 아직 노인이라고 할 수 없는 나이든 남자와 아직 다 컸다고 할 수 없는 소녀에게 눈길이 끌렸으나, 그 후로는 별로 마음에 두지 않았다. 그쪽에서도 마리우스에게 신경 쓰지 않는 것 같았다. 다만 그들은 조용히, 그리고 편안하게 이야기를 주고받았다. 소녀는 뭐가 그리 즐거운지 끊임없이 재잘거렸다. 남자는 별로 말이 없었으나 이따금 애정이 넘치는 눈길로 딸을 바라보았다.

마리우스는 어느 날부터인가 자신도 모르게 그 오솔길로 걸음을 옮기는 습관이 들어버렸다. 그리고 항상 그들의 모습을 보았다. 그는 언제나 두 사람이 앉아 있는 벤치 반대쪽에서 산책을 시작했다. 그리고 그들 앞을 지나쳐 오솔길을 쭉 걸어갔다가 되돌아오기를 되풀이했다. 매번 같은 길을 대여섯 번 왔다 갔다 하는 산책을 거의 매일 하다시피 하면서도 그들과는 눈인사 한 번 주고받지 않았다.

쿠르페락도 산책을 하다가 두 사람을 보고 별명을 붙여주었다. 그는 노인은 백발이고 소녀는 항상 검은 옷을 입고 있었기 때문에 노인의 별명은 '흰색'을 뜻하는 '르블랑', 소녀의 별명은 '검은색'을 뜻하는 '라누아르'라고 지었다. 편의상 우리도 그를 르블랑 씨라고 부르기로 한다.

마리우스는 그렇게 해서 1년 동안 거의 매일 같은 시각에 그 두 사람을 만났다. 남자에게는 약간의 인상을 받았지만 소녀에게는 아무런 감정도 들지 않았다.

2년째 되던 해, 즉 이야기가 조금 앞서 중단됐던 현재로 돌아가서, 마리우스가 뤽상부르 공원을 산책하는 습관은 갑자기 6개월 가까이 중단되었다. 특별한 이유가 있었던 것은 아니었다.

그러다 어느 상쾌한 여름날 아침, 그는 다시 그곳으로 산책을 나갔다. 날씨가 좋은 날이면 누구나 그렇듯 마리우스도 기분이 들떴다. 온갖 새소리며 나뭇잎 사이로 비친 푸른 하늘 한 조각 한 조각이 마음속에 스며드는 것 같았다.

마리우스는 곧장 자신만의 오솔길로 향했다. 낯익은 두 사람이 여전히 그 벤치에 앉아 있었다. 그런데 남자는 전과 변함이 없었으나 소녀는 전혀 다른 사람 같았다. 지금 눈앞에 있는 그녀는 키도 크고 아름다운 숙녀였는데, 아직은 어린 시절의 천진난만함을 그대로 간직한, 열다섯 살의 여자가 풍길 수 있는 더없이 매혹적인 모습이었다.

그녀는 언제나 눈을 내리깔고 있었기 때문에 마리우스는 바로 곁을 지나가면서도 그 눈을 볼 수 없었다. 다만 짙고 부드러운 그늘이 깃든 갈색의 긴 속눈썹을 볼 뿐이었다.

소녀는 자신에게 무언가를 이야기하고 있는 아버지의 목소리에 귀를 기울이며 미소 짓고 있었다. 눈을 내리깔고 짓는 순수한 미소는 더없이 사랑스러워 보였다.

처음에 마리우스는 그녀가 남자의 또 다른 딸, 그러니까 먼젓번에 보았던 소녀의 언니가 틀림없으려니 생각했다. 그러나 두 번째 산책길에서 그 벤치로 가까이 다가가 유심히 살펴보고는, 전에 보았던 그 소녀라는 것을 알게 되었다. 불과 6개월 만에 소녀는 숙녀가 되어 있었다. 옷차림은 수수하면서도 산뜻하고 무척이나 우아했고, 일부러 멋을 부린 티도 없었다. 그녀는 검은 비단 드레스에 같은 천의 케이프를 두르고, 흰색 크레이프 모자를 썼다. 하얀 장갑을 껴서 더욱 화사해 보이는 손으로는 상아로 만든 파라솔 자루를 만지작거리고 있었고, 비단 구두에 감싸인 발은 자그마한 모양을 그대로 드러내고 있었다. 마리우스가 그녀의 옆을 지나칠 때 젊음의 풋풋한 향기를 온몸으로 풍기는 것 같았다.

마리우스가 두 번째로 가까이 다가섰을 때, 그녀가 문득 눈을 들었다. 그 눈은 짙은 하늘을 닮은 푸른빛이었다. 그러나 흐릿한 하늘에 떠 있는 것은 아직 어린애 같은 무심한 눈길이었다.

어느 날 뤽상부르 공원에 따뜻한 햇살이 넘치고, 하늘은 천사들이 씻어놓은 것처럼 맑게 개었고, 우거진 마로니에 숲에서 참새들이 지저귀는 소리가 울려 퍼지고 있었다. 마리우스는 자연을 만끽하며 아무 생각 없이 그저 숨을 쉬며 벤치 옆을 지나갔다. 순간, 어린 처녀가 그를 향해 눈길을 들었다. 그렇게 두 사람의 시선이 마주쳤다.

그때 어린 처녀의 눈빛에 담겨 있던 것은 무엇이었을까? 마리우스는 뭐라고 표현할 수 없었다. 거기에는 아무것도 들어 있지 않았고, 또한 모든 것이 담겨 있기도 했다. 그저 알 수 없는 이상한 빛이 번득였을 뿐이다.

그녀는 고개를 숙였고, 그는 가던 길을 계속 갔다.

방금 마리우스가 본 것은 더 이상 어린아이의 순진하고 단순한 눈길이 아니었다. 그것은 살짝 열리려다 다시금 닫혀버린 어떤 신비로운 심연이었다. 어떤 소녀든 가끔 그런 눈길로 무언가를 바라보는 때가 있다.

저녁에 다락방으로 돌아간 마리우스는 문득 입고 나갔던 옷을 훑어보고는 처음으로 자신의 초라하고 볼품없는 모습을 깨닫고는 항상 그런 모습으로 뤽상부르 공원을 산책했다는 것이 얼마나 우스꽝스러운 일인지 깨달았다. 평소 그의 차림새는 끈이 닳아빠진 모자와 마차꾼들이나 신는 볼품없는 구두, 무릎이 닳아서 허옇게 된 검은 바지와 양쪽 팔꿈치 부위가 해진 검은 윗옷이 전부였다.

다음 날 마리우스는 여느 때와 같은 시각에 새 윗옷과 새 바지를 입고 새 모자에 새 구두, 장갑까지 끼고 그야말로 호화로운 차림새로 뤽상부르 공원에 나갔다.

가는 도중 쿠르페락을 보았지만 모른 척 그냥 지나쳤다. 그 모습을 보고 쿠르페락이 친구들에게 말했다.

"방금 마리우스의 새 모자와 새 윗옷을 보고 왔어. 녀석이 새 모자, 새 윗옷 속에 완전히 쏙 들어가 있더군. 시험이라도 치러 가는 모양이야. 아주 멍청한 얼굴로 말이야."

마리우스는 뤽상부르 공원에 이르자 일단 연못을 한 바퀴 돌며 건성으로 백조들을 쳐다보았고, 머리에 이끼가 껴서 시커멓고 한쪽 엉덩이가 떨어져 나간 조각상 앞에서 한동안 생각에 잠겼다.

오솔길로 들어서자 '그들의 벤치'에 르블랑 씨와 어린 딸이 앉아 있었다. 마리우스는 윗옷 단추를 맨 위까지 채우고 주름이 잡히지 않도록 옷매무시를 다듬은 다음, 반들반들 윤이 나는 바지를 만족스럽게 훑어보고 나서 벤치 쪽으로 걸어갔다.

그는 줄곧 어린 처녀에게서 눈을 떼지 않았다. 그녀가 거기에 있다는 것만으로 오솔길 저편이 싱그러운 빛으로 가득 차 있는 것처럼 보였다.

그녀와의 거리가 가까워질수록 마리우스의 걸음은 점점 더 느려졌다. 그러다 어느 지점에 이르러 그는 걸음을 멈추고, 자기도 모르게 휙 돌아섰다. 오솔길 끝까지는 아직 상당한 거리가 남아 있었다.

그는 반대편 끝까지 가서 다시 걸음을 되돌린 뒤, 이번에는 아까보다 조금 더 벤치 가까이 다가갔다. 그러나 가로수 세 그루를 사이에 둔 지점에서 아무래도 더 나아갈 수 없을 것 같아 잠시 머뭇거렸다. 그녀가 자기 쪽으로 고개를 돌리는 것 같기도 했다. 그는 망설여지는 마음을 억누르고 남자답게 용기를 내어 다시 앞으로 걸어갔다. 그는 귀밑까지 빨개진 얼굴로 몸을 꼿꼿이 펴고 정면을 뚫어져라 응시한 채 정치인처럼 윗옷 주머니에 손을 집어넣고 벤치 앞을 지나갔다. 그는 마치 요새의 대포 밑을 지나가는 것처럼 자신의 심장이 무섭게 두근거리는 것을 느꼈다. 그녀는 어제와 같이 비단 드레스에 크레이프 모자를 쓰고 있었다. 그리고 뭐라고 형용할 수 없는 아름다운 목소리가 들려왔다. '그녀의 목소리'였다. 그녀는 조용히 무슨 말인가 하고 있었다. 참으로 아름다웠다. 그녀를 보지 않아도 아름답다는 것을 분명히 느낄 수 있었다.

벤치 앞을 지나 곧 오솔길 끝에 다다른 마리우스는 다시 발길을 돌려 아름다운 그녀 앞을 지나갔다. 이번에는 그의 얼굴이 새파랗게 질려 있었다. 그는 벤치로부터 멀어졌다. 그러면서도 등 뒤에서 그녀가 이쪽을 보고 있는 것 같아 자기도 모르게 헛걸음질하다 앞으로 넘어질 뻔했다.

그는 이제 더 이상 벤치 가까이 가려고 하지 않았다. 그 대신 여느 때는 결코 하지 않을 일이지만, 오솔길 가운데쯤에서 걸음을 멈추고 벤치에 앉아 몽롱한 기분으로 이런 생각에 잠겼다.

'내가 저 사람들의 흰 모자나 검은 옷에 매료된 것처럼 저들도 이렇게 반들거리는 바지와 새 윗옷을 보고 느끼는 게 있으리라.'

그렇게 15분쯤 앉아 있던 그는 벤치를 향해 다시 한번 전진하려는 듯 벌떡 일어섰다. 그러나 곧바로 어떤 생각을 떠올리며 그 자리에 우뚝 선 채 움직이지 않았다. 15개월이 지난 지금에야 문득 그는 매일 그녀와 함께 벤치에 앉아 있는 저 신사도 자신의 존재를 알아차리고 이상하게 여기리라 생각했던 것이다.

또한 그는 지금에 와서야 통성명도 하지 않은 저 신사를 르블랑 씨라는 별명으로 부른다는 것이, 비록 입 밖에 내지는 않았더라도 다소 무례한 일이었음을 깨달았다.

마리우스는 한동안 고개를 숙이고 서서 단장 끝으로 모래 위에 아무렇게나 그림을 끄적거렸다. 그러다 갑자기 아버지와 딸이 앉아 있는 벤치로부터 등을 돌리고 집으로 돌아갔다.

그날 마리우스는 저녁 먹는 것을 깜빡했다. 8시가 되어서야 그 사실을 깨달았으나 생 자크 거리까지 가기에는 너무 늦은 시각이었다. 그는 투덜거리며 빵 한 조각으로 저녁을 때운 뒤, 솔질한 옷을 차근차근 개어놓고 겨우 잠자리에 들었다.

다음 날도 그는 뤽상부르 공원에 나갔다. 이번에는 오솔길 한가운데쯤 있는 벤치에서 계속 머물렀다. 그는 어제처럼 거기에 앉아서 예의 그 흰 모자와 검은 옷을 바라보았다. 그렇게 미동도 없이 앉아 있다가 공원 문이 닫힐 무렵 비로소 집으로 돌아갔다. 그는 르블랑 씨와 처녀가 공원을 나가는 모습을 보지 못했으므로 그들이 웨스트 거리 쪽 철문으로 나갔다고 짐작했다. 몇 주일이 지난 뒤 그때 일을 떠올렸을 때, 그는 그날 저녁을 어디에서 먹었는지 도무지 기억나지 않았다.

그다음 날도 그는 별수 없이 뤽상부르 공원으로 가고 말았다. 어린 처녀는 이미 르블랑 씨와 함께 그곳에 와 있었다. 그는 책을 보며 산책하는 척하면서 최대한 그들 가까이 다가갔으나 그래도 꽤 멀리 떨어져 있었다. 그는 벤치에 앉아 4시간여를 마치 사람을 놀리기라도 하듯 멋대로 오솔길에 내려앉았다 날아갔다 하는 새들을 바라보면서 시간을 보냈다.

그렇게 반달가량 지났다. 마리우스는 여전히 뤽상부르 공원에 나갔는데, 산책이 아니라 그저 습관처럼 늘 같은 자리에 앉아 있는 것이었다. 그러고는 한 걸음도 움직이지 않았다. 그는 남의 눈에 띄려고 그런 것은 아니었으나 매일 아침 새 옷을 입었다. 그리고 다음 날도, 그다음 날도 늘 똑같은 짓을 되풀이했다.

두 주일쯤 된 어느 날, 마리우스는 늘 그래 왔듯이 자기만의 벤치에 앉아 책을 펴고 있었지만, 2시간이 지나도록 한 페이지도 넘기지 못했다. 그러다 불현듯 그는 소스라치게 놀랐다. 오솔길 끝에서 심상치 않은 일이 벌어지고 있었던 것이다. 르블랑 씨 부녀가 벤치를 떠나는 것이었다. 그녀가 아버지의 팔을 잡고 마리우스가 있는 오솔길 중간께로 천천히 걸어오고 있었다. 마리우스는 책을 덮었다가 다시 펴서 열심히 읽는 척했다.

그는 순간 몸이 떨리고 정신이 아찔했다. 이 순간만큼은 자신이 미남이기를 바랐다. 아니면 훈장이라도 달고 있었으면 했다. 두 사람의 조용하고 차분한 발소리가 점점 가까워지고 있었다. 어쩌면 르블랑 씨는 눈을 부릅뜨고 그를 노려볼지도 모를 일이었다.

'저분이 내게 말을 걸까?'

마리우스는 이런 생각을 하며 고개를 숙였다. 이윽고 얼굴을 들어보니 그들이 바로 옆에 와 있었다. 처녀는 그를 지나치면서 뭔가 깊은 생각에 잠긴 듯한 눈길을 보냈다. 순간 마리우스는 머리 꼭대기부터 발끝까지 전율이 일었다. 그 눈은 그가 오랫동안 다가서지 않은 것을 나무라는 듯했다. 마치 '그래서 내가 왔어요'라고 말하는 것처럼.

마리우스는 광명과 심연으로 가득 찬 눈길 앞에서 머릿속이 일시에 불붙는 것 같아 현기증이 날 지경이었다. 마침내 그녀가 내게로 온 것이다! 그녀가 내게로 와서 뭐라고 형용할 수 없는 그윽한 눈길로 나를 바라보지 않았는가! 그녀는 이제껏 그가 한 번도 보지 못한 여성 중의 여성, 천사 중의 천사였다.

마리우스는 그녀의 뒷모습이 보이지 않을 때까지 눈길을 떼지 못했다. 그런 다음 정신 나간 사람처럼 뤽상부르 공원을 걸어 다녔다. 그는 이따금 크게 웃기도 하고 소리를 지르기도 했다. 마리우스는 이제 한 여자를 사랑하게 된 것이다.

그렇게 꼬박 한 달이 지났다. 마리우스는 하루도 빠짐없이 뤽상 부르 공원에 갔다. 매일 그 시간이 되면 뭔가에 홀린 듯 발길이 그리로 향하는 것이었다.

"저 친구 또 출근하는군."

쿠르페락이 이렇게 말할 정도였다.

마리우스는 나름 황홀한 나날들을 보내고 있었다. 그녀도 그를 의식하고 있는 게 분명했다.

이윽고 그는 용기를 내서 벤치로 다가갔다. 그러나 사랑에 빠진 남자 특유의 소심함으로 주저할 뿐이었다. 우선 '그녀의 아버지'가 조심스러웠다. 그는 머리를 써서 되도록 그녀에게는 잘 보이되 르블랑 씨의 눈에는 띄지 않도록 나무 뒤나 조각상 뒤쪽에 자리를 잡았다. 어느 때는 꼬박 30분을 조각상 뒤에 서서 책 너머로 가만히 눈을 들어 그녀를 바라보기도 했다. 그러면 상대방도 보일락 말락 미소를 띠고 그 사랑스러운 옆얼굴을 이쪽으로 돌리는 것이었다. 그녀는 더없이 자연스럽고 온화한 태도로 백발의 남자와 이야기를 나누면서 한편으로는 소녀다운 정열과 온갖 꿈으로 가득 찬 눈빛을 마리우스에게 보내곤 했다.

르블랑 씨도 마침내 모종의 낌새를 알아차리고 말았다. 그는 마리우스가 나타나면 곧잘 일어나서 멀찍이 떨어진 곳에 다시 자리를 잡곤 했다. 마리우스가 자신들을 쫓아오는지 확인하기 위해서였다.

마리우스는 미처 이 사실을 깨닫지 못하고 그들을 쫓아가는 실수를 범했다. 그러자 '아버지'는 마치 보란 듯이 '딸'을 데리고 나오지 않았다. 가끔 그가 혼자 공원에 나오면 마리우스는 뒤도 돌아보지 않고 집으로 가버렸다. 이것 또한 실수였다.

마리우스는 그러한 조짐에 전혀 신경 쓰지 않았다. 뜻밖의 행복에 눈이 멀었던 것이다. 어느 날 해 질 무렵, 그는 '르블랑 씨 부녀'가 막 떠난 벤치 위에서 손수건 한 장을 발견했다. 수도 놓이지 않고 그저 수수한 모양의 새하얀 손수건에서 뭐라고 표현할 수 없는 향기가 배어나는 것 같았다. 손수건에는 'U. F.'라는 글자가 적혀 있었다. 'U'는 이름 머리글자인지도 모른다.

'위르쉴인가? 참 아름다운 이름이야.'

그는 손수건에 키스하고 향기를 맡으면서 생각했다.

그날부터 그는 낮에는 그것을 소중한 보물처럼 품에 지니고, 밤에는 입술에 대고 잤다. 그러면서 "그녀의 영혼의 향기가 느껴진다!"고 혼자 중얼거리곤 했다.

사실 그 손수건은 르블랑 씨가 떨어뜨린 것이었다. 그러나 마리우스는 하루에도 몇 번씩 그 손수건에 입을 맞추거나 가슴에 품고 뤽상부르 공원에 나갔다.

사랑에는 욕망이 따르게 마련이다. 그녀의 이름을 알게 된 것만으로도 마리우스에게는 굉장한 일이었다. 또한 동시에 대수롭지 않은 일이기도 했다. 지난 3주일 동안 그는 이 행복을 만끽했고, 이제는 다른 행복을 바라고 있었다. 그녀가 사는 곳을 알고 싶었던 것이다.

이미 그는 조각상 옆 벤치의 함정에 빠지는 실수를 저질렀다. 이어 두 번째 실수도 저질렀다. 르블랑 씨가 공원에 혼자 왔을 때 주저 없이 돌아가버린 것이다. 그리고 마침내 세 번째 더 큰 실수를 저질렀다. '위르쉴'의 뒤를 밟은 것이다.

그녀는 웨스트 거리에서 가장 인적이 뜸한 곳에 위치한 4층 건물에 살고 있었다.

이후로 마리우스는 뤽상부르 공원에서 그녀를 보는 행복에, 그녀의 집까지 따라가는 행복을 더했다. 갈망은 점점 커져갔다. 그는 이미 그녀의 이름, 그 사랑스러운 이름을, 정말이지 여성스러운 그 이름을 알고 있었다. 어디에 사는지도 알고 있었다. 그리고 이번에는 그녀가 어떤 사람인지 알고 싶었다.

어느 날 저녁, 두 사람의 뒤를 은밀히 따라간 마리우스는 용기를 내어 문지기에게 물었다.

"방금 들어간 분들은 2층에 살고 있습니까?"

"아뇨, 4층에 삽니다."

문지기가 대답했다.

"앞쪽으로 향한 방입니까?"

"네. 원래 다 길 쪽으로 나 있게 마련이죠."

문지기가 대답했다.

"남자분은 뭐 하는 사람입니까?"

마리우스는 좀더 직설적으로 물어보았다.

"연금 생활자예요. 좋은 분이죠. 부자는 아니지만 불쌍한 사람들을 많이 도와주시고요."

"그분 이름이 뭡니까?"

마리우스가 다시 물었다.

그러자 문지기가 그를 똑바로 쳐다보며 물었다.

"탐정이라도 되십니까?"

마리우스는 난감했지만 기쁜 마음으로 돌아서며 생각했다.

'됐어. 위르쉴이 연금 생활자의 딸이라는 것, 그리고 웨스트 거리에 있는 건물 4층에 산다는 것까지 알았으니까.'

이튿날 르블랑 씨 부녀는 잠깐 뤽상부르 공원에 모습을 나타냈다. 그리고 아직 해가 높이 떠 있는 시각에 공원을 떠났다. 마리우스는 여느 때처럼 웨스트 거리까지 그들을 따라갔다. 그런데 르블랑 씨는 정문 앞에서 딸을 먼저 들여보내고, 갑자기 걸음을 멈추고 몸을 홱 돌리더니 마리우스를 뚫어져라 쳐다보았다.

다음 날 그들은 뤽상부르 공원에 나타나지 않았다. 마리우스는 온종일 바람을 맞은 셈이었다. 저녁에 웨스트 거리에 가보니 4층 창문에서 불빛이 새어 나오고 있었다. 그는 불이 꺼질 때까지 그 아래를 서성거렸다.

그다음 날도 그들은 뤽상부르 공원에 나오지 않았다. 마리우스는 하루 종일 기다리다 창문 밑으로 가서 밤의 파수꾼 노릇을 했다.

그렇게 일주일이 지나도록 르블랑 씨 부녀는 뤽상부르 공원에 나타나지 않았다. 마리우스는 온갖 씁쓸한 억측에 빠졌다. 차마 대낮부터 파수꾼 노릇을 할 용기가 없었던 그는 날이 저물면 창문에 비치는 불빛을 올려다보는 것으로 만족해야 했다. 이따금 창문에 사람 그림자가 비치면 가슴이 두근거렸다. 8일째 되는 날은 아예 불빛이 보이지 않았다.

"밤인데 불이 켜지지 않다니! 외출이라도 한 걸까?"

그는 기다렸다. 10시, 12시, 밤 1시, 4층의 어느 창문에도 불빛이 비치지 않았다. 그는 몹시 우울한 기분으로 그곳을 떠났다.

이튿날도 부녀는 공원에 나타나지 않았다. 무슨 일이 있는 게 분명했다. 날이 저물자 마리우스의 발걸음은 자연스레 그 집 앞으로 향했다. 창문에 불빛이 비치지 않았고, 덧문이 닫혀 있었다.

마리우스는 정문으로 들어가 문지기에게 물었다.

"4층에 사는 분들은 어디 여행이라도 가셨나요?"

"이사 가셨어요."

문지기가 말했다.

마리우스는 맥이 쭉 빠져서 중얼거리듯 되물었다.

"언제요?"

"어제요."

"어디로 갔습니까?"

"글쎄, 잘 모르겠네요."

"이사하면서 새로 갈 집 주소도 알려주지 않았단 말입니까?"

"네."

문지기는 비로소 얼굴을 들고 상대를 알아보며 말했다.

"아! 그러니까 당신은 역시 경찰이었군요?"

*

여름과 가을이 지나고 겨울이 왔다. 르블랑 씨와 그 딸은 더 이상 뤽상부르 공원에 나타나지 않았다. 마리우스는 오로지 그 다정하고 사랑스러운 얼굴을 보고 싶은 일념으로 하루하루를 보냈다. 그는 사방을 헤매고 돌아다녀 보았으나 아무런 실마리도 발견하지 못했다.

그는 몇 번이고 자책감에 휩싸였다. 왜 그녀의 뒤를 쫓았던가? 그녀의 모습을 보는 것만으로 그토록 행복했는데! 물끄러미 바라보던 그녀의 시선, 그것만으로 충분했는데. 그녀는 나를 사랑하고 있는 게 분명했다. 더 이상 무엇을 원했던가? 백 번을 생각해도 바보 같은 짓이었다.

30. 괴물 교향곡

마리우스는 여전히 고르보 누옥에 살았다. 그는 이 집에 사는 누구에게도 관심이 없었다.

지금 이 집에 사는 사람은 전에 그가 집세를 대신 치러준 적이 있는 종드레트 가족뿐이었다. 다른 사람들은 모두 이사를 갔거나, 죽었거나, 집세가 밀려서 쫓겨났다.

성촉절인 2월 2일 오후에 잠깐 비친 초라한 햇살은 마치 앞으로 다가올 추위를 예고하는 것 같았다.

마리우스는 막 자신의 소굴 같은 방에서 나오는 길이었다. 해는 서서히 저물어가고 있었다. 저녁 식사를 하러 갈 시간이었다. 그가 문을 열고 나왔을 때, 고르보 누옥의 문지기이자, 주인이며 가정부인 부공 할멈('뷔르공 부인'을 쿠르페락이 장난스럽게 부르는 이름이었다)이 의미심장한 말을 중얼대며 청소를 하고 있었다.

"요즘 세상에 싼 게 어딨어? 뭐든 다 비싸지. 값싼 건 근심 걱정뿐이야. 이 세상에 공짜로 얻을 수 있는 건 그것뿐이라고!"

마리우스는 생 자크 거리로 가기 위해 성문 옆으로 난 가로수길을 천천히 걸어 올라갔다. 그는 아까부터 골똘히 생각에 잠겨 고개를 푹 숙인 채 걷고 있었다.

그러다 돌연 어둠 속에서 누군가의 팔꿈치와 세게 부딪히는 것을 느꼈다. 돌아보니 누더기를 걸친 두 처녀였다. 하나는 야윈 몸집에 키가 컸고, 다른 하나는 그보다 약간 키가 작았다. 둘 다 무엇에 쫓기는 듯 숨을 헐떡이며 뛰어가고 있었다. 정신없이 도망치다가 미처 이쪽을 보지 못하고 그와 부딪혔던 것이다. 어둠에 비친 처녀들의 얼굴은 몹시 창백한 데다 더러운 모자 밑으로 머리는 헝클어져 있었으며, 해진 치마 아래로 보이는 것은 맨발이었다. 둘은 뛰면서 계속 이야기를 주고받았다. 키 큰 처녀의 숨죽인 목소리가 들려왔다.

"개가 온 것도 모르고 멍하니 있다가 하마터면 잡힐 뻔했어."

"그래서 나도 무조건 뛰기 시작한 거야!"

키 작은 처녀가 대답했다.

마리우스는 점잖지 못한 은어를 통해 그녀들이 경찰이나 헌병을 피해 간신히 도망쳐 왔다는 것을 알 수 있었다.

처녀들은 마리우스 뒤편의 가로수 그늘로 숨어들었다. 그들의 모습은 얼마 동안 어둠 속에 희뿌연 그림자로 남아 있다가 곧 자취를 감췄다.

마리우스는 잠시 멈췄던 걸음을 다시 옮기다 발밑에 떨어진 잿빛 작은 꾸러미를 발견했다. 허리를 굽혀 그것을 주워 보니 봉투 모양의 꾸러미 속에 종이가 들어 있었다.

"그 가엾은 처녀들이 떨어뜨린 거로군!"

그는 뒤돌아서 처녀들을 불렀으나 아무도 보이지 않았다. 그들은 벌써 멀리 간 모양이었다. 그는 꾸러미를 윗옷 주머니에 넣고 저녁을 먹으러 갔다.

그날 밤, 마리우스는 잠자리에 들려고 옷을 벗다가 문득 윗옷 주머니에 있는 꾸러미에 손이 닿았다. 저녁 내내 그 꾸러미를 까맣게 잊고 있었다. 그는 꾸러미를 열어보기로 했다. 그 처녀들이 떨어뜨린 게 분명하다면 주소가 적혀 있을지도 모르고, 그렇지 않더라도 물건을 주인에게 돌려줄 무슨 단서라도 발견할 수 있을 거라고 생각했다.

봉투는 봉해져 있지 않았고, 편지 네 통 역시 봉해지지 않은 채로 들어 있었다. 지독한 담배 냄새를 풍기는 편지에는 각각 수신인의 이름이 적혀 있었다.

첫 번째 편지에는 '하원 앞 광장, ○○번지, 그뤼슈레 후작 부인 귀하'라고 적혀 있었다.

마리우스는 편지 내용을 보면 분명 뭔가 단서가 될 만한 게 나올 것이고, 더구나 봉함한 것도 아니니 크게 실례되지는 않을 것이라고 생각했다.

편지 내용은 다음과 같았다.

후작 부인께

　자비와 경애는 우리 사회를 한층 굳게 맺어주는 미덕이라 생각합니다. 오로지 충성심 때문에, 또한 정통 왕위 계승의 신성한 대의를 존중하고, 그것을 지키기 위해 스스로 피 흘려 희생하며 전 재산을 바쳐 이제는 더할 수 없이 곤궁한 처지에 놓인, 이 불행한 스페인 사람에게 부디 당신의 그 기독교도적인 동정심을 베풀어주시기 바랍니다.

　삼가 경의를 표하는 바입니다.

　망명객의 한 사람으로 조국에 돌아가려 하나 여비가 없어 곤경에 처한 스페인 왕당파 기병 대위 돈 알바레스 올림

서명 옆에 발신인의 주소는 적혀 있지 않았다. 마리우스는 두 번째 편지에 기대를 걸었다. 겉봉에는 이렇게 씌어 있었다.

'카세트 거리 9번지, 몽베르네 백작 부인 귀하.'

마리우스가 읽은 내용은 다음과 같았다.

백작 부인께

　저는 자식 여섯을 거느린 불쌍한 어미입니다. 막내는 아직 생후 8개월밖에 되지 않았습니다. 저는 이 아이를 낳고 나서 줄곧 병마에 시달리는 데다 5개월 전에는 남편한테 버림받아 돈 한 푼 없이 지독한 생활고에 허덕이고 있습니다.

　백작 부인의 동정심에 호소하며 이에 깊은 경의를 표하는 바입니다.

마리우스는 세 번째 편지를 펼쳤다. 역시 동정을 애원하는 편지였다.

생 드니 거리 잡화상, 선거인, 바부르조 귀하

귀하의 이해와 깊은 배려, 동정심을 간구하며 이처럼 실례를 무릅쓰고 편지를 보내는 바입니다. 저의 희곡은 역사적 사실을 기반으로 한 것으로 제국 시대 오베르뉴를 무대로 전개됩니다. 자부하건대 제 글은 문체가 극히 자연스럽고 간결하여 어느 정도 가치 있을 것이라 믿습니다. 대사도 네 문장이나 노래로 만들었습니다. 희극에 바탕을 둔 진실하고 기발한 장면이 있고, 각 인물들의 성격이 각양각색으로 그려지는 가운데 전반적으로 낭만적인 색조가 경쾌하게 넘치고 있습니다. 그 모든 것이 하나로 융합된 줄거리는 관객을 신비한 감동의 세계로 이끌면서 대단원의 막을 내리게 됩니다.

그러나 이런 모든 장점에도 불구하고 저의 희곡은 일부 특권층 작가들의 시기심과 이기주의로 상연을 거부당할지도 모릅니다. 신인은 항상 실망의 쓰디쓴 잔을 마시게 마련이니까요.

저는 귀하께서 문인들에게 특별히 관심을 갖고 계시다는 소문을 듣고 감히 이렇게 딸자식을 보내 이 추운 계절에 빵도, 땔감도 없이 사는 저희 가족의 딱한 사정을 호소하는 바입니다. 저는 이번에 쓴 희곡은 물론 앞으로 쓰게 될 모든 작품을 귀하게 바치고 싶습니다. 부디 저의 청을 들어주시기 바랍니다.

바부르조 씨와 영부인에게 진심으로 경의를 표하며,

극작가 장 폴로 올림

참고로 후원해주시는 금액이 40수라도 상관없습니다.

그리고 제가 직접 찾아뵙지 못하는 실례를 용서해주시기 바랍니다. 슬프게도 저는 변변한 옷 한 벌 갖고 있지 못해서 외출할 수 없는 형편입니다.

마리우스는 마지막으로 네 번째 편지를 읽어보았다. 수신인이 '생 자크 뒤 오 파 성당의 인자하신 나리께'로 되어 있는 편지의 내용은 다음과 같았다.

인자하신 나리께

나리께서 제 딸과 동행해주신다면 저희 가족의 비참한 생활을 알게 되실 것입니다. 그때 저의 신분증도 보여드리겠습니다.

고결한 나리께서는 편지를 읽어보시고 틀림없이 온정을 베풀어주시리라 믿습니다. 진정한 철학자는 항상 큰 감동을 느끼는 법이니까요.

동정심 많은 나리, 현재 저희는 가난 때문에 최악의 상황에 놓여 있습니다. 그렇다고 해서 몇 푼 되지도 않는 구제기금을 받으려고 당국으로부터 증명서를 받는다는 건 더없이 비통한 일입니다. 그건 마치 남이 나를 구제해주기를 기다리느라 굶어 죽을 자유도 없이, 주린 배를 움켜잡고 꼼짝없이 앉아 있어야 하는 것과 같습니다. 운명은 어떤 사람에게는 지나치게 가혹한 반면, 어떤 사람에게는 지나치게 관대한 것 같습니다.

나리께서 친히 제가 사는 곳으로 왕림해주시거나, 또는 쾌히 온정을 희사해주시기를 기다리겠습니다. 저의 충성심으로부터 우러나오는 경의를 받아주시기 바라며 이만 펜을 놓습니다.

참으로 고결한 나리께

당신의 지극히 천한 종으로부터,

배우 P. 파방투 올림

마리우스는 네 통의 편지를 모두 읽고도 어떤 사정인지 알 수 없었다. 우선 네 통의 편지 어디에도 발신인의 주소가 적혀 있지 않았다. 게다가 이 편지들은 돈 알바레스, 발리자르의 아내, 극작가 장 폴로와 배우 파방투, 네 사람이 쓴 것으로 되어 있으나 필체가 모두 똑같았다. 네 통의 편지를 한 사람이 쓴 것이라고밖에 달리 생각할 도리가 없었다.

그러한 추측에 신빙성을 더할 만한 게 또 있었다. 네 통 모두 누르스름한 종이에 쓴 데다 진한 담배 냄새를 풍겼고, 문체를 바꾸려고 무척 애쓴 흔적이 엿보였지만 어느 편지에서나 틀린 맞춤법이

버젓이 되풀이되어 있는 것이다.

대수롭지 않은 수수께끼를 풀려는 노력은 아무 의미 없이 끝나고 말았다. 그 편지가 길에서 주운 것이 아니라면 단순한 장난으로 보아 넘겼을 것이다. 그는 네 통의 편지를 중간에 두고 술래잡기라도 하는 듯한 기분이었다.

편지가 길에서 부딪힌 그 처녀들의 것이라는 증거는 하나도 없었다. 결국 이것은 아무 가치도 없는 종잇조각에 불과했다. 마리우스는 편지를 봉투에 넣어 방 한구석에 던져버리고 자리에 누웠다.

다음 날 아침 7시경, 마리우스가 식사를 마치고 막 일을 시작하려는데, 차분하게 문 두드리는 소리가 났다.

"들어오세요."

마리우스의 대답에 이어 문이 열렸다.

"저, 실례합니다."

목이 콱 잠긴 듯 쉰 목소리가 들려왔다. 이를테면 브랜디나 보드카로 목구멍을 덴 노인의 목소리처럼 알아듣기 힘든 목소리였다. 마리우스는 깜짝 놀라 몸을 돌렸다. 한 아가씨가 그의 눈에 들어왔다.

앳된 모습의 그녀는 반쯤 열린 문 앞에 서 있었다. 천창으로 들어온 햇살이 그녀의 얼굴에 엷은 빛을 던지고 있었다. 안색이 창백하고 비쩍 마른 몸집에 뼈만 앙상한 그녀가 슈미즈와 치마 외에는 아무것도 걸치지 않은 채 달달 떨며 서 있었다. 허리는 벨트 대신 끈으로 졸라맸고, 머리도 리본 대신 끈으로 묶었다. 게다가 두 손은 빨갛게 얼어 있었고, 얼굴은 핏기 없이 창백했다. 치아는 몇 개가 빠져 있었고, 흐릿한 눈망울이 경박스럽고 뻔뻔한 인상을 풍겼다.

마리우스는 벌떡 일어나 유령처럼 생긴 그녀를 뚫어져라 바라보았다.

특히 그의 연민을 자아낸 것은 그녀가 날 때부터 그렇게 추한 몰골은 아니었을 거라는 점이었다. 어렸을 때 그녀는 무척 사랑스러웠을 것이다. 지금 그의 눈앞에 서 있는 모습에는 가난 때문에 겉늙은 처녀에게서 엿볼 수 있는 아름다움의 잔재 같은 것이 있었다. 말하자면 겨울날 새벽의 먹구름에 가려진 엷은 태양빛처럼 말이다.

마리우스는 그녀가 낯설지 않았다. 분명 어디선가 본 듯한 얼굴이었다.

"무슨 일로 오셨소?"

그가 물었다.

"편지를 가지고 왔어요, 마리우스 씨."

젊은 처녀가 술 취한 죄수처럼 의기소침한 목소리로 대답했다.

그녀는 마리우스라고 그의 이름을 불렀다. 용건이 있어서 온 것이 분명했다. 그런데 그녀는 누구이고, 어떻게 그의 이름을 알고 있는 것일까?

그녀는 그가 들어오라는 말을 하기도 전에 방으로 들어왔다. 거리낌 없이, 그리고 기분 나쁠 정도로 침착하게 아직 치우지 않은 침대와 방 안을 힐끔힐끔 돌아보았다. 그녀는 맨발이었다. 구멍이 숭

숭 뚫린 치마 사이로 긴 다리와 여윈 무릎이 훤히 드러났다. 그녀는 추위에 벌벌 떨고 있었다.

그녀는 편지 한 통을 내밀었다.

마리우스는 봉투를 뜯다가 입구를 봉한 풀이 채 마르지 않은 것을 알아챘다. 편지는 그리 멀지 않은 곳에서 보낸 것이 분명했다. 그는 천천히 편지를 읽었다.

친절한 이웃 청년께 드립니다.

6개월 전, 저희를 위해 방세를 대신 내주신 것을 잘 알고 있습니다. 당신에게 신의 축복이 내리기를. 큰딸이 사정 얘기를 말씀드리겠지만 저희 네 식구는 이틀 전부터 빵 한 조각 없이 살고 있는데, 아내마저 병으로 몸져누워 있습니다. 제 생각이 틀리지 않았다면, 마음이 너그러우신 당신은 딸의 말을 듣고 저희를 불쌍히 여겨 약간의 은혜를 베풀어주시리라 믿습니다.

은인에게 최대의 경의를 표하며, 종드레트

추신 : 친애하는 마리우스 씨, 지금 제 딸은 당신의 분부를 기다리고 있습니다.

이 편지도 앞의 네 통과 같은 사람이 쓴 것이었다. 필체와 문체는 물론 틀린 맞춤법이나 종이 재질, 담배 냄새까지 똑같았다.

다섯 통의 편지와 다섯 통의 하소연, 5개의 이름과 5개의 서명이 있었다. 그러나 그 모든 편지는 한 사람이 쓴 것이었다. 스페인 대위 돈 알바레스, 불쌍한 어머니 발리자르의 아내, 극작가 장 폴로, 배우 파방투, 이들이 사실은 종드레트 한 사람이었던 것이다. 물론 그 종드레트라는 이름도 진짜 이름인지 의심스럽지만.

이미 설명했듯이 마리우스가 이 집에 살기 시작한 지는 꽤 오래 됐지만 이웃들과 서로 얼굴을 마주칠 기회가 없었다. 그의 마음은 늘 다른 데 있었다. 마음 가는 곳에 눈도 가는 법이다. 복도와 계단에서 몇 차례 종드레트 가족과 마주친 적이 있지만, 그에게는 모든 것이 그림자에 불과했다. 그토록 무관심했기 때문에 어젯밤 길에서 그 집 딸들과 부딪히고도 알아보지 못했다. 게다가 지금 자기 방에 들어온 처녀를 보고도 혐오와 연민이 뒤섞인 복잡한 감정을 느끼며 막연하게 어디서 본 듯한 얼굴이라고만 생각했던 것이다.

그런데 이제는 모든 사실을 알게 되었다. 이웃에 사는 종드레트 씨는 먹고살기 위한 방편으로 타인의 친절과 선의를 이용한 장사를 하고 있었다. 그는 부유하고 동정심 많은 사람을 택해서 가명으로 쓴 편지를 딸들에게 들려 보냈다. 딸들에게는 몹시 위험한 일이었지만 아버지는 딸들을 그런 위험에라도 빠뜨리지 않으면 안 될 만큼 어려운 처지에 놓여 있는 것이었다. 말하자면 아버지는 운명을 건 승부에 자기의 딸들을 걸었다. 마리우스는 어제의 비밀도 알 것 같았다. 그녀들이 숨을 헐떡이며 주고받은 은어로 짐작건대 뭔가 수상한 일을 하고 있는 게 틀림없었다.

마리우스가 당혹감과 비통함에 찬 시선으로 바라보는 동안 젊은 처녀는 유령처럼 태연하게 방 안을 왔다 갔다 하고 있었다. 옷 밖으로 맨살이 다 드러나도 전혀 아랑곳하지 않았다. 이따금씩 찢어진 슈미즈가 허리까지 미끄러져 내려왔다. 그녀는 의자를 움직여보기도 하고, 찬장 위에 놓인 화장 도구를 만지작거리는가 하면, 마리우스의 옷을 살짝 만져보기도 하면서 방 안 구석구석을 살펴보았다.

"어쩜, 거울도 있네요."

그녀가 말했다.

그녀는 마치 방 안에 자기 혼자 있는 듯 유행가를 흥얼거렸는데, 꽉 잠긴 목소리가 왠지 가련하게 느껴졌다. 그녀의 뻔뻔함 속에서 뭔가 어울리지 않게 서글프고 비굴한 구석이 엿보였다. 뻔뻔하다는 것은 수치스러운 것이다.

마리우스는 깊은 생각에 잠겼고, 그녀는 방 안을 멋대로 돌아다녔다. 그러다 탁자 옆으로 다가갔다.

"와, 책이네요."

그렇게 말하는 그녀의 흐릿한 눈이 순간적으로 반짝 빛났다. 그녀는 다시금 똑같은 말을 외쳤다. 그 말투에는 모든 사람들 앞에서 뭔가 큰 자랑거리를 뽐낼 때처럼 행복감이 넘쳤다.

"나도 글 읽을 줄 알아요."

그녀는 탁자 위에 펼쳐져 있던 책을 번쩍 들고는 큰 소리로 읽기 시작했다.

"보뒈앵 장군은 5개 대대를 이끌고 워털루 평야 한복판에 있는 우고몽 성을 공격하라는 명령을 받았다……."

그녀가 돌연 읽기를 멈췄다.

"아, 워털루, 나도 알아요. 옛날 전쟁터였죠. 아버지도 여기 간 적 있어요. 아버지는 군인이었는데, 워털루에서 영국군과 싸웠대요."

그녀는 책을 내려놓고 펜을 집어 들더니 큰 소리로 말했다.

"있잖아요, 나는 글을 쓸 줄도 알아요."

그녀는 펜을 잉크에 적셔 마리우스 쪽으로 몸을 돌렸다.

"한번 써서 보여드릴까요?"

그녀는 그가 미처 대답할 겨를도 없이 탁자에 놓인 종이에 다음과 같이 썼다.

'개들이 있다.'

그런 뒤 다시 펜을 놓고 말했다.

"자, 보세요. 철자가 하나도 안 틀렸죠? 나랑 동생은 교육을 받았어요. 우리가 처음부터 이랬던 건 아니랍니다. 절대로……."

그녀는 문득 입을 다물더니 흐릿한 눈망울로 마리우스를 똑바로 쳐다보며 갑자기 소리 내어 웃기 시작했다. 그러고는 모든 괴로움에 철판을 깐 듯한 어조로 이렇게 내뱉었다.

"쳇, 바보같이!"

그리고 그녀는 유쾌한 노래를 읊조리기 시작했다.

배고파요, 아빠

먹을 게 없어요.

추워요, 엄마

입을 게 없어요.

떨고 있니,

롤로트야!

울고 있니,

자코야!

한 소절을 마친 그녀가 큰 소리로 말했다.

"마리우스 씨, 혹시 연극도 보러 가시나요? 나는 가끔 보러 가요. 남동생이 배우들하고 친해서 표를 갖다 주거든요. 하지만 2층 앞자리는 별로 좋아하지 않아요. 거기는 좁고 불쾌하거든요. 가끔 몹시 뚱뚱한 사람이 옆에 앉기도 하고, 이상한 냄새를 풍기는 사람도 있다니까요?"

그런 다음 그녀는 마리우스를 물끄러미 바라보면서 알 수 없는 표정을 지었다.

"마리우스 씨, 알고 있나요? 당신이 굉장히 잘생긴 남자라는 거?"

두 사람의 머릿속에 같은 생각이 스쳤다. 그리하여 처녀는 빙그레 웃음 지었고, 마리우스는 얼굴을 붉혔다. 그녀가 옆으로 다가와 그의 어깨에 한 손을 얹고 말했다.

"당신은 나를 눈여겨보지 않았지만 나는 당신을 잘 알고 있어요. 마리우스 씨, 우리는 이 집 계단에서 종종 마주쳤고, 또 우연히 당신이 아우스터리츠 다리 근처에 사는 마뵈프 씨 댁에 들어가는 것을 몇 번 보았어요. 당신에게는 그 머리가 정말 잘 어울려요. 더부룩한 머리 말이에요."

그녀는 가능한 부드러운 목소리로 말하려고 애썼지만, 그럴수록 목소리가 더 가라앉을 뿐이었다. 그러다 보니 마치 고장 난 건반에서 소리가 나오다 마는 것처럼 말소리가 목 안에서 웅얼거렸다.

"아가씨."

마리우스는 한 걸음 뒤로 물러서며 냉정하고도 무게 있는 목소리로 그녀를 불렀다.

"저기 저 꾸러미, 아마도 당신이 주인인 것 같은데 돌려드리겠소."

말을 마친 그가 네 통의 편지가 들어 있는 꾸러미를 그녀에게 내밀었다.

그녀는 손뼉을 치며 반갑게 외쳤다.

"세상에! 이걸 찾느라 얼마나 헤매고 다녔는지 몰라요."

그녀는 봉투를 받아 들고 속에 들어 있는 것을 확인하더니 이렇게 말했다.

"이것 때문에 얼마나 애태웠는지 몰라요. 동생이랑 같이 말이에요. 그런데 당신이 주웠군요? 가로수길에 떨어져 있었죠? 거기가 틀림없어요. 그래요. 동생이 막 뛰어가다가 떨어뜨린 거예요. 글쎄,

집에 와서야 없어진 걸 알았다니까요. 그래서 우리는 이렇게 결론 내렸어요. 편지는 전했는데 모두 거절당한 거라고! 그런데 이게 여기 있을 줄이야. 어떻게 이 편지가 내 거라는 걸 아셨죠? 아, 알겠어요. 필체가 같으니까. 그럼 어젯밤 길에서 우리와 부딪힌 분이 바로 당신이었군요."

이렇게 말하면서 그녀는 '생 자크 뒤 오 파 성당의 인자하신 나리께' 보내는 편지를 펼쳤다.

"이건 미사에 참석하는 할아버지한테 드리려고 했던 거예요. 마침 지금이 딱 그 시간이네요. 얼른 편지를 주러 가야지. 틀림없이 아침 밥값 정도는 주실 거야."

그녀는 다시 깔깔 웃으면서 이렇게 덧붙였다.

"우리가 오늘 아침을 먹으면 그게 어떤 건지 아세요? 그러면 우리는 그저께 아침과 저녁, 그리고 어제 아침과 저녁을 오늘 아침에 한꺼번에 먹는 거예요. 어차피 우리는 들개나 다름없는 생활을 하고 있으니까요. 그렇게 굶주리다가 먹을 게 생기면 배가 터지도록 먹거든요."

마리우스는 그녀가 무슨 일로 이 방에 찾아왔는지 다시 떠올리고 주머니에 손을 넣어 뭔가를 찾았다. 그는 옷 주머니를 뒤져 동전들을 모두 모았다. 5프랑 16수였는데, 그것은 그가 가진 전부였다. 그는 16수를 다시 주머니에 넣고, 5프랑을 처녀에게 주었다.

처녀는 동전을 받아 들고 기뻐서 소리쳤다.

"이게 웬떡이야! 아이, 좋아라!"

처녀는 흘러내린 슈미즈를 끌어 올리고 마리우스에게 고개 숙여 인사한 다음 방문 쪽으로 가면서 말했다.

"이 돈은 아버지한테 전해드릴게요. 안녕히 계세요, 선생님."

처녀는 밖으로 나가는가 싶더니 서랍장 위에 있는 빵 한 조각을 보고는 냅다 그쪽으로 달려갔다. 그리고 먼지를 허옇게 뒤집어쓴 곰팡이 핀 빵을 한입 베어 물고 중얼거렸다.

"아, 맛있다. 그런데 딱딱해서 이가 부러지겠네!"

처녀는 방에서 나갔다.

마리우스는 조부의 집을 나온 이래 줄곧 가난한 생활에 허덕였다. 조부와 함께 살던 때와 비교하면 말할 수 없이 곤궁한 생활이었다. 그러나 그는 막상 궁핍하게 살면서도 방금 전에 보았던 진짜 가난과 곤궁에 대해서는 아무것도 몰랐다.

가난한 이웃의 실상을 알게 된 마리우스는 지금껏 자신의 열정과 안녕을 우선시하면서, 고통받는 이웃들에게 무관심했던 자신을 크게 꾸짖었다. 불과 벽 하나를 사이에 둔 이웃의 비참한 생활을 몰랐다는 데에 더욱 큰 자책감이 들었다.

그는 현실과 동떨어진 세상에 살고 있었다. 그동안 한집에 살고 있는 이웃들은 가난에 신음하고 있었던 것이다. 그들은 물론 몹시 천하고 타락한 사람들이었지만, 몰락한 사람들이 타락하지 않기란 좀처럼 있을 수 없는 일이라는 것 또한 그는 잘 알고 있었다. 또한 불행한 사람과 파렴치한 사람들은 하나의 공통점을 지니고 있는데, 그것을 한 마디로 합치면 '레 미제라블', 즉 '가엾은 사람들'이라는 것을 알고 있었다.

마리우스는 이렇듯 윤리적인 문제에 관한 자신의 신념을 돌이켜보면서, 가엾은 사람들이 더 깊이 추락할수록 그들에게 오히려 더 큰 자비심을 가져야 한다고 생각했다. 그는 스스로에게 그렇게 가르치면서 옆방과 자기 방 사이의 벽을 바라보았다. 마치 그 벽을 뚫고 연민의 정을 전하기라도 하듯.

그런데 한동안 벽을 바라보던 마리우스는 조금 놀라지 않을 수 없었다. 나무에 회벽질한 얇은 벽면을 뚫고 옆집의 이야깃소리가 너무나 또렷하게 들려왔던 것이다. 지금까지 그는 지독한 몽상에 빠진 나머지 그러한 사실조차 미처 깨닫지 못했다.

또 그 벽을 자세히 들여다보니 천장 쪽의 회벽 틈새에 세모꼴의 작은 구멍 하나가 뚫려 있는 것이 아닌가! 서랍장 위로 올라가면 그 구멍을 통해 옆방을 들여다볼 수 있을 것 같았다. 마리우스는 갑자기 호기심을 참을 수 없었다. 타인의 불행을 엿보고 싶은 충동이 일었다. 급기야 그는 이웃의 불행을 구제하기 위해서라면 이웃의 상황을 알아야 한다고 스스로 합리화했다.

'그들이 어떤 사람들인지, 그리고 형편이 얼마나 안 좋은지 봐야겠다!'

마리우스는 서랍장 위로 올라가 작은 구멍을 들여다보았는데, 눈에 들어온 것은 불결하고, 비참하고, 추악하기 그지없는 광경이었다.

가난한 마리우스의 방도 볼품없기는 했지만 그의 가난이 청빈함에 기인하듯 비록 누추하나 단정했다. 그러나 지금 그가 본 이웃의 방은 불결함 그 자체였다. 그 방은 쓰레기와 병균들이 난무하는 가난과 절망의 온상이었다. 세간이라고는 짚 의자 하나와 이곳저곳 부러져 삐걱거리는 낡은 탁자 하나, 탁자 위에 놓인 이 빠진 접시 몇 개, 그리고 맞은편 방구석에 놓인 낡고 더러운 간이침대 두 대가 전부였다.

방에는 창문이 단 하나뿐이었다. 빛이 들어오는 유일한 통로인 그 창문에는 거미줄이 얼기설기 뒤엉켜 있었고, 그나마 유리도 여기저기 금이 가서 당장이라도 깨질 것만 같았다. 그 창문으로 사람이 유령으로 보일 정도의 빛만 겨우 들어왔다. 그 방의 벽면들 역시 유령의 소굴처럼 흉측했다. 곰팡이가 슬고 습기를 잔뜩 머금어 군데군데 회벽이 떨어져 나간 벽에는 숯덩이로 휘갈긴 듯한 온갖 조잡한 그림이며 낙서들이 가득했다.

창문 옆 탁자에는 펜과 잉크와 종이가 놓여 있었고, 그 옆에는 예순 살 정도 돼 보이는 남자가 앉아 있었다. 볼품없이 야윈 몸집에 창백한 얼굴, 사나운 기색이 역력한 눈빛이 교활하고 잔인한 인상을 풍겼다.

험악하게 생긴 이 남자는 반백의 긴 수염을 기르고 있었고, 입고 있는 슈미즈 사이로 털투성이 가슴과 두 팔이 그대로 드러났다. 슈미즈 아래로는 때가 꼬질꼬질한 더러운 바지 차림이었고 긴 슬리퍼 앞으로 발가락이 삐져나와 있었다. 그 방에 빵은 한 조각도 없었으나 담배는 있었다. 남자는 종이에 뭔가를 쓰고 있었다. 보나마나 마리우스가 읽은 것과 같은 내용의 편지일 것이다.

남자가 편지를 쓰면서 떠들어대는 소리가 마리우스의 귀에까지 들렸다.

"우리네 인생에 평등이란 없어. 죽은 다음에도! 페르 라셰즈 묘지에 가봐! 지체 높은 부자 놈들은 죄 높은 곳에 묻혀 있지. 아카시아 가로수가 양옆으로 펼쳐진 길에는 포석이 깔려 있고 말이야. 있는 놈들은 묘지까지 마차를 타고 간다고. 헌데 천한 놈, 가난한 놈, 보잘것없는 놈들은 죄 맨 밑바닥에 묻히잖아. 무릎까지 빠지는 진흙 구덩이 같은 곳에서 하루라도 빨리 썩으라고 말이야. 성묘라도 가려면 질척한 웅덩이에 몇 번이나 발을 담가야 하지."

그는 말을 뚝 끊더니 갑자기 주먹으로 탁자를 탕 치면서 이를 갈았다.

"아, 이놈의 세상 갈아 마셔버리고 싶다!"

어찌 보면 마흔 살쯤 되는 것 같고, 또 어찌 보면 백 살은 돼 보이는 뚱뚱한 여자가 맨발로 벽난로 옆에 쭈그리고 앉아 있었다. 그녀 역시 몸에 걸친 것이라고는 슈미즈 하나와 낡은 천 조각으로 기운 무명 속치마뿐이었다. 허름한 앞치마가 속치마를 반쯤 가리고 있었다. 몸을 잔뜩 웅크리고 있었으나 키가 무척 클 듯했다. 남편에 비해 거구였다. 이따금 그녀는 희끗희끗한 적갈색 머리칼을 때 낀 손톱으로 긁적거렸다.

마리우스는 다시 한쪽으로 눈길을 돌렸다. 호리호리한 몸집의 창백한 소녀가 침대에 걸터앉아 있었다. 소녀 또한 거의 벌거벗은 몸으로 두 발을 침대 밑으로 늘어뜨리고 있었는데, 무슨 말을 듣고 있는 것도 아니고 보고 있는 것도 아닌, 흡사 죽은 사람 같았다. 마리우스의 방에 찾아왔던 처녀의 동생이 틀림없었다. 처음에는 열한두 살가량 돼 보였으나 자세히 살펴보니 열다섯 살쯤 된 것이 분명했다. 어젯밤 큰길에서 "그래서 나도 무조건 뛰기 시작한 거야!"라고 했던 소녀였다.

남자는 어느새 입을 다물었고, 여자도 말이 없었으며, 소녀는 숨도 쉬지 않는 것 같았다. 단지 펜으로 종이를 긁는 소리만이 희미하게 들려왔다.

남자가 계속 뭔가를 쓰면서 주절거리기 시작했다.

"무정하도다, 무정하도다, 다 무정할 뿐이로다."

솔로몬의 탄식을 흉내 내는 듯한 말에 여자가 한숨을 내쉬며 말했다.

"여보, 너무 그렇게 흥분하지 말아요. 그러다 몸이라도 상하면 안 되잖아요. 당신은 사람이 너무 좋아서 탈이에요. 그런 인간들한테까지 일일이 편지를 써 보내다니. 당신도 참 어지간하다니까."

마리우스는 가슴이 탁 막히는 것을 느끼고 그 자리를 떠나려다 갑자기 무슨 소리가 들리자 멈췄다.

저쪽 방문이 확 열리더니 큰딸이 나타난 것이다. 그녀는 방에 들어오기 무섭게 손을 뒤로 해서 문을 닫고 잠시 가쁜 숨을 몰아쉬더니 환한 얼굴로 외쳤다.

"오고 있어요."

아버지와 어머니가 동시에 문 쪽으로 고개를 돌렸으나 동생은 꼼짝도 하지 않았다.

"누구 말이냐?"

아버지가 물었다.

"그분이 오고 있다고요."

"그분이라면, 자선가?"

"네."

"생 자크 뒤 오 파 성당 말이냐?"

"네."

"그 늙은이가 온다고?"

"네."

"지금 말이냐?"

"네, 바로 제 뒤에 오고 있어요."

"그게 사실이냐?"

"그럼요, 사실이라니까요. 마차를 타고 온다고요."

그 말에 아버지가 벌떡 일어났다.

"이게 대체 어떻게 된 일이냐? 그 늙은이는 마차를 타고 온다면서 네가 먼저 왔으니? 아무튼 주소는 잘 가르쳐줬겠지? 복도 맨 끝 오른쪽 문이라고 확실히 말한 거냐? 주소가 틀리지 않아야 되는데! 그래서 그 늙은이를 성당에서 만났냐? 내가 쓴 편지는 읽었고? 너한테 뭐라고 하던?"

"아이참, 아버지도. 성미 급하시기는."

딸이 자못 의기양양하게 설명하기 시작했다.

"제 얘기 좀 들어보세요. 제가 성당으로 들어갔을 때 그 할아버지는 늘 앉는 자리에 앉아 있었어요. 그래서 제가 편지를 드렸죠. 그랬더니 할아버지가 그걸 읽어보시고는 '집이 어디지?'라고 묻는 거예요. 그래서 '제가 안내해드릴게요'라고 대답했어요. 그랬는데 할아버지는 '아니, 그러지 말고 어딘지만 가르쳐주거라. 내 딸이 뭘 좀 사겠다고 하니까 마차를 빌려 타고 갈 테니. 아마 너와 비슷한 시각에 도착할 거다'라고 말했어요. 그래서 주소를 가르쳐드렸는데 잠시 깜짝 놀라는 기색이더니 곧바로 '그래, 곧 가지'라고 말했어요. 그리고 미사가 끝난 뒤 그분이 딸을 데리고 성당에서 나와 마차에 올라타는 걸 봤어요. 그리고 우리 집은 복도 맨 끝 오른쪽 문이라고 자세히 알려드렸으니 걱정 마세요."

"하지만 그것만으로 어떻게 꼭 온다고 믿을 수 있겠니?"

아버지는 여전히 뭔가 미심쩍은 듯 딸에게 재차 물었다.

"조금 전에 마차가 이리로 오는 걸 봤어요. 그래서 막 뛰어온 거예요."

"어떻게 그 마차라는 걸 알지?"

"번호를 똑똑히 봐뒀거든요."

"몇 번인데?"

"440번요."

"음, 그래, 넌 진짜 영리하구나."

딸은 뾰로통한 표정으로 아버지를 쳐다보며 신고 있던 구두를 쳐들어 보였다.

"물론 영리하고말고요. 근데 이제 이런 구두는 지긋지긋해요. 몸에 해롭단 말이에요. 게다가 더럽고, 밑창이 뚫려서 걸을 때마다 찍찍 소리가 나요. 이런 걸 신느니 차라리 맨발로 다니는 게 낫다고요."

"그렇겠지. 그래도 맨발로는 성당에 못 들어가. 가난뱅이도 구두는 신어야 한다고. 맨발로는 하느님 집에 못 간단 말이다."

아버지는 딸의 거친 말투와는 반대로 부드러운 어조로 말했다.

그는 불쾌한 듯 표정이 일그러졌다. 그러다 곧 본론으로 돌아가 똑같은 것을 물었다.

"그러니까 그 늙은이가 틀림없이 오고 있다 이 말이지? 확실해?"

"온다니까요. 금방 도착할 거예요."

딸은 확신에 차서 대답했다.

남자는 자리에서 벌떡 일어났다. 그 얼굴에 갑자기 서광이 비치는 것 같았다.

"이봐, 들었지? 자선가가 온다잖아. 불을 꺼야지."

그가 아내에게 말했다.

아내는 조금 어리둥절한 표정을 지으며 어쩔 줄을 몰랐다. 남자는 마술사처럼 재빠른 동작으로 벽난로 위의 물통을 집어 장작불에 물을 부었다. 그리고 딸들에게 지시를 내렸다.

"넌 그 의자 짚방석을 빼."

딸은 무슨 말인지 알아듣지 못했다. 그는 직접 의자를 잡고 발로차서 짚방석을 빼냈다. 그러다 한쪽 발이 의자 속으로 쑥 들어갔는데, 그는 발을 빼면서 딸에게 물었다.

"바깥 날씨가 춥냐?"

"네, 너무 추워요. 눈도 오고."

그 말을 듣는 순간, 그는 창가 침대 위에 앉아 있는 작은딸을 돌아보며 고함을 질렀다.

"얼른 침대에서 내려오지 못해? 게을러터진 넌! 하는 일도 없는 주제에! 넌 유리창이라도 깨!"

소녀는 부르르 몸을 떨면서 침대에서 내려왔다.

"유리창 깨라고!"

그가 다시 고함을 내지르는 통에 소녀는 어쩔 줄을 모른 채 쩔쩔매기만 했다.

"내 말 못 알아들어? 유리창 하나를 깨란 말이야!"

그는 미친 듯이 같은 말을 되풀이했다.

딸은 그제야 발뒤꿈치를 들고 서서 주먹으로 유리창을 쳤다. 유리는 무시무시한 소리를 내며 아래로 떨어졌다.

"됐어."

아버지의 얼굴은 비로소 만족스러운 기색이었다.

그는 침착하면서도 재빨리 방 구석구석을 살펴보았다. 그 모습은 마치 전쟁이 일어나기 직전 최후 점검을 하는 장군 같았다.

그때까지 한 마디도 하지 않던 어머니가 천천히 몸을 일으켰다. 그리고 입속에 얼어붙은 말을 밖으로 밀어내듯이 느릿느릿 말했다.

"아니, 어쩌려고 이러는 거예요?"

"당신은 그냥 침대에 누워 있어."

남자의 대답은 아주 간단했다.

생각하고 말고 할 것도 없다는 듯 지극히 명쾌한 어조였다. 그녀는 남편이 하라는 대로 냉큼 침대에 누웠다. 그때 한쪽 구석에서 흐느껴 우는 소리가 들렸다.

"뭐야?"

남자가 소리쳤다.

어두운 방 구석에 꼼짝도 하지 않고 서 있던 작은딸이 피투성이가 된 손을 내밀었다. 유리를 깰 때 입은 상처였다. 소녀는 어머니가 누워 있는 침대 옆으로 가서 훌쩍훌쩍 울기 시작했다.

어머니가 벌떡 일어나면서 신경질적으로 소리쳤다.

"이것 봐요. 애한테 괜한 짓을 시켜가지고 손을 베었잖아요!"

"오히려 잘됐어. 그러라고 시킨 거야."

남자가 말했다.

"뭐라고요? 이게 잘된 거예요?"

아내가 말했다.

"입 닥쳐! 이 집에 언론의 자유 따윈 없어."

그는 더 크게 소리쳤다.

이어서 그는 자신이 입고 있던 슈미즈를 찢어 피투성이가 된 딸의 손을 싸매 주었다. 그리고 자신의 찢어진 슈미즈를 만족스럽게 내려다보며 이렇게 중얼거렸다.

"슈미즈도 이편이 훨씬 나아."

차디찬 북풍이 방 안으로 휘몰아쳐 들어왔다. 동시에 안개도 흘러들어 하얀 솜털이 뿌려진 듯 방 안에 엷게 퍼졌다. 깨진 유리창 사이로 눈이 내리는 것이 보였다. 성촉절의 날씨로 예상했던 추위가 찾아온 것이다.

그는 혹시 빠트린 게 없나 점검하듯 주위를 한번 둘러보았다. 그리고 부삽으로 젖은 장작이 완전히 파묻힐 때까지 재를 휘저었다. 그런 다음 난로 옆에서 허리를 쭉 펴고 한마디 내뱉었다.

"음, 이제 자선가를 맞을 준비가 다 되었군."

큰딸이 조용히 옆으로 다가가 아버지 손에 자기 손을 올려놓으며 말했다.

"제 손 좀 만져보세요. 얼마나 찬지."

"차기는 뭐가 차다고 그래. 너보다 내 손이 훨씬 더 차구먼."

그는 심드렁하게 대답했다. 그러자 잠자코 이 광경을 지켜보던 아내가 대들듯 큰 소리로 외쳤다.

"당신은 항상 남보다 자기 게 더 크게 보이죠. 이런 고통마저도 말이에요."

"시끄러워!"

아내는 남편의 험악한 눈초리에 질려 더 이상 끽소리도 못했다. 잠시 동안 방 안에 침묵이 감돌았다. 큰딸은 아무것도 못 들은 척 망토에 묻은 흙을 털어냈고, 작은딸은 속으로 울음을 삼키며 말없이 눈물을 흘렸다. 어머니는 그런 작은딸의 얼굴을 감싸 안고 머리에 입을 맞추며 뇌까리듯 말했다.

"자, 이제 그만 울어. 착하지? 이러다 또 아버지한테 혼나면 어쩌려고."

"혼내긴 누가 혼낸다고 그래. 괜찮으니까 울어. 실컷 울어. 그게 오히려 낫다."

그가 호기 있게 말했다.

그러다 이번에는 큰딸을 쳐다보며 짜증스럽게 내뱉었다.

"대체 그 늙은이는 어떻게 된 거냐! 벌써 올 때가 됐는데. 이러다 안 오면 괜히 불 끄고 의자 부수고 슈미즈까지 찢고 유리창만 깬 게 되잖아!"

"게다가 애꿎은 애 손만 다치고."

어머니도 불평하듯 중얼거렸다.

그는 큰딸한테 계속 지껄였다.

"너도 눈이 있으면 봐라. 방구석에 바람이 몰아치는 거 보이지? 그 영감탱이가 끝내 안 나타나면, 아, 진짜 이건 참을 수가 없군. 그 늙은이가 일부러 우리를 기다리게 하는 거야. 틀림없어. 그 인간 생각은 이런 거야. '까짓거 좀 기다리면 어때. 어차피 장사란 이런 건데!' 참 지독한 놈들이야. 그런 놈들 다 그냥 콱 죽여버리면 얼마나 후련할까! 잘난 부자 놈들, 그놈들을 그냥 한 놈도 남기지 말고 쓸어버려야 하는데! 그놈도 마찬가지야. 그 자선가 놈 말이야. 신앙심이 깊은 척하면서 돼먹지 못한 신부 놈들한테 아부나 떨고, 같잖은 소리를 지껄이며 꽤나 지체 높은 척하는 새끼들. 우리한테 개망신을 주고 고작 4수어치도 안 되는 옷을 갖다 주면서 폼이나 잡는 놈들. 빵? 내가 바라는 건 그런 게 아니야. 돈이라고, 돈. 아, 근데 이놈들이 돈은 한 푼도 안 준단 말이야. 뭐, 돈을 주면 다 마셔버려서 안 된다나? 그럼 제 놈들은 뭔데? 대체 어떤 인간들이냐고? 제 놈들은 본래 어땠는데? 죄다 도둑놈들이잖아. 제깟 놈들이 도둑질 안 하고 어떻게 부자가 됐겠냐고. 제기랄! 더러운 세상 확 뒤집어버렸으면 좋겠다. 그럼 그것들도 전부 산산조각 나겠지. 적어도 우리와 똑같은 거지꼴이 될 거야. 그렇게만 돼도 한이 없겠다! 그런데 대체 이 얼빠진 자선가 놈은 어떻게 된 거야? 그 늙은 놈이 혹시 번지를 까먹은 거 아냐?"

그때 가볍게 문 두드리는 소리가 났다. 남자는 순간 날렵하게 문을 열고 정중하게 머리를 숙인 다음, 교활하게 아양을 떨면서 큰 목소리로 외쳤다.

"어서 오십시오, 나리! 어서 안으로 들어오십시오, 동정심 많은 나리. 그리고 어여쁘신 아가씨도 어서요, 어서."

나이 지긋한 남자와 젊은 숙녀가 방문 앞에 나타났다. 마리우스는 그때까지 계속 서랍장 위에 서 있었다. 이 순간 그가 느낀 것은 도저히 인간의 말로는 형용할 수 없는 것이었다.

'그녀'가 나타났다.

아무리 봐도 틀림없는 '그녀'였다. 마리우스의 눈에는 갑자기 안개 같은 것이 확 뒤덮여서 그녀의 모습조차 잘 보이지 않았다. 그러나 분명 뤽상부르 공원에서 홀연 자취를 감추고 사라져버린 그리운 그녀, 6개월 동안 그에게 빛이 돼주었던 단 하나의 별이 틀림없었다. 그 눈동자, 그 이마, 그 입술, 어둠 속으로 사라져버린 그 아름다운 얼굴이 지금 그 앞에 다시 나타났다.

감쪽같이 사라졌던 환영이 다시 나타난 것이다. 이런 어두컴컴한 지붕 밑, 숨 막힐 듯 무서운 움막에! 마리우스는 넋이 나간 듯 몸을 부르르 떨었다. 아아, 그녀다. 그의 심장은 무섭게 뛰었고, 시야조차 흐려졌다. 그는 눈물이 왈칵 쏟아질 것 같았다. 그토록 찾아 헤맸는데 이제야 만났다! 그는 마치 오랫동안 잃어버렸던 영혼을 되찾은 것 같았다.

그녀는 조금도 변하지 않았다. 다만 안색이 약간 더 창백해진 것 같았다. 고상한 얼굴은 보랏빛 비로드 모자에 반쯤 가려 있었고, 몸에는 검은색 새틴 망토를 두르고 있었다. 비단 구두에 감싸인 작은 발이 앙증맞아 보였다.

그녀와 함께 온 사람 역시 르블랑 씨였다. 그는 방 안으로 두어 걸음 들어와 탁자 위에 커다란 보퉁이를 올려놓았다.

종드레트의 큰딸이 문 뒤로 비켜서서 그녀의 비로드 모자와 새틴 망토, 또한 그 아름답고 행복해 보이는 모습을 우울한 눈초리로 바라보고 있었다.

*

르블랑 씨가 친절하면서도 우수에 찬 눈빛으로 종드레트를 바라보며 말했다.

"자, 여기 새 옷과 양말과 담요가 들어 있소."

"아, 자비로우신 나리께서 이렇게까지 은혜를 베풀어주시다니."

종드레트는 머리가 바닥에 닿을 정도로 허리를 굽혔다. 그리고 두 사람이 처참한 방 안을 둘러보는 동안 큰딸의 귀에 대고 속삭이듯 말했다.

"봐라, 내 말이 맞지? 돈은 한 푼도 안 주고 헌 옷뿐이라니까. 그저 이놈이나 저놈이나 다 똑같아. 참, 그런데 이 늙은이한테는 어떤 이름으로 편지를 보냈더라?"

"파방투요."

큰딸이 대답했다.

"맞아, 배우였지?"

딸에게 미리 물어보기를 퍽 잘한 일이었다. 마침 그때 르블랑 씨가 그를 돌아보며 이렇게 말했기 때문이다.

"사정이 딱하게 되셨군요. 그런데 성함이……."

"파방투라고 합니다."

그는 주저 없이 대답했다.

"파방투 씨, 아, 그래요. 이제 생각나는군요."

"왕년에 배우로 이름 좀 날렸습죠, 나리."

종드레트는 지금이야말로 '자선가'의 마음을 사로잡을 절호의 기회라고 생각했다. 그는 약장수처럼 과장된 어조와 길바닥에서 구걸하는 거지처럼 비굴함이 뒤섞인 목소리로 떠들어대기 시작했다.

"한때는 저도 꽤 잘나갔죠. 그런데 지금은 아주 운이 막혀버려서 이 모양 이 꼴입니다. 자비로우신 나리, 저희가 사는 꼴을 한번 보십시오. 보시다시피 끼니를 때울 빵은 물론 불도 없이 산답니다. 불쌍한 아이들은 이 추위에 저렇게 떨고 있습니다. 하나뿐인 의자는 속이 다 빠지고, 유리창마저 깨져버렸어요! 하필이면 이렇게 추운 날씨에! 게다가 마누라까지 병이 나서 저렇게 누워 있습니다요!"

"몸이 아프시다니 걱정이군요."

르블랑 씨가 말했다.

"작은애는 다치기까지 하고……."

종드레트는 계속 죽는소리를 했다. 그러나 이미 작은딸은 낯선 손님들에게 정신이 팔려 울음을 그친 뒤였다.

어린 딸의 다친 손을 꼬집으며 종드레트가 작은 소리로 다그쳤다.

"야, 울어! 소리 내어 엉엉 울라고!"

이럴 때 그의 손놀림은 어찌나 잽싸던지 마치 요술을 부리는 듯 했다. 어린 딸은 반사적으로 비명을 질렀다. 그러자 마리우스가 마음속으로 '나의 위르쉴'이라고 부르던 아름다운 처녀가 급히 다가 갔다.

"어머나, 가여워라."

그녀가 어린 소녀를 측은하게 바라보며 탄식을 내뱉었다.

종드레트가 덧붙여 말했다.

"아름다운 아가씨, 제 말 좀 들어보세요. 저 어린것이 고작 하루에 6수를 벌자고 기계 일을 하다 손이 이렇게 피투성이가 된 거랍니다. 까딱했다가는 손목이 잘릴 뻔했어요."

"그게 정말입니까?"

노신사가 깜짝 놀라며 소리쳤다. 그러자 어린 소녀는 더욱 큰 소리로 울었다.

"네, 슬프게도 제가 말씀드린 그대로입니다, 자비로우신 나리!"

종드레트는 말하면서 이상한 눈초리로 상대방을 흘금거렸다. 아까부터 그는 계속 지껄이면서도 뭔가 기억을 더듬는 듯 분주하게 눈알을 굴리고 있었다. 그러다 문득 손님들이 어린 딸에게 동정의 눈빛을 보내며 이것저것 묻고 있는 동안, 침대 위에 누워 있는 아내 옆으로 다가가 재빨리 속삭였다.

"저 작자를 잘 봐둬!"

그런 다음 그는 다시 르블랑 씨를 향해 신세 한탄을 주저리주저리 늘어놓았다.

"나리! 저는 옷이라고는 마누라가 입던 속옷 하나밖에 없습니다. 그나마 누더기나 마찬가지입죠. 날은 추운데 윗옷이 없으니 밖에 나갈 수도 없어요. 집에는 돈 한 푼 없고요. 마누라가 아픈데도 약 살 돈이 없어요. 딸이 저렇게 다쳤는데 치료비 한 푼 없답니다. 마누라는 요즘 들어 더 숨이 가쁘다고 합니다. 나이를 먹을 만큼 먹은 데다 신경이 쇠약해진 탓이죠. 무슨 수를 쓰긴 해야 할 텐데, 도저히 방법이 없습니다. 딸도 그렇고요. 하지만 병원비고 약값이고, 뭔가 있어야 말이지요. 땡전 한 푼 없는데! 이러니 동전 한 닢에도 무릎을 꿇어야 할 판국입니다. 나리, 정말로 자비로우신 나리, 내일 저희가 어떻게 될지 아십니까? 내일은 2월 4일, 방세를 내야 할 마지막 기한입니다. 그야말로 운명의 날이죠. 오늘 밤 그 돈을 마련하지 못하면 저희 네 식구, 큰딸과 저와 병든 마누라, 손목까지 다친 어린애가 여기서 쫓겨납니다. 온 식구가 길거리로 나앉게 된다는 말이죠. 비가 오든 눈이 오든 의지할 데라고는 한 군데도 없이, 4기분, 1년치 방세 60프랑이 없어서 말입니다."

종드레트는 거짓말을 하고 있었다. 4기분이라면 사실 40프랑밖에 안 되는 데다 마리우스가 이미 2기분을 치러주었고, 아직 6개월밖에 지나지 않았으니 그만큼 밀려 있을 리 없었다.

르블랑 씨가 주머니에서 5프랑을 꺼내 탁자 위에 놓았다.

종드레트는 그사이 큰딸의 귀에 대고 이렇게 속삭였다.

"망할 놈의 영감탱이! 고작 5프랑 가지고 뭘 어쩌란 거야? 의자하고 유리창 값도 안 되겠어."

잠시 후 르블랑 씨는 푸른색 코트 위에 걸치고 있던 짙은 갈색 외투를 벗어 의자에 걸쳐놓았다.

르블랑 씨가 말했다.

"파방투 씨, 지금 내가 가진 돈이 5프랑밖에 안 되니 딸을 집에 데려다 주고 저녁에 다시 오겠소. 방세는 오늘 밤에 꼭 치러야 한다고 하셨죠?"

순간, 종드레트의 표정이 확 밝아졌다. 그는 재빨리 대답했다.

"네, 나리. 8시까지는 집주인한테 돈을 가져다줘야 합니다."

"그럼 6시까지 오겠소. 60프랑을 가지고."

"아, 예, 자비로우신 나리!"

종드레트는 너무 좋아서 기묘한 표정을 지으며 소리쳤다. 그러고는 곧 목소리를 낮춰 아내에게 속삭였다.

"알았지? 저 사람 얼굴을 잘 봐두라고."

르블랑 씨가 딸의 팔을 잡고 문 쪽을 향해 돌아서며 종드레트에게 말했다.

"그럼 저녁에 다시 오겠소."

"6시라고 하셨죠?"

종드레트는 재차 시간을 확인했다.

"그렇소. 6시 정각에."

그때 의자에 걸쳐 있는 외투를 보고 큰딸이 말했다.

"나리, 외투를 입고 가셔야지요."

종드레트는 험악한 눈길로 딸을 노려보며 어깨를 들썩거렸다.

르블랑 씨는 그들을 돌아보며 부드럽게 미소 짓고 말했다.

"이건 두고 가겠소."

종드레트가 기다렸다는 듯 말했다.

"아이고, 자비로우신 나리. 저희를 이렇게까지 보살펴주시다니 너무 감격해서 눈물이 다 납니다. 부디 제가 마차 있는 데까지 배웅하게 해주십시오."

그러자 르블랑 씨가 말했다.

"그럼 그 외투를 입고 나오시오. 바깥 날씨가 몹시 추우니."

종드레트는 말이 끝나기 무섭게 재빨리 갈색 외투를 걸쳤다. 그 즉시 종드레트가 앞장섰고 세 사람은 밖으로 나갔다.

*

마리우스는 이 모든 광경을 하나도 놓치지 않고 목격했으나, 사실은 하나도 눈에 들어오지 않았다. 그녀가 옆방에 발을 들여놓는 순간부터 시선은 오로지 그녀에게 못박혔고, 그의 마음은 온통 그녀에게만 향해 있었다. 그녀가 눈앞에 있는 동안, 그의 모든 지각 능력이 끊어지고, 영혼이 단 한 곳에 쏠리는 황홀경에 빠졌다. 그의 눈은 그녀를 보고 있었다기보다 새틴 망토에 비로드 모자를 쓴 하나의 빛을 보고 있었다. 설령 시리우스성이 방 안에 들어왔다 해도 그처럼 눈부시지는 않을 것이다.

그녀가 보퉁이를 풀어 옷과 담요를 꺼내고 병든 어머니와 다친 소녀를 위로하는 동안, 그는 그녀의 동작 하나하나를 뚫어져라 응시하며 그녀의 목소리를 들으려고 열심히 귀를 기울였다. 그는 그녀의 아름다운 얼굴과 날씬한 몸매, 걷는 모습까지 너무나 눈에 선해서 그림을 그릴 수도 있었지만, 목소리는 아직 들어본 일이 없었다. 딱 한 번 뤽상부르 공원에서 짧게 두세 마디 들어본 적이 있지만 확실하지 않았다. 그녀의 목소리를 듣기 위해서라면, 필시 음악처럼 아름다울 그 소리를 조금이라도 마음에 담아둘 수 있다면, 남은 생명의 10년이라도 기꺼이 바칠 수 있었다. 그러나 그녀의 목소리는 끊임없이 이어지는 종드레트의 징징대는 소리와 나팔 소리처럼 요란한 지껄임 속에 묻혀버리고 말았다. 그리하여 마리우스는 한껏 황홀한 기분 속에서도 분노가 치밀어 올랐다. 이토록 무서운 움막에, 이토록 추악한 인간들 속에 성스러운 그녀가 모습을 나타낸 것이 도무지 믿기지 않았다.

그녀가 밖으로 나갔을 때, 마리우스의 머릿속에는 한 가지 생각밖에 없었다. 그녀의 뒤를 따라가서 어디 사는지 확인할 때까지 절대 눈을 돌리지 말자, 이렇게 기적적으로 다시 만났는데 그녀를 놓칠 수 없다! 그는 서랍장에서 내려와 모자를 집어 들었다. 이어 방문을 열고 나가려다 문득 짚이는 게 있어 걸음을 멈췄다. 복도는 길고 계단이 가파른 데다 종드레트가 쉴 새 없이 지껄이는 통에 그들은 아직 마차에 오르지 않았을 것이다. 복도나 계단 입구에서 그들과 마주쳐 그가 여기 사는 것을 알게 되면 또다시 그를 경계해 모습을 감춰버릴지도 모른다. 그렇게 되면 끝장이다. 어떻게 할까? 잠깐 기다릴까? 그러다 마차가 떠나버릴지도 모른다. 마리우스는 어쩔 줄을 몰랐다. 그는 결국 될 대로 되라는 심정으로 방문을 열고 나왔다.

복도에는 아무도 없었다. 그는 계단을 뛰어내려 갔다. 계단에도 사람 그림자는 보이지 않았다. 급히 길에 나가 보니 마침 마차가 모퉁이를 돌아 시내 방향으로 가고 있었다.

마리우스는 마차를 따라 뛰어갔다. 큰길 모퉁이에 이르러 보니 마차는 빠른 속도로 무프타르 거리 쪽으로 내려갔다. 마차는 이미 상당히 멀어져 그가 따라잡을 수 없을 것 같았다. 이제 어떻게 해야 되지? 더 빨리 뛰어가 볼까? 그럴 수는 없었다. 마차에 탄 사람이 그가 미친 듯이 따라오는 것을 본다면 누군지 알아차릴지도 몰랐다. 때마침 관영 마차 한 대가 큰길에 나타났다. 들키지 않으려면 마차를 타고 그들을 따라가는 수밖에 없었다.

마리우스는 마부를 향해 큰 소리로 외쳤다.

"시간제!"

"선불이오."

마부가 말했다.

마리우스는 지금 수중에 16수밖에 없다는 것을 떠올렸다.

"얼마죠?"

그가 물었다.

"40수요."

"후불로 합시다."

마부는 대답 대신 비웃듯이 휘파람을 불고 말에 채찍질을 가해 떠나버렸다.

마리우스는 멀어지는 마차를 멍하니 바라보았다. 고작 24수가 없어서 기적처럼 찾아온 기쁨을, 행복을, 사랑을 잃다니! 이제 또 다시 절망 속으로 떨어져야 하는가! 겨우 광명을 되찾는가 싶었는데, 다시 눈앞이 캄캄해지다니! 그는 오늘 아침 불쌍한 처녀에게 준 5프랑이 떠올랐다. 후회가 막심했다. 그 5프랑만 있었어도 지옥의 어둠 속에서 벗어날 수 있었을 텐데! 그것만 있었어도 지금까지의 고독하고 암울한 일상에서 헤어날 수 있었을 텐데! 운명의 어두운 끈을 저 아름다운 금빛 줄에 끌어맬 수도 있었는데! 그 금빛 줄은 홀연 눈앞에 나타났다가 다시 뚝 끊기고 말았다. 그는 절망적인 심정으로 자신의 초라한 방으로 돌아왔다.

그는 르블랑 씨가 밤에 다시 오겠다고 약속했으니 그때 은밀히 뒤쫓으면 된다는 생각을 할 수도 있었다. 그러나 그는 훔쳐보는 데 열중한 나머지 그 말을 듣지 못했다.

마리우스는 천천히 계단을 올라갔다. 그리고 자기 방으로 들어가려는 순간, 종드레트의 큰딸이 복도에 서 있는 것을 보았다.

그는 그녀가 꼴도 보기 싫었다. 그녀에게 준 5프랑을 이제 와서 달라고 할 수도 없는 노릇이었다.

관영 마차는 저 멀리 사라진 지 오래였다. 물론 돈을 돌려달라고 해도 주지 않을 것이다. 또한 조금 전에 찾아왔던 사람들의 주소를 물어봐도 소용없을 것이다. 그녀가 그것을 알 리 없었다. 파방투라고 서명한 편지의 겉봉에는 '생 자크 뒤 오 파 성당의 인자하신 나리께'라고만 되어 있었다.

마리우스는 방으로 들어가 손을 뒤로 해서 문을 닫았다. 그런데 문이 닫히지 않았다. 웬 손 하나가 문을 꽉 잡고 있었다.

"뭐지? 누구야?"

돌아보니 종드레트의 큰딸이었다.

"난 또 누구라고!"

마리우스의 말투가 약간 거칠었다.

"또 무슨 일이오?"

그녀는 머뭇거리며 대답하지 않았다. 아침나절의 그 뻔뻔스러움은 온데간데없었다. 마리우스는 반쯤 열린 문으로 어두운 복도에 서 있는 그녀의 모습을 쳐다보았다.

"할 말 있으면 해요. 용건이 뭐죠?"

마리우스가 재촉하듯 물었다.

그녀는 침울한 시선으로 그를 바라보았다.

"마리우스 씨, 안 좋은 일이 있는 것 같은데 괜찮으세요?"

"내가 말이오?"

마리우스가 되물었다.

"네."

"그런 일 없소."

"아니, 내 생각이 틀림없어요."

"그런 일 없다니까."

"지금 몹시 우울해하잖아요."

"쓸데없는 관심은 사양하겠소."

마리우스는 차갑게 내뱉으며 문을 닫으려 했으나, 그녀가 문손잡이를 놓지 않았다.

그녀가 말했다.

"제발 그러지 마세요, 마리우스 씨. 당신도 그리 부자는 아니면서 오늘 아침 나에게 친절을 베풀어준 거죠? 그러니까 솔직하게 말해주세요. 뭔가 슬픈 일이 있는 게 틀림없어요. 당신 얼굴에 다 나타나 있다고요. 그래서 나도 마음이 아파요. 어떻게 하면 당신 기분이 좋아질까요? 내가 도와드리면 안 되나요? 뭐든 말해보세요. 내가 할 수 있는 일이 있을지도 모르잖아요. 나는 아버지 심부름을 하는 것처럼 당신을 도와줄 수 있어요. 가령 편지를 전해주거나, 어떤 분의 집을 찾아간다든가, 혹은 주소를 알아내거나, 누구의 뒤를 밟는다든가 하는 일이라면 자신 있어요. 뭐든 시켜만 주세요, 네? 무슨 일이든 상관없어요. 생각하고 있는 걸 말해주세요. 그럼 내가 누구에게든 말을 전해줄게요. 곤란한 일도 남을 통해 잘 해결될 수 있어요. 내가 뭐라도 할 수 있게 해주세요."

그녀의 말을 듣고 마리우스의 뇌리에 문득 스치는 생각이 있었다. 그는 물에 빠진 사람이 지푸라기라도 잡는 심정으로 종드레트의 딸에게 다가갔다.

"그럼 내 말을 들어봐요."

이윽고 마리우스가 입을 열었다.

그녀는 안색이 밝아지면서 조금 들뜬 목소리로 말했다.

"네, 그렇게 편하게 말해주세요. 난 그게 훨씬 좋아요."

"좀 전에 노인 한 분을 모시고 왔죠? 그 따님하고……."

"네."

"그분들 주소는 모르나요?"

"몰라요."

"그럼 좀 알아봐 줘요."

잠시 밝아지는가 싶었던 그녀의 눈빛이 다시 어두워졌다.

"내가 해드릴 일이 그것뿐인가요?"

"그래요."

"그분을 아시나요?"

"아니요."

"그렇다면 이런 거네요."

그녀는 급히 말을 이었다.

"지금은 그 처녀를 알지 못하지만 앞으로는 알고 싶다는 거죠?"

'그분'이라는 말이 '그 처녀'로 바뀐 이면에는 뭔가 곤혹스러운 감정이 깃들어 있었다.

"아무튼 할 수 있겠소?"

마리우스가 물었다.

"그 예쁜 처녀의 주소를 알아보라는 거요?"

'그 예쁜 처녀'란 말에도 묘한 감정이 내포되어 있어 마리우스는 조금 불쾌했다. 그는 냉정하게 말했다.

"그 노인과 처녀의 주소를 알아올 수 있소, 없소?"

그녀가 그를 정면으로 응시하면서 물었다.

"그럼 나한테 뭘 해주실 건데요?"

"뭐든 원하는 걸 말해요."

"뭐든지요?"

"그래요."

"다녀올게요."

그녀는 시선을 떨구며 약간 신경질적으로 문을 닫았다.

마침내 마리우스 혼자 남았다. 그는 침대에 얼굴을 파묻고 엎드려 한동안 걷잡을 수 없는 생각에 빠졌다. 오늘 아침부터 여러 가지 일이 일어났다. 천사가 그의 앞에 나타났다 사라졌고, 종드레트의 딸이 도움을 자청함으로써 이제 다시 절망 속에서 한 줄기 서광이 비치기 시작했다. 방금 전까지 있었던 모든 일이 뒤범벅이 되어 머릿속이 혼란스러웠다.

그러다 어느 순간 마리우스는 깜짝 놀라서 몸을 일으켰다. 종드레트가 크게 지껄이는 소리가 들려왔던 것이다. 그는 옆방에서 들려오는 소리에 귀를 기울였다.

"틀림없어. 어디선가 본 적이 있는 작자야."

종드레트는 무슨 말을 하는 것일까? 누굴 보았다는 걸까? 르블랑 씨? 저 사람이 그분을 알고 있는 걸까? 그렇다면 뜻밖에도 평생의 의문으로 남을 뻔했던 귀중한 사실을 알게 되는 것일까? 사랑하는 사람이 누구인지를, 그 아버지가 누구인지를, 두 사람을 둘러싸고 있는 어둠의 베일이 걷힐 때가 온 것인가? 아아, 신이시여!

그는 거의 뛰다시피 서랍장 위로 올라갔다. 그리고 벽에 난 작은 구멍으로 종드레트의 소굴을 들여다보았다.

방 안 광경은 별로 달라진 게 없었다. 딱 하나 달라진 게 있다면, 종드레트의 아내와 딸들이 보퉁이를 풀어 양말과 털옷을 입고 있다는 점이었다. 새것으로 보이는 담요 두 장도 침대 위에 놓여 있었다.

종드레트는 방금 뛰어왔는지 숨을 헐떡였고, 그의 큰딸은 난로 옆에서 동생의 손에 붕대를 감아주고 있었다. 놀란 표정으로 침대에 누워 있는 아내 곁을 초조하게 왔다 갔다 하는 종드레트의 눈초리에 기묘한 광채가 서려 있었다.

아내는 불안한 듯 조심스럽게 입을 열었다.

"그게 정말이에요? 확실해요?"

"틀림없다니까. 벌써 8년이나 됐지만 내 눈은 못 속여. 확실히 낯익은 얼굴이야. 딱 보니 알겠던데, 당신은 몰랐단 말이야?"

"전혀 몰랐어요."

"그러니까 내가 주의해서 보라고 했잖아. 몸이고 얼굴이고 다 그대로야. 무슨 조홧속인지 몰라도 세상에는 늙지 않는 놈들이 있지. 그 목소리도 여전하고, 달라진 건 번듯한 옷차림뿐이야. 쳇! 사기꾼 같은 늙은이, 꼼짝 마라 이거야."

그가 문득 걸음을 멈추고 딸들에게 말했다.

"너희는 나가 있어. 젠장! 당신이 뻔히 보고도 눈치를 못 채다니 이상하잖아."

딸들이 일어나자 어머니가 못마땅한 듯 중얼거렸다.

"애 손 다쳤잖아요?"

"이럴 때는 바깥 공기를 쐬는 게 좋아."

종드레트가 재차 딸들을 다그쳤다.

"어서 나가라니까!"

감히 누구도 거역할 수 없게 만드는 어조였다. 딸들은 마지못해 밖으로 나가려고 문고리를 잡아당겼다. 그러자 그는 갑자기 큰딸의 팔을 잡고 한층 더 엄숙하게 말했다.

"너희 둘 다 할 일이 있으니까 5시 정각에는 돌아와야 해. 알아들었냐?"

마리우스는 좀더 바짝 다가가 귀를 기울였다.

딸들이 나간 뒤 종드레트는 다시 방 안을 오락가락했다. 그러면서 무슨 생각을 했는지 입고 있던 슈미즈 자락을 바지허리 속으로 밀어넣었다.

"이봐! 한 가지 재미있는 사실을 알려줄까? 그 처녀 말이야……"

갑자기 그가 팔짱을 끼고 아내를 돌아보며 큰 소리로 말했다.

"뭔데요? 그 처녀가 어쨌다고요?"

아내가 물었다.

마리우스는 더 이상 의심할 여지가 없었다. 종드레트는 지금 그녀에 대해 말하는 것이 틀림없었다. 왠지 모를 불길한 예감이 들었지만, 그는 벽에 귀를 더 바짝 갖다 댔다. 온 신경이 귀에 쏠렸다.

다음 순간, 종드레트는 아내 쪽으로 허리를 굽히고 낮은 소리로 속삭였다. 그러고는 곧바로 몸을 일으키더니 큰 소리로 말했다.

"바로 그 계집애라고."

"그게?"

종드레트의 아내가 소리쳤다.

"그래, 바로 그게!"

종드레트가 대답했다.

마리우스는 그들의 입에서 나온 '그게'라는 말이 대체 뭘 의미하는지 종잡을 수 없었다. 다만 그 아내의 말투에는 놀람과 격정, 그리고 증오와 분노가 한데 뒤섞여 있었다. 남편이 그녀의 귓전에 속삭인 말은 불과 두세 마디, 어쩌면 이름뿐인 것 같았다. 그러나 이 말을 듣는 순간 그때까지 멍하던 그녀의 눈이 갑자기 휘둥그레지며 표정이 사납게 돌변했다.

그녀는 소리쳤다.

"말도 안 돼. 설마, 그럴 리가! 우리 애들은 맨발에 변변한 옷 한 벌 없는데. 설마, 그럴 리가. 걔는 새틴 망토에 비로드 모자, 구두, 뭐 하나 부족한 게 없던데! 몸에 지니고 있는 것만 해도 최소한 2백 프랑은 되고도 남겠던데. 그렇게 귀부인처럼 차려입고 다니는 애가? 아니야, 절대 그럴 리 없어. 당신이 사람을 잘못 본 거라고요. 그놈은 생긴 것도 아주 흉측했는데, 이 사람은 아니잖아요. 아무리 봐도 그렇게까지 못생긴 얼굴은 아니던데, 설마 그놈일 리가 없어요."

"아니야, 틀림없이 그놈이야. 이제 곧 알게 될 테니 두고보라고."

확신에 찬 남편의 말에 그녀는 얼굴이 점점 더 붉어지더니 오만 상을 찌푸리며 천장을 올려다보았다. 순간, 마리우스는 그녀가 종드레트보다 더 무섭게 보였다. 흡사 호랑이 눈을 달고 있는 암퇘지 같다고나 할까.

그녀가 표독스럽게 중얼거렸다.

"뭐 이런 개 같은 경우가 다 있담. 우리 딸들을 측은하게 쳐다보던 부티 나던 애가 그 거지 계집애라니! 아우, 신경질 나. 고년 배때기 라도 걷어차면 속이 시원하겠네."

그녀는 침대에서 벌떡 일어나 머리를 풀어 헤친 채 코를 벌름거리며 입을 헤벌리고 한동안 우두커니 서 있었다. 그러다 다시 침대 위에 벌렁 드러누웠다. 남편은 아내가 그러거나 말거나 방 안을 왔다 갔다 했다. 잠시 후 그는 침대 옆으로 다가가 아까처럼 팔짱을 끼고 아내를 쳐다보았다.

"한 가지 더 알려줄까?"

"이번에는 또 뭔데요?"

그녀가 물었다.

그는 목소리를 낮춰 기세등등하게 말했다.

"난 이제 땡잡았어."

종드레트의 아내는 이 남자가 돌아버린 게 아닌가 싶은 눈초리로 똑바로 쏘아보았다.

그는 계속 말을 이었다.

"나도 꽤 오랫동안 이러고 살았지. 얼어 죽지 않으면 굶어 죽게 생기고, 겨우 굶지 않고 지나간다 싶으면 얼어 죽게 생기고. 제기 랄! 이놈의 가난, 이제 지긋지긋해! 고생은 신물이 난다고. 농담 아니야. 이 여편네야, 웃자고 하는 말이 아니라고. 나도 이제 좀 사는 것처럼 살아야겠어. 배고픈 건 딱 질색이라고. 남들처럼 배 터지게 먹고 마시면서 살 거야. 하루 종일 늘어지게 자고 먹고 실컷 놀아봐 야겠어. 이제 슬슬 때가 온 거라고. 나도 죽기 전에 부자 행세 좀 해 봐야겠단 말이지."

그는 방 안을 한 바퀴 돌면서 재차 중얼거렸다.

"다른 놈들처럼 폼나게 살아보겠단 말이야."

"대체 지금 무슨 말을 하는 거예요?"

아내가 물었다.

그는 고개를 흔들고 눈을 껌벅이며 뭔가를 증명해 보이려는 거리 의 돌팔이 의사처럼 목소리를 높였다.

"무슨 말이냐고? 지금부터 내가 하는 말 잘 들어."

"쉿! 잠깐만! 소리 낮춰요. 누가 들으면 어쩌려고."

아내가 입에 손을 갖다 대며 주의를 주었다.

"쳇, 듣긴 누가 듣는다고 그래? 옆방 사람? 아까 나가는 거 봤어. 설령 방에 있어도 알 게 뭐야. 그런 멍청한 놈 따위 신경 쓸 거 없어."

말은 그렇게 하면서도 종드레트는 무의식적으로 소리를 낮췄으나 마리우스가 듣는 데는 별 지장이 없었다. 다행히 눈이 내려 거리의 마차 바퀴 소리가 약해서 방 안의 대화 내용을 빠짐없이 들을 수 있었다.

종드레트가 말했다.

"잘 들어. 우리가 엄청난 갑부를 사로잡는 거야. 뭐, 이미 사로잡은 거나 마찬가지야. 계획도 다 세워놨다고. 도와줄 사람도 있어. 놈은 오늘 저녁 6시에 오기로 했지. 60프랑을 가지고 말이야. 당신도 아까 내가 하는 말 들었지? 사실 집세는 1기분밖에 밀리지 않았어. 멍청한 영감탱이 같으니라고. 어쨌든 놈은 6시까지 여기 나타날 거야. 그 시간에 옆방 녀석은 저녁 먹으러 나갈 거고, 뷔르공 할멈도 시내로 접시를 닦으러 가니까 이 집에는 아무도 없어. 옆방 놈은 적어도 11시까지는 돌아오지 않을 거고. 우리 딸들이 보초를 서게 될 거야. 당신도 좀 도와줘야 하고. 그럼 그놈은 꼼짝 못하게 되는 거지."

"만에 하나 뜻대로 안 되면요?"

아내가 물었다. 그러자 종드레트는 음산한 어조로 말했다.

"말을 듣게 해야지."

말을 마친 그가 소리 내어 웃었다.

마리우스는 그가 웃는 모습을 처음 보았다. 몹시 차갑고 끈적끈적하고, 으스스한 웃음이었다.

종드레트는 벽장 문을 열고 낡은 모자를 꺼내 먼지를 털어낸 다음 머리에 썼다.

그가 아내를 돌아보며 말했다.

"난 이제 나가봐야겠어. 같이 일할 놈을 더 찾아봐야 돼. 기대하라고. 모든 게 일사천리로 굴러갈 테니까. 최대한 빨리 돌아올게. 오늘 저녁 기막힌 한판이 벌어질 테니 집이나 잘 봐."

그는 주머니에 손을 찔러 넣고 잠시 서서 기분 좋게 지껄였다.

"그놈이 날 못 알아본 건 행운이야. 내가 누군지 알았다면 다시 오겠다고 말할 엄두도 못 냈을 테니까. 아마 죽어라 내뺐겠지. 이 수염이 나를 살려준 거지. 멋진 수염이야! 볼수록 폼나는 이 멋진 수염."

그는 웃었다. 그리고 창 옆으로 다가갔다. 밖에는 여전히 눈이 내리고 있었다.

"젠장! 날씨 한번 더럽군."

그는 외투 앞자락을 여미면서 계속 투덜거렸다.

"이건 또 왜 이렇게 커?"

그러다 다시 생각을 고쳐먹은 듯 만족스러운 눈빛으로 외투 깃을 올렸다.

"하긴 뭐, 아무렴 어때. 그래도 그 늙은이가 이걸 놓고 가서 다행이야. 이것마저 없었으면 꼼짝도 못할 뻔했잖아. 제기랄! 하여튼 죽으라는 법은 없어."

그는 모자를 깊숙이 눌러쓰고 밖으로 나갔다. 그러나 곧 다시 문이 열리고 그가 검붉은 야수 같은 얼굴을 삐죽 들이밀고 말했다.

"깜빡했네. 난롯불 좀 피워봐."

그는 좀 전에 노신사가 주고 간 5프랑짜리 동전을 아내 앞에 던졌다.

"이걸로 숯을 사라고요?"

아내가 되물었다.

"그래."

"숯불은 얼마나 피워요?"

"부삽으로 가득 2개."

"그럼 30수면 충분하겠네요. 나머지로 먹을 것 좀 사야겠어요."

"멍청하긴. 그건 안 돼."

"왜 안 돼요?"

"5프랑을 다 쓰면 안 된다고."

"왜요?"

"뭐 좀 살 게 있어서 그래."

"뭘 살 건데요?"

"아무튼 그런 게 있어."

"돈은 얼마나 드는데요?"

"이 근처에 철물점이 어디 있지?"

"무프타르 거리에 있는 거 봤어요."

"아, 맞다. 거기 모퉁이에 있었지."

"얼마나 필요한데요?"

"50수, 아니 3프랑은 있어야겠어."

"그럼 음식은 못 사겠네요."

"지금 먹는 게 문제야? 그보다 더 중요한 일이 있다고."

"알았어요."

아내가 순순히 대답하자 종드레트는 문을 닫았다. 곧이어 그가 계단을 쿵쾅거리며 내려가는 소리가 들렸다.

때마침 1시를 알리는 생 메다르 성당의 종소리가 울려 퍼졌다.

*

마리우스는 몽상가인 동시에 용기 있고 견실한 성격의 소유자였다. 그는 두꺼비 같은 인간을 동정하되 뱀처럼 사악한 인간은 가차 없이 밟아 죽일 수 있는 용기도 있었다. 방금 그가 들여다본 것은 분명 뱀의 소굴이었다.

"이렇게 악독한 놈은 그냥 둬서는 안 돼."

그는 굳은 표정으로 중얼거렸다.

어쩌면 안개에 가려진 수수께끼가 풀릴지도 모른다는 일말의 기대를 가져봤으나, 드러난 것은 아무것도 없었다. 오히려 모든 게 더욱 엉켜버린 느낌이었다. 그가 뤽상부르 공원에서 만난 아름다운 처녀와 르블랑 씨에 대해서는, 종드레트가 그들을 알고 있다는 사실 말고는 밝혀진 게 없었다. 게다가 좀 전의 수상한 대화로 미루어

모종의 음모가 진행되고 있는 게 확실했다. 그게 뭔지 정확히 알 수는 없지만, 무서운 일이 벌어지려 한다는 것만은 틀림없었다. 그 두 사람에게 위험이 닥치고 있는 것이다. 그녀가 온다는 말은 없었으니 무사할 수도 있지만, 그녀의 아버지는 위험을 피할 길이 없었다. 그렇다면 그들을 위험으로부터 지켜주지 않으면 안 되었다. 종드레트 가족의 음모를 무산시키고 그 소굴을 부숴버려야 했다.

마리우스는 한동안 종드레트의 아내가 무슨 짓을 하는지 지켜보았다. 그녀는 방 한구석에서 낡은 양철 화덕을 꺼내더니 뭔가를 찾기 시작했다.

마리우스는 발소리를 죽이며 조심스럽게 서랍장에서 내려왔다. 그는 앞으로 벌어질 일을 생각하면 두려움이 엄습하는 반면 종드레트에 대한 분노와 증오를 느꼈다. 그러나 한편으로 사랑하는 사람을 위해 자신이 뭔가 할 수 있다는 사실에 기쁘기도 했다.

그럼 이제 어떻게 해야 하는 걸까? 두 사람에게 사실을 말해줘야 할까? 하지만 그는 그들이 어디 사는지도 모른다. 그들은 잠시 그의 눈앞에 나타났다가 홀연 파리의 깊은 심연 속으로 사라져버렸다. 르블랑 씨가 온다고 한 저녁 6시에 문 앞을 지키고 있다가 그들이 올가미를 쳐놓고 있다는 사실을 알려줘야 하나? 하지만 자칫 잘못하면 종드레트 일당에게 들킬지도 모른다. 저녁에는 사람들의 발길이 뜸할 테니 그들이 떼로 달려들어 마리우스를 붙잡거나 멀리 쫓아버릴 것이다. 그렇게 되면 그가 구해야 할 한 사람의 운명은 마지막이 된다. 방금 시계 종이 1시를 쳤고, 작전은 6시에 감행될 것이다. 남은 시간은 앞으로 5시간이었다.

마리우스가 할 수 있는 일은 한 가지밖에 없었다. 그는 비단 넥타이에 모자를 쓰고 발소리를 죽이며 방에서 나왔다. 그때까지도 종드레트의 아내는 쇳조각을 뒤적이고 있었다.

마리우스는 집을 나서자마자 프티 방키에 거리 쪽으로 급히 발길을 돌렸다. 그리고 잠시 후 그 거리 중간쯤을 천천히 걸으면서 골똘한 생각에 잠겼다. 길옆에는 낮은 울타리가 있었고 그 너머는 빈터였다. 눈 쌓인 길이라 발소리가 거의 나지 않았다. 문득 가까운 곳에서 말소리가 들리자 그는 흠칫 놀라며 주위를 돌아보았다. 한낮인데도 길에는 기괴한 정적이 감돌았고, 인기척 하나 없었다. 그러나 분명 어디선가 말소리가 들렸다.

그는 문득 울타리 너머를 바라보았다. 짐작했던 대로 남자 둘이 돌담 밑에 쭈그리고 앉아 은밀한 대화를 나누고 있었다. 둘 다 한 번도 본 적 없는 얼굴이었다. 한 사람은 작업복 차림에 수염이 덥수룩했고, 다른 한 사람은 누더기 차림에 더벅머리였다. 털보는 모자를 쓰고 있었는데, 더벅머리는 모자를 쓰고 있지 않아 머리에 고스란히 눈을 맞고 있었다.

마리우스는 담장 밖에서 그들의 말에 귀 기울였다.

더벅머리가 털보에게 말했다.

"파트롱 미네트가 끼면 실수 없이 잘 처리할 텐데."

"확실해?"

털보가 묻자 더벅머리가 대답했다.

"한 사람 앞에 5백 프랑씩 주면 될 거야. 일이 틀어지면 최소한 5, 6년, 길면 10년은 썩게 될 거고."

털보는 뭔가 미심쩍은 듯 모자 밑을 긁적이며 중얼거렸다.

"그렇게 되면 안 되지."

"실패할 리 없어. 아저씨한테 말해서 마차랑 말도 대기해놨어."

더벅머리가 말했다.

그들은 어제 극장에서 본 연극 이야기로 화제를 돌렸다.

마리우스는 가던 길을 다시 걸어갔다.

그러나 마리우스는 두 사람의 수상쩍은 대화가 아무래도 종드레트의 계획과 연관이 있는 것 같았다. 그는 생 마르소 성문 밖으로 걸어가다 갑자기 아무 가게나 들어가서 경찰서가 어디냐고 물었다. 가게 주인이 위치를 알려주었다.

마리우스는 경찰서를 향해 발길을 돌리다 문득 빵집을 발견하고, 안으로 들어가 빵을 하나 사 먹었다. 아무래도 저녁을 못 먹게 될 듯싶었기 때문이다.

빵집을 나와 다시 걸음을 옮기면서 그는 마음속으로 신에게 감사했다. 아침에 종드레트의 딸에게 5프랑을 주지 않고 마차로 르블랑 씨를 따라갔다면 이 모든 사실을 몰랐을 것이다. 그랬다면 종드레트 패거리의 계획을 막을 수도 없을 것이고, 르블랑 씨와 그의 딸은 위험한 함정에 빠지고 말 것이다.

마리우스는 경찰서에 들어가 자신의 이름과 변호사임을 밝히고 오늘 보고 들은 것들을 빠짐없이 얘기했다. 봉변을 당할 사람에게 직접 알려주려고 해도 이름을 모르니 방법이 없다고 했다. 그는 요컨대 오늘 저녁 6시에 로피탈 거리의 가장 인적이 드문 50-52번지에서 그들이 일을 벌이려 한다고 말했다.

그가 주소를 말해주자 형사가 심드렁하게 입을 열었다.

"그 복도 맨 끝 방이겠군요?"

"네, 그렇습니다. 그 집을 잘 아십니까?"

마리우스가 대답하고 다시 물었다.

형사는 잠시 말을 멈추고 구두 뒤꿈치를 불에 쬐다가 짧게 대꾸했다.

"네, 좀 알죠."

그는 마리우스와 대화한다기보다 넥타이를 상대로 얘기하듯, 눈을 내리깔고 혼잣말을 중얼거렸다.

"파트롱 미네트가 한탕 벌일 모양이군."

마리우스는 깜짝 놀란 표정을 지으며 그 이름을 되받았다.

"파트롱 미네트? 확실히 그 이름을 들었습니다."

그는 울타리 뒤편 담장 밑에서 더벅머리와 털보가 나눈 얘기를 형사에게 전했다.

파트롱 미네트는 당시 파리에서 도적질과 강도질, 살인 등을 일

삼던 클라크수, 바베, 괼메르, 몽파르나스 등 4명의 불한당을 일컫
는 말이었다. 이들은 또한 하부조직을 가지고 서로 공조하기도 했
다. 옛 속어로 '개와 늑대 사이'가 '저녁'을 의미하듯이 '파트롱 미네
트'는 '아침'을 의미한다. 아침은 곧 이들이 일을 끝내는 시간이다.

형사가 다시 중얼거렸다.

"더벅머리는 브뤼종이겠지. 털보는 드미 리야르고."

그는 다시 눈을 내리깔고 진지하게 말을 이었다.

"그 집에 산다는 위인도 대강 짐작이 가는군. 뭐야, 또 외투를 태
워버렸잖아. 꼭 이렇게 불을 너무 많이 피워놓는단 말이야. 그나저
나 50-52번지라면 예전 고르보 누옥이잖아."

그러고는 형사가 마리우스에게 물었다.

"당신은 더벅머리와 털보밖에 못 봤습니까?"

"네."

"멋쟁이 사내는요?"

"못 봤습니다."

"코끼리같이 뚱뚱한 남자는?"

"아뇨."

"피에로처럼 하고 다니는 남자는?"

"못 봤습니다."

"다른 한 놈도 못 봤겠지. 여간해서는 사람들 앞에 나타나는 일이
없으니. 똘마니들도 얼굴을 본 적이 없을 정도니까 당신이 못 봤다

고 해도 전혀 이상할 게 없지."

"대체 어떤 자들입니까?"

마리우스가 물었다.

형사는 그의 물음에 대꾸하지 않고 또 혼자 중얼거렸다.

"하긴 아직 그놈들이 나타날 때가 아니지."

잠깐 침묵이 흐르고 나서 형사가 계속 말했다.

"50-52번지는 내가 잘 알지. 그놈들 몰래 안으로 들어가기는 쉽지 않을 거야. 우리가 온 걸 알면 놈들도 연극을 하지 않을 테지. 낯을 많이 가리는 녀석들이라 누가 알아보는 걸 몹시 싫어하지. 썩 좋은 방법도 아니고. 난 그놈들이 북 치고 장구 치고 노래하는 걸 보고 싶어."

그는 연신 중얼거리다 문득 마리우스를 뚫어지게 보며 물었다.

"겁납니까?"

"뭐가요?"

마리우스가 물었다.

"그놈들 말이오."

"당신이 느끼는 것과 비슷할 겁니다."

형사의 말투가 약간 삐딱하다고 느낀 마리우스는 조금 퉁명스럽게 대답했다. 그러자 형사는 더욱더 노골적으로 마리우스를 쏘아보며 거만한 투로 말했다.

"그렇게 말하니 당신은 꽤나 용감하고 솔직한 사람 같소. 용기 있는 자는 죄악을 두려워하지 않고, 정직한 자는 권위를 무서워하지 않는 법이지."

"대체 어쩔 작정입니까?"

마리우스가 말을 끊고 단도직입적으로 물었다.

형사가 말했다.

"거기 세 든 사람들은 모두 열쇠를 하나씩 가지고 있겠죠?"

"네."

"지금 가지고 있소?"

"네, 있습니다."

"그럼 나한테 그 열쇠를 주시오."

마리우스는 조끼 주머니에서 열쇠를 꺼내 주면서 말했다.

"내 생각에는 좀더 많은 인원이 필요할 것 같소."

형사가 마리우스를 힐끗 쳐다보았다. 그러면서 두 손을 커다란 외투 주머니에 푹 찔러 넣더니 권총 두 자루를 꺼냈다. 작은 강철 권총이었다. 그는 그것을 마리우스에게 주면서 목에 한껏 힘을 주고 말했다.

"이걸 가지고 집에 가서 조용히 방에 숨어 있어요. 당신이 돌아온 것을 아무도 눈치채지 못하게 하고. 총알은 각각 두 발씩 장전되어 있소. 하여간 놈들을 잘 감시하시오. 아, 그리고 벽에 구멍이 있다고 했죠? 놈들이 와도 일단 총을 쏘지 말고 가만히 있어요. 잘 살펴보다가 적당한 때라고 생각되는 순간 한 발 쏘시오. 그놈들이 꼼짝 못하도록. 절대 서두르면 안 되오. 그다음은 내가 다 알아서 처리할 테니까. 내 말 알겠소? 한 발이오. 허공이고 천장이고 아무 데나 쏘아도 좋소. 단, 너무 빨리 쏘면 안 되오. 놈들이 행동을 개시할 때까지 기다려야 해요. 당신은 변호사니까 내 말 잘 알아듣겠죠?"

마리우스는 권총 두 자루를 윗옷 주머니에 넣었다.

"거긴 너무 불룩해 보이니, 바지 주머니에 넣는 게 좋겠소."

형사의 말에 마리우스는 권총을 양쪽 바지 주머니에 넣었다.

그러자 형사가 덧붙여 말했다.

"이제 잠시도 지체할 시간이 없소. 지금 몇 시죠? 아, 2시 30분이군. 예정된 시간이 7시라고 했소?"

"6시입니다."

"시간은 충분하지만 그래도 여유 있는 건 아니오. 내 말 명심해요. 빵 하고 한 발이오."

"네, 걱정 마세요."

마리우스가 대답했다. 그러고는 문을 열고 나가려고 하자 형사가 소리쳤다.

"그 전에 무슨 일이 생기면 나한테 사람을 보내시오. 자베르 형사를 찾으면 될 거요."

마리우스는 서둘러 집으로 돌아왔다. 문은 열려 있었다. 그는 살금살금 계단을 올라가 복도 벽에 몸을 바싹 붙이고 자기 방으로 재빨리 들어갔다. 복도 양쪽의 셋방들은 모두 비어 있었다. 잠시 뒤 뷔르공 할멈이 집을 나서는 소리가 들렸다.

방에 들어온 그는 한동안 침대에 걸터앉아 있었다. 5시 30분쯤 되었을 것이다. 이제 30분만 있으면 일이 벌어질 터였다. 어둠 속에서 시계 초침이 돌아가는 것처럼 심장이 뛰고 있었다. 그는 지금 이 어둠 속에서 일어날 두 가지 사건, 죄악과 정의에 대해 생각했다. 두려움 따위는 없었으나, 온몸에 전율이 이는 것은 어쩔 수 없었다.

다시 몇 분이 흘렀다. 아래층 문이 삐걱거리더니 곧이어 누군가 재빨리 계단을 올라와 복도를 지나가는 소리가 들렸다. 그리고 옆방 문이 철컥 열리는 소리가 났다. 종드레트가 돌아온 것이다.

연달아 식구들의 말소리가 들렸다. 그들은 마치 어미 늑대가 집을 나가 있는 동안 숨죽이고 있던 새끼 늑대들처럼 방 안에 소리 없이 틀어박혀 있었던 것이다.

"오셨어요, 아버지?"

딸들의 목소리였다.

"나갔던 일은 어떻게 됐어요?"

종드레트의 아내가 물었다.

"다 잘되어 가고 있어. 발이 다 얼었네. 음, 잘 차려입었군. 그렇게 입고 있어야 놈이 안심하거든."

종드레트가 말했다.

"아무 때고 밖에 나갈 수 있어야 하잖아요."

"내가 한 말 잊지 않았지?"

"걱정 말라니까요."

"그래······."

종드레트는 무슨 말을 하려다 말고 입을 다물었다.

마리우스는 뭔가 무거운 물건을 탁자에 내려놓는 소리를 들었다.

종드레트가 말했다.

"그런데 다들 저녁은 먹었나?"

"네."

아내가 대답했다.

"감자 3개를 구워 먹었어요. 불을 피웠길래요."

"잘했어. 내일은 외식을 시켜주지. 오리 고기랑 여러 가지 요리가 나오는 식당에 데려갈게. 샤를 10세의 만찬처럼 근사한 저녁을 먹여주지. 이제부터는 만사형통이거든!"

그는 목소리를 낮춰 덧붙였다.

"쥐덫은 이미 쳐놓았고, 고양이들도 와 있어."

그는 잠시 말을 끊었다가 더욱 작은 소리로 말했다.

"이젠 그걸 불에 넣어."

마리우스는 쇠붙이로 숯을 뒤적거리는 소리를 들었다. 종드레트가 계속 말했다.

"문소리가 나지 않도록 돌쩌귀에 기름 발라뒀지?"

"네."

아내가 대답했다.

"지금 몇 시야?"

"조금 있으면 6시예요."

"음."

종드레트가 딸들에게 말했다.

"너희는 나가서 망을 봐라. 이리 와서 내가 하는 말 잘 들어."

이번에는 목소리가 너무 작아서 무슨 말인지 알아들을 수 없었다. 잠시 후 목소리가 다시 커졌다.

"뷔르공 할멈도 나갔지?"

"네."

아내가 말했다.

"옆방은 비어 있는 게 확실해?"

"네, 하루 종일 안 보였어요. 게다가 지금은 저녁 먹으러 갈 시간이잖아요?"

"확실한 거지?"

"그럼요, 확실하다니까요."

잠시 후 마리우스는 종드레트가 맨발로 복도를 나가는 딸들에게 외치는 소리를 들었다.

"잘 지켜봐야 돼. 넌 성문 쪽이고, 넌 프티 방키에 거리 모퉁이야. 잠시도 집 문간에서 눈을 떼면 안 돼. 그리고 누구든 얼씬거리기만 하면 곧장 이리 달려와. 알았지? 잽싸게 움직여야 돼. 열쇠는 가지고 있지?"

큰딸이 투덜대는 소리가 들려왔다.

"눈도 오는데 어떻게 맨발로 나가요."

"일만 잘하면 내일 번쩍번쩍 빛나는 구두 사 줄게."

아버지가 말했다.

딸들이 계단을 내려갔다. 그리고 잠시 후 바깥문이 닫히는 소리가 났다.

집에는 마리우스와 종드레트 부부, 세 사람밖에 없었다. 마리우스는 다시 구멍으로 옆방을 들여다보았다. 종드레트의 방 안은 은밀한 범죄의 장소로 안성맞춤이었다. 그곳은 파리에서도 가장 후미진 구석에 있었다.

큰길 쪽으로 자리 잡은 여러 개의 빈방이 이 방을 가려주었고, 하나뿐인 창은 돌담을 둘러친 넓은 공터 쪽으로 나 있었다. 종드레트는 짚을 빼낸 의자에 걸터앉아 담배를 한 모금 빨았다. 곁에서는 아내가 목소리를 한껏 낮춰서 무슨 말인가를 계속 지껄이고 있었다.

마리우스가 쿠르페락처럼 잘 웃는 성격이었다면, 그녀의 모습을 보고 자기도 모르게 폭소를 터뜨렸을 것이다. 그녀는 샤를 10세 대관식에서 깃발을 들고 줄지어 들어서는 무관들의 모자처럼 생긴 깃털 달린 검은 모자를 쓰고, 속치마 위에 굵직한 격자무늬 숄을 두른 채 남자 구두를 신고 있었다. 조금 전에 종드레트가 잘 차려입었다고 칭찬하며 떠든 건 바로 이 차림을 두고 한 말이었다.

종드레트는 르블랑 씨가 주고 간 외투를 아직 벗지 않고 있었는데, 너무 헐렁한 외투와 바지가 대조를 이뤄 쿠르페락이 말하는 전형적인 시인의 이미지를 연상시켰다.

종드레트가 갑자기 언성을 높이며 지시를 내렸다.

"아 참, 내 정신 좀 봐. 그래, 날씨가 궂으니까 그놈은 마차를 타고 오겠군. 초롱불을 들고 아래층 문 뒤에 서 있어. 마차가 멈추는 소리가 나면 곧바로 문을 열고 계단과 복도에 불을 비춰주도록 해. 그리고 당신은 그놈이 안으로 들어오면, 얼른 아래로 내려가 마부에게 돈을 줘서 마차를 돌려보내."

"돈은요?"

아내가 물었다.

종드레트는 바지 주머니를 뒤져서 5프랑을 꺼내 주었다.

"이건 무슨 돈이에요?"

아내가 기쁜 얼굴로 소리쳤다.

종드레트는 의기양양한 투로 대답했다.

"오늘 아침에 옆방 놈이 준 거야."

그가 덧붙여 말했다.

"아, 그리고 의자 2개가 더 있어야 해."

"왜요?"

"앉아야 될 거 아냐."

마리우스는 다음 순간 종드레트의 아내가 태연히 말하는 소리를 들고 등골이 오싹했다.

"알았어요. 옆방에서 가져올게요."

말을 마친 그녀가 곧 문을 열고 복도로 나갔다.

마리우스는 서랍장에서 내려와 침대 밑으로 들어갈 새도 없었다.

"촛불 가져가야지."

종드레트가 소리쳤다.

"됐어요. 촛불을 들고 의자 2개를 들고 오자면 너무 번거로워요. 그리고 달빛이 있잖아요."

마리우스는 종드레트의 아내가 둔한 손짓으로 열쇠 구멍을 더듬어 찾는 소리를 들었다. 곧이어 그의 방문이 열렸다. 그는 당황해서 멍하니 그 자리에 못 박힌 듯 서 있었다.

종드레트의 아내가 방으로 들어왔다. 천창에서 새어 들어오는 달빛이 방 안의 어둠을 크게 둘로 나누었다. 어두운 쪽 벽에 기대서 있는 마리우스의 모습은 잘 보이지 않았다. 종드레트의 아내는 마리우스를 보지 못하고 의자 2개만 들고 나갔다.

이윽고 그녀는 자기네 방으로 돌아왔다.

"자요, 여기 의자 2개 가져왔어요."

"저기 초롱 들고 얼른 내려가."

남편이 말했다.

그녀는 남편이 시키는 대로 총총히 계단을 내려갔다.

방에는 종드레트 혼자 남았다. 그는 의자 2개를 탁자 양쪽에 놓은 뒤, 숯불에 달궈진 끌을 한 번 뒤집었다. 끌은 그가 방금 전에 사온 것이었다. 그리고 난로 앞에 낡은 칸막이를 세워 화덕을 감추고 방구석의 밧줄 쌓아놓은 곳으로 가서 허리를 굽히고 뭔가를 살펴보았다. 그때 마리우스는 처음에는 단순한 밧줄이라고 생각했던 것이 사실은 갈고리 2개가 달린 줄사다리라는 것을 알았다.

이 사다리와 문 옆 쇠붙이 더미에 섞여 있는 연장이며 쇠몽둥이는 아침에 없던 것으로, 오후에 마리우스가 방을 비운 사이 갖다 놓은 것 같았다.

'저런 건 연장 장수가 쓰는 것들인데.'

마리우스는 고개를 갸우뚱했다. 그에게 이런 물건에 대한 상식이 조금이라도 있었다면 그 쇠붙이들 속에 물건을 절단하거나 쪼갤 때 쓰는 연장이 섞여 있다는 것을 알았을 것이다.

종드레트는 골똘한 생각에 잠긴 듯 담뱃불이 꺼진 줄도 모르고 가만히 앉아 있었다. 촛불이 그 야비하고 교활한 얼굴을 적나라하게 비췄다. 그는 마음속으로 혼잣말에 대답하듯 간혹 눈살을 찌푸리기도 하고, 돌연 오른손을 펴기도 했다. 한동안 그렇게 속으로 이상한 문답을 주고받던 그는 갑자기 서랍 속에 감춰두었던 긴 칼을 꺼내 손톱을 자르며 칼날이 잘 드는지 시험해보았다. 그리고 다시 칼을 서랍 속에 넣었다.

마리우스는 오른쪽 바지 주머니에 넣어둔 권총을 꺼내 장전했다. 찰칵 소리가 나자 깜짝 놀란 종드레트가 의자에서 벌떡 일어나며 소리쳤다.

"누구야?"

마리우스는 숨을 죽였다. 종드레트는 일순간 긴장한 표정을 지었으나 이내 껄껄 웃으며 중얼거렸다.

"빌어먹을! 칸막이 소리였군."

마리우스는 권총을 힘껏 움켜쥐었다.

＊

멀리 생 메다르 성당에서 6시를 알리는 은은한 종소리가 울려 퍼졌다.

종드레트는 종소리가 울릴 때마다 고개를 끄덕이며 수를 세었다. 마침내 여섯 번째 종소리가 울리자 그는 촛불 심지를 손끝으로 비벼 껐다. 그리고 방 안을 왔다 갔다 하면서 복도의 동정에 귀를 기울였다.

"어디 나타나기만 해라!"

그는 중얼거리며 다시 의자에 걸터앉았다. 곧바로 문이 열리더니 종드레트의 아내가 흉측한 미소를 띠고 문 앞에 나타났다. 희미한 불빛에 비친 그녀의 얼굴은 기괴하기까지 했다.

"들어오세요, 나리."

그녀가 말했다.

"아이고, 어서 오십시오, 자비로우신 나리!"

종드레트가 벌떡 일어나 허리를 굽신거렸다.

이윽고 르블랑 씨가 모습을 나타냈다. 그는 여전히 침착하고 느린 걸음으로 방에 들어왔는데, 그 모습이 묘하게도 성스러워 보였다. 그가 탁자 위에 루이 금화(1루이는 20프랑) 네 닢을 올려놓고 천천히 말했다.

"파방투 씨, 우선 방값과 당분간 쓸 생활비를 가져왔소. 나머지는 또……."

"신의 은총이 내리시기를, 자비로우신 나리."

종드레트가 말했다. 그러면서 재빨리 아내한테 다가가 속삭이듯 말했다.

"어서 가서 마차를 돌려보내."

남편이 르블랑 씨 앞에서 너스레를 늘어놓는 동안, 아내는 슬그머니 방에서 나갔다가 곧 돌아와 남편에게 귓속말을 했다.

"갔어요."

아침부터 쉴 새 없이 내린 눈이 길목마다 쌓여 마차가 도착했을 때와 마찬가지로 돌아갈 때도 아무 소리가 나지 않았다.

그사이 르블랑 씨와 종드레트는 의자에 마주 앉았다.

마리우스는 묘한 전율이 온몸을 휘감는 것을 느꼈으나 그것은 공포가 아니었다. 그는 마음을 단단히 먹고 권총을 힘껏 움켜쥐었다.

'때가 되면 저 비열한 자를 내 손으로 잡고 말 테다.'

그는 가까운 곳에 잠복해 있는 경찰들이 자기의 신호만을 기다리고 있다고 믿었다. 그리고 한편으로는 이 자리에서 자신의 궁금증이 완전히 풀리기를 은근히 기대했다.

르블랑 씨는 의자에 앉아 텅 빈 침대 쪽을 바라보며 물었다.

"따님의 상처는 좀 어떻습니까?"

"그게 좀……, 상태가 좋지 않아서……."

종드레트는 걱정과 아부가 뒤섞인 표정으로 말을 이었다.

"많이 안 좋아서 제 언니가 진료소에 데리고 갔습니다. 곧 만나실수 있을 겁니다. 이제 돌아올 시간이네요."

"부인께서는 많이 좋아지신 것 같군요."

르블랑 씨가 종드레트 아내의 해괴한 차림을 힐끔 돌아보았다. 그녀는 문 앞에 떡 버티고 서서 여차하면 금방이라도 달려들 기세로 르블랑 씨를 쳐다보았다.

종드레트가 말했다.

"아닙니다. 하지만 워낙 독한 여자라 씩씩합니다. 이럴 땐 여자가아니라 황소 같다니까요."

종드레트의 아내는 칭찬을 받고 감동한 듯 못난이처럼 히죽 웃으며 남편에게 아양을 떨었다.

"당신은 정말 좋은 남편이에요, 종드레트."

"종드레트라뇨? 당신은 파방투 씨 아닙니까?"

르블랑 씨가 물었다.

"아 네, 파방투는 본명이고 종드레트는 별명이죠. 배우한테는 예명이란 게 있잖습니까?"

종드레트가 얼버무렸다.

그는 르블랑 씨가 눈치채지 못하게 아내를 윽박지르며, 한편으로는 몹시 다정한 체하는 말투로 호들갑을 떨기 시작했다.

"우리는 금실 좋기로 소문났답니다. 부부 사이에 그것도 없다면 무슨 재미겠습니까?"

종드레트가 지껄이고 있는 사이, 마리우스는 방 한구석에 웬 낯선 사내가 들어와 있는 것을 보았다. 그는 어느 틈에 쥐 새끼처럼 살짝 들어온 것이다. 그는 낡고 지저분한 자주색 조끼에 헐렁한 코르덴 바지 차림이었다. 셔츠를 입지 않아 팔의 문신이 그대로 드러났고, 얼굴에는 시커먼 칠을 하고 있었다.

낯선 사내는 문에서 가까운 침대에 걸터앉아 묵묵히 팔짱을 끼고 있었는데, 종드레트 아내의 뒤쪽에 있었기 때문에 안에서는 그 모습이 잘 보이지 않았다.

르블랑 씨가 마리우스와 거의 동시에 인기척을 느끼고 뒤돌아보았다. 그 순간 종드레트는 르블랑 씨가 당황하는 것을 눈치챘다.

종드레트가 간사한 표정으로 외투 단추를 끼우며 말했다.

"나리, 이것 좀 보십시오. 어떻습니까? 나리께서 주신 코트입니다. 신기하게도 제게 아주 꼭 맞습니다."

"저분은 누구십니까?"

르블랑 씨가 물었다.

"아, 이 사람요? 이웃에 사는 사람입니다. 나리께서는 신경 쓰지 않으셔도 됩니다."

종드레트가 말했다.

이웃에 산다는 그 사내의 인상은 몹시 괴상했다. 생 마르소 성문 밖에는 약품 공장이 밀집해 있었다. 그 공장의 노동자들은 대부분 얼굴에 검은 칠을 하고 다녔다. 르블랑 씨는 종드레트의 말을 곧이 곧대로 믿는 듯 담담한 표정으로 하던 말을 계속했다.

"그렇군요. 실례했습니다. 방금 뭐라고 하셨죠, 파방투 씨?"

종드레트는 탁자 위에 팔꿈치를 괴고, 뱀처럼 교활한 눈빛을 빛내며 말을 이었다.

"아 네, 그게 말입니다. 저희에게 은혜를 베풀어주신 나리께 그림을 한 점 팔고 싶다고 말씀드렸습니다."

그때 문 쪽에서 희미한 소리가 났다. 또 다른 사내가 들어와 종드레트 아내 바로 뒤 침대에 걸터앉았다. 그 또한 앞의 사내처럼 맨팔을 드러내고 얼굴을 시커멓게 칠하고 있었다. 이 사내도 말 그대로 미끄러지듯 방으로 들어왔다. 르블랑 씨는 곧 수상한 점을 눈치채고 표정이 굳어졌다.

종드레트가 얼른 말했다.

"신경 쓸 거 없다니까요. 이 집에 같이 사는 친구들입니다. 조금도 개의치 마세요. 그건 그렇고 방금 말씀드린 대로 나리께 소개하고 싶은 그림은 대단히 귀중한 작품입니다. 잠깐 보시겠습니까?"

종드레트는 말을 마친 뒤, 벽 쪽으로 다가가더니 아까 세워둔 널빤지를 뒤집었다. 그림 비슷한 게 불빛에 흐릿하게 모습을 드러냈다. 종드레트가 앞을 가리고 있었기 때문에 마리우스 쪽에서는 그 그림이 제대로 보이지 않았다. 다만 제대로 된 미술작품이 아닌 것만은 확실했다. 대충 눈에 띄는 것만 얘기하자면, 순회 극단의 어수룩한 간판이나 병풍 그림처럼 온갖 색깔을 덕지덕지 묻혀놓은 칙칙한 싸구려 그림이었다.

"이게 뭡니까?"

르블랑 씨가 물었다.

종드레트가 당당하게 외쳤다.

"아주 유명한 거장의 그림인데, 상당히 값나가는 겁니다, 자비로우신 나리! 저에게는 두 딸만큼이나 소중한 그림입니다. 이 그림을 보고 있노라면 수많은 추억이 떠오릅니다. 하지만 이미 말씀드렸듯이 형편이 워낙 어렵다 보니 이거라도 팔아볼까 해서……."

우연인지, 혹은 불안감 때문인지 그림을 보고 있던 르블랑 씨의 눈이 구석을 향했다. 어느새 낯선 남자가 넷이나 들어와 있었다. 셋은 침대에 걸터앉았고, 한 사람은 문가에 서 있었다. 넷 모두 팔뚝을 드러낸 채 얼굴을 시커멓게 칠하고 있었다. 그들은 꼼짝도 하지 않았다. 침대에 걸터앉은 사내 중 하나는 벽에 몸을 기댄 채 눈을 감고 있어서 마치 자는 듯 보였다. 그중 가장 나이 들어 보이는 그 사내는 시커먼 얼굴 위로 늘어뜨린 흰 머리칼이 기괴한 인상을 풍겼다. 나머지 둘은 젊은 사내들이었다. 하나는 털보이고, 하나는 더 벅머리였다. 그들 중 어느 한 사람 제대로 된 신발을 신지 않았고, 덧신 아니면 맨발이었다.

종드레트는 르블랑 씨가 그들을 뚫어져라 쳐다보는 것을 의식하며 재빨리 말을 이었다.

"모두 제 친구들입니다. 바로 옆에 살죠."

그러면서 르블랑 씨를 설득하듯 덧붙여 말했다.

"석탄 더미 속에서 일하느라 얼굴이 저 모양이죠. 모두 불 피우는 인부들입니다. 신경 안 쓰셔도 됩니다, 나리. 그보다 이 그림을 좀 사주십시오. 비참하게 사는 저희 가족을 돌봐주고 계시니 비싸게 부르지는 않겠습니다. 값은 얼마면 적당할까요?"

그때 르블랑 씨가 종드레트를 바라보며 조심스럽게 입을 열었다.

"하지만 이건 술집 간판이나 크게 다를 게 없군요. 3프랑 정도면 되겠습니까?"

종드레트가 목소리를 한껏 낮춰 말했다.

"지갑은 가지고 오셨습니까? 천 에퀴(에퀴는 5프랑짜리 은화)까지는 해드리겠습니다."

르블랑 씨는 벌떡 일어나 재빨리 방 안을 둘러보았다. 창이 있는 왼쪽에는 종드레트, 그리고 오른쪽으로는 종드레트의 아내와 네 남자가 그를 둘러싸고 있었다. 남자들은 미동도 없었고 그를 쳐다보지도 않았다. 종드레트는 그들과 상관없이 계속 지껄여댔다. 르블랑 씨는 그 초점 없는 눈동자와 애걸하는 목소리를 듣고, 이 남자는 어쩌면 돈 때문에 반쯤 미쳐버렸는지도 모른다고 생각했다.

종드레트가 계속 말했다.

"자비로우신 나리, 나리께서 이 그림을 사주시지 않는다면 저는 이제 방법이 없습니다. 강물에 몸을 던지는 수밖에요."

종드레트는 쉴 새 없이 떠들어대면서 르블랑 씨의 눈치를 살피는 한편 계속 문가를 힐끔거렸다. 마리우스는 숨 가쁘게 두 사람을 번갈아 보았다. 르블랑 씨는 점점 의아한 눈길로 종드레트를 바라보았고, 종드레트는 아양을 떨다가 애걸하다가 하며 시간을 끌었다.

"살아도 별 도리가 없는 걸 어쩌겠습니까? 어제도 작심을 하고 아우스터리츠 다리까지 갔답니다."

그러다 돌연 종드레트의 풀린 눈동자에서 무서운 빛이 번득이는가 싶더니 그가 상체를 앞으로 쑥 내밀며 험상궂은 표정을 지었다. 그리고 르블랑 씨를 향해 고함을 내질렀다.

"흥! 근데 그딴 건 이제 문제가 아냐. 이 쥐새끼 같은 놈, 내가 누군지 몰라보겠나?"

종드레트의 태도가 돌변한 것은 때마침 방문이 열리면서 푸른 작업복에 검은 복면을 한 남자 셋이 차례로 모습을 나타냈을 때였다. 맨 앞에 선 깡마른 남자는 끝에 쇠가 달린 긴 몽둥이를 들고 있었다. 두 번째 남자는 거구였는데, 도끼를 쥐고 있었다. 세 번째 남자

는 어깨가 떡 벌어진 체구에 감옥에서나 씀직한 커다란 자물쇠를
들고 있었다.

종드레트는 그들이 오기를 기다리고 있었던 듯했다. 그는 먼저
몽둥이를 든 깡마른 남자와 몇 마디 주고받았다.

"준비 다 됐겠지?"

종드레트가 물었다.

"당연하지."

깡마른 남자가 몽둥이를 눈으로 가리키며 대답했다.

"그런데 몽파르나스는 안 왔나?"

"그 색정광은 자네 딸한테 수작 부리고 있던데?"

"누구?"

"큰딸 말이야."

"삯마차는 불러놓았겠지?"

"그럼."

"작은 마차에 말도 준비해두고?"

"실한 놈으로 두 마리 마차에 매놓았어."

"내가 말한 곳에서 대기하고 있지?"

"물론이지."

"좋아! 다 됐어."

르블랑 씨의 얼굴이 백짓장처럼 하얗게 질렸다. 그는 방 안을 한
바퀴 둘러보았다. 그는 자신이 어떤 함정에 빠졌다는 사실을 알아

차린 듯, 당혹감과 신중함이 뒤섞인 표정으로 방 안에 있는 사람들의 얼굴을 하나씩 쳐다보았다. 그러나 왠지 두려움을 느끼는 것 같지는 않았다. 그는 우선 자기 앞에 놓인 탁자를 방패로 삼았다. 방금 전까지 친절한 노신사로만 보였던 그는 순식간에 전투 태세를 갖추며 주먹을 단단히 움켜쥐었다.

종드레트가 '불 피우는 인부들'이라고 말한 세 남자는 쇠붙이 더미에서 하나는 커다란 가위를, 하나는 묵직한 장도리를, 그리고 또 하나는 쇠망치를 꺼내 들고 입을 꾹 다문 채 문 앞에 쭉 늘어섰다. 그중 나이 든 남자만이 여전히 침대에 걸터앉은 채 눈을 감고 있었다. 그 옆에는 종드레트의 아내가 앉아 있었다.

마리우스는 마침내 때가 왔다고 생각하고 복도 쪽으로 돌아서서 오른손을 들고 천장을 향해 총을 쏠 준비를 했다.

종드레트는 깡마른 남자와 말을 마친 뒤, 다시 르블랑 씨를 향해 음흉하게 웃으며 이야기를 계속했다.

"아직 내가 누구인지 모르겠다, 이거지?"

르블랑 씨가 그를 똑바로 쳐다보며 대답했다.

"모르겠소."

종드레트는 탁자 옆으로 바싹 다가왔다. 그리고 촛불 위로 몸을 숙이며 팔짱을 낀 채 광대뼈가 튀어나온 그 끔찍한 얼굴을 르블랑 씨의 온화한 얼굴 바로 앞에 바싹 들이대고 금방이라도 물어뜯을 듯 살기등등하게 고함을 내질렀다.

"이봐, 난 파방투가 아니야. 종드레트도 아니고. 내 이름은 테나르디에라고! 이제 알겠어? 테나르디에란 말이야!"

마리우스는 그 입에서 '테나르디에'라는 말이 튀어나온 순간, 마치 얼음 조각에 심장을 찔린 듯 온몸을 부들부들 떨며 벽에 기댔다. 그와 동시에 권총을 든 손이 서서히 내려갔고, 종드레트가 다시 그 이름을 되풀이했을 때는 권총을 떨어뜨릴 뻔했다. 종드레트가 정체를 밝혔는데도 르블랑 씨는 전혀 동요하지 않았다. 단지 그것은 마리우스의 정신을 온통 뒤흔들어놓았을 뿐이다.

르블랑 씨에게는 테나르디에라는 이름이 생소한 것 같았지만, 마리우스에게는 그렇지 않았던 것이다. 독자들은 그 이름이 그에게 어떤 의미인지 기억하리라. 테나르디에는 그가 평생 잊지 못할 아버지의 유언장에 적혀 있던 바로 그 이름이었다. 마리우스는 그 이름을 아버지의 신성한 명령으로 머릿속 깊숙이 간직해왔다.

"테나르디에라는 사람이 나를 구해주었다. 혹시 내 아들이 그를 만나게 되면 최선을 다해 호의를 베풀어주기 바란다."는 글귀가 아직도 생생하게 그의 머릿속에 남아 있었다. 마리우스에게 그 이름은 신앙이나 마찬가지였다. 그는 그 이름을 아버지의 이름과 똑같이 숭배해왔다.

그런데 이 무슨 짓궂은 운명의 장난인가! 이자가 그 테나르디에라니. 그토록 찾아 헤매도 만날 수 없었던 몽페르메유의 여관 주인이 바로 이 남자라니! 아버지의 목숨을 구해준 은인이 천하에 둘도 없는 악한이라니! 생명을 바쳐서라도 은혜에 보답하려 했던 사람이 이런 괴물일 줄이야! 운명의 장난치고는 너무 잔인하지 않은가!

아버지는 관 속에서 테나르디에한테 최대한 호의를 베풀라고 명령하고 있다. 지난 5년여 동안 마리우스는 한 번도 그 명령을 거역할 생각을 하지 않았다. 그는 오직 한결같은 마음으로 아버지의 빚을 갚을 기회가 오기만을 기다렸다. 그런데 이제 한 악독한 인간을 경찰에 넘기려는 순간, 운명이 그를 향해 '그 사람이 바로 테나르디에다.'라고 외칠 줄이야!

아버지는 총탄이 퍼붓는 워털루, 장열한 싸움터에서 한 남자의 손에 의해 구출되었다. 그러나 마침내 그 은혜를 갚을 수 있게 된 순간, 교수대로 보답하게 될 줄이야! 언젠가 그를 만나면 엎드려 감사하려고 맹세했던 그가 아니었던가! 현실은 대체 어찌 된 영문인가! 지금까지 그를 찾아 헤맸던 것이 결국 사형 집행인의 손에 넘겨주기 위해서였던가!

마리우스는 몸을 부들부들 떨었다. 이제 모든 건 그의 의지 하나에 달려 있었다. 지금 눈앞에서 다투고 있는 사람들의 운명은 자신들도 모르는 사이에 그의 손에 들어와 있었다. 그가 권총을 쏘면 르블랑 씨는 살고, 테나르디에는 파멸한다. 반대로 권총을 쏘지 않으면 르블랑 씨는 희생되고, 테나르디에는 별 탈 없이 도망칠 수 있다.

한쪽을 희생할 것인가, 다른 한쪽을 죽음으로 내몰 것인가! 어느쪽을 선택해도 후회가 따를 수밖에 없다. 어쩌면 좋은가? 대체 어느

쪽을 택해야 하는가? 마음 깊이 간직한 소중한 기억을 부정해야 하는가! 아버지의 유언을 거역해야 하는가! 그렇지 않으면 공공연한 죄악의 현장을 묵살해야 하는가!

한편에서는 '위르쉴'이 아버지를 구해달라고 애원하고, 한편에서는 돌아가신 아버지가 테나르디에를 구해주라고 외치는 소리가 들려오는 것 같았다. 마리우스는 미칠 것만 같았다. 무릎이 사정없이 떨렸다. 침착하게 따져볼 겨를도 없이 사태는 긴박하게 흘러가고 있었다. 자신의 의지 하나로 결판이 나리라 믿었던 회오리에 자신마저 휘말리든 것 같았다. 그는 거의 정신이 혼미해져서 곧 쓰러질 것만 같았다.

한편 테나르디에는 벌써 승리에 취한 듯 탁자 앞을 왔다 갔다 하고 있었다. 그러다 갑자기 촛불을 움켜쥐고 벽난로 위에 거세게 놓는 바람에 촛농이 사방 벽에 튀었다.

그는 흉포한 얼굴로 르블랑 씨에게 소리쳤다.

"결국 네놈을 잡고 말았구나. 자선가 나리! 누더기를 걸친 백만장자 양반! 그런데 네놈은 내가 누군지 모르겠다고? 그렇다면 지금으로부터 8년 전, 1823년 크리스마스 저녁에 몽페르메유의 여관에 찾아온 것이 네놈이 아니라고? 우리한테서 팡틴의 딸 '종달새'를 빼앗아간 자가 네놈이 아니란 말이야? 흥! 뻔뻔하게도 내가 누군지 모르겠다고! 이제 와서 수작 부려도 소용없어. 난 네놈의 정체를 알고 있으니까. 네놈이 누군지를 내가 다 안단 말이다! 언제? 네놈이 여기 나타난 순간, 바로 알아챘지."

테나르디에는 여기까지 말하고 잠시 무슨 생각을 하는지 입을 다물었다. 그러다 이내 르블랑 씨를 노려보며 호통치기 시작했다.

"흥! 그동안 나를 잘도 속여먹었지. 그래, 내가 이 지경이 된 것도 알고 보면 다 네놈 탓이야! 단돈 1500프랑에 내 돈줄을 낚아채다니. 부잣집 딸내미가 틀림없는 계집애였는데 말이야. 내가 고걸 데리고 있었으면 평생 먹고살 수 있었을 텐데! 그때 난 지긋지긋한 싸구려 식당을 하면서 재산을 있는 대로 털어먹었지만, 그 계집애만 있었으면 한몫 단단히 챙길 수 있었단 말이다!"

르블랑 씨는 잠자코 듣고 있다가 그가 말을 그치자 입을 열었다.

"난 당신이 무슨 말을 하는지 도통 모르겠소. 아마도 당신은 뭔가 착각하고 있는 모양이오. 나 역시 당신과 똑같은 가난뱅이일 뿐 결코 백만장자가 아니오. 게다가 난 당신을 모르오. 사람 잘못 보았소."

그러자 테나르디에가 소리쳤다.

"뭐라고? 이놈이 끝까지 나를 속일 생각이군. 좀 있으면 찍소리도 못할 주제에. 이 영감탱이야! 나를 본 적이 없다고? 모르겠다고?"

"이런 말은 하고 싶지 않지만 당신은 아주 악독한 사람 같군요."

르블랑 씨는 이 끔찍한 상황에 어울리지 않게 여전히 절도 있고 정중한 어조로 말을 이었다.

악인은 자신에 대한 평가에 민감하고, 괴물은 앞뒤 없이 격분하기 쉬운 법이다. 르블랑 씨의 말이 끝나기 무섭게 테나르디에 아내가 자리에서 벌떡 일어났고, 테나르디에는 당장이라도 때려 부술 듯이 의자를 움켜잡으며 아내에게 말했다.

"당신은 가만있어!"

그런 다음 르블랑 씨를 향해 미친 듯이 지껄이기 시작했다.

"흥! 악독하다고? 그래, 네놈들이 우리를 그렇게 부른다는 건 알고 있지. 부잣집 나리들께서 말이야! 그야 물론 틀린 말은 아니지. 난 빈털터리라 한겨울에 몸을 가릴 옷 한 벌 없고, 먹고 죽을 빵 한 조각도 없다. 그러니 악독해질 수밖에! 벌써 사흘이나 굶었다고. 누군들 이 지경이 돼서 착한 마음을 가질 수 있겠나? 기다려! 네놈을 당장 솥단지에 쳐넣을 테니! 알겠어? 안됐지만 백만장자 나리, 지금 당장 네놈을 삶아 먹어버릴 테다! 마지막으로 이것만은 알아둬. 이래 봬도 한때는 나도 괜찮은 사람이었다고! 선거권도 있었고. 누가 봐도 훌륭한 시민이었지. 이 몸이 말이야! 그런데 네놈은 그중에 어느 하나도 없지!"

테나르디에는 잠시 숨을 고른 뒤 계속 말했다.

"한 가지 더 기억해두라고, 자선가 나리! 난 너처럼 수상한 놈은 아냐! 어디 사는 누구라고 제 이름도 변변히 못 밝히고, 남의 집에 찾아와서 어린애를 빼앗아가는 그런 이상한 놈은 아니란 말이다! 이래 봬도 난 프랑스 군인이었어. 훈장까지 탄 몸이지! 워털루에도 갔었다고! 게다가 전투 중에 무슨 백작인지 하는 장군을 구해준 일도 있단 말이다! 아쉽게도 그 백작이라는 자가 이름을 말해줬는데,

목소리가 너무 작아서 알아듣지 못했지만. 젠장! 난 그에게 고맙다는 말밖에 못 들었지. 인사치레보다는 이름을 알고 싶었는데 말이야. 그랬으면 그 식구들이라도 찾아낼 수 있었을 텐데. 아무튼 난 워털루전투에 참전한 군인이라고, 이 늙은 놈아! 자, 그 얘기는 그만하고, 어쨌든 난 돈이 필요해. 그것도 아주 많이. 순순히 말을 듣지 않으면 이제부터 네놈을 실컷 괴롭히다 죽여버릴 테다."

마리우스는 아까부터 마음의 고통을 억누르며 테나르디에의 이야기를 듣고 있었다. 그 결과 혹시나 하는 일말의 기대마저 완전히 무너져버렸다. 이 남자야말로 틀림없는 유언 속의 그 테나르디에였던 것이다.

테나르디에가 핏발이 돋은 눈으로 르블랑 씨를 쏘아보며 차갑게 말했다.

"곤죽이 되기 전에 할 말 없나?"

르블랑 씨는 아무 대꾸도 하지 않았다. 잠시 침묵이 흘렀다. 그 틈을 타서 누군가 쉰 목소리로 음침하게 내뱉었다.

"장작 쪼개는 거라면 전문가가 따로 있지. 그건 내가 할게!"

도끼를 든 남자였다.

그는 시커멓고 더러운 얼굴에 삐죽한 송곳니를 드러내며 히죽거렸다.

"가면은 왜 벗고 그래?"

테나르디에가 화를 내며 소리쳤다.

"그냥 웃어주고 싶어서."

남자가 대답했다.

르블랑 씨는 아까부터 테나르디에가 하는 짓을 하나도 놓치지 않고 눈으로 좇으며 빈틈을 노리는 듯했다. 반면 흥분해서 이성이 마비될 지경인 테나르디에는 상대가 무기도 없는 데다 문이 막혀 있고, 자기 쪽은 아내를 포함해 9명이나 되는 것을 믿고 거의 방심한 상태였다. 그는 도끼를 든 사내와 얘기하면서 르블랑 씨를 등지고 있었다.

르블랑 씨는 이 틈을 놓치지 않고 재빨리 의자를 걷어차고, 탁자를 쓰러뜨리면서 가볍게 창가로 몸을 날렸다. 이어 순식간에 창문을 열고 창틀에 올라섰다. 그러나 그가 막 밖으로 뛰어내리려는 순간 3명이 우악스럽게 그의 허리를 낚아채 바닥으로 끌어내렸다. 테나르디에가 말한 '불 피우는 인부들'이었다.

테나르디에 아내도 득달같이 달려들어 르블랑 씨의 머리칼을 잡고 늘어졌다. 이어 그들 중 한 남자가 끝에 납덩이를 붙인 쇠몽둥이를 번쩍 치켜들었다.

마리우스는 더 이상 참을 수 없었다.

'아버지, 용서해주세요!'

그는 마음속으로 외치며 방아쇠를 손끝으로 더듬었다.

그가 막 방아쇠를 당기려는 찰나 테나르디에의 고함 소리가 터져 나왔다.

"죽이지는 마."

순간 마리우스는 멈칫했다. 이로써 최악의 위기는 넘긴 셈이었다. 그는 어쩌면 뭔가 새로운 국면으로 접어들어 위르쉴의 아버지나 아버지의 은인 중 하나가 파멸해야 하는 잔혹한 운명으로부터 벗어날 수 있을지도 모른다는 생각이 들었다.

처절한 격투가 벌어졌다. 르블랑 씨는 늙은이의 가슴을 쳐서 쓰러뜨리고 자신을 공격한 두 사내를 주먹으로 내리쳐 마룻바닥에 넘어뜨린 다음 양쪽 무릎으로 깔고 앉았다. 사내들은 마치 육중한 맷돌에 깔린 것처럼 숨을 헐떡거렸다. 그러자 남은 4명이 한꺼번에 위에서 덮쳤다. 르블랑 씨는 위에서 찍어 누르는 억센 사내들의 힘에 못 이겨 신음 소리를 냈다. 그 틈에 르블랑 씨 밑에 깔려 있던 자들도 기를 쓰고 일어나 아귀처럼 달려들었다. 르블랑 씨는 흡사 사냥개 떼의 습격을 받은 들짐승처럼 온몸이 만신창이가 되었다.

그들은 르블랑 씨를 창가 침대 위에 쓰러뜨리고 꼼짝 못하게 붙들고 있었다. 그때까지도 테나르디에 아내는 그의 머리칼을 움켜잡고 있었다.

"당신은 이제 손 떼. 숄 다 찢어지겠어."

테나르디에가 말했다. 아내는 뭔가 아쉬운 듯 투덜대면서 물러났다. 그 모습이 마치 수컷에 복종하는 암컷 늑대 같았다.

테나르디에가 패거리들에게 명령하듯 말했다.

"그만하고 몸부터 뒤져봐."

르블랑 씨는 더 이상 반항하지 않았다. 악당들이 달려들어 그의 몸을 뒤졌다. 하지만 나온 돈이라고는 6프랑뿐이었다. 손수건도 한 장 나왔다. 테나르디에는 그 손수건을 주머니에 챙겨 넣었다.

"제길! 지갑도 없잖아?"

테나르디에가 투덜거렸다.

"시계도 없어."

패거리 가운데 하나가 말했다.

"하여간 웃기는 놈이군."

커다란 자물쇠를 든 복면한 남자가 중얼거렸다.

테나르디에는 문 옆에 있던 밧줄을 그들에게 던졌다.

"그놈을 침대에 묶어."

그런 다음 르블랑 씨에게 한 대 맞고 쓰러져 있는 늙은이를 힐끔 보며 퉁명스럽게 말했다.

"불라트뤼엘은 뻗었나?"

"아니, 취해서 그래."

비그르나유가 대답했다.

"구석으로 치워."

인부 둘이 테나르디에의 지시에 따라 불라트뤼엘을 발로 밀어 쇠붙이 더미 옆으로 보냈다.

"바베, 왜 이렇게 많이 데리고 왔어? 쓸데없이."

테나르디에가 몽둥이를 든 사내에게 작은 소리로 말했다.

"어쩌겠나. 다들 끼겠다는데 할 수 없잖아. 워낙 일거리가 없어서 말이야."

바베가 말했다.

르블랑 씨가 묶인 침대는 나무 다리가 달린, 자선병원에서나 쓰는 초라한 침대였다. 그는 그들이 무슨 짓을 하든 아무런 저항을 하지 않았다. 악당들은 마룻바닥에 그를 무릎 꿇리고 창가에서 떨어진 난로 쪽 침대 다리에 칭칭 동여맸다.

테나르디에는 의자를 르블랑 씨의 코앞에 놓고 털썩 주저앉았다. 갑자기 그는 전혀 딴사람이 된 것 같았다. 지금까지의 광기 어린 표정은 간데없고, 침착하기 그지없는 표정을 지었다.

마리우스는 르블랑 씨 앞에서 온화하게 미소 짓고 있는 그 사람이 조금 전까지 입에 거품 물고 날뛰던 사람이 맞는지 믿기지 않았다.

"이봐요, 형씨."

맹수 같던 테나르디에가 갑자기 무슨 변호인이라도 되는 것처럼 부드러운 어조로 르블랑 씨를 불렀다. 그러면서 르블랑 씨를 붙잡고 있는 패거리들에게 손짓으로 문 쪽을 가리키며 말했다.

"저리들 가 있어. 잠깐 얘기 좀 하게."

패거리들 모두 문 쪽으로 갔다. 테나르디에가 계속 말했다.

"형씨, 창문으로 뛰어내리려고 한 건 잘못된 생각이야. 그랬다면 다리가 부러졌을 거야. 그러지 말고 서로 대화로 풀어보는 게 어때? 우선 내 생각을 얘기하지. 이를테면 이런 거야. 당신은 이 상황에서도 밖을 향해 도와달라고 소리 지르지 않았어. 그건 당신도 일이 커지는 걸 원치 않는다는 뜻 아닌가?"

테나르디에의 말은 사실이었다. 마리우스는 너무나 불안한 나머지 미처 그 점을 깨닫지 못했다. 르블랑 씨는 두세 마디 뭐라고 하기는 했으나 큰 소리는 아니었고, 창문 바로 옆에서 여섯 놈과 결투할 때조차 한 마디도 하지 않았다.

테나르디에가 계속 말했다.

"물론 당신이 '도둑이야!' 또는 '사람 살려!'라고 소리쳤어도 전혀 상관없었지만. 아무리 떠들어봤자 우리는 끄떡없거든. 갑자기 여러 명한테 당하면 누구라도 비명을 지르게 마련이지. 그렇다고 우리는 재갈 같은 거 물리지 않아. 왜 그러는지 알아? 여기서 아무리 소리 질러봤자 밖에서는 전혀 안 들리거든. 이 방이 좋은 건 그거 하나지. 말하자면 여기는 땅속이나 다름없어. 여기서 폭탄을 터뜨려도 가까운 파출소에서는 술 취한 사람이 코 고는 소리로밖에 들리지 않는다고. 대포를 쏘아봤자 펑 소리만 들리고, 벼락이 쳐봤자 퍽 소리만 나는 정도야. 아주 좋은 곳이지. 하지만 당신이 소리를 지르지 않은 건 역시 잘한 일이야. 칭찬받을 만해. 이유는 대충 나도 짐작하고 있어. 소리를 질러봤자 오는 건 경찰뿐이니까. 그다음은 재판정에 서야 하고. 그러니까 당신도 우리처럼 경찰이나 재판소가 싫은 거야. 물론 이 정도는 벌써부터 짐작하고 있었지. 당신에게는 남한테 알리고 싶지 않은 뭔가가 있는 거야. 그렇지? 그러니까 우리는 서로 얘기가 잘 통할 거야."

말을 마친 테나르디에는 난로 앞의 칸막이를 밀어 침대에 기대
세웠다. 그러자 숯불이 타오르는 화덕 속에서 시뻘겋게 달궈진 끌
이 모습을 드러냈다.

테나르디에는 다시 르블랑 씨 옆으로 와서 의자에 걸터앉더니 말
했다.

"이젠 나도 터놓고 얘기할게. 그리고 차분하게 일을 처리하자고.
조금 전에 심하게 화낸 건 미안해. 성질이 너무 급하다 보니 마음에
도 없는 말을 한 것 같아. 돈 얘기도 그래. 당신이 백만장자라고 해
서 무턱대고 많은 돈을 받아내려고 한 건 잘못이었어. 아무리 백만
장자라도 부담되게 마련이니까. 그건 누구나 마찬가지잖아. 나는
당신이 파산하기를 바라진 않아. 그러니까 알거지로 만들지는 않겠
단 말이야. 이래 봬도 나는 말이야, 승산이 있다고 해서 서툰 짓을
하는 그런 놈은 아니라고. 내 쪽에서도 좀 양보하고 희생하지. 난
그저 20만 프랑만 있으면 돼."

르블랑 씨는 한 마디도 하지 않았고, 테나르디에는 계속 말을 이
었다.

"이 정도면 엄청 많이 봐준 거야. 나야 물론 당신 재산이 얼마나
많은지 정확히 모르지. 그래도 돈에 쪼들리지 않는다는 것만은 분
명히 알고 있어. 당신같이 인심 좋은 사람이 가난뱅이한테 20만 프
랑쯤 베풀어봤자 별것도 아닐 거야. 더도 말고 딱 20만 프랑이야.

이 상황에서는 너무나 합당한 액수지. 그 돈만 군소리 없이 내주면 끝나는 거야. 뒷일은 손톱만큼도 걱정할 필요 없어. 물론 당신은 지금 당장은 수중에 없다고 말하겠지. 나는 그렇게 경우 없는 놈이 아니야. 이 자리에서 돈을 내놓으라는 게 아니라고. 그냥 하나만 부탁할게. 지금부터 내가 말하는 대로 받아쓰기만 하면 돼."

테나르디에는 화덕 쪽을 보며 음흉한 미소를 던지고는 말끝마다 힘주어 덧붙였다.

"경고하지만 글을 쓸 줄 모른다고 버텨봤자 소용없어."

그는 탁자를 르블랑 씨 앞으로 밀어놓고, 서랍에서 필기구를 꺼내 왔다. 열린 서랍 속에는 기다란 칼날이 번뜩이고 있었다.

"똑바로 써야 돼."

그가 명령조로 말했다.

"이렇게 묶여 있는데, 어떻게 글을 쓰란 말이오?"

포로가 된 르블랑 씨가 마침내 입을 열었다.

"아 참, 이거 큰 실례를 했군."

테나르디에가 말하면서 비그르나유를 쳐다보았다.

"오른팔을 조금만 풀어줘."

비그르나유가 르블랑 씨의 오른팔을 풀어주자, 테나르디에가 펜에 잉크를 찍어주었다.

"명심해. 당신은 지금 꼼짝없는 포로 신세야. 죽고 사는 게 우리 손에 달렸다고. 누구도 당신을 여기서 빼내지 못할 거야. 나도 험한 짓 하고 싶지 않아. 난 댁의 이름도, 주소도 몰라. 하지만 댁이 쓴 편지를 가지고 간 사람이 돌아올 때까지는 이대로 좀 묶여 있어야겠어. 자, 그럼 써봐."

"뭐라고 쓰란 말이오?"

르블랑 씨가 물었다.

"내가 말하는 대로 쓰면 돼."

르블랑 씨가 펜을 받아 쥐자 테나르디에가 말했다.

"내 딸에게……."

순간 르블랑 씨가 손을 부르르 떨면서 테나르디에를 쳐다보았다.

"아니, '나의 사랑하는 딸에게'라고 써."

테나르디에가 고쳐 말했다. 르블랑 씨는 입을 꾹 다문 채 그가 부르는 대로 받아 적었다. 테나르디에는 다음 말을 읊었다.

"지금 당장 이리로 오너라."

테나르디에는 잠시 말을 멈췄다.

"당신은 항상 부드럽게 하거라 하는 식으로 말하겠지?"

"누구에게 말이오?"

르블랑 씨가 물었다.

"물론…… 그 계집애한테. '종달새' 말이야."

테나르디에가 말했다.

르블랑 씨는 그 말에 조금도 동요하는 기색 없이 담담하게 중얼거렸다.

"대체 무슨 말인지 모르겠군."

"아무튼 그냥 써."

테나르디에가 신경질적으로 지껄이기 시작했다.

"지금 당장 이리 오너라. 네가 꼭 와야 한다. 너에게 이 편지를 전하는 사람이 이곳으로 안내할 것이다. 그럼 기다리고 있겠다. 걱정 말고 오너라."

르블랑 씨는 그 내용을 전부 받아 썼다. 그러자 테나르디에가 다시 생각을 바꿨다.

"아 참, '걱정 말고 오너라'는 지워. 그러면 무슨 이상한 일이 생겼다고 생각할지도 모르니까."

르블랑 씨는 그 대목을 지웠다.

"이제 서명해. 당신 이름이 뭐지?"

포로가 된 르블랑 씨가 펜을 내려놓으면서 그에게 되물었다.

"이 편지를 받을 사람이 누구요?"

"잘 알면서 왜 물어? 누군 누구야, 그 꼬마지. 방금 말했잖아."

테나르디에는 그 딸의 이름을 발설하기를 꺼렸다. 그저 '꼬마'니 '종달새'니 하면서 이름을 입에 올리지 않으려고 애썼다. 공범자들 앞에서도 자신의 비밀만은 지키려는 교활한 인간의 조심성 때문이었다. 이름을 말해버리면 공범자들에게 알릴 필요가 없는 것까지 다 공개하는 셈이었다.

그는 계속해서 르블랑 씨를 다그쳤다.

"서명해. 이름이 뭐야?"

"위르뱅 파브르."

테나르디에는 대답을 듣고 재빨리 주머니에 손을 넣어 좀 전에 르블랑 씨로부터 빼앗은 손수건을 꺼냈다. 그리고 손수건에 적힌 글자를 촛불에 비춰보았다.

"음, U. F. 그렇군, 위르뱅 파브르. 됐어. U. F.라고 서명해."

르블랑 씨, 아니 이제는 파브르라고 알려진 포로가 편지에 순순히 서명했다.

"편지를 접으려면 두 손이 필요하겠군. 이리 줘."

테나르디에는 직접 편지를 접고 나서 말했다.

"수신인은 '파브르 양'이라고 쓰고, 당신 집 주소를 적어. 여기서 멀지 않은 생 자크 뒤 오 파 성당 근처에 사는 건 나도 알아. 항상 그 성당에 다니니까. 하지만 정확히 어디인지는 몰라. 미리 말해두지만 지금 당신이 어떤 입장에 놓여 있는지는 충분히 알고 있겠지? 주소를 속일 생각일랑 말란 말이다."

포로는 잠시 생각에 잠겼다가 다시 펜을 들고 주소를 적었다.

'생 도미니크 당페르 거리 17번지. 위르뱅 파브르 씨 댁, 파브르 양에게.'

테나르디에는 열에 들뜬 사람처럼 떨리는 손으로 그 편지를 움켜쥐고는 흥분한 목소리로 아내에게 말했다.

"여기 이 편지, 어떻게 해야 할지 알고 있지? 밑에 마차가 대기하고 있어. 어서 나가. 그리고 일이 끝나는 대로 총알같이 달려오라고."

그리고 도끼를 든 남자에게 지시를 내렸다.

"자네는 벌써 복면을 벗었으니까 내 마누라를 따라가. 삯마차 뒤에 타고. 작은 마차는 어디다 대놨는지 알지?"

"물론이지."

그가 대답과 동시에 도끼를 방 한구석에 내려놓고 테나르디에 아내 뒤를 따라갔다.

그로부터 30분이 흘렀다. 테나르디에는 왠지 심란한 표정을 짓고 있었다. 그동안 포로는 손끝 하나 까딱하지 않았다. 마리우스의 귀에는 희미한 소리가 조금씩 간격을 두고 들려오는 것 같았다.

테나르디에가 문득 포로를 돌아보며 입을 열었다.

"파브르 양반, 이런 말은 지금 해두는 게 나을 것 같군."

그의 말은 이제부터 일어나려는 사태의 예고편인 듯했다. 마리우스는 귀를 기울였다.

"내 마누라는 곧 돌아올 테니, 딴생각 말고 기다려. '종달새'는 틀림없이 당신 딸인 모양이니 그동안 소중하게 잘 키웠겠지. 그러니까 이제부터 내가 하는 말 잘 들어. 당신이 써준 편지를 가지고 지금 내 마누라가 당신 딸을 만나러 갔어. 마누라가 옷을 차려입은 거 봤지? 그건 당신 딸이 순순히 따라오게 하기 위해서야. 옷이라도 깨끗하게 입고 가야 의심하지 않을 테니까. 성문 근처에 튼튼한 말 두 필이 끄는 마차가 기다리고 있지. 일단 당신 딸을 거기까지 안내할 거야. 그런 다음 당신 딸과 우리 동료는 그 마차를 타고, 내 마누라는 곧장 이리로 돌아올 거야. 그리고 나한테 일이 다 끝났다고 보고하겠지. 아, 물론 당신 딸은 조금도 해치지 않을 거야. 그냥 어디 좀 데려가서 안전하게 모셔둘 거라고. 당신이 20만 프랑을 내주면 딸을 곧장 이리로 데리고 올 거야. 하지만 경찰에 알리거나 하면, 그때는 우리 동료가 지체 없이 '종달새' 목을 졸라 죽이지. 무슨 말인지 알겠어?"

포로는 한 마디도 대꾸하지 않았다.

마리우스의 머릿속으로 무서운 상상이 스치고 지나갔다. 이제 어떻게 되는 건가? 그녀가 어딘가로 끌려가는 것인가? 저 괴물 중 한 놈이 그녀를 어딘지도 모를 곳으로 끌고 간단 말인가? 어디로? 그는 갑자기 심장이 멎는 듯했다.

끔찍한 일은 벌써 한 시간 전부터 진행되고 있었으나 상황은 갈수록 점점 더 심각해졌다. 마리우스는 온갖 비통한 장면들을 떠올리며 한 줄기 희망의 빛을 찾아보려 안간힘을 썼으나 무엇 하나 떠오르지 않았다. 그가 이렇게 불안에 쫓기고 있는 반면 옆방은 음산할 정도로 가라앉아 있었다.

차가운 침묵 속에서 아래층 문이 열렸다 닫히는 소리가 들렸다. 그러자 밧줄에 묶인 포로가 꿈틀거렸다.

"마누라가 왔군."

테나르디에가 말했다. 그 말이 채 끝나기도 전에 과연 테나르디에 아내가 새빨간 얼굴로 숨을 헐떡이며 뛰어들어 왔다. 그녀는 솥 뚜껑만 한 손으로 양 무릎을 치며 큰 소리로 외쳤다.

"주소를 속였어!"

뒤이어 그녀와 함께 갔던 악당도 눈을 번뜩이며 들어와 방 한구 석에 세워둔 도끼를 집어 들었다.

"속였다고, 주소를!"

테나르디에는 아내가 했던 말을 되뇌었고, 그녀는 계속해서 떠들 어댔다.

"생 도미니크 당페르 거리 17번지에 사는 위르뱅 파브르 같은 건 없어요. 사람들한테 물어봐도 아무도 모르더라고요."

그 말을 듣고 마리우스는 깊은 안도의 한숨을 내쉬었다. 이제는 위르쉴이라고 불러야 할지, 혹은 종달새라고 불러야 할지 모르겠지 만 어쨌든 그녀는 무사한 것이다.

아내가 잔뜩 약이 올라서 고래고래 소리 지르는 동안 테나르디에 는 탁자 위에 걸터앉았다. 그리고 아무 말 없이 오른 다리를 흔들며 사나운 눈빛으로 화덕 불을 쏘아보았다. 잠시 후 그는 살벌한 표정 으로 포로를 향해 조용히 입을 열었다.

"네놈이 주소를 속였어? 대체 무슨 속셈이지?"

"시간을 끌어보려고 그랬다!"

포로가 당당하게 외쳤다.

그때였다. 대답과 동시에 그는 자신의 몸을 감고 있던 밧줄을 벗어버렸다. 어느새 밧줄이 끊어져 있었다. 그는 한쪽 다리만 침대에 묶여 있을 뿐이었다.

당황한 7명의 사내들이 덤벼들 틈도 없이 그는 화덕 쪽으로 손을 쭉 뻗었다가 상체를 쭉 폈다. 이 광경을 본 테나르디에 일당들은 너무 놀라서 구석으로 몸을 피했다. 그리고 멍하니 그를 지켜보았다. 불꽃이 요란하게 튀는 화덕에서 시뻘겋게 달궈진 끌을 번쩍 쳐들고 있는 그의 모습은 보기만 해도 무시무시했다.

"걱정할 것 없어. 저놈은 아직 한쪽 다리가 묶여 있으니까 도망치지 못해. 나한테 맡기라고."

비그르나유가 말했다.

포로는 그를 비웃듯 큰 소리로 말했다.

"유감스럽게도 내 목숨은 자네들이 그렇게 애쓸 만큼 소중한 게 못 돼. 하지만 계속 이런 식으로 나온다면 나라고 가만있을 수 없지."

그는 왼팔을 걷어 올린 뒤 다시 말을 이었다.

"똑똑히 보라고."

그는 맨살이 드러난 팔을 뻗어 오른손에 들고 있던 뜨거운 쇠꼬챙이를 갖다 댔다.

지지직 소리와 함께 살이 타는 냄새가 방 안에 퍼졌다. 마리우스는 너무나 끔찍한 광경에 눈앞이 아찔해 비틀거렸다. 저 악랄한 테나르디에 패거리들마저 진저리를 쳤다.

그는 정말 이상한 포로였다. 살이 타면서 연기가 나는데도 태연하기 그지없었다. 신음 소리는커녕 눈 하나 깜짝하지 않았다.

그는 조용히 테나르디에를 응시했다. 증오의 빛이라고는 전혀 없는, 완전히 승화된 고통 속에 엄숙한 아름다움마저 느껴지는 눈빛이었다. 고귀한 인격의 소유자가 육체적인 고통을 견딜 때는 그 정신이 외부에 역력히 드러나는 법이다.

그는 모두를 향해 말했다.

"불쌍한 인간들! 내가 너희를 겁내지 않는 것처럼 너희도 나를 두려워할 것 없다."

말을 마친 그는 팔에 대고 있던 끌을 열린 창밖으로 휙 던져버렸다. 빨간 쇠붙이가 어둠 속에서 빙글빙글 돌다가 눈 속에 묻혔다.

포로가 다시 말했다.

"자, 이제 너희 하고 싶은 대로 해라."

그는 아무것도 없는 맨손이었다.

"저놈을 잡아."

테나르디에가 소리쳤다.

패거리 둘이 달려들어 포로의 어깨를 움켜잡았고, 복면을 한 사내는 묵직한 자물쇠를 들고 버티고 서서 여차하면 머리를 후려칠 태세였다.

그때 마리우스는 벽 바로 밑에서 누군가 작지만 분명하게 속삭이는 소리를 들었다.

"이렇게 된 이상 방법은 하나뿐이야."

"죽여버려요."

"그래야겠어."

테나르디에 부부의 목소리였다. 곧바로 테나르디에는 서랍을 열고 칼을 꺼내 들었다.

그때 마리우스는 권총을 지그시 잡았다. 한 시간 전부터 그의 마음속에는 2개의 목소리가 싸우고 있었다. 아버지의 유언을 지켜야 한다는 목소리와 잡힌 사람을 구해줘야 한다는 목소리였다. 싸움은 그를 깊은 고통 속으로 몰아넣었다. 두 가지 의무 사이에서 방황하며 간절한 희망을 품어왔으나 타협의 실마리가 보이지 않았다. 오히려 그동안 상황이 더욱 절박하게 돌아가 더 이상 기대할 수 없는 지경에 이르렀다.

포로에게서 몇 발짝 떨어지지 않은 곳에 테나르디에가 칼을 들고 서 있었다.

마리우스는 안절부절못하며 주위를 둘러보았다. 그것은 절망이 극에 달한 사람의 마지막 안간힘이었다. 그러다 그는 갑자기 몸을 부르르 떨었다.

달빛이 탁자 위에 놓인 종이 한 장을 마치 그에게 보여주기라도 하려는 듯 환히 비추고 있었다. 오늘 아침, 테나르디에의 큰딸이 글을 써놓은 종이였다.

'개들이 있다.'

글자가 눈에 들어옴과 동시에 마리우스의 머릿속에 한 가지 생각이 광명처럼 빠르게 스치고 지나갔다. 이거야말로 그가 찾던 한 줄기 희망, 살인을 막고 포로를 구출할 수 있는, 현재로서는 유일한 방법이었다.

마리우스는 일촉즉발의 상황에서 팔을 길게 뻗어 종이를 집은 다음 벽의 석회 한 덩이를 조심스럽게 떼어 그 종이로 싸서 구멍을 통해 옆방 한가운데로 던졌다. 때마침 테나르디에가 결심을 굳히고 포로를 향해 다가서려던 중이었다.

그때 테나르디에 아내가 소리쳤다.

"여보, 뭔가 떨어졌어요."

"뭔데?"

아내는 얼른 뛰어가 종이를 집어 남편에게 주었다.

"어디서 떨어진 거야?"

테나르디에가 물었다.

"어디긴 어디예요? 창밖이지."

테나르디에는 급히 종이를 펼쳐 촛불 가까이 가지고 갔다.

"제기랄! 에포닌 글씨야."

그가 손짓으로 아내를 불렀다. 이어 종이에 적힌 글자를 아내에게 보여주며 가라앉은 목소리로 덧붙였다.

"얼른 사다리 걸쳐! 먹이는 쥐덫에 걸어두고 일단 나가자."

"저놈 목은 안 자르고요?"

아내가 물었다.

"그럴 틈이 없다니까."

"어디로 나가지?"

비그르나유가 테나르디에를 쳐다보았다.

"창문으로 나가야지."

테나르디에가 말했다.

"창으로 던진 걸 보니 이쪽은 아직 들키지 않은 모양이야."

복면을 한 사내가 들고 있던 자물쇠를 내려놓고 두 손을 번쩍 쳐들어 재빨리 세 번 오므렸다 폈다 했다. 이 동작은 마치 군함을 탄 승무원들이 전투 중에 주고받는 수신호 같은 것이었다. 악당들은 붙잡고 있던 포로를 놓고 눈 깜짝할 사이에 줄사다리의 갈고리를 창틀에 걸었다.

포로는 주변에서 일어나는 일에는 전혀 신경 쓰지 않는 기색이었다. 그는 지금 뭔가 깊은 생각에 잠겨 있는 것 같기도 하고, 아니면 기도하는 것 같기도 했다.

사다리를 밖으로 내려뜨리기 무섭게 테나르디에가 아내에게 소리쳤다.

"여보, 이리 와."

아내가 재빨리 다가갔다. 그가 아내의 손을 잡고 막 창틀을 넘어서려고 할 때 비그르나유가 거칠게 그의 목덜미를 움켜쥐었다.

"어딜 가, 이 늙은 여우야! 우리가 먼저야."

"웃기지 마. 우리가 먼저야."

나머지 악당들까지 달려와 저희끼리 서로 먼저 나가겠다고 아우성을 쳤다.

"바보 같은 새끼들! 이래 봤자 시간 낭비야."

테나르디에가 욕지거리를 내뱉었다.

"그럼 제비뽑기로 정하자."

악당 중 하나가 말했다.

테나르디에가 화를 내며 소리쳤다.

"다들 제정신이 아니군. 미친놈들! 뭘 알고나 지껄이라고. 너희모두 바보냐? 시간이 남아돌아? 제비뽑기라도 할까? 이름 써서 모자에 넣어봐? 말해봐!"

"제비뽑기를 할 거면 내 모자에다 하면 어때?"

그때 문 쪽에서 소리가 들렸다. 모두 깜짝 놀라 뒤돌아보았다. 한남자가 빙그레 웃으며 자신의 모자를 내밀고 있었다.

자베르였다.

*

자베르는 해가 지기 전에 이미 사방에 부하들을 배치하고, 자신은 고르보 누옥 앞 큰길 건너편 가로수 뒤에 숨어 있었다. 그는 우선 함정을 파놓고, 근처 어딘가에서 망을 보고 있는 두 처녀들부터몰아넣을 심산이었다. 그러나 함정에 걸려든 건 아젤마뿐이었다.

152

에포닌은 어디론가 사라져버렸다.

그는 할 수 없이 언제든 쳐들어갈 준비를 갖추고 마리우스와 약속한 신호를 기다렸다. 그동안 마차가 왔다 갔다 하는 모습이 보이자 그는 초조해지기 시작했다.

그는 불한당들이 들어가는 것을 확인한 데다 마리우스의 열쇠도 가지고 있었으므로 권총이 울릴 때까지 기다릴 것 없이 곧장 그 소굴로 들이닥친 것이다.

자베르의 등장에 당황한 7명의 불한당들은 다시 무기를 집어 들었다. 자베르는 도로 모자를 쓰고 칼도 빼들지 않고 겨드랑이에 단장을 낀 채 방으로 뚜벅뚜벅 들어왔다.

그가 외쳤다.

"움직이지 마. 아무리 급해도 그렇지, 창으로 나가면 되겠나. 문으로 나가는 게 더 안전하지. 너희는 7명이지만 우리는 15명이야. 촌스럽게 맞짱 뜨려고 용쓰지 말고 얌전히 있는 게 신상에 이롭다고."

비그르나유가 작업복 밑에 숨겨놓은 권총을 테나르디에의 손에 건네주며 속삭였다.

"저 인간이 바로 자베르야. 난 못하겠어. 자네가 쏠 텐가?"

"좋아!"

테나르디에가 대답했다.

"그럼 쏴봐."

비그르나유가 말했다.

테나르디에는 즉시 자베르를 향해 권총을 겨누었다. 서너 걸음 앞까지 다가오던 자베르가 우뚝 멈춰 서서 그를 노려보며 한 마디 했다.

"그래 봤자 빗나갈 텐데!"

테나르디에가 방아쇠를 당겼으나 역시 총알은 빗나갔다.

"그러게 내가 뭐랬어."

자베르가 말했다.

비그르나유가 자베르의 발밑에 힘없이 몽둥이를 던졌다.

"당신은 염라대왕이오. 난 항복하겠소."

"너희는?"

자베르가 다른 악당들을 쳐다보며 물었다.

"우리도 항복하겠소."

모두 동시에 고개를 숙였다.

자베르가 조용히 말했다.

"그래, 좋아. 생각대로 얌전한 놈들이군."

"그런데 한 가지 부탁이 있소. 감옥에 있는 동안 담배는 좀 눈감아 주시오."

비그르나유가 말했다.

"알았어."

자베르가 대답하고 나서 문 쪽을 향해 소리쳤다.

"모두 들어와!"

자베르의 말이 떨어지자 무장한 경찰과 헌병들이 한꺼번에 방 안으로 몰려들었다. 불한당들은 모두 그 자리에서 체포되었다. 흐릿한 촛불에 비친 사내들의 그림자가 방 안을 가득 채웠다.

"전부 수갑 채워!"

자베르가 소리쳤다.

"가까이 오기만 해봐라!"

그때 갑자기 째지는 듯한 고함 소리가 울렸다. 남자 목소리는 아닌 것 같은데, 그렇다고 여자 목소리 같지도 않았다.

테나르디에 아내가 창문 옆에 버티고 서 있었다. 헌병과 경찰관들이 흠칫 놀라서 뒷걸음질쳤다. 그녀는 숄을 벗어던지고 속옷 차림에 모자만 쓰고 있었다. 그 뒤에는 테나르디에가 아내의 숄을 뒤집어쓰고 웅크리고 앉아 있었다. 그녀는 뚱뚱한 몸으로 남편을 보호하듯 가로막고 서서 커다란 돌덩이를 높이 쳐들고 있었다.

"조심해!"

그녀가 고함을 질렀다.

그 서슬에 모두 복도로 물러섰다. 삽시간에 방 한가운데가 텅 비었다. 테나르디에 아내는 꼼짝없이 붙잡힌 패거리들을 흘겨보며 갈라진 목소리로 중얼거렸다.

"이런 등신들 같으니!"

자베르는 만면에 웃음을 띠며 방 한가운데로 걸어갔다.

"가까이 오지 마. 안 그러면 박살을 내버릴 테니!"

그녀가 미친 듯이 부르짖었다.

"아줌마는 남자처럼 수염이 났지만 난 여자처럼 손톱이 길어."

자베르는 계속 앞으로 걸어가며 말했다.

테나르디에 아내는 머리를 풀어 헤치고, 두 발을 딱 버티고 선 채 몸을 뒤로 젖히더니 자베르의 머리를 향해 돌덩이를 힘껏 던졌다. 자베르는 잽싸게 몸을 굽혔다. 돌덩이는 아슬아슬하게 그의 머리 위를 스쳐 구석 벽에 부딪쳤다. 그 바람에 커다란 회벽 덩어리가 떨어져 떼굴떼굴 굴러가다 자베르의 발밑에서 멈췄다. 그와 동시에 자베르가 비호같이 달려들어 우악스러운 손으로 그녀의 어깨와 테나르디에의 머리를 동시에 움켜쥐었다.

"수갑!"

자베르가 소리쳤다.

경찰들이 일제히 방으로 들어왔다. 테나르디에 아내는 수갑이 채워진 자신의 손목과 남편의 손목을 내려다보며 바닥에 털썩 주저앉아 울부짖기 시작했다.

그때 자베르의 시선은 포로에게 가 있었다. 포로는 경찰이 들이닥친 뒤에도 줄곧 고개를 떨군 채 한 마디도 하지 않았다.

자베르가 포로를 가리키며 부하들에게 말했다.

"이 사람을 풀어줘. 그리고 여기서 한 사람도 못 나가게 해."

자베르는 촛불과 필기구가 놓인 탁자 앞에 앉아 조서를 꾸미기 시작했다.

잠시 후 몇 줄 쓰다 말고 그가 눈을 들어 말했다.

"이자들한테 잡혀 있던 사람을 데려와."

경찰관들이 주위를 둘러보며 소리쳤다.

"뭐야? 이게 어떻게 된 거지?"

자베르가 눈이 휘둥그레져서 중얼거렸다.

"도망친 거 아냐?"

악당들의 포로였던 르블랑 씨, 아니 위르뱅 파브르 씨, 위르쉴의 아버지, 테나르디에가 말하는 '종달새'의 아버지는 어디론가 사라지고 없었다.

문 앞은 경찰들이 지키고 있었지만 창가에는 아무도 없었다. 그는 자베르가 조서를 꾸미고 있을 때, 사람들의 주의가 허술해진 틈을 타 살짝 창에서 뛰어내린 것이다.

경찰관 하나가 창가로 뛰어가 밑을 내려다보았다. 줄사다리만 흔들릴 뿐 사람 그림자는 없었다.

"낭패로군. 제일 큰 놈을 놓쳤어."

자베르가 입속으로 중얼거렸다.

마리우스는 사건이 예상치 못한 방향으로 흘러가는 광경을 낱낱이 지켜보았다. 자베르가 악당들을 모조리 끌고 나가자 그는 곧 집에서 나왔다. 어느덧 밤 9시였다. 그는 쿠르페락의 집으로 갔다.

쿠르페락이 사는 곳은 요즘 빈번하게 폭동이 일어나고 있는 지역

중 하나인 베르리 거리였다. 갑작스런 방문에 의아한 표정을 짓는 쿠르페락에게 그가 말했다.

"여기서 좀 묵어야겠네."

쿠르페락은 두 장뿐인 매트리스 중 하나를 바닥에 펴주면서 고개를 끄덕였다.

"얼마든지."

다음 날 아침 7시, 마리우스는 집으로 돌아가는 즉시 집세와 부공 할멈에게 줄 돈을 치르고 침대와 서랍장, 책, 탁자, 그리고 의자 2개를 손수레에 싣고 이사 갈 집 주소도 알려주지 않은 채 그곳을 떠났다. 자베르가 어제저녁 일어난 일에 대해 좀더 알아보려고 다시 그 집에 찾아갔을 때는 이미 마리우스가 그곳을 떠난 뒤였다.

마리우스가 그토록 서둘러 이사를 나온 이유는 두 가지였다. 우선 고약한 부자들보다 더 무섭고 더 악독한, 차라리 이 사회의 오점이라고 할 수 있는 못된 빈민들의 잔인한 실체를 너무나 생생하게 목격하고는, 그런 집에 산다는 것 자체가 혐오스러웠다. 그리고 또하나의 이유는, 곧 재판이 열리면 법정에서 테나르디에한테 불리한 증언을 해야 할 게 뻔했기 때문이다.

그로부터 한 달이 지나고 또 한 달이 흘렀다. 마리우스는 줄곧 쿠르페락의 집에 머물렀다. 그는 재판소 대기실에 출입하는 한 견습 변호사로부터 테나르디에의 면회가 금지되어 있다는 얘기를 들었다. 그는 월요일마다 테나르디에 앞으로 5프랑의 영치금을 보냈다.

마리우스는 형편이 좋지 않았기 때문에 매번 그 돈을 쿠르페락에게 빌렸다. 친구한테 돈을 빌려보기는 처음이었다. 이 돈은 쿠르페락은 물론 테나르디에한테도 의구심을 불러일으켰다.

'대체 누구한테 돈을 보내는 걸까?'

쿠르페락은 마리우스가 주기적으로 돈을 빌려갈 때마다 이런 생각을 했다.

'이 돈은 대체 누가 보내는 걸까?'

테나르디에 역시 돈을 받을 때마다 의아하게 생각했다.

마리우스는 그러면서도 슬픔에서 헤어나지 못했다. 모든 것이 한꺼번에 어둠의 나락으로 떨어지고 말았다. 앞날이 캄캄했다. 머릿속은 혼란에 빠졌고, 그는 다시 어두운 미로에 갇혀 손을 휘저을 뿐이었다. 이 넓은 세상에서 오로지 단 두 사람, 사랑하는 그녀와 그녀의 아버지인 듯한 노인만을 생각하며 살다가, 어느 날 기적처럼 맞닥뜨린 순간, 바람이 그들의 그림자를 몰고 가버린 것이다.

다만 한 가지 위안은 있었다. 그녀 역시 자기를 사랑하고 있다는 것, 그녀의 눈이 그렇게 말하고 있다는 것, 그녀는 그의 이름도 모르지만 마음만은 알고 있다는 것, 또한 지금 어디에 있는지는 모르지만 그녀의 사랑은 변함없을 거라는 믿음이었다.

한쪽에서 이렇게 그녀를 생각하고 있는데, 그녀 역시 같은 생각이 아니라고 누가 말할 수 있겠는가? 사랑에 빠진 사람이라면 누구나 그렇듯 그는 이따금 깊은 슬픔에 잠겨 있다가도 아무 이유 없이 주체할 수 없는 환희를 느끼며 혼자 중얼거리곤 했다.

"이건 그녀와 내 마음이 통한다는 증거다!"

그리고 또 이렇게 덧붙였다.

"틀림없이 내 마음이 전해졌을 거야."

그러다 문득 정신이 들면 부질없는 공상을 떨쳐버리려 애썼으나, 때로는 그런 공상이 가슴속에 아련한 희망의 빛을 던져주었다. 그리하여 간혹 어쩔 수 없는 슬픔에 빠지는 저녁 무렵 같은 때, 그는 머릿속에 떠오른 가장 순수하고 이상적인 느낌들을 수첩에 옮겨 적곤 했다. 그는 이것을 '그녀에게 보내는 편지'라고 불렀다.

*

고르보 누옥에서의 승리는 얼핏 완벽한 듯 보였으나 자베르에게는 전혀 그렇지 않았다. 무엇보다 원통한 것은 붙잡혀 있던 남자를 놓친 일이었다. 피해를 입은 쪽이 도망친 것은 가해자가 도망친 것보다 훨씬 더 수상쩍었다.

그는 마리우스에 대해서는 거의 신경도 쓰지 않았다. 틀림없이 그 멍청한 변호사는 지레 겁먹었으리라 생각하고 이름도 잊어버렸다. 게다가 그의 직업이 변호사였으므로 언제든 만날 기회가 있을 터였다.

마리우스는 오직 그녀만을 생각하고 있었다. 몽상은 끝내 자책으로 이어졌다. 그는 너무 괴로운 나머지 정신이 마비되는 것만 같았다. 아무것도 하지 못하고 몇 날 며칠을 보내기도 했다. 그는 영원히 어둠 속에 갇혀 이제는 태양이고 뭐고 아무것도 볼 수 없게 되었다고 생각했다.

이렇듯 절망감에 빠져 산책을 하고 있는 그의 뒤에서 문득 낯익은 목소리가 들려왔다.

"아! 여기 계시네요!"

돌아보니 사건이 있던 날 아침, 그의 방으로 찾아왔던 테나르디에의 큰딸이었다. 그녀는 여전히 누더기를 걸치고 있었다. 두 달이 지나는 동안 그녀의 누더기는 더욱 너덜너덜해지고 더러워져 있었다.

쉰 목소리, 햇빛에 그을려 메마른 피부, 벌써부터 주름이 잡힌 이마, 뭔가 놀란 듯한 눈이 그녀의 얼굴 전체에 예전보다 더 짙은 그림자를 드리우고 있었다.

그녀의 창백한 얼굴에 미소가 떠올랐다. 반가운 마음에 마리우스 앞에 서기는 했으나 한동안 할 말을 잊은 듯 그저 바라보기만 했다.

이윽고 그녀가 입을 열었다.

"겨우 찾았네요! 얼마나 찾았는지 몰라요! 마뵈프 영감님이 여기 가면 만날 수 있을지도 모르겠다고 하셨는데 그 말이 맞았네요. 그동안 큰일이 있었어요! 혹시 알고 계셨어요? 실은 저 유치장에 들어갔었어요. 15일 살고 나왔죠. 증거가 없으니 풀어줄 수밖에 없었죠. 그리고 난 미성년자이고, 성년이 되려면 아직 두 달이나 남았거든요. 그나저나 정말 엄청 찾았어요! 6주 동안이나 찾아다녔다니까요. 이젠 거기에 안 사시는 건가요?"

마리우스는 "그래."라고 짧게 대답했다.

그녀가 계속 말했다.

"어머나! 셔츠에 구멍이 뚫렸어요. 내가 꿰매드릴게요."

그러고는 그녀는 차츰 어두워지는 표정으로 덧붙였다.

"나를 만난 게 전혀 반갑지 않은 모양이군요."

마리우스는 여전히 아무 대꾸도 하지 않았다. 그녀는 잠시 말을 멈췄다 갑자기 큰 소리로 외쳤다.

"하지만 내가 마음만 먹으면 당신이 반가워할 일이 생길걸요?"

"뭐라고? 무슨 말이오?"

마리우스가 재차 물었다.

"어? 나한테 반말했는데!"

그녀가 뾰로통한 표정으로 말했다.

"아무튼 그게 무슨 말이지?"

그녀는 지그시 입술을 깨물었다. 그리고 뭔가 심각한 갈등에 휩싸인 듯 잠시 머뭇거리다 결국 입을 열었다.

"당신이 그렇게 우울한 얼굴을 하고 있으니 할 수 없군요. 제발 표정 좀 바꿔보세요. 얘기하기 전에 한 가지 약속해주세요. 웃겠다고. 나는 당신이 웃는 모습을 보고 싶어요. 그리고 당신이 좋아하는 모습을 보고 싶어요. 마리우스 씨, 잊지 않았죠? 나하고 한 약속이

오. 내가 원하는 건 뭐든지 해주겠다고……"

"그래, 잊지 않았어. 그러니 어서 얘기해봐."

그녀는 마리우스의 눈을 깊이 들여다보면서 천천히 입을 열었다.

"주소를 알아냈어요."

순간, 마리우스의 얼굴이 전혀 딴사람처럼 변했다. 그는 온몸의 피가 거꾸로 솟구치는 것 같았다.

"주소라니! 누구 주소?"

"전에 말한 그 주소요."

그녀는 내키지 않는 듯 말을 이었다.

"알아봐 달라고 했던 그 주소…… 설마 기억 못 하는 건 아니죠?"

"천만에! 그 아가씨 주소를 알아냈단 말이지?"

마리우스가 말했다.

순간, 그녀는 깊은 한숨을 내쉬었다.

마리우스는 미친 듯 그녀의 손을 움켜쥐었다.

"그래! 날 데려다 줘! 그렇게만 해줘! 원하는 건 뭐든지 다 말해! 대체 거기가 어디지?"

"따라오세요. 반대쪽인데 몇 번지인지는 정확히 몰라요. 하지만 어딘지 잘 알고 있으니 걱정 마세요."

말을 마친 그녀는 마리우스에게 잡힌 손을 빼냈다.

옆에서 유심히 지켜본 사람이 들었다면 괜스레 가슴이 먹먹해지 겠지만, 기쁨에 들뜬 마리우스의 귀에는 그런 울림이 하나도 전해지지 않았다.

"어쩜 그렇게 순식간에 표정이 달라질 수 있죠?"

마리우스는 그 말을 들었는지 못 들었는지 갑자기 표정이 어두워졌다. 그는 에포닌의 팔을 잡고 다급하게 외쳤다.

"한 가지만 맹세해줘!"

"맹세라뇨? 뭘요? 네?"

마리우스를 쳐다보는 그녀의 얼굴에 미소가 번졌다.

"당신 아버지 얘기야, 에포닌! 제발 이 자리에서 맹세해줘. 당신 아버지한테는 그 주소를 가르쳐주지 않겠다고."

그녀는 놀란 듯 눈을 휘둥그렇게 뜨고 그를 쳐다보았다.

"방금 에포닌이라고 하셨어요? 내 이름을 어떻게 아셨어요?"

"약속할 수 있지?"

마리우스는 재차 다짐을 받아내려 했지만 그녀에게는 들리지 않는 듯했다.

"고마워요! 내 이름을 불러줘서!"

마리우스는 그녀의 두 팔을 움켜잡고 하던 말을 계속했다.

"대답해줘, 제발! 방금 내가 말한 대로 하겠다고 맹세해줘. 당신 아버지한테 그 주소를 절대 가르쳐주지 않겠다고 약속해달라고!"

"아버지한테요? 아, 아버지라면 염려 말아요. 지금 감옥에 있으니까요. 그리고 나는 아버지 같은 사람 신경도 안 써요."

"그러니까 약속하는 거지?"

마리우스는 다시 한번 큰 소리로 외쳤다.

"아아, 제발 이것 좀 놔주세요! 그렇게 사람을 막 쥐고 흔들면 어떡해요! 알았어요. 약속할게요. 약속한다니까요! 맹세할게요! 절대로 아버지한테 그 주소를 가르쳐주지 않겠어요! 이제 됐죠?"

그녀는 말하면서 깔깔 웃었다.

"무슨 일이 있어도, 아무한테도 안 가르쳐줄 거지?"

마리우스는 마지막으로 한 번 더 다짐을 받아야겠다는 듯 물었다.

"네, 무슨 일이 있어도 아무한테도 가르쳐주지 않을게요."

"됐어, 그럼. 나를 그리로 데려다 줘."

마리우스가 그녀를 쳐다보았다.

"지금 바로요?"

"그래, 지금 바로."

"그럼 나를 따라오세요. 당신은 정말 기쁜 모양이군요!"

그녀는 말하면서 몇 발짝 걸어가다 문득 걸음을 멈췄다.

"너무 바짝 붙지 마세요. 몇 걸음 떨어져서 오시라고요. 당신처럼 멋진 남자가 나 같은 여자랑 같이 다니는 걸 남들이 보면 어떡해요."

이 나이 어린 처녀가 자신을 가리켜 '나 같은 여자'라고 표현한 말 속에는 상당히 깊은 의미가 내포되어 있었다.

그녀는 열 발짝쯤 걸어가다 다시 멈췄다. 그리고 고개를 돌리지도 않은 채 뒤따라오는 마리우스에게 말했다.

"나한테 뭔가 해주겠다고 약속했죠?"

마리우스는 주머니를 뒤졌다. 가진 거라고는 테나르디에한테 보낼 5프랑밖에 없었다. 그는 그 돈을 에포닌의 손에 쥐어주었다.

그러자 그녀는 동전을 땅바닥에 내팽개치며 서글픈 표정으로 그를 바라보았다.

"돈을 바라고 이러는 게 아니에요."

31. 장미와 노인

18세기 중엽, 파리의 고등법원 원장인 한 남자가 정부를 두고 살았다. 당시 귀족들은 공공연하게 부인 이외의 다른 여자를 두었지만, 중류 계급은 대놓고 외도할 수 없는 상황이라 그 또한 정부의 존재를 비밀로 하기 위해 생 제르맹 성문 밖 블로메 거리, 오늘날 플뤼메 거리라고 불리는 이 한적한 곳에 '작은 집'을 한 채 지었다.

2층 건물인 그 집은 별장식으로 지어졌다. 1층과 2층에 각각 방이 2개씩 있고, 아래층에는 부엌, 위층에 부인용 거실, 지붕 밑에 방하나가 있었으며, 집 앞의 넓은 정원은 도로에 맞닿은 철책이 둘러싸고 있었다.

지나다니는 행인들이 볼 수 있는 건 넓디넓은 정원뿐이었다. 그러나 건물 뒤로 가보면 작은 마당이 하나 있고, 그 안쪽에 방 2개와 지하실이 딸린 별채가 있었다. 아마도 급할 때 아이와 유모를 숨기기 위한 장소인 듯했다.

별채 뒤꼍으로 나 있는 비밀 문을 열면 포석이 깔린 좁고 꾸불꾸

불한 통로가 나타난다. 양쪽으로 높은 돌벽을 둘러친 그 길은 감쪽같이 사람 눈을 속이게 돼 있어 밭과 정원 사이로 사라져버린 것 같지만, 사실 길은 울타리의 어느 문에서 끊기고, 거기서 다시 꾸부러진 길을 따라가다 보면 아무도 모르는 샛문에 이르게 된다. 이 샛문은 별채에서 5백 미터나 떨어져 있었고 구역도 달라서 바빌론 거리맨 끝 한적한 길목과 통한다.

1829년 10월, 나이 든 남자가 이 집 본채는 물론 별채와 바빌론거리로 이어지는 통로까지 포함해서 세를 얻었다. 남자는 별채 뒤쪽 통로에 붙은 2개의 문을 고쳤다. 그리고 어느 날 어린 소녀와 나이 든 하녀를 데리고 남의 집에 몰래 둥지를 트는 것처럼 아무도 모르게 슬쩍 거처를 옮겨왔다. 그 집에 워낙 은밀하게 스며든 데다 근처에는 사람이 살지 않았기 때문에 그들의 이사는 전혀 화젯거리가되지 않았다.

은밀한 이사의 주인공은 장 발장이었고 소녀는 코제트였다. 이름이 투생인 하녀는 가난한 노처녀로 시골 출신에 말더듬이였다. 집은 연금 생활자 포슐르방이라는 이름으로 빌렸다.

여기까지 읽어본 독자들은 '테나르디에보다 먼저' 그가 장 발장이라는 사실을 알아챘을 것이다.

그런데 장 발장은 어째서 프티 픽퓌스 수녀원에서 나왔을까? 그에게 무슨 일이 있었던 걸까? 사실 그럴 만한 일이 있었던 것은 아니다.

장 발장은 수녀원에서 행복한 나날을 보냈다. 정확히 말하면 너무 행복해서 오히려 불안할 정도였다. 그는 코제트가 자라면서 강한 부성애가 싹트는 것을 느꼈다.

'이 아이는 내 아이다. 누구도 이 아이만큼은 내게서 빼앗아가지 못한다. 언제까지나 영원히.'

그는 늘 이런 생각을 했다.

'이 아이는 이곳에서 매일 조용히 교육받고, 훗날 훌륭한 수녀가 될 것이다. 이제부터 수녀원만이 우리의 유일한 세계다. 나는 여기서 나이 들고, 이 아이는 어른이 될 것이다. 그리고 먼 훗날, 이 아이는 여기서 나이를 먹고 나는 여기서 죽을 것이다. 우리 두 사람은 영원히 헤어지지 않으리라.'

황홀한 희망에 부푼 순간에도 그는 문득 곤혹스러운 생각에 빠지곤 했다. 그는 자신을 향해 질문을 던졌다.

'과연 이 행복은 내 것이 맞는가? 어쩌면 남의 행복, 이 아이의 행복을 나 같은 늙은이가 가로채고 있는 건 아닐까?'

그는 몇 번이고 같은 질문을 되풀이했다.

'내가 남의 인생을 도둑질한 건 아닐까? 이 아이가 세속적인 삶을 버리기 전에 그것이 뭔지 알 권리가 있는 것이 아닐까? 애초 본인의 의견은 들어보지도 않고, 세상의 고통으로부터 구한다는 단 하나의 명목으로 모든 기쁨을 빼앗는 건 아닐까? 이 아이가 아무것도 모르고 의지할 사람이 없다는 핑계로 종교의 순수한 세계로 귀의하기 바라는 건 오히려 한 인간의 본성을 해치는 것이고, 신을 모독하는 일이 아닐까? 또한 언젠가 모든 것을 알게 된 코제트가 수녀가 된 것을 후회하며 나를 원망하지 않는다고 장담할 수 있을까?'

마지막으로 떠오른 생각은 다른 무엇보다 이기적이고 소심한 것이었지만 그는 도저히 참을 수 없었다. 마침내 그는 수녀원을 나오기로 마음먹었다.

마음은 괴로웠으나 옳은 결정이라는 판단이 들었다. 수녀원을 나가는 데 있어서 장애가 될 것은 아무것도 없었다. 5년 동안이나 사방 벽에 둘러싸여 살았기 때문에 위험도 사라져버렸다. 이제는 안심하고 나가도 될 터였다. 그는 늙었고, 세상은 완전히 변해 있었다.

이제 누가 그를 알아볼 수 있단 말인가? 최악의 경우에도 위험한 것은 그 자신뿐이었다. 그는 자신이 징역살이를 했다고 해서 코제트를 수녀원에 가둘 권리는 없다고 생각했다. 의무 앞에 위험 따위가 뭐란 말인가? 위험해도 매사에 조심하면 될 일이었다. 코제트의 교육이 거의 끝난 셈이니 수녀원을 나간다고 해서 마음에 걸릴 일은 아무것도 없었다. 한편 그의 생명의 은인이었던 포슐르방 영감은 이미 2년 전에 세상을 떠난 뒤였다.

장 발장은 곧 수녀원장에게 면회를 청했다. 그리고 돌아가신 형님의 유산을 받게 되어 이제는 일하지 않고도 살아갈 수 있게 됐으니 딸과 함께 수녀원을 떠나겠다고 말했다. 그리고 코제트가 수녀원에서 교육받은 대가로 5천 프랑을 헌납하고 싶다고 공손히 덧붙였다.

이렇게 해서 장 발장은 수녀원에서 나왔다.

그는 수녀원을 떠나면서 항상 열쇠를 지니고 다니는 작은 가방을 짐꾼에게 맡기지 않고 직접 들고 나왔다. 늘 좋은 향기를 풍기는 그 가방은 코제트의 호기심을 자극했다.

이후로 그 가방은 한 번도 그의 곁에서 떠난 일이 없다는 것을 미리 밝혀둔다. 그는 가방을 반드시 자기 방에 두었다. 집을 옮길 때도 가장 먼저 그 가방을 챙겼고, 때로는 가방만 들고 움직일 때도 있었다. 장 발장의 그런 행동을 이상하게 여긴 코제트는 그 가방을 '한시도 떼놓을 수 없는 이'라고 부르며 '샘난다'고 말했다.

한편 장 발장은 다시 자유의 공기를 마시게 됐지만, 마음속 짙은 불안감은 여전했다. 그는 플뤼메 거리에서 발견한 그 집에 몸을 숨겼을 때부터 포슐르방이라는 이름을 사용했다.

그는 파리 시내에도 두 군데나 집을 얻었다. 한 군데만 머물러 있으면 다른 사람의 눈에 띄기 쉬우니 조금이라도 조짐이 이상하면 곧바로 머물던 집을 떠나기 위해서였다. 이를테면 자베르에게서 기적적으로 도망쳐 나온 날 저녁처럼 아무 때나 피할 수 있는 거처를 마련해놓은 것이다.

두 군데 모두 몹시 허름하고 검소하게 꾸며졌는데, 하나는 웨스트 거리, 또 하나는 옴므 아르메 거리로 서로 멀리 떨어져 있었다.

장 발장은 가끔 코제트만 데리고 옴므 아르메나 웨스트 거리의 집에 가서 한 달이고 두 달이고 머물렀다. 이곳에서 필요한 게 있으면 문지기에게 심부름을 시키고, 자기는 교외에 사는 연금 생활자인데 일이 있어서 잠시 시내에 묵는 것이라고 둘러댔다. 이처럼 덕 있는 인물도 경찰의 눈을 피해 거처를 세 군데나 마련해야 했던 것이다.

*

장 발장은 매일 코제트와 손을 잡고 뤽상부르 공원의 가장 한적한 오솔길로 산책을 나갔다. 주일에는 집에서 멀리 떨어진 생 자크 뒤 오 파 성당의 미사에 참석했다.

그곳은 극빈자들이 많이 사는 동네였다. 장 발장은 항상 그들에게 자선을 베풀었기 때문에 성당에 갈 때마다 늘 가난한 사람들에게 둘러싸이곤 했다. 테나르디에가 '생 자크 뒤 오 파 성당의 자비로우신 나리'라고 쓴 것도 바로 그런 이유에서였다.

장 발장은 항상 코제트를 데리고 가난한 집이나 병자들을 찾아갔다. 그러나 플뤼메 거리의 자기 집에는 절대 남을 들이지 않았다. 식료품은 투생이 사 왔고, 물은 자신이 직접 가까운 우물에서 길어 왔다. 장작과 술은 바빌론 거리로 통하는 쪽문 바로 옆 동굴 같은 곳에 저장해놓았다.

바빌론 거리로 난 문에는 신문과 편지를 넣는 우편 상자가 하나 있었다. 그러나 현재 이곳에 살고 있는 세 사람은 신문을 보지 않았고, 편지가 올 만한 데도 없었기 때문에 한때 허락되지 않은 정사의 중계자이자 그 집 주인의 충실한 심복 노릇을 하던 우편 상자에는 납세고지서와 국민병 소집 영장만이 배달되었다. 연금 생활자 포슐 르방은 국민군에 편입돼 있었다.

1831년은 철저한 징병검사가 실시된 해였다. 당시 파리 시에서 실시한 조사는 프티 픽퓌스 수녀원까지 미쳤는데, 일반인은 아무나 출입할 수 없는 그 신성한 곳에서 나온 장 발장이 시청 직원의 눈에는 시의 경비병이 될 만한 자격이 충분한 인물로 보였던 것이다.

장 발장은 1년에 서너 번 군복을 입고 경비를 섰다. 그는 기꺼이 자신의 임무를 수행했다. 이 일은 그가 완벽하게 변장하고 세상 돌아가는 상황을 알 수 있는 기회가 되었다.

장 발장은 법적 병역 면제 연령인 예순 살이었다. 그러나 겉보기에는 쉰 살 정도밖에 안 되어 보였고, 또한 병역을 피하기 위해 이의를 제기할 생각도 없었다. 그는 시민으로 등록되어 있지 않았다. 이름과 신분, 나이, 온갖 것을 숨겨왔다. 그런 이유 때문에라도 그는 기꺼이 국민병이 되었다. 세금을 내는 일반 시민으로 살아가는 것이야말로 그의 소원이었다. 그는 내면적으로는 천사를, 외면상으로는 시민계급을 꿈꾸는 인간이었다.

장 발장은 물론 코제트와 투생도 출입할 때는 항상 바빌론 거리 쪽 문을 사용했다. 철책 너머로 그들의 모습이 보이지 않았다면, 아무도 그들이 플뤼메 거리에 산다고 생각지 못했을 것이다. 철책은

늘 잠겨 있었다. 장 발장은 남의 이목을 피하기 위해 정원을 손질하지 않고 내버려두었다. 그러나 그것은 그의 착각이었다.

수녀원에서 나올 때 코제트는 열네 살 어린애였다. 그녀의 용모는 앞서 말한 것처럼 눈을 제외하고는 그다지 아름다운 편이 아니었다. 그렇다고 특별히 못난 것은 아니었다. 다만 좀 마르고 수줍음을 잘 타고, 그러면서도 어찌 보면 이상하게 대범한 데가 있는, 이를테면 조숙한 어린애라고 할 수 있었다.

그녀는 이제 교육을 마친 상태였다. 종교를 배웠고, 더불어 신앙을 몸에 익혔다. 그리고 수녀원에서 지리, 문법, 분사법, 프랑스 역사와 약간의 음악 교육을 받았으며, 사람의 옆얼굴을 그릴 만큼 데생 공부도 조금 했다. 그러나 그 밖의 것들은 전혀 아는 게 없었다.

코제트는 어머니의 손길을 받지 못하고 자랐다. 많은 수녀들이 있기는 했지만 말이다. 장 발장은 매사에 애정을 쏟았으나, 나이 든 노인이었기 때문에 부족할 수밖에 없었다.

수녀원을 나왔을 때 코제트에게 플뤼메 거리의 집만큼 안락하고 또 위험한 곳은 없었다. 그때나 지금이나 여전히 외로웠지만, 생전 맛보지 못한 자유가 주어진 것이다.

정원은 닫혀 있었지만, 감성을 자극하고 풍부하며 평안한 향기로 가득한 자연을 느낄 수 있었다. 울타리 틈으로 가끔 젊은 남자들의 모습이 보였다. 여기도 역시 수녀원처럼 쇠창살 문이 닫혀 있었으나 바깥 큰길 쪽으로 나 있었다.

다시 말하지만 그녀가 여기 올 때는 아직 어린아이였다. 장 발장은 손질하지 않고 방치해둔 정원을 그녀에게 맡겼다.

"여기서 네가 하고 싶은 대로 해라."

이 말에 코제트는 한껏 기뻤다. 그녀는 정원의 덤불이란 덤불을 모조리 헤치고, 돌이란 돌을 모조리 옮겨놓으며 혼자만의 '행복한 놀이'에 빠졌다. 매일 그렇게 정원을 누비며 몽상가처럼 황홀한 시간을 보냈다. 그녀는 발밑 풀 속에 벌레가 숨 쉬고 있는 이 정원을, 밤이면 나뭇가지 사이로 별을 올려다볼 수 있는 이 정원을 너무나 사랑했다. 또한 그녀는 어린애다운 순진한 애정으로 아버지 장 발장을 세상에서 가장 다정한 친구로 여겼다.

마들렌 씨가 대단한 독서가였다는 것을 독자들도 기억하고 있겠지만, 장 발장으로 돌아온 지금도 여전히 독서에 열중하는 그는 대단한 이야기꾼이었다. 코제트와 함께 뤽상부르 공원을 산책할 때마다 그는 책에서 읽은 것과 자신의 경험을 토대로 온갖 세상일에 대해 이야기해주었다. 그러면 코제트는 장 발장의 얘기에 귀 기울이며 두 눈을 반짝이곤 했다.

코제트의 놀이터로 그 황량한 정원이 충분했듯이, 그녀의 말 상대로 이 소박한 노인이면 충분했다. 그녀는 나비를 쫓아다니다 숨을 헐떡이며 뛰어와 그에게 이렇게 말하곤 했다.

"아, 이젠 그만할래요."

그때마다 그는 그녀의 이마에 입맞춤하곤 했다.

코제트는 장 발장을 존경하고 사랑했다. 그리고 언제나 그를 따라다녔다. 장 발장 곁에는 늘 평안과 기쁨이 함께했다. 그가 본채와 정원에는 결코 가지 않았기 때문에 그녀는 꽃이 만발한 정원보다 뒤뜰을 더 좋아했다. 장 발장은 가죽을 씌운 안락의자가 즐비하고 화려하게 수놓은 커튼이 쳐진 넓은 거실보다 짚방석 의자가 놓인 외딴 별채의 골방을 더 좋아했다. 장 발장은 코제트가 자기를 따라다니는 것에 더할 수 없는 행복을 느끼면서도 가끔 이렇게 말했다.

"자, 이제 네 방으로 가거라! 나를 좀 혼자 있게 해주렴!"

그는 사이좋은 부녀간에 흔히 오가는 이런 불평 아닌 불평을 하는 것이었다. 그리고 코제트는 가끔 애교 있는 잔소리를 할 때도 있었다.

"아버지, 그런데 여긴 너무 추워요. 왜 양탄자랑 난로를 들여놓지 않으세요?"

"나보다 훨씬 훌륭한 사람이 이보다 훨씬 더 형편없는 방에서 사는 경우도 얼마든지 있단다."

"그럼 왜 제 방에는 매일 따뜻하게 불을 때고 아무 부족함이 없게 해주세요?"

"너는 여자이고 어리니까."

"쳇! 왜 남자만 춥고 불쌍하게 살아야 하는데요?"

"상황에 따라서는 그래야 할 사람도 있단다."

"알았어요. 그럼 제가 아버지랑 같이 있으면 불을 피우실 거죠?"

그녀는 이런 말도 했다.

"아버지는 왜 그렇게 거친 빵만 잡수세요?"

"왜긴, 좋아하니까 그러지."

"그럼 저도 아버지랑 같은 빵을 먹을래요."

장 발장은 이때부터 코제트에게 검은 빵을 먹이지 않으려고 자신도 흰 빵을 먹었다.

코제트는 어린 시절의 기억이 희미했다. 얼굴도 모르는 어머니를 위해 매일 아침저녁으로 기도한 것만 어렴풋이 떠올랐다. 그러나 테나르디에 부부는 악몽에 나타난 무시무시한 얼굴로 그녀의 마음 깊이 새겨져 있었다. 캄캄한 어느 날 밤, 숲으로 물을 길러 갔던 일도 생각났다. 그녀는 그곳이 파리에서 멀리 떨어진 곳이라고 믿고 있었다. 장 발장이 자신을 그 지옥 같은 곳에서 구해준 것도 희미하게 떠올랐다. 그녀는 어린 날들이 지네와 거미와 뱀들에 둘러싸인 시절처럼 느껴졌다.

이런저런 생각에 잠겨 있노라면 자신과 장 발장이 부녀간이라는 관념이 확실치 않은 그녀는 어머니의 영혼이 노인한테로 옮겨와서 자기 옆에 머물러 있게 된 것이라고 상상하곤 했다.

그러다 가끔 의자에 앉아 있는 그의 백발에 볼을 바싹 대고 눈물을 흘리며 마음속으로 이렇게 중얼거렸다.

'틀림없이 내 어머니야, 이분이.'

코제트는 어머니의 이름조차 몰랐다. 장 발장에게 물어본 적도 있지만, 그때마다 그는 입을 다물어버렸다. 거듭 물어봐도 그는 빙그레 미소만 지었다. 한번은 어머니의 이름만이라도 알려달라고 졸라댄 적이 있는데, 그때 장 발장의 미소는 끝내 눈물로 변해버렸다.

코제트가 어렸을 때, 장 발장은 그녀의 어머니에 대해 자주 얘기해주었다. 그러나 그녀가 제법 자라자 더 이상 팡틴의 얘기를 해줄 수가 없었다. 차마 그럴 용기가 나지 않았다. 이것은 팡틴을 위해서였을까, 아니면 코제트를 위해서였을까?

장 발장은 코제트의 머릿속에 그 그림자를 아로새김으로써 자신들의 운명에 제삼자인 그 죽은 여인을 놓는 것에 대해 왠지 모를 종교적인 공포를 느꼈다. 팡틴을 떠올리면, 그는 침묵을 강요당하는 기분이었다. 그럴 때면 어둠 속에서 입술에 대고 있는 손가락 같은 것이 희미하게 보이는 것이었다.

그것은 마치 팡틴의 가슴 깊이 깃들어 있던 수치심, 사는 동안 폭력에 의해 억지로 내몰렸던 수치심이 분노를 안고 무덤 속에 누운 그녀를 다시 찾아와 더 이상 평화를 해치지 않도록 그녀를 강하게 보호하고 있는 것 같았다.

그럴수록 장 발장은 정체를 알 수 없는 압박감을 느꼈다. 영혼을 믿는 인간으로서 어떤 신비한 생각에서 벗어날 수 없었던 것이다. 장 발장이 코제트에게조차 팡틴의 이름을 말하지 못하는 것은 이런 이유 때문이었다. 이 점을 제외하고는 장 발장은 언제나 행복했다.

코제트는 외출할 때 항상 그의 팔에 매달려 자랑스럽고 행복한 미소를 지었다. 세상 그 어떤 것에도 마음을 두지 않고 존재하는 것만으로 만족해하는 장 발장의 마음은 이루 형언할 수 없는 기쁨으로 벅차올랐다. 이 불쌍한 남자는 천사처럼 순진한 환희에 전율하며, 그러한 행복이 언제까지나 이어지리라 생각하고, 이 은총이 허락되는 한 자신은 결코 불행한 인간이 아니라고 굳게 믿었다.

*

어느 날 코제트는 거울 속의 자기 얼굴을 보고 저도 모르게 중얼거렸다.

"어머나!"

어쩐지 자기가 몰라보게 예뻐졌다고 생각되어 스스로 놀란 것이었다. 그녀의 가슴이 마구 뛰었다. 코제트는 지금까지 자기 얼굴에 그다지 관심이 없었다. 거울을 보는 일도 뜸했을 뿐만 아니라 그나마 가끔 볼 때도 자기 얼굴을 자세히 살펴보는 일은 거의 없었다.

코제트가 스스로 예쁘다고 생각했다면, 아무리 어린 나이라 해도 그렇게까지 자기 얼굴에 무관심하지는 않았을 것이다. 말하자면 그녀는 외모에 자신이 없었다. 더구나 다른 사람들한테 못생겼다는 소리를 곧잘 들어오지 않았던가.

못생겼다는 소리에 기분이 상한 코제트가 장 발장에게 "내가 정말 못생겼나요?"라고 물으면, 장 발장은 "천만에!"라고 대답했다. 그러나 장 발장이 아무리 그렇게 말해도 코제트한테는 못생긴 자신을 위로하는 말에 지나지 않았다. 장 발장 말고는 모두 자기더러 못생겼다고 했으니 말이다.

그리하여 코제트는 자기가 못생겼다고 믿고 있었다. 그런데 지금 거울이 장 발장과 같은 소리를 하고 있는 것이다. '천만에!'

그날 밤 코제트는 한숨도 못 이뤘다.

"내가 진짜 예쁜 걸까?"

그녀는 이리저리 뒤척이며 중얼거렸다.

"내가 예쁘다니! 설마, 말도 안 돼."

코제트는 수녀원에서 예쁘다는 소리깨나 들었던 아이들을 떠올려보았다.

"어쩜, 나도 그 아이들처럼 된단 말야?"

다음 날 코제트는 일어나자마자 곧장 거울 앞으로 달려갔다. 그녀는 자신의 눈을 의심했다.

"어제는 어찌 된 일이었지?"

그녀는 잔뜩 실망한 얼굴로 중얼거렸다.

"그러면 그렇지, 난 역시 못생겼어!"

지난밤 잠을 제대로 이루지 못한 탓에 눈이 퀭하고 얼굴빛이 조금 창백했을 뿐인데, 그것을 원래 못생긴 자기 얼굴로 여긴 것이었다. 어제 자기가 예쁘다고 생각했을 때는 막상 그렇게 기쁘지도 않았는데, 지금 예쁘지 않다고 생각되자 그게 또 몹시나 슬펐다.

그날 이후 코제트는 2주일 넘게 거울을 보지 않았다. 머리를 빗을 때도 일부러 거울을 외면했다.

저녁 식사가 끝나면 코제트는 거실에서 장식용 카펫을 짜거나 수녀원에 보낼 공예품을 만들고, 장 발장은 그녀 옆에서 책을 읽는 것이 보통이었다.

어느 날 코제트는 거실에서 카펫을 짜다가 무심코 고개를 들었을 때 뜨악한 기분이 들었다. 장 발장이 근심스런 눈으로 자기를 바라보고 있는 것이었다.

또 한번은 길을 가고 있는데, 지나가는 행인이 자기에게 이런 소리를 하는 것이었다.

"너무 예쁘다! 근데 옷이 좀 그러네."

그 소리를 듣고 코제트는 가슴이 설레기까지 했다.

'내가 예쁜가?'

그러나 코제트는 곧바로 생각을 바꾸었다.

'나를 두고 하는 말이 아닐 거야. 내 옷은 예쁘지만 얼굴은 못생겼잖아.'

그때 코제트는 비로드 모자에 기다란 모직 드레스를 입고 있었다. 누가 봐도 고리타분한 옷차림이었다.

그런가 하면 또 어느 날은 하녀 투생이 장 발장에게 이렇게 말하는 것을 들었다.

"나리, 아가씨가 부쩍 예뻐진 거 모르시겠어요?"

코제트는 장 발장이 뭐라고 대답했는지 듣지 못했다. 그러나 투생의 그 말만으로도 가슴이 벅차올랐다. 그녀는 방으로 뛰어들어가서 벌써 석 달 동안이나 외면했던 거울을 들여다보고는 자기도 모르게 소리쳤다. 자기 얼굴에 스스로 감탄한 것이었다. 자기 눈에도 자신이 예쁘고 아름다웠다. 코제트는 투생의 말을 떠올리고는 거울 속의 얼굴을 보며 고개를 끄덕였다.

코제트는 어느덧 키가 훌쩍 자라 있었고, 하얀 피부에 윤기 나는 머리칼, 그리고 아름답게 빛나는 푸른 눈동자를 지니고 있었다. 코제트는 자기가 아름답다고 생각하니 마음이 설레는 것을 넘어 순식간에 가슴속이 활짝 갠 하늘처럼 뻥 뚫리는 기분이었다.

'나만 그렇게 생각하는 게 아니야. 다른 사람들도 그렇게 말했어!'

코제트는 투생도 아름답다고 했고, 예전에 어떤 행인이 예쁘다고 한 것도 다른 사람이 아닌 자기를 두고 했던 말이 틀림없다고 생각했다. 이제 코제트는 자기가 아름답다는 것을 더 이상 의심하지 않기로 했다.

한편 장 발장은 우울하고 불안한 마음이 들었다. 그는 언제부턴가 코제트의 얼굴이 날이 갈수록 아름다워지는 것을 무슨 무서운 광경이라도 보듯 지켜보았다. 코제트가 다른 사람들에게 살짝 미소 짓기만 해도 그는 두려운 마음이 엄습했다.

코제트가 자기를 계속 사랑해주기를! 이 아이가 언제까지나 자기 옆에 있어주기를! 코제트만 자기를 사랑해주면 그는 아무 부족함 없이 세상을 다 얻은 기분으로 살아갈 수 있을 것 같았다.

장 발장은 여자의 아름다움이 어떤 것인지 잘 알지 못했지만, 무서운 것이라는 것만은 본능적으로 알고 있었다. 그는 코제트를 보며 남몰래 중얼거리곤 했다.

"너는 참 아름답구나! 이제 난 어떻게 될 것인가?"

장 발장은 누구보다 순수한 마음으로 코제트를 사랑했으나, 어머니의 사랑과는 엄연히 다를 수밖에 없었다. 장 발장이 아버지가 아닌 어머니였다면 코제트의 아름다움을 기쁜 마음으로 지켜보았을 것이다.

자신의 아름다움을 발견한 날부터 코제트는 외모에 신경 쓰기 시작했다. 바야흐로 코제트의 삶에 2개의 싹이 뿌리 내렸다. 그리고 그 2개의 싹은 코제트의 일생을 지배할 것이다. 하나는 농염이라는 싹이고, 다른 하나는 사랑이라는 싹이다.

코제트는 외모만 아름다워진 것이 아니었다. 그와 더불어 어느덧 여성스러운 마음이 그녀 안에 활짝 꽃을 피웠다. 어느덧 코제트는 바빌론 거리에서 가장 아름다운 여성이 되어 있었다.

장 발장은 이런 변화를 불안한 마음으로 지켜보았다. 마치 코제트에게 날개가 솟아나는 것을 보는 듯한 심정이었다.

코제트는 자신이 아름답다는 것을 알고 나서 그것을 몰랐던 시절에 지녔던 고결한 멋을 잃었다. 어쩌면 자신의 아름다움을 전혀 모르는, 꾸밈없는 고결함이야말로 진정한 아름다움인지도 모른다. 천진난만한 아름다움이란 말로 표현할 수 없는 것이며, 자신이 아름답다는 것조차 알지 못하는 눈부신 순수함만큼 경탄할 만한 것은 없기 때문이다. 하지만 코제트는 잃어버린 옛날의 소박한 아름다움을 우수에 찬 의젓한 매력으로 대신했다. 그녀의 육체는 젊음과 순결, 아름다움, 환희가 가득한 가운데 그 심연에는 눈부신 우수가 숨쉬고 있었다. 마리우스가 반년 만에 뤽상부르 공원에서 코제트를 다시 만난 것도 바로 이즈음이었다.

*

코제트와 마리우스에게는 하나의 공통점이 있었다. 그것은 그들의 삶이 아직은 그늘 속에 있다는 점이었다. 그들은 제각기 그 그늘 속에서 언제든 정열을 불태울 준비가 되어 있었다.

연애소설을 보면 '한눈에 반했다'는 표현이 많이 나온다. 그런데 '한눈에 반했다'는 표현이 남발되면서 사람들은 더 이상 그 말을 진정으로 받아들이지 않게 되었다. 이제는 남녀가 서로 보자마자 사랑에 빠졌다고 말하는 사람은 거의 없다. 하지만 사람이란 으레 그렇게 사랑을 시작하고, 동시에 사랑의 동기 역시 대개 그런 것이다. 나중 일은 어디까지나 나중 일일 뿐이고, 또 뒤에 일어나는 일인 것이다. 남녀 사이의 진정한 동요, 즉 마음의 흔들림이란 두 영혼이 만나 불꽃이 튈 때 일어나는 것이다.

코제트의 조용한 눈빛이 마리우스의 마음을 흔들어놓는 순간, 마리우스는 자신의 눈빛도 코제트의 마음을 흔들어놓았다는 것을 눈치채지 못했다. 언제부터인가 코제트는 다른 젊은 여자들과 마찬가지로 다른 곳을 보는 척하며 마리우스를 살펴보았다. 그때까지만 해도 마리우스는 코제트가 아름답다고 생각하지 않았으나, 반면 코제트는 벌써부터 마리우스를 잘생긴 남자라고 생각하고 있었다.

마리우스가 코제트를 보고 망설이거나 가슴이 두근거릴 정도로 두려워했다는 것을 독자들도 기억할 것이다. 그는 벤치에 앉은 채 좀처럼 그녀에게 다가가지 못했다. 때론 그것이 코제트를 약 오르고 화나게 만들기도 했다. 급기야 마리우스가 움직이지 않자 코제트 쪽에서 먼저 움직였다. 그래서 그녀는 어느 날 장 발장에게 이렇게 말했다.

"아버지, 저쪽으로 가요."

물론 코제트가 장 발장에게 말한 '저쪽'이라 함은 마리우스가 앉아 있는 벤치 부근이었다. 참으로 묘한 일이지만, 남자는 여자를 사랑할 때 의외로 소심해지고, 여자는 남자를 사랑할 때 의외로 대담해지는 법이다. 믿기지 않겠지만 이것은 너무나도 당연한 현상이다. 서로 다른 성은 서로에게 접근할 때 그 성격을 바꿔버리기 때문이다.

그날 코제트의 눈길에 마리우스는 황홀경에 빠졌고, 마리우스의 눈길에 코제트는 떨림을 느꼈다. 마리우스는 도취된 기분으로 돌아갔고, 코제트는 초조한 마음으로 돌아갔다. 그날부터 두 사람은 서로를 그리워했다.

코제트는 매일같이 산책 시간을 목이 빠져라 기다렸고, 공원에 나가 마리우스를 보며 이루 말할 수 없는 행복을 느꼈다. 그리고 자기가 느낀 것을 장 발장에게 모두 털어놓고 싶은 마음을 에둘러서 이렇게 말하곤 했다.

"뤽상부르 공원만큼 좋은 데가 또 있을까요?"

장 발장은 벌써 직감적으로 마리우스의 존재를 느꼈다. 그는 마음 깊은 곳에서 분노와 불안으로 전율했다. 장 발장이 구체적으로 보았거나 알고 있는 것은 아무것도 없었다. 그러나 그는 특유의 본능과 주의력, 그리고 직감으로 마리우스와 코제트의 보이지 않는 관계를 간파하고 있었다.

코제트가 멋을 부리기 시작한 것과 그 미지의 청년이 매일 새 옷을 입고 나타난 것 사이에는 어떤 일치점이 있었다. 이러한 사실이 장 발장을 불쾌하게 만들었다. '우연이겠지, 우연일 거야. 그래, 우연이 분명해.' 장 발장은 스스로를 다독이듯 몇 번이나 이렇게 생각했다. 그러나 여전히 마음에 걸리는 것이 있었으니, 그것은 다름 아닌 코제트와 청년 사이에 일어난 일치점, 즉 '우연의 일치'라는 것이었다. 장 발장은 청년에 관해 단 한 번도 입에 올린 적이 없다. 그러던 어느 날 장 발장은 궁금증과 불안감을 더 이상 참을 수 없어 코제트의 마음을 떠보기로 마음먹었다.

"정말 건방진 녀석이군!"

이렇게 던져놓고 코제트의 반응을 기다렸다.

1년 전의 순진한 코제트라면 "아니에요, 정말 멋진 분이에요."라고 대답했을 것이다.

그리고 10년 후의 코제트라면 마리우스를 진정으로 사랑하기 때문에 "그래요, 건방져서 보기도 싫어요. 아버지 말씀이 맞아요."라고 대답할 것이다.

그런데 지금의 코제트는 그 나이의 감정에 따라 차분하게 이렇게 말했다.

"저기, 젊은 남자 말이에요?"

코제트는 청년을 애써 모른 척했다.

'괜한 짓을 했군. 코제트는 신경도 쓰지 않는데, 내가 저 청년을 가르쳐준 꼴이 됐어.'

장 발장은 허탈했다.

처녀는 결코 함정에 빠지지 않았고, 청년은 함정이란 함정에는 죄 빠져들었다. 마리우스는 사랑의 감정에 도취되어 장 발장이 은밀하게 모종의 함정을 만들어놓았다는 것을 꿈에도 모르고 있었다. 장 발장은 마리우스가 다니는 뤽상부르 공원 곳곳에 별의별 올가미를 다 쳐놓았다. 산책 시간을 바꾸고, 벤치를 바꾸고, 손수건을 떨어뜨리는가 하면, 코제트를 떼어놓고 혼자 나타나기도 했다.

하지만 그렇게 한들 장 발장의 마음이 편할 리 없었다. 그의 마음
은 오히려 더 아프고 쓰릴 뿐이었다. 코제트가 사랑에 빠지는 것은
시간 문제였다. 그리고 그다음 일은 독자들이 알고 있는 그대로다.

마리우스는 번번이 어리석은 짓을 했다. 어느 날 마리우스가 코제
트의 집까지 찾아와 문지기와 이야기를 나눈 적이 있는데, 그날 저
녁 문지기는 그 사실을 장 발장에게 숨김없이 알려주었다.

"나리, 웬 낯선 젊은이가 나리에 대해 이것저것 캐묻고 갔는데,
누굽니까?"

다음 날 장 발장은 마리우스를 쏘아보았고, 마리우스도 그것을
눈치챌 수 있었다. 그리고 일주일 뒤 장 발장은 거처를 옮겼다. 그
리고 뤽상부르 공원에는 두 번 다시 가지 않으리라 다짐했다.

코제트는 불평은 물론 싫은 내색 한 번 하지 않았고, 무슨 일이냐
고 묻지도 않았다. 또한 이유를 알려고도 하지 않았다. 그녀는 이미
모든 것을 눈치채고 자신의 속마음을 들킬까 봐 조심하고 있었던
것이다.

한번은 장 발장이 코제트에게 이렇게 물어보았다.

"뤽상부르 공원에 나갈까?"

코제트는 창백한 얼굴에 활기를 띠면서 나지막하게 대답했다.

"네."

두 사람은 공원으로 갔다. 공원에 발길을 끊은 지 어느덧 석 달이

지난 뒤였다. 마리우스도 더 이상 공원에 나오지 않았으므로 그날 역시 그는 보이지 않았다.

다음 날 장 발장이 코제트에게 다시 물었다.

"뤽상부르 공원에 나갈까?"

그러자 코제트가 힘없이 대답했다.

"아뇨."

장 발장은 코제트의 우울한 얼굴을 보자 가슴이 찢어지는 듯 아팠다.

한편 코제트는 고뇌에 빠졌다. 그 고뇌는 다름 아닌 사랑하는 사람을 볼 수 없는 슬픔이었다. 장 발장이 공원에 발길을 끊었을 때, 그녀는 여성적인 본능에 따라 공원에 가고 싶은 내색을 하지 않았다. 아무렇지도 않은 척하고 있으면 장 발장이 언젠가 다시 공원으로 산책을 나갈 것이라 믿었던 것이다. 그러나 며칠이 가고, 몇 주일이 가고, 몇 달이 가도록 공원 산책을 나가지 않았다. 장 발장은 코제트의 침묵을 말없는 동의로 받아들였던 것이다.

코제트는 후회했으나 이미 때는 늦었다. 뒤늦게 뤽상부르 공원에 다시 갔을 때 마리우스는 이미 종적을 감춰버리고 말았다.

'이제 끝이야! 어떻게 해야 하나? 다시 만날 수 있을까?'

코제트는 가슴이 아팠다. 아픔은 날이 갈수록 더해만 갔다. 그러나 장 발장 앞에서는 털끝만큼도 내색하지 않았고, 예전과 다름없이 다정하게 대했다. 그러나 좋지 않은 안색만은 숨길 수 없었다.

장 발장은 코제트의 얼굴빛을 보고는 걱정이 이만저만이 아니었다.
그는 더 이상 두고 볼 수만은 없어 코제트에게 물었다.

"요즘 안색이 안 좋구나."

"……."

"왜 그러니?"

"괜찮아요."

잠시 후 코제트는 아버지가 슬퍼하는 것을 알고 되물었다.

"아버지는 왜 그러세요?"

"나는 아무렇지도 않단다."

장 발장이 대답했다.

그들은 너무 오랫동안 둘만 사랑하고, 서로를 의지하며 살아왔기
때문에 서로가 상대방 때문에 괴로워하면서도 그것을 드러내거나
원망하지 않았다. 다만 쓸쓸한 미소를 서로 나눌 뿐이었다.

두 사람의 생활은 따분하고 우울했다. 그런 가운데 가난한 사람
들을 돕는 일을 하면 모처럼 기분이 좋아졌다. 가난한 사람들에게
먹을 것과 옷가지를 주는 일은 두 사람에게 크나큰 기쁨이었다. 장
발장이 가난한 사람들을 도우러 갈 때, 코제트도 곧잘 따라가서 두
사람은 예전의 순수했던 추억을 맛보기도 했다. 가끔 가난한 사람
들을 돕고 아이들을 돌보고 돌아온 날은 코제트가 한결 명랑했다.
두 사람이 종드레트의 집을 방문한 것도 바로 그러한 때였다.

종드레트의 집에 다녀온 다음 날 장 발장은 이른 아침부터 안채에 나와 있었다. 그는 평소와 다름없이 차분한 모습이었으나, 왼팔에 큰 상처를 입고 있었다. 상처는 한눈에 봐도 화상이 분명했다.

화상 때문에 열이 올라 장 발장은 한 달 넘게 외출조차 할 수 없었다. 코제트가 의사를 부르자고 했지만 장 발장은 한사코 마다했다. 장 발장의 상처가 잘 낫지 않자 보다 못한 코제트가 재차 의사를 부르자고 하자 장 발장은 이렇게 말하는 것이었다.

"수의사나 부르렴!"

그리하여 코제트는 의사 아닌 의사가 되었고 간호사 역할까지 하게 되었다.

코제트는 아침저녁으로 장 발장의 상처에 약을 발라주고 소독해 주었다. 자신을 돌봐주는 코제트를 보며 장 발장은 모든 근심 걱정이 사라지고, 예전의 기쁨이 되살아나는 기분이었다.

'행복한 상처로군! 내게는 되레 다행스러운 재난이야!'

장 발장을 돌보기 시작하면서 코제트는 안채보다 장 발장이 주로 있는 별채와 뒤뜰에 자주 나왔다. 매일 장 발장 옆을 지키고 앉아 그가 좋아하는 여행기 같은 책을 읽어주었다.

장 발장은 하루가 다르게 회복되어 갔다. 그는 행복감에 취해 종드레트 집에서 겪은 끔찍한 일도 깨끗이 잊을 수 있었다. 사건 현장에서 바람처럼 사라져버렸으니 찜찜할 것도 하나 없었다.

장 발장의 상처가 거의 아물 무렵, 기나긴 겨울이 가고 어느덧 봄이 다가왔다. 정원에 새싹이 돋아나고 꽃이 피는 것을 보고 장 발장이 코제트에게 말했다.

"정원에는 통 안 나가는구나. 산책이라도 하고 오렴."

코제트는 하루 종일 장 발장과 붙어 있으면서도 유독 산책만은 혼자 했다. 장 발장은 다른 사람들이 철책 너머로 안쪽을 들여다보는 것을 꺼려해 여간해서는 정원에 나가지 않았기 때문이다.

장 발장의 상처는 이전의 생활을 새롭게 변화시키는 하나의 전환점이 되었다. 장 발장이 회복되고 전에 없이 행복해하는 것을 지켜본 코제트는 자연스럽게 만족감을 느꼈고 마음도 한결 밝아졌다. 장 발장은 그런 코제트를 보며 이렇게 중얼거리곤 했다.

'아, 행복한 상처로다!'

그는 종드레트에게 고마운 생각마저 들 정도였다.

*

4월 초에 장 발장은 여행을 떠났다. 그는 이미 오래전부터 가끔씩 여행을 다녀온다며 집을 비우곤 했다. 보통 여행을 떠나면, 짧게는 하루 길게는 사흘 정도 집을 비웠다. 이번에는 사흘 후에 온다고 했다.

그렇다면 장 발장은 어디로 가는 것인가? 그건 아무도 모른다. 코제트도 모른다. 장 발장이 그렇게 집을 비울 때는 대개의 경우 돈이 떨어졌을 때였다.

장 발장이 여행을 떠난 날 밤 코제트는 적적한 마음을 달래려고 홀로 응접실에서 피아노를 치며 노래를 불렀다. 그리고 노래를 마친 뒤 그녀는 오랫동안 생각에 잠겼다. 그때 갑자기 정원에서 사람 발소리가 들리는 듯했다. 장 발장일 리는 없었다. 투생일 리도 없었다. 밤 9시였다. 그녀는 현관문 앞으로 가서 귀를 기울여보았다. 발소리가 분명했다. 누군가 살살 걷고 있는 것 같았다. 코제트는 서둘러 2층 자기 방으로 올라가 창밖으로 정원을 내려다보았다. 하늘에는 보름달이 떠 있어서 정원은 한낮처럼 훤했다. 구석구석 살펴보았지만 아무도 없었다. 창문을 열고 정원은 물론이고 정원 밖의 한 길까지 유심히 살펴보았으나 사람 그림자 하나 없었다. 코제트는 환청을 들은 것인지도 모른다고 생각했다.

다음 날 저녁 코제트가 정원을 산책하고 있을 때였다. 아무 생각 없이 발걸음을 옮기는데, 그리 멀지 않은 어두운 숲 속에서 규칙적인 발소리가 들려오는 것 같았다. 그런데 그 소리는 바람에 나뭇가지들이 서로 부딪치면서 사락거리는 소리 같기도 했다. 게다가 사람 그림자 같은 것은 보이지 않았다. 코제트는 더 이상 그 소리에 신경 쓰지 않았다.

코제트는 덤불숲에서 나와 마당으로 향했다. 그곳에서 안채 돌계단까지 가려면 작은 잔디밭을 지나야 했다. 등 뒤로 달이 떠올라 잔디밭 위로 그녀의 그림자가 길게 드리웠다. 그때 그녀는 깜짝 놀라

걸음을 멈췄다. 자신의 그림자 바로 옆에 또 다른 사람 그림자가 있는 것이 아닌가. 둥근 모자를 쓴 그 그림자는 소름 끼치도록 괴상했다. 코제트 뒤쪽 몇 걸음 떨어진 풀숲에 한 남자가 서 있는 것 같았다. 순간 그녀는 소리를 지를 수도 없었고, 사람을 부를 수도, 움직일 수도 없었다. 잠시 후 용기를 내어 뒤돌아보았으나 아무도 없었다. 다시금 원래대로 돌아섰을 때 그림자는 사라져버렸다.

그다음 날 장 발장이 여행에서 돌아왔다. 코제트는 그동안 있었던 이상한 일들을 장 발장에게 모두 이야기했다. 그녀는 장 발장이 안심시켜주기를 바랐다. 아니면, '넌 참 바보구나!'라며 놀려주기라도 했으면 했다. 그러나 장 발장은 말로는 별일 아니라고 하면서도 심각한 표정을 지었다.

장 발장은 정원에 나가보았다. 코제트가 밖을 내다보니 장 발장이 철책을 매우 꼼꼼하게 살펴보고 있었다. 그날 밤 코제트는 잠을 자다 눈을 번쩍 떴다. 이번에는 틀림없었다. 창문 아래쪽 돌계단 바로 옆에서 사람 발소리가 또렷이 들려왔다. 그녀는 작은 창을 살며시 열어 밖을 살펴보았다. 과연 정원에는 건장한 남자가 기다란 몽둥이를 들고 서 있었다. 비명을 지르려는 찰나, 그 남자의 얼굴이 달빛에 비쳤다. 장 발장이었다. 코제트는 도로 잠을 청하면서 중얼거렸다.

"아버지도 꺼림칙한 모양이지."

장 발장은 이틀 밤 연이어 정원에서 보냈다. 코제트는 덧문 틈으로 장 발장의 모습을 지켜보았다.

그렇게 사흘째 되던 날 밤이었다. 그날 밤도 느지막이 달이 떠올랐다. 새벽 1시 무렵이었다. 갑자기 정원에서 커다란 웃음소리가 들려왔다. 이어 코제트를 부르는 장 발장의 목소리가 들려왔다.

"코제트!"

코제트는 침대에서 벌떡 일어나 창문으로 달려갔다.

장 발장은 잔디밭에 서 있었다.

"걱정할 거 없다."

장 발장은 잔디밭의 한 곳을 가리키며 말했다.

"이것 봐라. 바로 이게 네가 봤다는 둥근 모자 쓴 사람 그림자다."

장 발장이 가리킨 곳을 보니 달빛을 받아 잔디 위에 선명한 그림자가 드러나 있었는데, 과연 둥근 모자를 쓴 남자의 모습 같았다. 그것은 다름 아닌 이웃집 지붕 위에 있는 뚜껑 달린 양철 난로 굴뚝이었다. 코제트는 웃음을 터뜨렸고, 불길하고도 무서운 상상은 즉시 사라져버렸다.

다음 날 코제트는 장 발장과 아침 식사를 하면서 간밤의 그림자를 가지고 농담을 주고받았다. 장 발장도 마음을 푹 놓을 수 있었다. 그러나 며칠 뒤 새로운 사건이 일어났다.

바깥길과 마주한 정원 한구석의 철책 옆에는 돌 벤치가 하나 있었다. 돌 벤치는 자작나무 울타리에 가려 밖에서는 보이지 않았지만, 철책과 자작나무 사이로 팔을 길게 뻗는다면 간신히 손이 닿을 수는 있었다.

4월 어느 날 저녁, 장 발장은 집을 나섰고, 코제트 혼자 어두컴컴한 벤치에 앉아 있었다. 저녁 바람에 나뭇가지가 흔들렸다. 그렇잖아도 코제트는 울적해 있었다. 간혹 해 질 녘이면 슬며시 까닭 모를 슬픔이 밀려오곤 하는 것이었다.

코제트는 벤치에서 일어나 느릿느릿 정원을 거닐었다. 이슬을 잔뜩 머금은 풀숲을 거닐면서 그녀는 왠지 자신이 슬픈 몽유병자 같은 기분에 저도 모르게 중얼거렸다.

"발이 다 젖었네. 다음에는 나막신을 신어야겠어. 감기 걸릴 것 같아."

코제트는 정원을 한 바퀴 돌고 다시 벤치로 돌아왔다. 무심코 벤치에 앉으려는데 그녀가 앉았던 자리에 큼지막한 돌 하나가 놓여 있었다. 그 돌은 아무리 봐도 이상하기만 했다. 방금 전까지만 해도 벤치 위에는 아무것도 없었다. 잠깐 사이에 돌멩이가 저절로 벤치 위로 올라왔을 리는 없지 않은가. 그렇다면 누군가 일부러 올려놓은 게 틀림없었다. 어떤 손이 철책 사이로 들어왔다고 생각할 수밖에 없었다. 그러자 갑자기 놀랍고도 겁이 났다. 놀라움은 두려움으로 바뀌었고, 두려움은 무시무시한 공포로 이어졌다. 이제 더 이상 의심의 여지가 없었다. 그녀는 돌을 만져볼 생각도 못 하고 곧장 집 안으로 뛰어들어 문단속을 했다. 그런 다음 투생에게 물었다.

"아버지 안 오셨어?"

"아직 안 오셨는데요, 아가씨."

장 발장은 밤에 산책을 나가면 밤이 꽤 깊어서야 돌아왔다.

코제트가 말했다.

"투생! 다른 건 몰라도 정원 문은 잘 잠갔어?"

"그럼요. 걱정 마세요, 아가씨."

평소 투생은 문단속을 철저히 하는 편이었다. 코제트도 그것을 잘 알고 있었지만 불안한 마음에 굳이 물어본 것이었다.

"여긴 너무 한적해."

투생이 맞장구를 쳤다.

"맞아요. 이런 데서는 꼼짝 못하고 죽을 거예요. 나리까지 안 계시고 말이에요. 하지만 그리 걱정하실 건 없어요, 아가씨. 제가 문단속을 철저히 하니까요. 문이며 창이며 죄다 감옥 문처럼 걸어 잠그니까요. 그런데 아무리 문단속을 잘해도 여자들만 있으니 무섭긴 하네요. 새벽에 강도가 들어와서 '꼼짝 마!'라며 아가씨 목을 조르는 모습을 상상해보세요. 곱디고운 아가씨 몸에 더러운 놈들이 손을 댄다는 생각만 해도 소름 끼쳐요. 게다가 그놈들이 가지고 다니는 건 보나마나 되게 무딘 칼일 거예요. 아아, 끔찍해라!"

"아, 그만해! 문단속이나 잘해."

코제트가 몸서리를 치며 소리쳤다.

그녀는 투생의 짓궂은 수다에 잔뜩 겁을 집어먹었다. 더구나 지난번 유령 사건까지 떠올라 되레 투생에게 아무 말도 못 했다. 코제트는 투생에게 벤치 위에 있는 돌을 확인해보라고 말하려다가 그만 입을 다물어버리고 만 것이다. 투생이 정원으로 나가고 나면 집 안에 코제트 혼자 남기 때문이었다. 지금 같아서는 단 1분도 혼자 있을 엄두가 나지 않았다.

투생은 코제트의 지시에 따라 대문이며 창문을 모두 잠그고, 또 지하실에서 지붕 밑 다락방까지 샅샅이 살폈다. 한편 코제트는 자기 방으로 들어가 문고리를 걸어 잠그고 침대 밑까지 들여다본 다음 잠자리에 들었다. 하지만 도무지 잠이 오지 않았다. 그녀는 몇 시간을 뒤척이던 끝에 겨우 잠들었는데, 밤새 동굴 속에 어마어마하게 큰 돌들이 가득 들어차 있는 꿈을 꾸었다.

다음 날 아침, 코제트는 눈을 뜨자마자 간밤의 공포가 악몽처럼 느껴져 중얼거렸다.

"무서워할 거 없어. 그냥 꿈이야. 지난번 정원에서 들리지도 않은 발소리를 들은 것과 다를 게 없어. 그리고 그 굴뚝 그림자도 그렇고! 내가 요즘 왜 그러지? 왜 이렇게 마음이 약해졌을까?"

햇빛이 창틈 사이로 비쳐 들고 커튼이 태양빛으로 물드는 것을 보고 나서야 코제트는 마음이 놓였다. 그리고 지금까지 마음 졸이며 생각했던 발소리며 그림자, 벤치 위의 돌멩이도 깨끗이 잊어버렸다.

"발소리나 괴상한 그림자처럼 벤치 위 돌멩이도 사실은 없는데 내가 괜히 헛것을 본 거겠지. 그 돌멩이도 그냥 꿈속에서 본 것일 거야."

코제트는 옷을 입고 곧장 정원 벤치로 달려갔다. 그런데 벤치를 보는 순간 등줄기에서 식은땀이 났다. 어제저녁에 보았던 돌멩이가 그대로 놓여 있는 것이었다. 그러나 놀라움은 잠시뿐이었다. 어젯밤에는 그렇게도 무서웠던 것이 날이 밝자 궁금해지는 것이었다.

'어디 한번 보기나 하자.'

코제트는 돌멩이를 들었다. 그런데 그 밑에 하얀 봉투가 하나 있는 것이 아닌가. 그녀는 그것을 조심스레 집어 들었다. 겉장에는 수신인의 이름도 없었고, 봉해져 있지도 않았다. 봉투 속에 종이가 보였다.

코제트는 내용물을 꺼냈다. 이미 무서워서도 아니고 궁금해서도 아니었다. 그저 마음에 걸렸기 때문이다.

봉투에 들어 있는 것은 작은 종이 뭉치였다. 낱장마다 번호가 매겨져 있었고, 대여섯 줄의 토막글이 씌어 있었다. 우선 필체는 훌륭해 보였다. 발신인 이름을 찾아보았으나 없었다. 서명도 없었다. 도대체 누구에게 보낸 편지일까? 분명 코제트일 것이다. 편지는 코제트가 앉아 있던 벤치 위에 있었으므로. 그렇다면 누가 보낸 것일까? 코제트는 떨리는 손으로 종이 뭉치를 든 채 하늘을 올려다보고, 거리를 보고, 햇빛을 잔뜩 머금은 아카시아 나무를 보고, 이웃집 지붕 위에 앉은 비둘기를 보았다. 그러다 갑자기 편지를 읽기 시작했다.

사랑, 그것은 별들에게 보내는 천사들의 인사다.

영혼이 사랑으로 슬퍼할 때, 그 영혼의 슬픔보다 큰 것은 어디에도 없다.

세상 모든 것인 그 한 사람이 없을 때 세상은 얼마나 공허한가! 오, 사랑받는 자는 신이 될지어다! 신이 천지를 창조한 것은 영혼 때문이고, 영혼을 창조한 것은 사랑 때문이다. 그렇지 않다면 신은 사랑받는 자가 신이 되는 것을 질투하는 것이리라.

신은 만물 뒤에 숨어 있고, 만물은 신을 숨기고 있다. 사물은 캄캄하고, 인간은 불투명하다. 누군가를 사랑한다는 것은 그 사람을 투명하게 하는 것이다.

서로 떨어져서 사랑하는 두 연인은 현실적인 몽상으로 서로의 부재를 극복한다. 서로 만날 수는 없지만 두 사람은 서로의 마음을 주고받는 온갖 신비한 방법을 찾아낸다. 두 사람은 새의 노래를, 꽃의 향기를, 아이들의 웃음소리를, 햇빛을, 바람 소리를, 별빛을, 천지 만물을 서로에게 보낸다. 그것이 왜 불가능하단 말인가? 신이 만든 모든 것은 사랑을 위해 쓰인다. 사랑의 힘으로 전달하지 못하는 것은 없다.

사랑은 영혼 그 자체다. 사랑은 영혼처럼 신성한 불꽃이고, 영혼처럼 불변하고, 불가분이며, 불멸하다. 그것은 우리 내면에서 타는 한 점 불꽃이어서 죽지 않고 무한하며, 그 무엇으로도 막을 수 없고, 그 무엇으로도 끌 수 없다. 그 불꽃은 사람의 뼛속까지 타들어 가고 하늘 꼭대기까지 빛난다.

오, 사랑이여! 뜨거운 사랑! 서로 이해하는 두 정신의 융합, 두 마음의 융화, 지켜보는 눈동자의 환희여! 언젠가는 내게도 찾아오리라, 그 행복이! 둘만의 호젓한 산책! 축복으로 빛나는 나날들! 나는 수없이 꿈꾸었다. 간혹 천사들의 시간이 지상으로 내려와 인간의 운명에 스치는 것을.

그들의 행복을 위해 신이 할 수 있는 것은 사랑이 끝없이 지속되게 하는 것밖에 없다. 영원히 지속되는 사랑은 신의 선물이다. 그러나 사랑이 영혼에게 주는 더없는 행복을 강화하는 것만은 신조차 할 수 없는 일이다. 신은 하늘에 충만하고 인간은 사랑에 충만하다.

어느 날 한 여자가 당신 곁을 스치며 빛을 발하면 그대는 결국 사랑에 빠지고 만다. 그때 당신이 할 수 있는 일은 오직 하나, 그녀를 생각하다 결국 그녀도 당신을 생각하지 않고는 못 견디게 하는 것뿐이다.

장갑 하나를 잃고, 손수건 하나를 얻는 데도 슬픔과 기쁨이 엇갈리는 것, 그것이 진정한 사랑이다.

그 무엇도 사랑의 끝에 도달하지 못한다. 사람은 행복을 이루면 낙원을 좇고, 낙원에 이르면 천국을 좇는다.

오, 서로 사랑하는 이들이여! 모든 것은 사랑 속에 있다. 사랑 속에서 찾아낼지어다. 사랑은 천국과 같은 것, 고요한 명상과 더불어 천국에 버금가는 기쁨을 준다.

"그녀는 아직도 뤽상부르 공원에 오시나요?" "아뇨." __ "그녀가 미사에 참석하는 성당이 여기인가요?" "이제 안 오세요." __ "그녀는 지금도 여기 살고 있나요?" "아뇨, 이사하셨어요." __ "어디로 갔나요?" "그건 말하지 않았어요."

자기가 사랑하는 사람이 어디 있는지 모른다는 것은 얼마나 슬픈 일인가?

참으로 이상한 일이다. 그대는 이것을 알고 있는가? 나는 지금 밤의 한가운데 서 있다. 어떤 사람이 사라지자 하늘도 함께 사라져버렸다.

아, 우리 두 사람, 서로 손을 꼭 잡고 한 무덤에 누워 가끔씩 어둠 속에서 서로의 손을 어루만지는 것만으로도 나는 만족할 것이다.

사랑의 이름으로 고뇌하는 그대여, 더욱 사랑하라. 사랑에 죽는 것은 곧 사랑에 사는 것!

사랑하라. 사랑의 고통과 더불어 눈부신 별빛을 만들라. 은밀한 변신이 이루어진다. 사랑이 사라지면 고통이 남고, 그 고통 속에는 황홀함이 남는다.

사랑, 그것은 낙원의 공기를 천상에서 호흡하는 것!

나는 사랑에 빠진 한 가난한 청년을 보았다. 그는 낡은 모자에 해진 옷을 입고 있었다. 옷소매 팔꿈치 부위는 구멍이 났고, 신발은 물이 샜다. 그러나 그의 영혼 속에서는 수많은 별들이 반짝이고 있었다.

사랑받는다는 것은 얼마나 위대한 일인가! 그렇다면 사랑한다는 것은 어떠하랴? 마음은 정열에 의해 영웅이 된다. 그 마음은 오로지 순수함으로 가득 찬다. 고결한 것, 위대한 것만을 좇는다. 얼음 위에서 풀이 자라지 않는 것처럼 그 마음 밭에는 사랑과 짝을 이루지 않는 생각은 하나도 싹트지 않는다. 고고하게 승화된 영혼은 속된 정열이나 정서에 결코 흔들리지 않는다. 광기와 증오, 비참함 등 이 세상의 그림자들을 굽어보며 높고 푸른 하늘의 격동만을 느낄 뿐이다. 높은 산봉우리가 깊은 땅속의 지진을 감지하듯.

누군가를 사랑하는 사람이 없었다면 태양도 일찍이 시들어버렸으리라.

코제트는 편지를 읽으면서 깊은 생각에 빠져들었다. 그리고 다시금 편지를 들여다보니 처음 보았을 때와 마찬가지로 역시 필적이 황홀할 정도로 아름다웠다. 한 사람이 며칠, 혹은 그 이상에 걸쳐 쓴 글들이 분명했다. 어떤 글씨는 진하고, 어떤 글씨는 흐린 것으로 알 수 있었다. 또한 글의 배열이나 구성, 내용 등으로 보아 생각나는 대로, 마음 가는 대로 쓴, 지극히 솔직한 글이 분명했다. 코제트는 지금까지 한 번도 이런 글을 읽어본 적이 없었다.

코제트는 그 글에서 어두운 세상보다 밝은 세상을 더 많이 느낄 수 있었다. 마치 성전의 내부를 들여다보는 것 같은 기분이었다. 그 글을 읽는 그녀의 눈은 더없이 빛났고, 그녀의 마음은 기묘한 광채마저 발하고 있었다. 비록 그 글들은 두서없이 씌어졌지만 정열적이고, 고상하고, 성실한 성정과 거룩한 의지, 끝없는 고뇌와 희망, 슬픔에 잠긴 마음과 황홀한 기쁨 등을 고스란히 드러내고 있었다.

이 편지는 무엇인가? 보내는 사람과 받는 사람의 이름도 없으며, 날짜도 없고, 서명도 없는 애절하고도 사심 없는 편지다. 동시에 진실로 이루어진 수수께끼이고, 한 영혼에게 천사가 가져다준 사랑의 전갈이며, 천상의 약속이자 천상의 밀회이고, 어떤 환영이 어떤 그림자에게 보낸 애절하고도 지극한 사랑의 편지였다.

그렇다면 이 편지는 누가 보낸 것일까? 과연 이런 글을 쓸 수 있는 사람은 누구인가? 코제트는 조금도 망설이지 않고 확신할 수 있었다. 그것은 오직 한 사람뿐이었다.

'그분!'

'그분'이 떠오르자 코제트는 어두웠던 마음이 비로소 환하게 밝아지는 듯했다. 마침내 모든 것이 분명하게 드러났다. 코제트는 기묘한 환희와 함께 깊은 고뇌를 느꼈다.

'그분이다! 그분이 써 보낸 것이다! 그분이 이곳에 왔었다! 그분이 철책 너머로 팔을 뻗었다. 내가 그분을 잊고 있을 때, 그분은 기어코 나를 찾아낸 것이다!'

코제트의 마음은 불타오르고 가슴이 마구 뛰어 그녀는 저도 모르게 중얼거렸다.

"아, 그래! 나는 이미 다 알고 있었어! 이미 그분의 눈에서 이 모든 걸 읽었던 거야!"

코제트는 벅찬 감정을 참을 수 없어 집 안으로 뛰어가 자기 방에 들어갔다. 그리고 편지를 다시 읽어보고 나서 편지에 입을 맞추었다. 그녀는 그 편지를 품속에 간직했다.

그날 하루 종일 코제트는 넋이 나간 듯했다. 아무것도 생각할 수 없었고, 이런저런 상념들이 마구 뒤섞여서 마음이 진정되지 않았다. 이 세상이 도무지 현실 같지 않았다.

'이게 정말 사실일까?'

그녀는 품속에 넣은 종이 뭉치를 다시 한번 더듬어보았다. 종이 모서리가 살갗에 닿는 것이 느껴졌다.

*

장 발장이 집을 비운 저녁 무렵이었다.

코제트는 오랫동안 머리를 매만지고 드레스를 꺼내 입었다. 다른 옷들보다 가슴이 좀더 드러나는 드레스였다. 요즘 젊은 여자들 사이에서 무척 대담한 옷으로 통했는데 코제트가 입으니 훨씬 더 예뻐 보였다.

사실 코제트는 별다른 이유 없이 차림새를 갖췄다. 외출할 것도 아니었고, 그렇다고 누가 찾아올 것도 아니었다.

저녁때가 되어 코제트는 정원으로 나갔다. 그녀는 이따금 낮게 드리운 나뭇가지들을 손으로 젖히며 걸어갔다. 이윽고 벤치 앞에 이르렀다. 돌멩이가 여전히 벤치 위에 놓여 있었다. 그녀는 벤치에 걸터앉아 돌멩이 위에 살며시 손을 얹었다. 흡사 그것을 어루만짐으로써 감사한 마음을 전하기라도 하듯.

그때 갑자기 말로는 표현할 수 없는 어떤 느낌이 온몸으로 전해졌다. 인기척을 느낀 것도 같았다. 모습은 보이지 않았지만 누군가 뒤에 서 있는 듯한 느낌! 코제트는 반사적으로 고개를 돌리며 일어섰다.

그가, 그가 거기 서 있었다.

그는 창백한 얼굴에 조금 야위어 보였다. 모자는 쓰지 않은 채였다. 검은색 옷을 입고 있는 그가 어슴푸레하게 보였다. 황혼 빛 속에서 그의 얼굴은 물론 잘생긴 이마도 창백해 보였고, 그의 눈에도 어둠이 드리워 있었다. 그의 모습은 더없이 부드럽고 고즈넉한 저녁 어스름 속에서 왠지 밤과 죽음의 이미지를 짙게 풍기는 듯했다. 그리하여 그의 얼굴은 유령도 아니고 인간도 아닌 것 같았다. 그의 모자는 몇 걸음 떨어진 덤불에 떨어져 있었다. 그는 왜 모자를 벗어 던진 것일까?

그를 본 순간 코제트는 하마터면 정신을 잃을 뻔했다. 그러나 어떤 소리도 입 밖에 내지 않았다. 다만 그녀는 온몸이 굳은 듯했고, 뭔가가 자꾸만 끌어당기는 것처럼 주춤주춤 뒤로 물러서고 있었다.

그는 꼼짝 않고 굳은 듯 제자리에 서 있었다. 여전히 우울하고 슬픈 눈동자로 코제트를 뚫어지게 바라보고 있었다. 어둠 속에서 희미하기는 했지만, 코제트는 한 곳에 고정된 그의 애수 어린 눈동자를 감지할 수 있었다.

코제트는 아무 말도 하지 못하고 뒷걸음질만 치다 어느 순간 제자리에 우뚝 멈춰 섰다. 나무에 부딪힌 것이다. 나무가 없었다면 그녀는 넘어졌을지도 모른다.

그때 그의 목소리가 들렸다. 한 번도 들어본 적 없는 그의 목소리였다. 그의 목소리는 나뭇잎들이 바람에 나부끼는 소리에 섞여 나직하게 떨리고 있었다. 그 목소리가 그녀의 귀에 속삭였다.

"부디 용서해주십시오. 이렇게 찾아오고 말았습니다. 가슴이 터질 것 같아 더는 견딜 수 없어 이렇게 찾아왔습니다. 읽으셨습니까, 여기 벤치 위에 놓아둔 것? 조금이라도 이해해주셨습니까, 여기 있는 나를? 제발 두려워하지 마십시오. 우리가 알게 된 것도 무척 오래됐지요? 기억하십니까, 당신이 나를 처음 보았던 그날을? 뤽상부르 공원 검투사의 입상 옆이었지요. 당신이 내 앞을 지나갔던 그날도 기억하십니까? 6월 16일과 7월 2일이었습니다. 그로부터 벌써 1년여가 흘렀습니다. 정말 오랫동안 당신을 못 봤습니다. 저는 당신을 찾아다니다 공원 관리인에게 물어보았습니다. 당신은 더 이상 나오지 않는다더군요. 당신은 웨스트 거리 새 집 4층에 살았지요. 당신의 뒤를 쫓아가 봤습니다. 용서하십시오. 그것 말고 무슨 방법이 있었겠습니까? 그 후 당신은 홀연히 사라져버리고 말았습니다. 한번은 오데옹의 아케이드 밑에서 신문을 읽고 있을 때 우연히 당신이 지나가는 것을 보게 되었습니다. 나는 쫓아갔습니다. 그러나 다른 사람이었습니다. 당신이 썼던 모자와 비슷했던 것이었죠. 밤이 되면 나는 이곳에 왔습니다. 그러나 걱정하지 마십시오. 나를 본 사람은 아무도 없으니까요. 다른 뜻이 있어서 그런 건 아니었습니다. 그저 당신의 방 창문이라도 가까이에서 보기 위해서였습니다. 그것만으로도 나는 만족했습니다. 혹시라도 당신이 놀랄까 봐 당신 몰래 창문 아래로 숨죽여 다가가곤 했습니다. 어느 날 밤에는 바로 당신 뒤에 서 있었는데, 당신이 고개를 돌려서 그냥 도망쳐버리고 말았습니다. 또 어느 날은 당신의 노랫소리를 들은 적도 있습니다. 그날은 정말 기뻤습니다. 당신에게 나쁘거나 해로운 일이었다면 나는 결코 당신의 노래를 듣지 않았을 겁니다. 나쁠 게 뭐가 있겠습니까? 그렇지 않습니까? 당신은 나의 천사입니다. 가끔씩 이렇게 찾아오는 것쯤은 용서해주시겠지요? 용서해주십시오. 나는 이제 얼마 지나지 않아 죽을 거 같습니다. 제발 나의 마음을 당신이 알아주셨으면! 나는 당신을 사랑하고 있습니다. 사모하고 있습니다. 실례가 되었다면 용서해주십시오. 내가 지금 무슨 말을 하고 있나요? 지금 이렇게 말하면서도 내가 무슨 말을 하고 있는지 하나도 모르겠습니다. 당신 기분이 상했을지도 모르겠군요."

"아!"

코제트는 탄성을 질렀다. 그러고는 기절할 듯 비틀거리더니 쓰러졌다.

그가 코제트를 붙잡았다. 그는 그녀를 붙잡고 자기가 무엇을 하고 있는지도 의식하지 못하고 있었다. 다만 그도 비틀거리면서 그녀를 바싹 껴안고 있을 따름이었다.

코제트는 마리우스의 손을 잡아 자신의 가슴께로 가져갔다. 마리우스는 종이의 감촉을 느꼈다. 그는 중얼거리듯 그녀에게 말했다.

"나를 사랑하나요?"

코제트는 흡사 한숨을 쉬듯 들릴 듯 말 듯한 소리로 말했다.

"아무 말 말아요! 다 알 텐데요."

그리고 그녀는 빨갛게 상기된 얼굴을 사랑에 취한 청년의 가슴에 묻었다.

마리우스는 쓰러지듯 벤치에 앉았다. 코제트도 그 옆에 앉았다. 둘은 한동안 아무 말도 할 수 없었다. 밤하늘에는 별들이 반짝이고 있었다. 그리고 누가 먼저랄 것도 없이 두 사람의 입술이 하나가 되었다.

단 한 번의 입맞춤, 그것이 전부였다.

두 사람은 캄캄한 밤하늘 아래 몸을 떨며 빛나는 눈으로 서로를 바라보았다.

코제트는 마리우스에게 아무것도 묻지 않았고 물으려고도 하지 않았다. 어디로, 어떻게 정원에 들어왔느냐고 묻지도 않았고 그럴 생각도 하지 않았다. 그가 지금 옆에 있는 것이 당연하게 느껴졌던 것이다.

이따금 두 사람의 무릎이 어쩌다 부딪치기라도 하면 그들은 동시에 몸을 떨었다. 그렇게 아무 말 없이 꽤 긴 시간이 흘렀다. 한참 뒤 코제트가 어렵게 입을 떼면서 두 사람은 조금씩 이야기를 주고받았다. 진실한 침묵 뒤에 서로의 말들은 점차 넘쳐흐르기 시작했다. 캄캄한 하늘마저 그들의 머리 위에서 밝게 빛나는 듯했다. 정령과도 같이 순결한 두 생명은 서로에게 모든 것을 털어놓았다. 그들의 꿈, 도취, 황홀, 공상, 절망, 그리움 등등에 대해서.

두 사람의 마음은 서로의 마음속으로 흘러들었다. 그리하여 얼마 후 마리우스는 코제트의 영혼을, 코제트는 마리우스의 영혼을 완전히 소유하게 되었다. 그러나 그때까지도 정작 두 사람은 서로의 이름을 알지 못했다. 사랑에 취한 나머지 이름을 물어볼 생각조차 하지 못했다. 사랑이 먼저고, 이름은 그다음 아니겠는가.

코제트가 먼저 물었다.

"당신 이름이 뭐예요?"

"마리우스입니다. 당신은?"

"코제트예요."

32. 뜨겁게 사랑하는 두 사람 사이에는
아무 일도 일어나지 않았다

　한 번의 입맞춤으로 두 영혼이 결합한 다음 날부터 마리우스는 매일 밤 코제트의 정원을 찾아갔다. 이 시기에 코제트가 진실하지 못한 바람둥이 따위와 사랑에 빠졌다면 그녀는 틀림없이 파멸하고 말았을 것이다. 심성이 여리거나 선량해서 때로는 남자에게 쉽게 몸을 허락하는 여성이 있는데, 코제트도 그러한 유형의 여성이었기 때문이다.

　신이 만든 모든 피조물 가운데, 가장 풍부한 빛을 낳는가 하면 가장 깊은 어둠을 낳는 것은 아마도 인간의 마음일 것이다. 그러한 신의 뜻에 의해 코제트에게 주어진 사랑은 인간을 구원하는 사랑 가운데 하나였다.

　그때까지 쓸쓸하고 황량하기 그지없던 코제트의 정원은 하루가 다르게 활기가 넘쳐나기 시작했다. 짙은 꽃향기가 피어올랐고, 그곳에서 두 남녀는 인간이라기보다 천사에 가까운 모습으로 서로에게 빛과 향기가 되었다. 코제트가 보기에 마리우스는 왕관을 쓰고 있는 것 같았고, 마리우스의 눈에 코제트는 눈부신 후광을 거느리고 있는 것 같았다.

두 사람은 서로를 바라보고, 서로 몸을 밀착시키고, 또 서로를 어루만졌다. 하지만 그게 다였다. 그 둘 사이에는 늘 그 이상 넘을 수 없는 어떤 거리가 있었다. 그렇다고 해서 서로를 피하거나 거부하는 것은 결코 아니었다. 순수하고 청순한 두 남녀는 그냥 그 이상은 알지 못했던 것이다.

마리우스는 코제트로부터 순결이라는 일종의 장애를 느꼈고, 또 코제트는 마리우스로부터 성실이라는 하나의 엄격성을 느끼고 있었다. 그리하여 첫 키스는 그대로 마지막 키스가 되었다. 그 후 마리우스는 코제트의 손이나 목덜미, 머리카락에 가볍게 입을 맞추는 이상의 스킨십은 결코 하지 않았다. 마리우스에게 있어 코제트는 육체적 대상이라기보다 사랑의 향기 그 자체였다. 말하자면 마리우스는 코제트를 육체적으로 취하는 것이 아니라 그녀의 향기를 음미하는 셈이었다. 코제트는 아무것도 거부하지 않았지만 마리우스는 아무것도 원하거나 요구하지 않았다.

두 사람 사이에는 아무 일도 일어나지 않았다. 다만 서로 깊이 사랑할 뿐이었다. 그럼에도 그들은 서로에게 취해 황홀한 상태에 빠져 있었다.

두 사람이 밤마다 만나는 그 정원은 마치 환한 낮보다 풍부한 생명력이 넘치는 어떤 신성한 장소와도 같았다. 마침 두 사람이 만나기 시작하면서 온갖 꽃들이 활짝 피어 정원은 하나의 커다란 꽃밭이 되었다.

두 사람이 나누었던 이야기들은 어떤 것이었을까? 그것은 하나의 숨결이었다. 그것뿐이었다. 서로의 숨결만으로 정원의 모든 자연을 들이마시고 휘저었으며, 그것으로 충분했다.

그러던 어느 날, 코제트가 마리우스에게 한 가지 고백을 했다.

"당신한테 말해둘 게 하나 있어요."

(마리우스와 코제트는 서로에게 어떻게 말해야 할지 몰라 고민하다 허물없는 말투를 쓰기로 했다.)

"내 이름은 유프라지예요."

"유프라지? 당신 이름은 코제트 아냐?"

"코제트는 어릴 적 이름이에요. 지금은 더 이상 코제트가 아니에요. 유프라지가 진짜 이름이에요. 유프라지라는 이름, 마음에 안 들어요?"

"천만에! 좋아. 하지만 코제트도 나쁘지 않아."

"유프라지보다 코제트가 더 좋아요?"

"음, 그런 거 같은데."

"그럼 나도 코제트를 더 좋아해야 하나? 하긴 참 귀여운 이름이에요. 그럼 계속 코제트로 불러주세요."

한번은 코제트가 마리우스를 그윽한 눈길로 바라보며 이렇게 소리쳤다.

"가만 보면 당신 참 잘생겼어요. 그뿐이 아니에요. 매사 빈틈이 없고, 재치도 있고, 그리고 저보다 아는 것도 많은 것 같아요. 하지만 이것 하나만은 나도 당신보다 절대 모자라지 않아요. 당신을 좋아한다는 것!"

코제트의 말을 듣는 순간, 마리우스는 마치 하늘 높이 올라가 하나의 별이 노래하는 소리를 듣는 것 같았다.

또 어느 날 코제트는 마리우스가 기침을 하자 살짝 때리는 시늉을 하며 투정 아닌 투정을 부렸다.

"어쩌나, 기침하면 안 돼요. 우리 집에서 내 허락 없이 기침 같은 거 하면 안 돼요. 나를 걱정하게 하다니 너무해요. 당신이 항상 건강하길 빌어요. 당신의 건강이 곧 나의 행복이니까. 당신이 아프면 나는 어떻게 하죠?"

코제트의 이런 말도 마리우스에게는 마치 천진난만하고 순진한 어린 천사의 귀여운 투정처럼 들렸다.

어느 날 마리우스도 코제트에게 한 가지 고백을 했다.

"사실 난 오랫동안 당신 이름이 '위르쉴'인 줄 알았어."

마리우스는 뤽상부르 공원 시절로 돌아가 '위르쉴'에 얽힌 이야기를 들려주었다. 이 이야기를 하면서 두 사람은 저녁 내내 유쾌하게 웃었다.

마리우스는 지금과 같은 코제트와의 만남에 다른 생각이나 욕망을 갖지 않았다. 매일 밤 코제트의 정원을 찾아와 그녀와 함께 벤치에 나란히 앉아 나무 사이로 반짝이는 밤하늘의 별빛을 올려다보고, 코제트의 손톱을 어루만지고, 코제트와 함께 꽃향기를 음미하는 것만으로도 더 이상 바랄 것이 없었다. 코제트를 바라보는 것만으로도 그의 마음은 벅찰 뿐이었다.

마리우스는 코제트의 귀에 속삭였다.

"당신은 어쩜 그리 아름답단 말인가! 감히 쳐다볼 수도 없을 정도야. 그래서 당신을 마음으로 바라보고 있어. 당신이야말로 아름다움의 여신이야. 당신 앞에 있으면 내가 무슨 생각을 하고 있는지도 모를 지경이야. 당신 드레스 아래로 살짝 삐져나온 구두코만 봐도 설레는 마음을 진정시킬 수가 없단 말이야. 그렇기만 한가? 당신의 마음이 살짝 엿보이기만 해도 나는 헤아릴 수 없이 기뻐. 당신은 어쩜 그리 옳은 말, 예쁜 말만 하지? 그래서 나는 가끔 이런 생각이 들 때도 있어. 혹 당신은 사람이 아니라 어떤 하나의 꿈 같은 게 아닐까 하고. 코제트, 내게 무슨 말이라도 해봐. 죽을 때까지라도 듣고 있을 테니까. 당신이 하는 말은 당신과 마찬가지로 소중하고 아름다워. 당신의 말을 찬미할 거야. 아아, 코제트, 정말이지 미칠 것만 같아. 당신은 정말 사랑스러운 사람이야. 나는 당신의 그 앙증맞은 발을 현미경으로 연구하고, 당신의 그 순수한 영혼을 망원경으로 연구하고 있어."

코제트가 이내 붉게 달아오른 얼굴을 숙이며 대꾸했다.

"나는 당신만큼이나, 아니 당신보다 더 당신을 사랑해요. 아침부터 지금까지 당신 생각만 했어요."

영혼의 심연에서부터 시작된 그들의 사랑은 영원히 변치 않으리라! 영원히 변치 않는 사랑은 계속된다. 서로 사랑을 나누고, 미소를 나누고, 서로 깍지를 낀 채 이야기를 나누고, 그리고 어쩌다 삐죽 입술을 내밀며 토라지는 순간에도 그들의 사랑은 변하지 않는다. 황혼과 더불어, 어스름과 더불어, 하늘을 나는 새와 더불어, 장미꽃과 더불어, 별빛 총총한 밤하늘과 더불어…… 그들의 사랑은 영원토록 끝날 것 같지 않았다.

장 발장은 코제트에게 무슨 일이 일어났는지 전혀 모르고 있었다.

코제트는 마리우스와 뜨거운 사랑에 빠지기는 했지만 늘 그렇듯 장 발장 앞에서도 쾌활하고 밝은 모습을 보였기 때문에 그는 그것만으로 충분했다. 코제트는 변함없이 부드럽고 따뜻하게 장 발장을 대했으며, 더욱이 무엇 하나 그의 뜻을 거스르는 법이 없었다. 장 발장이 산책하자고 하면 "네, 아버지."라고 대답했고, 또 장 발장이 집에 있고 싶다고 하면 "그래요, 그게 좋겠어요."라고 대답했다.

투생 역시 초저녁만 되면 일찌감치 잠자리에 들었기 때문에 장 발장처럼 아무것도 눈치채지 못했다.

마리우스는 매일 코제트를 만나면서도 집 안에는 결코 들어가지 않았다. 코제트와 함께 있을 때는 행인의 눈에 띄지 않게, 또 말소리가 들리지 않게 언제나 후미진 돌계단 옆에 숨다시피 앉아 있었다. 더러 코제트와 말하는 대신 헤어질 때까지 서로 손만 마주 잡고 있을 때도 있었다. 그런 때는 설사 바로 앞에 벼락이 떨어진다 해도 그들은 알지 못했으리라. 그렇듯 그들은 한쪽의 몽상이 다른 쪽의 몽상에 흡수되어 깊이 잠겨 있었던 것이다.

마리우스는 보통 자정 무렵 나갔다가 쿠르페락의 집으로 돌아갔다. 그런 마리우스를 보고 한번은 쿠르페락이 한 친구에게 이렇게 말했다.

"요즘 마리우스가 말이야, 만날 새벽 1시는 돼야 들어온다니까."

쿠르페락의 친구가 바로 대답했다.

"그게 뭐 어때서? 신학 교수도 염문이라는 건 있는 거야."

쿠르페락은 간혹 거만하게 팔짱을 끼고 마리우스를 나무랐다.

"자네, 요즘 너무 막나가는 거 아냐."

쿠르페락은 지극히 현실적인 젊은이여서 사랑에 빠진 마리우스에게서 알게 모르게 풍겨져 나오는 어떤 낌새, 굳이 말하자면 '눈에 보이지 않는 낙원의 반영'을 탐탁지 않게 여기고 있었다. 사실, 쿠르페락은 이성적이고 논리적이긴 하나 소위 '숨겨진 정열' 같은 것은 잘 이해하지 못했다. 그런 쿠르페락은 마리우스에게 진정한 친구로서 이렇게 경고하곤 했다.

"자네 요즘 꼭 달나라에 가 있는 것 같아. 꿈속을 헤매는 것 같거든. 환상의 나라 말이야. 대체 어떤 여자야?"

그러나 마리우스는 결코 말하지 않았다.

*

어느 날 밤 마리우스는 코제트의 정원으로 가기 위해 앵발리드 가로수길을 지나가고 있었다. 그는 늘 그렇듯이 고개를 잔뜩 숙이고 걸어갔다. 플뤼메 거리 모퉁이를 막 돌아서는데, 바로 옆에서 그를 부르는 소리가 들렸다.

"안녕하세요, 마리우스 씨?"

에포닌이었다.

마리우스는 그녀를 보는 순간 묘한 기분을 느꼈다. 에포닌이 누구던가? 마리우스에게 코제트의 집을 알려준 사람 아닌가? 에포닌이 아니었다면, 어쩌면 코제트를 영영 못 만났을지도 모를 일이었다. 그런데 마리우스는 그 이후로 에포닌을 만난 적도, 생각한 적도 없었다. 물론 마리우스는 에포닌에게 고마워하고 있었지만, 그래도 그녀를 만나는 것은 아무래도 불편했다. 그래서 마리우스는 그녀를 보자 약간 당황하지 않을 수 없었다.

"아, 난 또 누구라고요, 에포닌!"

"또 존댓말을 쓰시네요? 내가 그렇게 거북한가요?"

"아니, 그럴 리가……."

물론 마리우스가 에포닌에게 나쁜 감정이 있을 까닭은 없었다. 다만 코제트와 연인 사이가 된 지금, 에포닌과는 거리를 둬야 할 것 같았다.

마리우스가 머뭇거리다 입을 다물자 에포닌이 소리 높여 그를 불렀다.

"마리우스 씨!"

그러나 에포닌은 갑자기 입을 닫아버렸다. 마땅히 할 말이 생각나지 않은 것 같았다. 그처럼 뻔뻔스럽던 예전과는 전혀 다른 모습이었다. 애써 웃으려고 했으나 그마저 잘 되지 않았다.

"저어……."

에포닌은 머뭇거리기만 하다가 끝내 눈을 내리깔고 말았다.

"안녕히 가세요."

에포닌은 서둘러 인사하고 자리를 떠났다.

공교롭게도 마리우스는 다음 날에도 에포닌을 만났다. 저녁때 코제트를 만나러 서둘러 걸어가고 있는데, 마리우스 쪽으로 걸어오고 있는 에포닌이 보였다. 연이틀 마주쳤으니 우연치고는 대단한 우연인 셈이었다. 마리우스는 에포닌을 다시 보기가 부담스러워 행여라도 그녀와 눈이 마주칠세라 재빨리 돌아서서 다른 길로 걸음을 재촉했다. 따라서 에포닌이 마리우스를 발견했을 때는 굳이 쫓아가서 아는 체하기에도 늦은 상황이었다. 에포닌은 마리우스를 보는 것만으로 만족하고 그의 앞에 나서지 않기로 마음먹었다. 대신 에포닌은 그의 뒤를 따라갔다.

코제트의 정원 앞에 도착했을 때까지도 마리우스는 에포닌이 뒤따라오고 있다는 것을 전혀 모르고 있었다. 마리우스는 정원 철책

가운데 쇠창살 하나를 뽑아내고 슬그머니 안으로 들어갔다. 그 모습을 보고 에포닌이 중얼거렸다.

"저런! 안으로 들어가네!"

에포닌은 다가가 철책들을 일일이 만져보고, 곧바로 마리우스가 뽑았던 쇠창살을 찾아냈다. 그리고 침울한 어조로 중얼거렸다.

"아, 이러면 안 되는데……."

에포닌은 철책 아래에 쪼그려 앉았다. 그곳은 바로 옆 담장과 맞닿은 곳이었다. 또 그곳은 에포닌이 숨어 있기에 적당한 어두운 그늘이었다.

에포닌은 철책 밑에서 한 시간 동안이나 쪼그려 앉은 채 깊은 생각에 빠졌다. 그러는 사이 이슥한 밤이 되자 어딘가에서 인기척이 들렸다.

남자들이 어둠을 틈타 철책 쪽으로 살금살금 다가오고 있었다. 그들은 흡사 비밀 정찰대처럼 조용하고도 민첩하게 움직였다. 모두 6명이었다.

가장 먼저 철책 앞에 도착한 남자가 걸음을 멈추고 일행들을 기다렸다. 곧이어 나머지 남자들이 도착했다. 6명은 한곳에 모여 수군거리기 시작했다. 그들 중 하나가 말했다.

"마당에 개가 있나?"

"그건 모르겠어. 하지만 만일을 위해 개밥 한 덩이 갖고 왔어."

"유리 깰 때 쓰는 접착제도 가져왔나?"

221

"물론이지."

"철책이 많이 녹슬었네."

한 남자가 복화술로 말했다.

"그거 잘됐군. 톱질을 해도 소리가 안 나겠어. 자르기도 훨씬 쉬울 테고."

두 번째로 도착한 남자가 말했다.

그때까지 한 마디도 벙끗하지 않던 남자가 한 시간 전 에포닌이 했던 것처럼 쇠창살을 하나씩 쥐고 흔들어보았다. 급기야 마리우스가 뽑았던 쇠창살이 있는 지점에 이르렀다. 남자가 그 쇠창살을 잡으려는 순간, 갑자기 어둠 속에서 손 하나가 불쑥 튀어나와 남자의 손을 슬쩍 건드렸다. 남자는 멈칫하더니 뒤쪽의 일행들에게 말했다.

"개가 있는데!"

남자가 고개를 다시 철책 쪽으로 돌리자 그의 눈앞에 개는 없고, 한 여자가 서 있었다. 남자는 깜짝 놀라 헉 소리를 토해냈다. 그리고 공포에 질린 얼굴로 뒷걸음질치며 중얼거렸다.

"이건 또 뭐야?"

"당신 딸이잖아요!"

"아니, 이런 당돌한 계집을 봤나?"

남자는 테나르디에였고, 계집은 에포닌이었다.

테나르디에!

테나르디에라면 지금쯤 감옥에 있어야 할 위인 아닌가! 그런데 그가 지금 바깥세상에서 버젓이 강도짓을 하고 있지 않은가! 독자들도 잘 알다시피 그는 장 발장을 협박해 돈을 뜯어내려다 자베르에게 현행범으로 체포되어 그의 아내는 물론 다른 공범들과 함께 감옥에 들어갔다. 그런데 그때 중대한 사건 하나가 발생했다. 공범 가운데 하나가 요행히 경찰의 눈을 피해 도망친 것이었다. 사건은 거기서 멈추지 않았다. 그 탈주범은 테나르디에 일당이 교도소에 수감되어 있는 동안에도 그들과 은밀하게 내통하여 함께 탈주 계획을 세웠고 급기야 성공했다. 테나르디에 일당은 탈옥 후 또 다른 범죄를 모색하던 중 장 발장의 집을 털기로 한 것이다. 장 발장이 또다시 그들의 범죄 대상이 된 것은 지극히 우연하고도 운명적인 일이었다. 테나르디에 일당은 그들이 털기로 결정한 그 집이 다름 아닌 장 발장의 집이라는 사실을 전혀 모르고 있었다. 여기서 중요한 사실은 그 집이 코제트와 장 발장의 집이라는 것을 에포닌은 일찌감치 알고 있었다는 사실이다. 테나르디에 일당은 에포닌과 또 다른 정보원 하나를 시켜 털 만한 대상을 물색했는데, 에포닌이 나중에 그곳이 다름 아닌 코제트의 집이라는 사실을 알게 된 것이었다. 에포닌이 마리우스에게 코제트의 집을 알려줄 수 있었던 데도 바로 그런 연유가 있었다. 또한 독자들도 기억하다시피 에포닌은 마리우스의 간곡한 부탁대로 코제트의 집을 테나르디에한테 일러주지 않았다. 그런데 바로 위에서 언급한 또 다른 정보원이 장 발장의 집을 '털기 좋은 집'으로 테나르디에 일당에게 보고했다. 그래서 지금 이 순간, 에포닌은 마리우스가 들어가 있는 코제트의 집 앞에서 테나르디에 일당과 맞닥뜨린 것이다.

에포닌을 알아본 다른 다섯 남자들이 그녀에게 다가왔다. 그들은 클라크수, 괼메르, 바베, 몽파르나스, 브뤼종이었다.

"너 여기서 뭘 하고 있는 거야? 대체 뭐 하자는 거지? 너 미쳤냐?"

테나르디에가 소리를 죽이고 윽박질렀다.

"훼방 놓으려고 그러냐?"

에포닌은 까르르 웃으면서 테나르디에의 목을 두 팔로 휘감았다.

"난 그냥 여기 있게 돼서 있는 거라고요, 아버지. 아버지야말로 어떻게 여기 계세요? 여기는 아무것도 없어요. 그나저나 키스해주세요, 아빠. 밖으로 나오셨네요? 오랜만이에요. 그런데 여긴 뭐하러 오셨어요?"

테나르디에는 에포닌의 팔을 뿌리치고 빈정거렸다.

"내가 아직까지 거기 처박혀 있을 거라고 생각했냐? 어서 비켜!"

에포닌은 비키기는커녕 더욱 달라붙었다.

"아버지, 도대체 어떻게 된 거예요? 거기서 도망 나오시다니 역시 천재시라니까. 어떻게 나오셨는지 말해주세요. 아, 그리고 어머니는 어떻게 되셨어요? 지금 어디 계세요, 어머니는?"

테나르디에는 서둘러 얼버무렸다.

"잘 있고말고. 아무튼 이제 이거 놔라. 저리 비키래도!"

"천만의 말씀! 내가 비킬 것 같아요?"

에포닌은 버릇없는 아이처럼 떼를 썼다.

"몇 달 만에 만난 딸한테 기껏 한다는 말이 어서 비키라니요?"

에포닌은 또다시 테나르디에의 목덜미를 끌어안고 바짝 매달렸다.

"지금 뭐 하는 거냐? 어서 떨어지지 못해?"

바베가 보다 못해 윽박질렀다.

"시간이 없단 말야!"

괼메르가 하소연했다.

그리고 복화술 목소리가 노래를 흥얼거렸다.

　　오늘은 설날도 아닌데

　　엄마 아빠한테 뽀뽀가 웬 말인가.

에포닌은 5명의 악당들을 향해 돌아섰다.

"어머나, 아저씨들. 안녕하세요?"

"그래, 인사는 그만하고 어서 비켜. 방해하지 말고."

테나르디에가 말했다.

"우린 여기서 할 일이 있어."

바베가 말했다.

"이봐요, 아저씨들, 나도 아저씨들이랑 같은 편이잖아요. 같은 편을 안 믿으면 어떡해요? 난 우리 아버지 딸이에요. 더구나 이 집을 맨 처음 찾아낸 게 나잖아요?"

에포닌은 시종일관 속삭이듯 말했다.

지금과 같은 상황에서는 당연히 강도만이 아는 은어를 사용해야 하는데, 에포닌은 그런 조심성 따위는 일찌감치 잊어버린 듯 보통 말을 쏟아내고 있었다.

"내가 바보예요? 내 말이라면 무조건 믿었잖아요? 이 집은 내가 가장 잘 알아요. 샅샅이 조사했다고요. 이 집은 영양가가 하나도 없어요. 그런데 뭐하러 위험한 짓을 하려고 해요?"

"여긴 여자들만 사는 집이잖아?"

필메르가 말했다.

"천만에요. 모두 이사 갔어요."

"그럼 촛불만 이사를 안 간 모양이구나."

바베가 지붕 밑 다락방에서 이리저리 움직이는 불빛을 가리키면서 이기죽거렸다. 그 불빛은 투생이 일하느라 켜놓은 것이었다.

"여기는 찢어지게 가난한 집이란 말이에요."

에포닌이 또다시 우겨댔다.

"냉큼 비키지 못해? 그런지 안 그런지는 우리가 들어가 보고 가르쳐주지."

테나르디에가 참다못해 버럭 소리쳤다.

그러고는 에포닌을 우악스럽게 밀쳤다.

에포닌이 비틀거리며 사정하듯 말했다.

"들어가지 마세요, 제발!"

테나르디에가 신경질적으로 내뱉었다.

"입 닥치고 저리 비켜! 남자들 일에 끼어들지 마!"

"이 집에 그렇게 들어가고 싶어요? 꼭 들어가야겠어요?"

"그래! 어서 비켜!"

테나르디에의 말이 끝나기도 전에 에포닌은 재빨리 문을 가로막고 악당들을 향해 날카롭게 쏘아붙였다.

"좋아, 그렇다면 맘대로 해보시지. 내가 순순히 물러날 것 같아?"

악당들은 잠시 어리둥절한 표정으로 서로를 바라보았다. 그 틈을 놓치지 않고 에포닌이 다시 말했다.

"내 말 똑똑히 들어요. 마음대로 안 될걸! 미리 말해두겠는데, 이 안으로 들어가기만 하면 내가 가만있을 줄 알고? 여기 담벼락에 손끝 하나만 대도 내가 여기 사람들 죄다 깨워놓을 테니까. 물러서요, 소리 지르기 전에! 소리 지를까요? 문을 두드릴까요? 아님 경찰을 부를까요?"

"저게 미쳤나? 너 정말 이럴 거냐?"

테나르디에가 나지막이 말했다.

에포닌이 머리를 흔들며 말했다.

"맨 먼저 아버지부터 잡아가게 할 거예요!"

테나르디에가 에포닌에게 다가서려 하자 그녀가 소리쳤다.

"가까이 오지 마세요!"

테나르디에는 투덜거리면서 뒤로 물러났다. 그리고 마지막인 듯

다시 한번 딸에게 물었다.

"너 도대체 왜 그러는 거냐?"

에포닌이 여전히 물러날 기색이 없자 테나르디에는 고개를 떨구며 내뱉었다.

"개 같은 년!"

그러자 에포닌이 발작적으로 웃으며 뇌까렸다.

"들어가고 싶으면 들어가 봐! 내가 어떻게 하는지 보여줄 테니. 난 개 같은 년이 아니고 늑대 같은 년이에요. 당신들은 남자고, 6명이나 된다? 그게 어쨌단 말이야? 내가 졸았을 거 같아? 한 발짝도 못 들어갈걸! 들어가기만 해봐! 컹컹 짖어댈 테니까! 아까 말했죠? 개가 있다고. 그게 바로 나라고. 좋게 말할 때 돌아가요. 성가시게 굴지 말고. 어디든 딴 데로 가라고요. 하지만 여기는 절대 안 돼! 내가 용서 못 해! 해볼 테면 해보시든가!"

에포닌은 악당들 앞으로 한 걸음 다가서며 미친 듯이 웃다가 다시 뇌까리기 시작했다.

"이젠 무서울 것 하나 없어! 어차피 여름 되면 굶주리고, 겨울 되면 벌벌 떨 텐데. 어디 한두 번 그래? 정말 웃기네. 이 남자들 꼬락서니하고는, 참! 계집애니까 겁먹을 줄 알았어? 무서워서 떤다고? 천만의 말씀! 소리 지르면 벌벌 떠는 계집들하고만 살았으니 뭘 제대로 알겠어? 난 눈에 뵈는 게 없는 계집이다, 이거야!"

에포닌은 테나르디에를 똑바로 쏘아보며 덧붙였다.

"아버지도 무섭지 않아요!"

에포닌은 아버지에게 또 뭐라고 말하려다 말을 멈췄다. 갑자기 마른기침이 터지면서 종잇장 같은 가슴에서 쌕쌕거리는 소리가 새어 나왔던 것이다. 기침이 멎자 그녀는 두어 번 숨을 크게 들이쉰 다음 다시 말했다.

"내가 소리 지르면 동네 사람들 죄 몰려올걸. 그때는 6명 갖고 어림도 없지!"

테나르디에가 조심스럽게 에포닌 옆으로 다가갔다. 그러자 에포닌이 소리쳤다.

"가까이 오지 말라고요!"

테나르디에는 걸음을 멈추고 짐짓 부드러운 목소리로 말했다.

"그래, 알았다. 안 할 테니까 그렇게 소리 지르지 마라. 그런데 하나만 묻자. 대체 왜 그러니? 왜 우리 일을 못 하게 하는 거니? 우리도 먹고살아야 될 거 아니냐? 이 불쌍한 아비한테 그렇게 독하게 굴어야 쓰겠니?"

"이제 그만하세요. 그런 소리 지긋지긋해요."

에포닌이 울먹이며 소리쳤다.

"우리도 살아야 되잖니? 어떻게든 먹고살아야 될 거 아니냐?"

"그렇게 사느니 차라리 죽는 게 나아요."

에포닌은 철책 아래 주춧돌에 쪼그려 앉더니 노래를 흥얼거리기 시작했다.

포동포동하던 내 팔,

날씬하던 내 다리,

아, 옛날이여!

에포닌은 팔꿈치는 무릎에 대고, 두 손으로 턱을 괴고, 다리를 건들거리면서 계속 흥얼거렸다. 가로등 불빛이 그녀를 비췄다. 너덜너덜하고 잔뜩 늘어난 옷 사이로 비쩍 마른 쇄골이 고스란히 드러났다.

급기야 악당들은 이러지도 저러지도 못하고 저희끼리 이마를 맞대고 수군대기 시작했다. 에포닌은 여전히 다리를 흔들면서 악당들을 쏘아보았다.

"저 계집애한테 무슨 일이 있는 것 같아. 어떤 개자식한테 홀딱 반했나? 잘못 건드렸다가는 성가시게 생겼어. 그래도 그냥 물러나기는 좀 섭섭한데. 여자 둘만 살고 뒤쪽 별채에 영감탱이 하나 사는 모양이던데. 저것 봐. 커튼도 그렇게 싸구려는 아니야. 그 영감탱이는 분명 유대인일 거야. 아깝다, 아까워. 꽤 짭짤할 텐데 말이야."

바베가 말했다.

"좋아, 그럼 자네들이 들어가. 난 저 계집이랑 여기 있을 테니까. 저년이 말썽 피우면 그냥 확……."

몽파르나스가 말했다. 그가 옷소매 속에서 꺼낸 칼이 가로등 불빛에 번쩍거렸다. 테나르디에는 끽소리도 하지 않았고 다른 악당들은 자기들 말만 하고 있었다.

이번 건의 주모자일 뿐 아니라 악당들 가운데 발언권이 가장 센 브뤼종은 예기치 못한 소동을 겪으면서도 지금까지 한 번도 입을 열지 않았다. 그는 뭔가 곰곰이 따져보고 있는 것 같았다. 그는 어떤 경우에도 물러서는 법이 없었다. 한번은 경찰서를 약탈한 것으로도 유명했다.

바베가 그에게 물었다.

"자네 생각은 어떤가?"

브뤼종은 한동안 아무 말 없더니 고개를 갸웃거리고 나서 마침내 결심한 듯 소리 높여 말했다.

"오늘 아침에 참새 두 마리가 싸우는 걸 봤는데, 지금은 또 계집 년이 싸우자고 덤벼드네. 오늘은 아무래도 재수 없는 날인가 봐. 그냥 돌아가자고."

브뤼종의 결정에 아무도 이의를 달지 않았다.

몽파르나스가 중얼거렸다.

"말리지만 않는다면 저년을 그냥 확 목 졸라 죽여버리는 건데!"

바베가 그의 말을 받았다.

"난 절대 계집들한테는 손 안 댄다고. 재수가 없거든."

악당들은 길모퉁이 쪽으로 가면서 기묘한 말들을 주고받았다.

"오늘 밤은 어디서 자지?"

"파리 아래쪽."

"철책 열쇠는 가지고 있나, 테나르디에?"

"물론이지."

악당들은 왔던 길을 되돌아갔다. 에포닌은 그들의 뒷모습을 지켜보다가 몰래 뒤를 밟았다. 악당들은 큰길에 이르자 뿔뿔이 흩어졌다. 그들이 사라진 것을 확인하고 나서야 에포닌의 미행이 끝났다.

*

정원 밖에서 한 차례 소동이 일어나고, 악당들이 물러갈 때까지 마리우스는 코제트와 함께 있었다.

밤하늘에는 별이 총총했고, 정원에서는 밤바람에 나뭇가지들이 조용히 흔들리고, 꽃향기며, 풀 냄새가 진하게 풍겼다. 마리우스는 더없이 행복하고 황홀했다. 하지만 코제트는 슬픔에 잠겨 있었다. 심상찮은 낌새를 느낀 마리우스가 그녀의 안색을 살폈다. 코제트는 울고 있었다. 자세히 보니 어느새 눈이 빨갛게 충혈되어 있었다.

마리우스가 놀라고 당황하여 물었다.

"무슨 일이야?"

"어떻게 말해야 할지……."

쉽게 입을 열지 못하는 것으로 보아 무슨 심각한 일이 있는 게 분명했다. 마리우스는 바짝 긴장했다.

"오늘 아침에 아버지가 떠날 준비를 하라고 하셨어요. 일이 생겨서 곧 어디론가 멀리 떠날 거래요."

마리우스는 온몸이 떨렸다.

인생을 다 산 사람에게 있어 죽음은 떠남을 의미한다. 하지만 인생을 아직 덜 산 사람에게 있어 떠남은 곧 죽음을 의미한다.

마리우스는 퍼뜩 꿈에서 깨어났다. 사실, 코제트를 만난 이래 마리우스는 줄곧 현실을 잊고 지내왔다. 그런데 지금 '떠난다'는 한마디에 그는 비로소 냉혹한 현실로 돌아왔다.

마리우스는 한동안 아무 말도 할 수 없었다. 코제트는 잡고 있던 그의 손이 차갑게 식는 것을 느꼈다. 그녀가 말했다.

"왜 그래요?"

마리우스가 뭐라고 대답했으나, 그 소리가 너무 작아 알아들을 수 없었다. 그가 말했다.

"무슨 말인지 통 모르겠어."

코제트가 설명했다.

"오늘 아침에 아버지가 곧 짐을 챙겨서 떠나야 한다고 말씀하셨어요. 내 걸로 큰 가방 하나와 아버지 걸로 작은 가방 하나면 된대요……. 일주일 안으로 준비해서 영국으로 떠난대요."

"어떻게 그럴 수가!"

마리우스가 소리쳤다. 그리고 낙담한 목소리로 물었다.

"언제?"

"아직 정확한 날짜는 말씀 안 하셨어요."

"그럼 언제 돌아온다는 거야?"

"그것도 말씀 안 하셨어요."

마리우스가 벌떡 일어나 다그치듯 물었다.

"코제트, 당신도 갈 거야?"

코제트는 근심 어린 눈으로 마리우스를 쳐다보며 되물었다.

"어딜 말이에요?"

"영국 말이야. 당신도 갈 거요?"

"왜 갑자기 존대하세요?"

"당신도 가냐고 묻잖소?"

"그럼 나더러 어쩌란 말이에요?"

코제트가 두 손을 맞잡고 말했다.

"그럼 당신도 가겠단 말이오?"

"아버지가 가셔야 하면……."

코제트는 아무 말 없이 마리우스의 손을 잡았다.

"좋아, 그럼 나도 다른 곳으로 떠나겠소."

마리우스가 소리쳤다.

코제트는 이 말을 머리로 이해했다기보다 가슴으로 느꼈다. 그녀의 얼굴이 갑자기 창백해지더니 어둠 속에서 하얗게 도드라졌다. 그녀는 더듬거리며 말했다.

"그게 무슨 말이에요?"

코제트를 쳐다보던 마리우스는 고개를 들어 하늘을 바라보며 대답했다.

"아무것도 아니오."

마리우스가 눈길을 내려뜨리자 코제트가 살짝 미소 지었다. 어찌 됐든 사랑하는 여자의 미소는 어둠 속 광명과도 같은 것!

"우린 정말 바보들이에요. 좋은 생각이 났어요."

"무슨?"

"당신도 같이 가는 거예요. 아버지와 내가 출발하면 바로 목적지를 알려드릴게요. 그럼 거기로 오시면 되잖아요."

마리우스는 퍼뜩 정신이 들었다. 그는 이제 현실로 돌아왔다. 그는 코제트에게 소리쳤다.

"같이 떠나자고? 제정신으로 하는 말이야? 그러자면 돈이 있어야 하는데, 난 수중에 한 푼도 없어. 영국으로 간다고? 난 지금 2백 프랑도 더 되는 빚까지 있어. 게다가 이놈의 다 떨어진 모자는 3프랑도 안 되고, 윗옷은 단추가 죄 떨어졌고, 너덜너덜한 셔츠는 팔꿈치가 다 해지고, 구두는 또 어떤 줄 알아? 물이 스며든단 말이야. 그리고 아직 당신한테 말하지 않았지만, 나는 그야말로 가난하고 보잘것없는 인간이야. 당신이 나를 보고, 나를 사랑하는 것은 깜깜한 밤이야. 당신이 환한 대낮에 나를 본다면, 아마 거지인 줄 알고 1수짜리 동전을 던져줄 거야. 같이 영국에 간다고? 그건 말도 안 돼. 지금 난 여권 만들 돈도 없어."

마리우스는 나무에 기대서서 두 손으로 머리를 감싸 쥔 채 꼼짝

도 하지 않았다. 그는 오랫동안 그렇게 서 있었다. 누구든 깊은 절
망에 빠지면 금세 헤어날 수 없는 법!

잠시 후 마리우스는 코제트를 향해 돌아섰다. 그의 뒤에서 숨 막
힐 듯 가냘프고도 나지막한 소리가 들려왔기 때문이다. 코제트가
흐느껴 울고 있었다.

마리우스는 코제트에게 다가가 무릎을 꿇었다. 그리고 드레스 밑
으로 나온 그녀의 발끝을 어루만지며 입을 맞췄다. 코제트는 아무
말 없이 그가 하는 대로 가만히 있었다.

"울지 마."

마리우스가 속삭였다.

코제트가 여전히 울먹이며 중얼거렸다.

"난 가야 하는데, 당신은 못 온다니!"

마리우스가 고개를 들어 물었다.

"나를 사랑해?"

"진심으로 당신을 사랑해요!"

흐느끼며 말하는 그녀의 목소리는 가장 매혹적인 천국의 속삭임
같았다.

마리우스가 애정이 가득 담긴 목소리로 다독였다.

"울지 마. 눈물을 거둬, 나를 위해서라도."

"당신도 나를 사랑하나요?"

코제트가 물었다.

마리우스는 그녀의 손을 잡았다.

"코제트, 난 여지껏 누구에게도 맹세 같은 건 해본 적이 없어. 두려웠기 때문이지. 난 지금까지 아버지를 생각하며 살아왔어. 그러나 지금 당신에게 가장 신성한 맹세를 하겠어. 당신이 떠나면 나는 죽을 거라고."

마리우스의 맹세는 엄숙하고도 장렬했다. 코제트는 자기도 모르게 몸을 떨었다. 마리우스의 그 애통한 진심에 감동한 코제트는 울음을 그쳤다. 마리우스가 뭔가 결심한 듯 말했다.

"이렇게 하겠어. 일단 모레까지 기다려."

"무슨 말이에요?"

"곧 알게 될 거야."

"그럴 수 없어요, 내일 못 만나는 건."

"일생을 위한 일이니 하루만 참아."

마리우스는 목소리를 낮춰 중얼거렸다.

"습관을 절대 바꿀 양반도 아니고, 또 밤이 아니면 누구도 만나지 않는 양반이니까……."

"지금 누구 얘기를 하는 거예요?"

코제트가 물었다.

"아무것도 아니야."

"무슨 방법이라도 있어요?"

"하여튼 모레까지 기다려줘."

"꼭 그렇게 해야 해요?"

"그래, 코제트."

코제트는 발꿈치를 들어 두 손으로 마리우스의 머리를 감싸고 희망을 찾는 듯 그의 두 눈을 뚫어지게 바라보았다.

마리우스가 다시 말했다.

"아, 그래, 당신에게 내가 사는 집 주소를 가르쳐줘야겠군. 무슨 일이 생길지 모르니까. 내가 있는 곳은 쿠르페락이라는 친구의 집이야. 베르리 거리 16번지."

마리우스는 주머니칼을 꺼내 담장 벽토에 '베르리 거리, 16'이라고 새겼다. 코제트는 잠자코 그를 바라보았다.

"말해줘요, 어떻게 할 건지. 말해주지 않으면 난 오늘 밤 한숨도 못 잘 거예요."

"내 생각은 이거야. 하느님은 절대 우리를 갈라놓지 않으실 거라는 거. 아무 말 말고 모레까지 기다려줘."

"그럼 난 그때까지 뭘 하고 있어야 하죠? 당신은 어디든 나갈 수 있고, 아무 데나 돌아다닐 수 있지만, 나는……. 남자들이란 정말 편한 존재예요. 난 돌아다니지도 못하고 하루 종일 여기 있어야 해요. 생각만 해도 쓸쓸해요. 그럼 내일 저녁에는 뭘 할 생각이에요?"

코제트가 물었다.

"중요한 볼일이 있어."

"알았어요. 나는 그저 일이 잘되기를 하느님께 빌고, 당신 생각만

할게요. 그래요, 이제 아무것도 묻지 않을게요. 하지만 모레 일찍 와야 해요. 저녁 9시 정각에 와야 해요. 아, 낮이 너무 길어요. 난 9시 전부터 정원에 나와 있을게요."

"꼭 그렇게 할게."

두 사람은 누가 먼저랄 것도 없이 서로 부둥켜안았고, 고통 속에서도 벅찬 감정에 눈물을 흘렸다.

마리우스가 정원을 나섰을 때 거리에는 사람 그림자도 보이지 않았다. 마침 에포닌이 악당들을 뒤쫓아 큰길까지 나간 직후였다.

코제트가 함께 영국으로 가자고 했을 때 마리우스는 답답하고 막막하기 그지없었다. 그러나 그 와중에도 그는 나름대로 어떤 차선책이라도 찾으려고 안간힘을 썼다. 그런 끝에 한 가지 방안을 생각해내기는 했지만, 사실 그것은 자기가 생각하기에도 얼토당토않은 것이었다. 그러나 그는 그것이라도 일단 실행에 옮겨보리라 마음먹었다. 물에 빠진 사람이 지푸라기라도 잡으려는 심정이었다.

33. 괴팍한 사랑

　당시 질노르망 노인은 아흔한 살을 넘어섰다. 그는 여전히 큰딸과 함께 피유 뒤 칼베르 거리 6번지의 오래된 집에서 살고 있었다. 독자들도 기억하듯이 그는 죽음을 앞둔 나이에도 여전히 고집스럽고, 강직하고, 슬픔에도 굴하지 않는 그런 노인이었다. 그러나 그도 이제는 많이 변해 있었다.

　"아버지도 이젠 많이 약해지셨어!"

　질노르망 양은 종종 이렇게 말하곤 했다. 여간해서는 기죽는 법이 없고, 오만할 정도로 자신만만한 그였지만, 사실 그의 마음은 예전과 달리 많이 약해져 있었다.

　노인은 5년여 동안 마리우스가 돌아올 거라고 확신했다.

　'꼬장꼬장한 그놈이 언젠가는 대문을 두드리며 제 발로 들어올 것이다!'

　그는 이렇게 믿으며 손자를 기다렸다. 그러나 마리우스가 생각보다 쉽사리 돌아오지 않자 그는 침울한 가운데 초조했다.

'마리우스가 나를 영원히 기다리게 하면 어쩌나?'

그로서는 자신이 곧 죽을 나이라는 사실보다 마리우스를 끝내 만나지 못할까 봐 더더욱 견딜 수 없었다. 그렇다고 해서 자신이 직접 찾아갈 수도 없는 노릇이었다. 그것은 도저히 용납할 수 없는 일이었다. 그는 이렇게 중얼거리곤 했다.

"그러느니 차라리 죽는 게 낫지."

자신이 잘못했다고 생각하지 않았지만, 마리우스를 생각할 때마다 생의 막바지에 이른 늙은 노인은 깊은 애정과 절망을 느꼈다.

급기야 그는 이도 빠지기 시작했는데 그것이 그를 더욱 슬프게 했다.

질노르망 씨의 방 침대맡에는 초상화가 하나 걸려 있었다. 오래전 세상을 떠난 둘째딸 퐁메르시 부인의 초상화인데, 아침에 눈뜨면 맨 먼저 볼 수 있도록 침대맡에 걸어놓은 것이었다. 어느 날 그는 초상화를 보다가 문득 중얼거렸다.

"꼭 닮았어."

"동생이랑 말씀이죠? 맞아요, 꼭 닮았어요."

질노르망 양이 말했다.

그러자 노인이 덧붙였다.

"그놈하고도."

한번은 딸이 침울하게 앉아 있는 질노르망 씨를 보고 물었다.

"아버지, 아직도 그 아이를 원망하고 계세요?"

그녀는 더 이상 말하지 못하고 입을 다물었다.

"누구 말이냐?"

질노르망 씨가 물었다.

"불쌍한 마리우스 말이에요."

질노르망 씨는 주름진 얼굴을 쳐들더니 주름투성이 손으로 탁자를 내려칠 것처럼 화를 내며 떨리는 목소리로 소리쳤다.

"마리우스가 불쌍하다고! 그놈은 나쁜 놈이야. 악질이야. 건방지고, 뻔뻔하고, 인정머리 없고, 피도 눈물도 없는 놈. 자기만 아는 못된 놈!"

그는 버럭 소리 지르고는 눈물을 보이지 않으려고 고개를 돌렸다. 그리고 사흘 뒤 4시간 동안 줄곧 입을 다물고 있던 그가 느닷없이 딸에게 말했다.

"내 분명히 그놈 얘기는 두 번 다시 하지 말라고 했을 텐데!"

이 말을 듣고 질노르망 양은 더 이상 마리우스와 아버지의 관계에 미련을 갖지 않으리라 다짐하고 이렇게 결론 내렸다.

'그래 맞아! 아버지는 동생이 어리석은 짓을 저질렀을 때부터 이미 마음을 접었고, 그래서 그 아들인 마리우스까지 미워하는 게 틀림없어.'

'어리석은 짓'은 물론 동생이 퐁메르시 대령과 결혼한 것이었다.

*

어느 날 밤, 질노르망 씨는 하릴없이 혼자 난롯불을 쬐고 있었고, 질노르망 양은 자기 방에서 바느질을 하고 있을 때였다. 6월 4일이었는데도 노인은 난롯불을 벌겋게 피워놓고 있었다. 늘 그렇기는 했지만 질노르망 씨는 그날따라 마리우스를 생각할수록 더욱 괴로웠다. 그의 격한 애정은 결국 초조함과 괴로움을 이기지 못해 분노로 변하곤 했다. 이제 마리우스가 돌아올 가능성이 전혀 없어 보였던 것이다.

'돌아올 생각이면 진작에 왔겠지. 단념하는 수밖에. 이제 다 끝났다. 영영 그놈을 못 보고 죽겠지. 까짓것 그깟 놈 못 보면 어때? 그래 나도 잊어버리면 그만이야……. 그런데 이놈이 진짜 안 오려나? 그래, 그놈은 안 올지도 몰라……'

그가 초조함과 괴로움과 분노 사이를 오락가락하고 있을 때, 나이 든 하인 바스크가 들어왔다.

"나리, 어떤 분이 찾아왔다는데요. 퐁메르시 씨인지……."

순간, 노인은 얼굴이 하얗게 질리더니 마치 감전이라도 된 것처럼 온몸을 부르르 떨며 자리에서 벌떡 일어섰다. 노인은 온몸의 피가 한꺼번에 솟구치는 느낌이었다. 그는 너무 흥분한 나머지 말을 더듬기까지 했다.

"누, 누구? 퐁메르시라고?"

바스크는 주인이 크게 놀라자 덩달아 깜짝 놀라 당황했다.

"잘 모르겠습니다. 제가 직접 만난 게 아니라서. 아무튼 니콜레트가 그렇게 말했습니다."

질노르망 노인이 나직이 말했다.

"들여보내라고 해."

질노르망 노인은 여전히 같은 자세로 머리를 흔들며 눈도 깜짝하지 않고 문 쪽을 쳐다보았다. 곧이어 문이 열리고 한 청년이 들어왔다. 마리우스였다.

그는 문 앞에 멈춰 섰다. 들어오라는 말을 기다리는 눈치였다.

그는 초라하기 짝이 없는 차림새였지만, 마침 램프 갓 그늘에 가려 노인의 눈에는 그의 모습이 잘 보이지 않았다. 다만 침착하고 진지한, 동시에 기묘하게 슬퍼 보이는 얼굴만이 흐릿하게 드러날 뿐이었다.

질노르망 노인은 기쁘고도 놀란 나머지 정신이 멍했다. 처음에는 마치 귀신이라도 본 듯 한동안 환한 불빛만 보일 뿐이었다. 그는 정신을 잃을 뻔하기도 했다. 이윽고 마리우스의 모습이 뚜렷이 보였다. 마리우스가 틀림없었다. 노인은 마음속으로 중얼거렸다.

'드디어! 5년여 만에!'

그동안 세월이 흘러 마리우스의 모습이 많이 변하기는 했지만, 노인은 한눈에 그를 알아보고도 남았다. 그리고 손자가 무척이나 고상하고, 기품 있고, 호감 가는 청년이 되었다고 느꼈다.

질노르망 노인은 마음 같아서는 당장이라도 두 팔을 활짝 벌리고 마리우스의 이름을 부르며 달려가고 싶었다. 마음만은 기쁨에 떨렸고, 다정한 말이 넘쳐흐를 것 같았다. 하지만 언제나 속마음과는 다르게 말하는 고약한 버릇 때문에 그의 입 밖으로 튀어나온 말은 냉랭하기 그지없었다.

"여긴 뭐하러 왔느냐?"

마리우스는 민망하고 당황스러웠다. 하지만 그 기분을 애써 숨기고 입을 떼었다.

"어르신······."

질노르망 씨는 마리우스가 먼저 달려와 주기를 기다리고 있었다. 그러면서도 자기 역시 마리우스에게 허심탄회하게 다가서지 못하고 있었으므로 그는 우스꽝스럽게도 자기 자신과 마리우스 둘 모두에게 짜증이 났다. 스스로를 무정하다고 탓했고, 마리우스를 냉정하다고 탓했다. 그것이 괴로웠다. 속으로는 그토록 사랑하는 손자 앞에서 무뚝뚝하고 매정한 모습을 보일 수밖에 없는 자신이 참을 수 없었다. 그러자 예의 삐딱하고 괴팍한 성질이 발동한 그는 신경질적인 말투로 마리우스의 말을 가로막았다.

"그래, 여긴 왜 왔냐 말이다."

여기서 '그래'에는 '나한테 안기려고 왔지?'라는 뜻이 숨어 있었고, 따라서 이것을 질노르망 노인 식의 말로 바꾸면 '나한테 안기려고 온 게 아니면 뭐하러 왔느냐?'라는 뜻이었다. 또 이 말을 한 번 더 구구절절하게 바꾸면 '나한테 왔으면 어서 달려와 안길 것이지, 뭘 그렇게 우물쭈물하느냐, 그럴 거라면 뭐하러 찾아왔느냐, 어서 달려와 안기지 않을 거면 다시 돌아가거라!'라는 뜻이었으리라.

마리우스는 돌처럼 굳은 얼굴로 할아버지를 바라보았다.

"어르신······."

마리우스가 계속 머뭇거리자 노인은 험악한 표정으로 소리쳤다.

"나한테 용서를 빌러 왔느냐? 네 잘못을 깨달았냐 말이다."

노인은 겉으로는 매정하게 말했지만, 실은 마리우스에게 나름대로 기회를 주려고 그렇게 말한 것이었다. 그렇게 말하면 마리우스가 꺾일 것이라 생각했다. 그러나 마리우스는 노인의 기대와 달리 몸을 부르르 떨었다. 노인의 말대로 '용서를 빌러 왔고, 잘못을 깨달았다'고 한다면 그것은 자신의 아버지를 부정하는 것이나 다름없었다.

마리우스는 눈을 내리깔고 대답했다.

"아닙니다, 어르신."

"그럼?"

노인은 발끈하여 소리쳤다.

"그럼 대체 무슨 볼일이 있어 왔느냐?"

마리우스는 두 손을 움켜쥐고 한 발짝 다가가 떨리는 목소리로 말했다.

"어르신, 저를 가엾게 여겨주세요."

질노르망 씨는 이 말에 마음이 움직였다. 조금만 더 일찍 이 말을 했다면 그의 마음이 풀렸을지도 모른다. 그러나 이미 때가 늦었다.

질노르망 씨는 창백한 입술에 이마를 씰룩거리며 벌떡 일어났다. 그는 두 손으로 지팡이를 짚고 허리를 꼿꼿이 세운 채 마리우스를 내려다보며 소리쳤다.

"네놈을 불쌍히 여겨달라고? 새파랗게 젊은 놈이 아흔 넘은 노인한테 동정을 구걸하는 거냐! 넌 지금 한창 인생으로 들어가는 길목에 있고, 나는 인생에서 나오는 길목에 있다. 공연장이건, 무도회장이건, 당구장이건 네 마음대로 들락거릴 수 있다. 재능도 있고, 여자깨나 따르는 잘난 놈이다. 그런데 나는 어떠냐? 이렇게 여름에도 난롯불을 끼고 있어야 한다. 넌 세상 모든 것이라 할 수 있는 젊음을 가졌지만, 난 초라하고 여윈 몸뚱이와 외로움밖에 없다. 넌 이도 32개나 있고, 위장도 튼튼하고, 눈도 잘 보이고, 힘이 넘치고, 식욕도 왕성하고, 머리숱도 많고, 머리카락도 검고, 건강하고, 쾌활하다. 하지만 이제 나는 흰머리마저 죄 빠지고, 이도 빠지고, 다리는 휘청거리고, 기억도 가물가물해서 어제 일인지, 그제 일인지도 구별 못하는 꼬락서니다. 네 앞에는 햇빛 찬란한 미래가 기다리고 있지만, 난 캄캄한 구덩이 속으로 빠지기 일보직전이다. 넌 여자한테 빠져 있고, 또 여자한테 사랑받고 있겠지? 말 안 해도 뻔하지. 하지만 세상 그 누구도 나를 사랑해주지 않아. 그런데 내가 널 불쌍히 여기란 말이냐? 정말 우습구나. 희극도 그런 희극이 어딨느냐? 너 같은 변호사들이 이런 웃기는 얘기를 법정에서 한다면, 난 정말이지 진심으로 경의를 표하겠다, 변호사 양반. 정말 웃긴다, 웃겨!"

질노르망 씨는 여기까지 말하더니 잠시 숨을 고른 다음, 노기 어린 엄숙한 목소리로 다시 말했다.

"거참! 그래, 나한테 뭘 부탁하고 싶은 거냐?"

마리우스는 망설이다가 간신히 입을 열었다.

"어르신……, 역정 내실 줄 알고 있었지만, 한 가지 부탁드릴 것이 있어 찾아뵈었습니다. 말씀드리고 곧 돌아가겠습니다."

"바보 같은 놈!"

질노르망 씨는 한숨을 내쉬고 나서 다시 큰 소리로 말했다.

"누가 돌아가라고 했냐?"

이 말은 곧 '이놈아, 한 번만이라도 용서해달라고 다소곳하게 말해보렴. 그리고 내게 안겨보렴!'이라는 말을 또 질노르망 식으로 바꾼 것이었다.

질노르망 씨는 마리우스가 다시 나갈 것 같아 두려웠다. 쌀쌀맞게 대하고 거칠게 몰아붙였으니 그럴 법도 하리라 생각했다. 그러자 그는 갑자기 슬퍼졌고, 손자 앞에서 전전긍긍하고 슬퍼하는 자신이 억울하고 분해서 또다시 신경질이 나고 화가 났다. 그래서 그의 마음은 더욱 냉랭해졌다. 마리우스가 자기의 마음을 알아주기를 바랐지만, 그러지 못하는 것에 또 노인은 더더욱 섭섭하고 화가 났다.

"넌 이 할아비를 팽개치고 집을 뛰쳐나갔다. 편지 한 장 보내지 않고 너 편한 대로만 살았다. 네 이모를 슬프게 하고, 너 혼자 네 멋대로 살았다. 네 마음대로 사치를 부리고, 여기저기 돌아다니며 놀고먹었다. 네가 말 안 해도 난 다 안다. 나한테 한 마디 상의도 없이 빚을 지고 천둥벌거숭이처럼 살았어. 그리고 지금 내 앞에 버젓이 나타나 지껄인다는 소리가 고작 그거냐?"

질노르망 씨는 험악한 말로 손자의 사랑을 강요하는 꼴이었다. 할아버지의 마음을 알 길 없는 마리우스는 입을 다물고 있을 뿐이었다.

질노르망 씨는 한바탕 독설을 날리고, 팔짱을 낀 채 마리우스를 쏘아보았다. 그리고 거만하면서도 성난 목소리로 말했다.

"자, 이제 내 말은 이쯤 해두고, 그 부탁이란 게 뭐냐? 어디 한번 들어나 보자."

마리우스는 마치 막다른 길에 몰린 사람처럼 불안한 눈빛으로 말했다.

"어르신…… 결혼을 허락해주십사 하고……."

질노르망 씨는 대답은 하지 않고, 느닷없이 초인종을 눌렀다. 바스크가 문을 열자 명령했다.

"마님을 불러."

잠시 후, 문이 다시 열리고 질노르망 양이 나타났다. 그녀는 안으로 들어오지 못하고 문 앞에 서 있었다.

마리우스는 아무 말 못 하고 마치 죄인처럼 두 팔을 축 늘어뜨린 채 서 있었다. 질노르망 씨는 방 안을 시계추처럼 왔다 갔다 하다가 딸이 문을 열자 고개를 홱 돌리더니 말했다.

"거 있잖냐? 마리우스가 왔다. 결혼인가 뭔가를 한단다. 그것뿐이다. 이제 물러가거라."

질노르망 씨는 쉰 목소리로 무뚝뚝하게 딱딱 잘라 말했다. 이것은 노인이 잔뜩 화가 났을 때 나오는 말투였다. 질노르망 양은 마리우스를 보고 깜짝 놀랐을 뿐 제대로 보지도 못하고 아무 말도 못 한 채 아버지의 분부대로 얼른 물러갔다. 그 모습이 마치 노인의 입김에 떠밀려 가는 꼴이었다.

질노르망 노인은 난로를 등지고 서서 다시 말했다.

"뭐, 결혼을 한다고! 스물한 살에! 결혼은 너 혼자 정하고 허락만 받으면 된다 이거냐? 형식적으로? 그게 허락이냐? 통보지. 좋다, 그건 그렇고, 거기 앉아봐라. 네가 여기 없는 동안 혁명이 일어났다. 그래, 자코뱅 당이 이겨서 넌 좋아했겠지. 넌 남작이 된 뒤 줄곧 공화주의자 아니었느냐? 공화제가 되면 남작이라는 자리도 좀 좋아지거든. 그래, 혁명도 터졌고, 넌 뭐 훈장이라도 탔느냐? 네 동지들은 참으로 훌륭한 일들을 하더구나. 베리 공 기념비 광장에다 무슨 분수까지 세운다며? 그 김에 너도 결혼하겠다는 거냐? 누구냐? 이름을 묻는다고 실례되는 건 아니겠지?"

그는 잠시 말을 끊었다가 마리우스에게 대답할 틈도 주지 않고 비아냥거렸다.

"그래, 지위는 좀 높아지셨나? 돈도 좀 만졌고? 변호사질 해서 얼마나 벌었느냐?"

"하나도 못 벌었습니다."

마리우스는 결연한 투로 딱 잘라 대답했다.

"못 벌어? 그럼 내가 보내주는 1200프랑 갖고 연명하는 거냐?"

마리우스는 대답하지 않았다. 질노르망 씨는 계속 이기죽거렸다.

"이제, 알겠다. 부잣집 딸을 물었구나."

"그 사람은 저와 비슷한 처지입니다."

"뭐라고? 그럼, 지참금도 없단 말이냐?"

"그렇습니다."

"그럼 상속받을 건덕지라도 있느냐?"

"없을 겁니다."

"달랑 몸뚱이 하나라고! 그럼, 그 아비는 뭐 하는 사람이냐?"

"모릅니다."

"아가씨 이름은?"

"포슐르방 양입니다."

"포슐…… 뭐라고?"

"포슐르방이오."

"저런, 저런!"

노인이 혀를 찼다.

"어르신!"

참다못해 마리우스가 소리쳤다.

질노르망 씨는 혼잣말처럼 중얼거리며 마리우스의 말을 가로막

왔다.

"꼴 좋다. 스물한 살이나 돼서 직업도 없이 1년에 1200프랑 가지고 살겠다? 퐁메르시 남작 부인께서 달랑 동전 하나 들고 채소 가게에 가셔야 할 판이군."

"어르신!"

마리우스는 마지막이라 생각하고 질노르망 씨에게 간곡하게 말했다.

"제발 부탁입니다. 이렇게 두 손 모아 어르신 발밑에 엎드려 부탁드립니다. 제발 결혼을 허락해주세요!"

"하하하! 네놈은 이렇게 생각했겠지. 그 멍청한 늙다리를 한번 찾아가 보자. 스물다섯이 못 된 게 참 아쉽다. 스물다섯만 됐어도 늙은이 눈치 볼 것도 없는데. 그래도 문제될 거 없어. 늙은이는 날 보면 감지덕지할 테니. 이렇게 말해주지, 뭐. 난 결혼하겠소. 나는 구두도 없고, 그 여자는 슈미즈도 없소. 참 잘 어울리는 한 쌍이지. 나는 직업이고, 미래고, 뭐고 죄다 팽개쳐버릴 것이오. 여자나 끌어안고 가난 속으로 뛰어들 것이오. 그러니 당신도 허락해줘야 하오. 이렇게 말하면 그 고리타분한 늙은이가 승낙하겠지. 그래, 그래, 너 좋을 대로 해라. 이럴 줄 알았느냐? 하지만 어림도 없다. 절대 안 돼!"

"할아버지!"

마리우스는 간절히 호소하는 마음으로 '할아버지'라고 불렀다.

"안 돼. 내 눈에 흙이 들어가기 전에는!"

마리우스는 완전히 희망을 잃었다. 그는 힘없이 고개를 떨군 채 비틀거리며 방을 나섰다. 질노르망 씨는 마리우스를 줄곧 쳐다보다가 그가 문을 열고 나가려 하자 재빨리 뛰어가 그의 뒷덜미를 덥석 움켜잡고 방으로 끌고 들어가 의자에 앉히고 말했다.

"어디 얘기해봐!"

비록 행동은 거칠었지만 질노르망 씨가 마리우스를 방으로 데리고 들어간 것은 전에 없던 행동이었다. 이러한 변화는 마리우스의 입에서 나온 '할아버지'라는 한 마디 때문이었다. 마리우스는 어리둥절한 얼굴로 질노르망 씨를 쳐다보았다. 질노르망 씨의 변덕스런 얼굴은 어느새 호인의 얼굴이 되었다. 쌀쌀맞은 노인에서 다정한 할아버지로 변해 있었다.

"어서 말해보렴. 네 연애 얘기 좀 들어보자. 무슨 말이라도 좋으니 다 털어놔 보거라! 나 원, 젊은 놈이란 할 수 없군!"

"할아버지!"

마리우스가 다시 입을 열었다.

노인의 얼굴에 밝은 빛이 살짝 비쳤다.

"그래, 좋아. 나를 할아버지라 부르렴!"

마리우스는 질노르망 씨가 무뚝뚝하면서도 다정하고 허물없이 대하는 것을 보고 마음이 한결 밝아졌다. 그러나 그런 할아버지의 모습이 너무나 급작스럽고도 생소해서 한편으로는 얼떨떨했다.

마리우스가 탁자 옆에 앉았을 때, 질노르망 씨는 그의 다 떨어진 옷을 보고 깜짝 놀랐다.

"저, 할아버지……."

질노르망 씨는 마리우스의 말을 가로막았다.

"아니, 얘야. 넌 정말 한 푼도 없는 게로구나. 도둑놈 같은 꼬락서
니를 보니."

질노르망 씨는 서랍에서 지갑을 꺼내 탁자 위에 놓으며 말했다.

"이 돈 갖고 모자라도 하나 사거라."

그러나 마리우스는 지갑에 눈길 한 번 주지 않고 하던 말을 계속
했다.

"할아버지, 제발 헤아려주시기를 부탁드립니다. 그녀를 진심으로
사랑하고 있습니다. 할아버지께서는 상상도 못 하시겠죠. 그녀를
뤽상부르 공원에서 처음 만났습니다. 그녀도 공원에 산책을 나오곤
했거든요. 처음에는 별 관심이 없었는데 시간이 지나면서 차츰 좋
아하게 됐습니다. 한때 그것이 저에게는, 불행이었지요. 그녀를 맘
대로 볼 수 없어 마음이 아팠으니까요. 하지만 이젠 매일 그녀의 집
에 갑니다. 저희는 매일 밤 정해진 시간에 그녀의 집 정원에서 만납
니다. 그녀의 아버지는 아직 우리 관계를 모르고 있어요. 그런데 어
제 갑자기 그녀가 아버지와 함께 멀리 떠난다고 해요. 영국으로 떠
날 거랍니다. 그래서 저는 궁리 끝에 할아버지를 찾아뵙고 자초지
종을 말씀드리기로 했습니다. 그녀가 떠난다면 저는 죽고 말 거예
요. 병이 나서 죽거나, 물에 빠져 죽거나, 어쨌든 죽고 말 거예요. 저

는 무슨 수를 써서라도 그녀와 결혼해야 해요. 그렇지 못하면 미쳐 버리고 말 거예요. 이 말씀을 드리려고 왔습니다."

질노르망 노인은 밝은 표정으로 마리우스의 이야기를 듣고 있었다. 그의 이야기에 귀 기울이며 코담배를 음미하던 질노르망 씨가 자못 부드럽고 자상하게 운을 떼었다.

"마리우스, 너처럼 젊은 애가 연애를 한다는 건 매우 당연한 일이다. 그럴 나이지. 이 할아비는 네가 자코뱅 당원이 되는 것보다 연애에 빠지는 게 더 좋다. 나로 말할 것 같으면 여자들밖에 사랑하지 않은 게 자랑스럽단다. 아름다운 여자는 역시 아름다운 거니까. 딴말이 필요 없지. 그런데 듣자 하니 그 처자가 제 아버지도 모르게 널 끌어들이고 있구나. 그것도 흔한 일이지. 내게도 그런 일이 있었지. 어디 한두 번이냐. 그럴 때는 어떻게 처신해야 하는지 아니? 홀딱 빠져선 안 된다. 너무 빠져서 쩔쩔매서는 안 된단 말이야. 우선 결혼 약속 같은 건 하면 안 된다. 여차하면 슬쩍 빠져나와야 하니까. 연애도 요령껏 해야 한다는 거지. 알겠느냐? 또 결혼 같은 건 하지 말거라. 그리고 언제든 나한테 오거라. 마음씨 좋은 이 할아비한테. 언제든지 서랍에 잔돈푼이라도 쟁여놓고 있는 이 할아버지한테 말이야. 그리고 무슨 일이 생기면 다 털어놓는 거다. 할아버지, 사실은 여차여차합니다. 그러면 나는 이렇게 조언하지. 그건 아주 간단해. 젊음이란 흘러가는 것이고, 늙은이는 시들어가게 마련이다. 나도 옛날에는 너처럼 그랬고, 너도 이제 머잖아 늙을 거다. 너도 늙으면 나처럼 손자 녀석한테 이런 소리를 할 게다. 자, 여기 용돈 가지고 가서 실컷 즐기고 오너라. 그러면 만사 오케이다. 다 그런 거다. 결혼 따위는 안 해도 괜찮다. 그렇다고 절대 하지 말라는 건 아니야. 무슨 말인지 알겠느냐?"

마리우스는 멍한 얼굴로 아무 말도 하지 못하고 머리를 흔들었다. 노인은 껄껄 웃고는 마리우스의 어깨를 툭 쳤다. 그리고 밝은 얼굴로 손자를 바라보며 어깨를 으쓱했다.

"바보 같으니! 내 말은 그 여자를 그냥 정부로 삼으라는 거다."

마리우스는 얼굴이 하얗게 질렸다. 할아버지의 말을 도무지 이해할 수 없었다. 노인은 말도 안 되는 소리를 지껄이고 있었다. 그 말은 코제트를 더없이 모욕하는 것이었다. '정부로 삼으라'는 말은 순진한 청년에게 깊은 상처를 주었다.

마리우스는 벌떡 일어나 모자를 집어 들고 문 쪽으로 뚜벅뚜벅 걸어갔다. 몹시 결연한 모습이었다. 문을 나서기 직전 그는 돌아서서 할아버지에게 깍듯이 인사한 다음 고개를 똑바로 들고 말했다.

"5년 전, 할아버지는 제 아버지를 모욕했습니다. 그런데 또 오늘은 제 아내 될 사람을 모욕했습니다. 두 번 다시 부탁드리는 일 없을 겁니다. 안녕히 계십시오."

질노르망 노인은 얼떨떨한 표정으로 팔을 뻗으며 일어나려 했다. 그러나 마리우스가 곧장 나가버렸으므로 한 마디도 할 수 없었다. 노인은 벼락이라도 맞은 것처럼 한동안 꼼짝도 못했다. 말도 못 하고 숨도 못 쉴 지경이었다. 마치 누군가에게 멱살이라도 잡힌 듯한 기분이었다.

잠시 후 그는 의자에서 일어나 후다닥 문 쪽으로 달려가 목청껏 소리쳤다.

"아무도 없느냐? 아무도 없어?"

딸이 나오고, 뒤이어 하인이 달려왔다. 노인은 숨을 헐떡거리며 말했다.

"어서, 저놈을 잡아 와라! 도대체 내가 뭘 잘못했다는 게야! 저놈은 제정신이 아니야. 이제 가면 다시는 안 올 거다."

노인이 창문을 열고 밖을 내다보니 하인 둘이 마리우스의 옷자락을 붙잡고 있었다. 노인은 창밖으로 상반신을 내밀고 소리쳤다.

"얘야, 마리우스! 마리우스! 마리우스! 마리우스!"

마리우스의 귀에는 아무 소리도 들리지 않았다. 그는 벌써 하인들의 손을 뿌리치고 생 루이 거리 모퉁이를 돌아가고 있었다.

노인은 참담한 표정으로 관자놀이를 만지며 비틀비틀 뒷걸음쳐 의자에 풀썩 주저앉았다. 그는 머리를 흔들고 입술을 바르르 떨며 멍하니 앉아 있었다.

*

그날 오후 4시경 장 발장은 혼자 연병장의 인적이 뜸한 언덕 비탈에 앉아 있었다. 그는 요즘 들어 유독 혼자 길을 나섰다. 매사에 조심해서인지, 자주 생각에 잠겨서인지, 아니면 누구나 일상 속에서 겪는 단순한 습관의 변화 때문인지 아무튼 그는 요즘 코제트를 떼어놓고 주로 혼자 산책을 다녔다.

그는 노동복 상의에 회색 무명 바지를 입고, 챙 있는 모자를 푹 눌러쓰고 있었다. 그는 얼마 전까지 코제트와 평안하고 행복한 나날들을 보내고 있었으므로 오랫동안 그를 불안하게 만들던 걱정거리도 말끔히 잊어버렸다. 그런데 2주일 전부터 지금까지와 사뭇 다른 종류의 불안 거리가 생겼다. 어느 날 길을 가다가 우연히 테나르디에를 본 것이다. 물론 장 발장은 변장을 하고 있었기 때문에 그가 알아보지는 못했다. 테나르디에를 한 번만 보고 말았다면 그 불안 감도 금세 잊혀졌을 것이다. 그러나 이후에도 여러 번 보았다. 테나르디에가 장 발장의 집 근방을 어슬렁거리는 게 확실했다. 테나르디에가 가까이 있다는 것 자체가 위험한 일이었다.

파리의 정황도 심상치 않았다. 원래 정치적으로 불안한 시기에는 뭔가 꺼림칙한 구석이 있는 사람에게 불리한 법 아닌가. 정치범들을 잡는다고 곳곳을 수색하다 장 발장 같은 범법자도 덤으로 잡힐 수 있었다. 더구나 아침에도 이상한 일을 발견하고 장 발장은 매우 불안한 상태였다. 평소 장 발장은 늘 아침에 맨 먼저 일어나 정원을 산책하는데, 그날도 코제트가 일어나기 전에 정원을 거닐고 있었다. 그런데 무심코 산책하던 중 이상한 것이 눈에 띄었다. 그것은 누군가 날카로운 쇠붙이 같은 것으로 담벼락에 새긴 글자였다.

'베르리 거리, 16.'

글자는 새긴 지 얼마 안 된 듯 시커먼 벽에 하얗게 드러나 있었고, 그 아래 쐐기풀에 하얀 횟가루가 수북이 떨어져 있었다. 틀림없이 간밤에 쓴 글자였다. 이것은 무엇을 의미하는가? 누구의 주소일까? 아니면 누군가에게 보내는 메시지일까? 그것도 아니면 장 발장에게 보내는 경고인가? 아무튼 아무도 모르게 누군가 정원으로 들어온 것이 확실했다. 게다가 얼마 전에도 집 안에서 이상한 일이 벌어져 모두 불안해하지 않았던가.

장 발장은 갖은 상상을 다 했다. 그러나 코제트에게는 입도 벙긋하지 않았다. 코제트가 알면 또 얼마나 두려워할 것인가. 이런저런 생각 끝에 결국 장 발장은 일단 프랑스를 떠나 영국으로 갈 결심을 했다. 일주일 뒤에 떠날 계획이었고, 이를 코제트에게도 미리 말해 두었다.

인적이 뜸한 연병장 비탈에 혼자 앉아 있는 지금도 장 발장의 머릿속은 여러 가지 생각들도 복잡하게 뒤엉켜 있었다. 테나르디에, 경찰, 이상한 글자, 영국으로의 여행 등등……. 그런데 어느 순간 장 발장은 자신이 앉아 있는 비탈 위쪽에 누군가 서 있는 것을 감지했다. 고개를 돌리려는 찰나, 딱지 모양으로 접은 종이쪽지가 그의 무릎 위로 떨어졌다. 누군가 장 발장의 머리 위로 던진 모양이었다. 종이를 펼쳐보니 거기에는 이렇게 씌어 있었다.

'거처를 옮기시오!'

비탈 위에는 이미 아무도 없었다. 주위를 둘러보자 어떤 사람이 저만치 달려가는 것이 보였는데, 아이라고 하기에는 조금 크고, 어른이라고 하기에는 조금 작은, 작업복 차림의 남자 같았다.

장 발장은 즉시 집으로 돌아갔다.

34. 혁명, 그리고 작별의 편지

고민에 휩싸인 사람들이 흔히 그러듯 마리우스는 발길 닿는 대로 거리를 헤매고 다녔다. 그는 자신이 무슨 생각을 하고 있는지도 몰랐다. 그는 하루 종일 거리를 배회하다 새벽 2시가 되어서야 쿠르페락의 집으로 돌아왔다. 그는 방에 들어오자마자 옷도 벗지 않고 매트리스 위에 쓰러졌다.

잠에서 깨어났을 때, 쿠르페락과 앙졸라, 콩브페르의 모습이 보였다. 그들은 부산스럽게 모자를 쓰고 막 방을 나서려 하고 있었다.

쿠르페락이 마리우스에게 말했다.

"지금 라마르크 장군 장례식에 갈 참인데, 같이 가지 않을 텐가?"

그러나 그의 말은 마리우스의 귀에 제대로 들어오지 않았다.

그들이 나가고 얼마 안 있어 마리우스도 나갔다. 그는 2월 3일의 사건 직전 자베르한테 받은 권총을 호주머니에 넣었다. 총알은 장전되어 있었다. 무엇이 그로 하여금 총을 쥐게 했는지는 알 수 없었다.

지금 파리는 정치적으로 그 어느 때보다 불안한 상황이었다. 뿐만 아니라 시내 곳곳에서 격렬하고도 난폭한 장면들이 연출되고 있었다. 코제트를 만나기 전, 텅 빈 거리를 쏘다니고 있을 때, 어디선가 총격전이 벌어지는 소리가 들렸다. 그렇다면 마리우스에게 총이 필요한 상황이 발생하지 말라는 보장이 없지 않은가?

밤 9시 정각, 마리우스는 코제트를 만나러 플뤼메 거리로 갔다. 코제트를 다시 만난다는 행복감에 젖어 다른 생각은 모두 머릿속에서 지워졌다. 하루 종일 그를 괴롭혔던 상념도 잠시 잊을 수 있었다. 그가 코제트를 마지막으로 본 것은 정확히 48시간 전이었다. 그는 코제트를 조금이라도 빨리 보고 싶은 마음에 곧장 그녀의 집 정원으로 달려갔다. 그런데 코제트는 그곳에 없었다. 그는 잠시 머뭇거리다 현관 계단 쪽으로 걸음을 옮겼다. 어쩌면 코제트가 계단 옆 후미진 곳에서 기다리고 있을지도 모를 터였다. 하지만 그곳에도 그녀는 없었다.

정원을 한 바퀴 돌아보았지만, 코제트의 모습은 어디에도 없었다. 이윽고 그는 집 안을 살펴볼 요량으로 현관문께로 갔다. 그런데 현관문은 물론이고 덧문까지 모조리 닫혀 있는 것이 아닌가.

마리우스는 더 이상 망설이거나 머뭇거릴 수 없었다. 그녀의 아버지와 마주친다 해도 집 안으로 들어가리라 작심했다. 그는 심호흡을 몇 번 하고 현관문을 두드렸다. 그러나 안에서는 아무 소리도 들리지 않았다. 계속 두드려봐도 마찬가지였다. 이윽고 주먹으로 문을 두드리며 코제트의 이름을 연신 불렀지만, 역시 아무 반응이 없었다.

정원은 물론 집 안에도 인기척이 없었다. 순간, 마리우스는 눈앞이 캄캄해지고 온몸의 힘이 빠져나가 쓰러질 듯 비틀거렸다. 얼마 전까지만 해도 사랑의 축복에 감사한 마음으로 충만했지만, 코제트가 사라져버린 지금 그에게 남은 일은 죽음 말고 아무것도 없다는 생각마저 들었다.

마리우스는 절망감을 이기지 못해 현관 계단에 힘없이 주저앉았다. 그때였다. 거리 쪽에서 자신을 부르는 소리가 들려왔다.

"마리우스 씨!"

마리우스는 깜짝 놀라 주위를 두리번거렸다. 그러나 아무도 보이지 않았다. 그런데 그 목소리가 다시 들려왔다.

"마리우스 씨!"

그는 벌떡 일어났다. 목소리의 주인은 여전히 모습을 드러내지 않고 이렇게 말했다.

"당신의 친구들이 샹브르리 거리 바리케이드에서 당신을 기다리고 있어요."

그 목소리가 어딘지 귀에 익은 듯했다. 잔뜩 쉰 에포닌의 목소리 같았다. 그는 목소리 주인을 확인하려고 대문 쪽으로 뛰어갔다. 하지만 에포닌의 모습도, 목소리의 주인도 발견할 수 없었다. 다만 어둠 속을 달려가는 젊은 남자의 뒷모습이 보일 뿐이었다.

*

1832년 6월 5일 파리는 혁명의 열기로 들끓고 있었다. 사실 혁명
은 이번이 처음이 아니었다. 1789년과 1792년의 혁명 이후 성과와
실패, 그리고 복잡한 정세 변화에 따라 크고 작은 시민 봉기들이 끊
이지 않았으므로 사실상 첫 번째 혁명이 일어난 이래 반세기 가까
운 세월 동안 혁명은 줄곧 이어져온 셈이었다.

나폴레옹이 이끄는 군대가 워털루전투에서 영국군에게 처참하게
패배한 후 프랑스는 왕정복고가 이루어졌다. 프랑스는 혁명의 성공
과 무수한 민중들의 희생에도 불구하고 다시금 왕과 귀족을 위한
나라, 이른바 왕정시대로 돌아가고 말았다. 그리고 지금 또 한 번의
혁명, 6월 항쟁이 발발한 것이었다.(1832년에 일어난 6월 항쟁은 비록 실패
했지만, 이후 또 다른 혁명의 밑거름이 되었다는 점에서 매우 가치 있는 혁명으로 평
가되고 있다.)

6월 항쟁의 열기는 어느 혁명 못지않게 뜨거웠다.

1832년 봄부터 파리에서는 폭동의 조짐이 일기 시작했다. 작은
불똥 하나만 떨어지면 이내 폭발할 기세였던 것이다. 결국 그 불똥
은 바로 라마르크 장군의 죽음이었다. 나폴레옹 시대에 프랑스 군
지휘자였던 그는 제정시대에는 전쟁터에서, 왕정복고 시대에는 연
단에서 용기를 발휘한 인물이었다. 좌파와 극좌파 사이에서 미래의

가능성을 제시하면서도 황제에게 충성을 다했기에 모든 국민들의 사랑을 두루 얻은 인물이었다. 워털루에서 나폴레옹을 격파한 웰링턴을 대놓고 증오했는데, 민중들은 이러한 모습을 좋아했다. 나폴레옹은 '군대'라는 한 마디를 남기고 죽었고, 라마르크는 죽기 직전 '조국'이라는 한 마디를 남겼다.

그의 죽음은 민중들에게 크나큰 손실이었고, 이들의 비통함은 반란으로 변모하기에 이르렀다. 전날부터 6월 5일 아침까지 사람들은 무장을 하고 거리로 쏟아져 나와 공식적인 장례 행렬의 뒤를 따라갔다. 그리고 정부는 민중들의 소요를 대비해 시내에 2만 4천 명, 그리고 교외에 3만 명의 병사를 배치해두었다.

장례 행렬이 지나갈 때마다 그 뒤를 따르는 민중들은 점점 늘어났고, 파리 곳곳에서 움직임이 일어나기 시작했다. 어느 무리에서 "공화국 만세!"라고 외치는 소리가 들렸고, 어느 무리에서는 검은색 옷을 입은 한 사람이 군중들 사이에서 붉은 깃발을 높이 쳐들기도 했다. 공격의 나팔 소리와 세 발의 총성이 들리면서 파리 거리는 공포와 흥분의 기운이 끓어올랐다.

돌 세례가 날아오고, 총격전이 벌어지고, 바리케이드를 치고, 군중들이 사방으로 도망가고, 기병들이 달려오고, 전쟁이 났다는 소문이 파리 시내에 급속도로 퍼져갔다. 분노가 폭동으로 번지는 순간이었다.

생 마르탱 거리에서는 무기 상점이 약탈당했고, 시장에서는 노동자와 학생들이 "무기를 들라!"고 소리쳤다. 생 자크 거리에서는 학생들이 몰려나와 무기를 나눠 주기도 했다.

파리 중심가는 물론이고 곳곳에서 시위가 벌어졌다. 시민들은 선언서를 낭독하고 구호를 외쳤다.

"왕정을 몰아내고 새로운 공화국을 건설하자."

거리로 쏟아져 나온 군중들은 가로등을 깨뜨리고 바리케이드를 쌓기 시작했다. 건물의 문짝을 뜯어내고, 쓰던 가구들과 널빤지 등 주변에서 구할 수 있는 온갖 것들을 끌어모아 방어벽을 쌓아 올렸다. 시내 도처에서 바리케이드를 쌓고, 그것을 공격하고, 다시 바리케이드를 쌓는 일이 반복되었다.

첫 번째 반란이 일어나고 3시간도 지나지 않아 파리 시가지는 마치 불붙은 화약처럼 뜨거운 혁명의 요새로 변했다. 시장에서는 이미 군대 수비대가 시민혁명군의 공격에 항복했다. 앙졸라와 쿠르페락이 이끄는 청년결사대가 그곳을 장악했다. 이후, 청년결사대의 숫자는 삽시간에 불어났다. 청년결사대에는 더러 중년 이상의 나이 지긋한 남자도 있었고, 나이 어린 소년도 하나 있었는데, 그 소년은 다름 아닌 테나르디에의 아들 가브로슈였다.

가브로슈는 이제 겨우 열한 살이었다. 그는 어려서부터 거리를 전전하며 부랑아로 살아왔다. 그의 얼굴에는 여전히 소년 특유의 천진스러움이 남아 있었지만, 그의 마음은 슬픔과 분노로 가득 차 있었다. 그는 너덜너덜한 헌옷을 입고 있었는데, 그나마도 자선단

체로부터 받은 것이었다.

그의 부모라는 이들은 가브로슈를 학대한 것을 숨기기는커녕 아예 대놓고 떠벌리는 위인들이었다. 아비라는 작자는 제 아들을 단 한 번도 생각해본 적이 없다고 말하는가 하면, 어미라는 작자는 딸들은 사랑하지만 아들이란 놈은 남의 자식과 다를 게 없다고 지껄이곤 했다. 그리하여 가브로슈는 어린 나이에 부모로부터 버림받고 일찍이 거리의 부랑아가 되었다.

가브로슈는 길바닥이 제 어미의 가슴보다 포근했고, 집보다 길거리에서 사는 것이 더 좋았다. 그는 동정받아야 할 아이였다. 부모는 엄연히 살아 있었지만, 고아나 다름없는, 아니 어느 고아보다 불행한 아이였다. 가브로슈는 자연스레 젊은 혁명가들의 가족이 되었다.

청년부대는 말이 부대이지 실은 오합지졸에 지나지 않았다. 그러나 그들이야말로 혁명의 의지와 열정이 누구보다 강한 사람들이었다. 혁명군은 학생과 노동자를 비롯해 일반 시민, 학자, 예술가까지 합세하여 그 숫자가 크게 늘어났다. 그러나 총을 소지한 대원은 채 10명도 안 되었고, 나머지 대부분은 기껏해야 구식 검이나 곤봉 따위로 무장 아닌 무장을 하고 있었다.

본격적인 혁명이 시작되자마자 한 낯선 남자가 시민군에 합류했는데 그는 훤칠한 키에 머리가 반백인 중년 남자였다. 그는 한눈에 보기에도 대담하고 용감한 인상이었다. 앙졸라와 쿠르페락은 그 남자와 동지가 된 것에 크게 만족했다. 그러나 아무도 그 남자의 이름을 몰랐고, 묻지도 않았다.

앙졸라와 쿠르페락 등은 군중들을 이끌고 샹브르리 거리에 들어섰다. 그곳은 바리케이드를 치기 적당한 장소였다. 앞쪽으로는 코랭트 주점이 길을 막고 있었고, 초입이 좁은 데다 안쪽은 막다른 골목이었기 때문이다.

사람들이 몰려오자 거리는 일순간 무시무시한 분위기에 휩싸였다. 지나가는 사람들도 없었고, 집 현관문이며, 창문, 상점 문까지 모조리 닫혔다. 코랭트 주점만 열려 있었는데 민중들이 그곳을 점령했기 때문이다. 코랭트 주점은 쿠르페락과 그의 친구들의 근거지는 아니었지만 자주 만나던 곳이었다.

새로 합류한 노동자들이 화약통과 횃불, 그리고 바리케이드를 쌓는 데 필요한 자재와 자질구레한 재료들을 가지고 왔다. 앙졸라와 쿠르페락의 지휘 아래 코랭트 주점을 등지고 길모퉁이 양쪽에 2개의 바리케이드가 구축되었다. 한쪽은 샹브르리 거리를 막고 다른 한쪽은 몽데투르 거리를 막고 있는 바리케이드는 직각으로 꺾인 길모퉁이에서 양쪽 길을 효율적으로 막을 수 있었다.

가브로슈는 샹브르리 거리 쪽 큰 바리케이드에서 일을 거들었다. 뒤늦게 혁명군에 합류한 중년 남자는 작은 바리케이드 쪽에서 일하고 있었다. 바리케이드를 앞세운 진지에는 모두 50여 명의 대원들이 있었는데, 그 가운데 30여 명은 총으로 무장하고 있었다. 그들은 파리 중심지로 향하던 중 지역 무기고에서 무기를 탈취한 것이었다. 이로써 청년대원들의 화력은 전보다 훨씬 더 강화되었다.

가브로슈는 시종일관 까불면서도 즐겁고 명랑하게 휘파람까지 불어대며 바리케이드를 오르락내리락했다. 가브로슈는 대원들 가운데 가장 어렸지만, 그의 열정은 일종의 전염성이 있어서 다른 대원들의 사기를 북돋우기에 충분했다.

당시 신문들은 이 바리케이드를 '난공불락의 요새'라고 표현했으나 사실은 높이가 2미터를 넘지 않았고 사람들이 꼭대기까지 올라갈 수도 있었다. 바리케이드 바깥쪽은 포석과 통을 쌓아 올리고, 수레와 마차 바퀴, 널빤지 등을 얼기설기 가로질러 놓았다. 그리고 주점에서 가장 먼 바리케이드 끝에 한 사람이 겨우 지나다닐 수 있는 통로를 만들어 외부와 연락할 수 있도록 했다. 주점이 툭 튀어나와 있는 바리케이드는 사방이 막힌 사각형 요새였다. 바리케이드가 등지고 있는 집들은 사람들이 살고 있었으나 문이란 문은 모조리 닫혀 있었다. 이 바리케이드를 구축하는 동안 정부군의 모습은 전혀 눈에 띄지 않았다.

바리케이드 2개가 완성되자 마차 앞쪽이 위로 가도록 똑바로 세우고 밧줄로 잡아맨 다음 그 꼭대기에 청년결사대를 상징하는 붉은 깃발을 꽂았다. 이어서 탁자 하나를 꺼내놓고 쿠르페락이 그 위에 올라갔다. 앙졸라가 탄약 상자를 가져와 탁자 위에 올려놓았다. 일순간 대원들 사이에 침묵이 흘렀다. 쿠르페락은 미소 지으며 30개씩 대원들에게 지급했다.

어느덧 날이 완전히 어두워졌다. 바리케이드 주변에는 숨 막힐 듯한 적막감이 흘렀다. 간혹 멀리서 포격 소리가 들려오곤 했다. 그 소리는 프랑스 군대와의 전면전이 눈앞에 다가왔음을 의미하는 것 이었다. 50여 명의 대원들은 곧 6만 명의 군대가 들이닥치리라는 것을 잘 알고 있었다.

한편 앙졸라는 초조한 기분으로 가브로슈를 찾으러 참호 역할을 하고 있는 주점으로 들어갔다. 가브로슈는 아래층에서 희미한 불빛 아래 약포를 만들고 있었다.

한편 작은 바리케이드에서 일하던 반백의 중년 남자도 아래층 홀 에 들어와 가장 어두컴컴한 탁자에 자리 잡고 앉아 있었다. 가브로 슈는 무슨 이유에선지 그 남자를 계속 훔쳐보고 있었다. 가브로슈 는 처음에 단순히 그 남자가 지닌 총에 감탄하여 다가섰다가 얼굴 을 보고 깜짝 놀랐다.

이 남자를 유심히 살펴본 사람이라면 그가 바리케이드와 대원들 무리를 주의 깊게 살펴보는 것을 눈치챘으리라. 그러나 지금 그는 어떤 생각에 빠져 주위는 신경 쓰지 않고 있었다.

가브로슈는 지나가는 척 그의 옆으로 다가가 이리저리 뜯어보았 다. 소년은 자신의 눈을 도무지 믿을 수가 없었다. 소년의 얼굴에는 설마 그럴 리가 없다는 표정과 틀림없다는 표정이 엇갈려 나타났다.

그때 앙졸라가 다가와 가브로슈에게 말했다.

"바리케이드 밖으로 나가 거리 동정 좀 살피고 와. 너는 몸집이 작아서 눈에 안 띌 거야."

가브로슈가 말했다.

"나 같은 어린애도 쓸데가 있다니까. 아이들을 믿으라고. 하지만 어른들은 믿지 마."

그러고는 가브로슈는 목소리를 낮춰서 중년 남자를 가리키며 말했다.

"저쪽에 앉아 있는 남자 말이야."

"저 남자가 왜?"

앙졸라가 나직하게, 그러나 다그쳐 물었다.

"나 저 사람 잘 알아."

가브로슈가 남자를 다시 한번 쳐다보며 말했다.

"네가 어떻게?"

앙졸라가 놀란 표정을 지으며 물었다.

가브로슈가 설명했다.

"2주일쯤 전에 루아얄 다리 난간에 있는데 저 남자가 다짜고짜 내 귀를 잡고 끌어 내렸어."

앙졸라는 한편에 있는 한 부두 노동자에게 갔다. 두 사람은 잠시 은밀한 대화를 주고받았다. 대화가 끝나자 부두 노동자가 나갔다가 잠시 후 다른 사내 3명과 함께 다시 들어왔다. 우락부락한 4명의 장정들이 금방이라도 달려들 듯한 기세로 그 남자 바로 뒤쪽에 버티고 섰다. 중년 남자는 그때까지 아무것도 눈치채지 못하고 탁자에 팔꿈치를 기댄 채 눈을 감고 있었다.

앙졸라가 남자에게 다가가 소리쳤다.

"당신 정체가 뭐요?"

남자는 화들짝 놀랐다. 몹시 당황한 기색이었다. 그는 앙졸라의 두 눈을 뚫어지게 쳐다보며 젊은이의 의도를 알아챈 듯했다. 이어 그는 비웃는 듯한 웃음을 흘리며 내뱉었다. 그의 목소리는 궁지에 몰린 사람답지 않게 몹시 당당하고도 거만했다.

"좋아, 자네가 어떻게 하겠다는 건지 알겠어."

"당신 경찰 끄나풀이지?"

앙졸라가 다그쳐 물었다.

"나는 정부 관리다."

남자가 곧장 대답했다.

"이름이 뭐야?"

"자베르."

앙졸라는 4명의 장정들에게 신호를 보냈다. 그들은 눈 깜짝할 사이에 남자의 뒷덜미를 잡고 바닥에 자빠뜨린 다음 손과 발을 밧줄로 묶었다. 그의 주머니를 뒤지자 작은 카드 하나가 나왔는데, 거기에는 이렇게 씌어 있었다.

'자베르, 형사, 52세.'

카드에는 경찰청장의 서명도 있었다.

사내들은 몸수색을 끝내자 자베르를 일으켜 세웠다. 그리고 그의 두 팔을 등 뒤로 포박한 채 중앙에 있는 기둥에 묶었다.

그 광경을 의기양양하게 지켜보던 가브로슈가 자베르의 코앞까지 다가가 이기죽거렸다.

"이번에는 생쥐가 고양이를 잡았네?"

자베르는 아무 말 하지 않았다.

앙졸라가 자베르를 쏘아보면서 말했다.

"넌 여기 바리케이드가 함락되기 2분 전에 총살될 거다."

"어째서 바로 죽이지 않지?"

자베르의 말투는 교만하기 짝이 없었다.

"총알이 아까워서."

"그럼 칼로 찌르지그래."

"우린 심판자이지 도살자가 아니야."

앙졸라가 말했다. 그런 다음 그는 가브로슈를 돌아보았다.

"넌 가서 내가 시킨 일을 해."

"알았어."

가브로슈는 순순히 걸음을 옮기다 문득 생각난 듯 앙졸라에게 말했다.

"그런데 이 작자가 갖고 있던 총은 나한테 줘. 몸뚱어리는 네 맘대로 하고 총은 나한테 넘기란 말이야."

말을 마친 그는 거수경례를 붙이고 잽싸게 뛰어나갔다.

*

군중이란 마치 눈덩이처럼 굴러가는 대로 온갖 부류의 인간들이 엉겨붙게 마련이다. 그렇게 뭉쳐진 사람들은 피차 어디서 왔는지 알고 싶어 하지도 않는다. 앙졸라와 쿠르페락이 이끄는 집단에도 각양각색의 사람들이 합류했다. 그중에는 양어깨가 닳아빠진 노동복 차림에 무턱대고 나대면서 고함을 내지르는, 얼핏 보면 술주정뱅이 같은 남자 하나가 섞여 있었다.

본명인지 별명인지 아무튼 르 카뷕이라는 그에 대해서는 가까이 지내는 사람들조차 별로 아는 게 없었다. 여러 명이 주점 밖 탁자 앞에 빙 둘러앉아 술을 마시고 있을 때였다. 르 카뷕은 거나하게 취해서 골똘히 생각에 잠겨 있었다. 아까부터 그는 바리케이드 안쪽에 있는 저택을 유심히 바라보고 있었다. 6층 집은 생 드니 거리 전체를 내려다보는 위치에 있었다.

르 카뷕이 불현듯 큰 소리로 외쳤다.

"동지들! 저 집에서 총을 쏘면 어떻겠나? 우리가 저 안에서 진을 치고 있으면 감히 어느 누구도 거리로 진격해오지 못할 거야."

"그야 그렇지만 문이 잠겨 있잖아."

"가서 한번 두드려보자고."

"그런다고 문을 열어주겠나?"

"안 열어주면 부숴버리지, 뭐. 젠장!"

르 카뷕은 말이 끝나기 무섭게 집 쪽으로 달려가 대문 기둥에 붙어 있는 커다란 망치로 문을 두드렸다. 안에서는 아무런 반응이 없었다. 그는 다시 한번 망치질을 했으나 여전히 문이 열리지 않았다. 세 번째도 마찬가지였다.

"이 집에 아무도 없나?"

르 카뷕이 큰 소리로 외쳤다. 역시 아무런 기척도 없었다. 그러자 그는 우악스럽게 총을 집어 들더니 개머리판으로 마구 문을 두드리기 시작했다. 좁고 오래된 현관문은 참나무로 덧대어 있었지만, 안쪽은 철판으로 만들어져 있어서 마치 감옥 문 같았다.

르 카뷕은 아무리 개머리판으로 두드려도 꿈쩍도 하지 않는 문 앞에서 씩씩대고 있었다. 그러다 또 제 분에 못 이겨 개머리판으로 문짝을 미친 듯이 내리쳤다.

한참 뒤 4층의 조그마한 채광창에 불빛이 떠올랐다. 곧이어 창문이 열리고, 머리가 희끗희끗한 문지기 노인이 촛불을 들고 나타났다. 노인은 잔뜩 겁에 질린 얼굴이었다.

르 카뷕은 문을 두드리던 손을 멈췄다.

"무슨 일입니까?"

문지기가 물었다.

"문 열어!"

르 카뷕이 말했다.

"그건 곤란합니다."

"잔말 말고 열어!"

"그렇게는 못 합니다요!"

"뭐야?"

르 카뷕은 문지기를 향해 총을 겨누었다. 그러나 4층에 있는 문지기 노인은 캄캄한 어둠 속에서 르 카뷕이 총을 겨누고 있는 모습을 볼 수 없었다.

"말해! 지금 당장 문을 열 테냐, 어쩔 테냐?"

"열어줄 수 없습니다요!"

"못 열겠다, 이 말이지?"

"예, 저는 그럴 수 없습니다요. 죄송……."

문지기의 마지막 말은 총소리에 묻혀버렸다. 총알은 노인의 목을 관통해 목덜미로 빠져나갔다. 노인은 비명 한 번 못 지르고 푹 고꾸라졌다. 촛불이 꺼지고, 노인의 머리는 채광창 가장자리에 걸린 채 움직이지 않았다.

"까불고 있어!"

르 카뷕이 총을 바닥에 내려놓으면서 내뱉듯이 말했다. 그때 독수리 발톱 같은 묵직한 손이 그의 어깨를 거칠게 움켜잡았다.

"무릎 꿇어!"

르 카뷕이 고개를 돌렸다. 앙졸라가 권총을 들고 서 있었다. 그는 난데없는 총소리에 놀라 현장으로 달려온 것이었다.

앙졸라는 왼손으로 르 카뷕의 멱살을 거머쥐고 명령조로 되풀이

했다.

"무릎 꿇으라고!"

그 위엄에 찬 동작은 몸집이 큰 부두 노동자를 한 줄기 갈대처럼 무력하게 만들었다. 르 카뷕은 처음에는 대들려고 했으나, 어떤 저항할 수 없는 힘에 눌린 듯 맥없이 무릎을 꿇었다.

곧 바리케이드 주변에 있던 사람들이 모두 달려왔다. 그들은 이제부터 벌어질 일에 대해 감히 어느 누구도 참견할 수 없음을 알고 두 사람과 약간 떨어진 곳에 빙 둘러서서 숨죽이고 있었다.

르 카뷕은 그저 온몸을 바들바들 떨고만 있었다.

"기도를 하건 참회를 하건, 1분간 말미를 주겠다."

앙졸라가 시계를 꺼내 보면서 말했다.

"내가 잘못했소. 제발 용서해주시오."

르 카뷕이 애원하며 앙졸라를 바라보았다. 그러나 아무 반응이 없자 고개를 떨구며 알아들을 수 없는 말로 기도하듯 웅얼거렸다.

시곗바늘에서 눈을 떼지 않고 있던 앙졸라는 정확히 1분이 지나자 시계를 도로 주머니에 넣었다. 그런 다음 자기 무릎을 끌어안고 울부짖는 르 카뷕의 머리카락을 움켜쥐고 총구를 그의 귀에 갖다 댔다. 별 생각 없이 폭동에 가담했지만 스스로 꽤나 대범하다고 생각하던 사람들도 얼굴을 돌렸다.

총소리가 울려 퍼졌고, 살인자는 머리를 땅바닥에 처박으며 쓰러졌다. 앙졸라가 준엄한 시선으로 사람들을 보며 소리쳤다.

"이걸 밖으로 내다 버리시오!"

그는 말하면서 시체를 발로 툭 찼다. 곧 남자 셋이 달려들어 숨이 끊어진 순간 마지막 경련을 일으키는 르 카뷕의 몸뚱이를 바리케이드 너머 몽데투르 거리로 던져버렸다.

한동안 침묵이 흘렀다. 앙졸라는 무섭도록 침울한 표정으로 허공을 응시하고 있었다. 그는 단호한 음성으로 사람들에게 외쳤다.

"동지들! 보다시피 저자가 한 짓은 끔찍하기 짝이 없었소. 물론 지금의 내 행동도 끔찍한 짓입니다. 저자는 무고한 사람을 죽였소. 그러므로 나는 그를 처단한 것이오. 반란에도 규율이 있어야 합니다. 바로 이런 이유로 나는 저자를 죽일 수밖에 없었습니다. 살인은 그 어디보다 여기에서 더욱 큰 죄가 되는 것입니다. 동지 여러분! 우리는 혁명을 욕되게 해서는 안 됩니다. 우리의 투쟁에 티끌만 한 오점도 남겨서는 안 됩니다. 그러므로 나는 저자를 심판하여 사형에 처한 것입니다. 나는 부득이 이 참혹한 일을 해야 했습니다. 그러나 나 스스로도 심판대에 세웠습니다. 머지않아 동지들은 내가 나 자신을 어떤 형에 처했는지 확인하게 될 것입니다."

앙졸라의 말을 듣고 있던 사람들은 전율을 느꼈다.

"우리도 당신과 뜻을 같이하겠소!"

군중들 속에서 누군가가 외쳤다.

"좋소!"

앙졸라가 다시 말했다.

"그리고 한마디만 더 하겠습니다. 살인자를 처형하면서 나는 필연성에 무릎 꿇었습니다. 그러나 필연성은 구시대의 괴물입니다. 그것은 숙명이라 불리기도 합니다. 진보라는 이 숙명이 박애 앞에서 사라지는 것입니다. 지금은 사랑을 말하기에 적합한 때가 아니겠지만, 그래도 나는 이 단어를 입에 올리며 그것을 찬미합니다. 사랑이여, 다가올 미래는 그대의 것이다. 죽음이여, 지금 나는 그대를 이용하지만 어쩔 수 없이 그대를 증오한다. 동지들! 미래에는 암흑도 없고, 피비린내 나는 복수도 없을 것입니다. 악마도 없고 천사도 없을 것입니다. 미래에는 그 어떤 사람도 죽이는 법이 없을 것이며, 인류가 서로를 사랑할 것입니다. 동지들이여, 그런 날이 반드시 올 것입니다. 지상의 모든 것이 조화를 이루고 광명과 희열이 가득 찬 생명의 날이 언젠가는 오고야 말 것입니다. 지금 우리가 죽으려고 하는 것은 그러한 날을 맞이하기 위해서입니다."

앙졸라가 말을 마쳤다. 순결한 그 입술은 다시 닫혔다. 그는 유혈이 낭자한 그 자리에 잠시 돌처럼 굳은 듯 서 있었다. 군중들 사이에는 숙연한 침묵이 흘렀다.

미리 말해두지만 난리가 끝난 후 시체가 검시소에 운반되어 신원 파악을 할 때 르 카뷕의 몸에서 경관 신분증이 나왔다. 필자는 1832년 경찰청장에게 제출된 특별 보고서를 1848년에 입수하여 이 사실을 알게 되었다.

마리우스는 샹브르리 거리의 바리케이드로 가라고 했던 그 목소리가 마치 운명의 소리처럼 느껴졌다. 그는 더 이상 살고 싶지 않았는데 마침 그 기회가 제 발로 찾아온 것 같았다.

마리우스는 지금까지 굳게 닫혀 있던 '죽음의 문'을 열기로 결심했다. 조금 전 어둠 속에서 들려왔던 그 목소리가 그에게 열쇠를 던져준 셈이었다. 죽음의 문을 여는 하나의 장렬한 열쇠가 절망에 빠진 마리우스를 이끌었다. 그는 코제트의 집 정원을 나와 이렇게 말했다.

"가자, 어서 가자!"

두 달가량 열애에 도취되었다가 지금은 절망에서 헤어나지 못하는 그는 '이제 끝내자'는 생각밖에 없었다.

그는 걸음을 재촉했다. 방을 나설 때 권총을 챙겼으므로 그는 이미 무장한 상태였다.

마리우스는 플뤼메 거리를 나와 계속 걸어갔다. 샹젤리제 거리와 루이 14세 광장을 지나고 리볼리 거리에 이르렀으나 그곳은 평소와 다름없는 모습이었다. 사람들이 가게에서 물건을 사고 카페에서 아이스크림을 먹고 있었다. 생 토노레 거리에 들어서자 1층의 상점 문이 닫혀 있었고, 2층의 창들만 불이 켜져 있었다. 팔레 루아얄 광장을 지나자 거리는 점차 어두워졌고 군중들이 불어났다.

플루베르 거리 초입에는 군중들이 더 이상 걸어가지 않고 모여 있었다. 그리고 군중들 너머에 군대가 있었다. 누구도 그 경계선을 넘어가지 않았다. 그러나 아무런 희망도 없는 마리우스는 될 대로 되라는 식으로 계속 걸어갔다. 그는 군대를 지나 가로등 하나 켜지 않은 거리에 들어섰다. 그곳에는 병사도, 행인도, 불빛 하나도 없었다. 어느 골목길에 버려진 바리케이드를 지나 어느 거리에 들어섰을 때 총성이 들리더니 총알 하나가 그의 머리 위를 스쳐 이발소 간판을 관통했다. 그러나 마리우스는 걸음을 멈추지 않았다.

누군가 하늘에서 파리 시내를 내려다보았다면 파리 한가운데 시커먼 구멍이 뚫려 있는 것처럼 보였을 것이다. 거기에는 불빛도, 소음도, 어떤 움직임도 없었다. 그 어둠 속에 어렴풋한 불빛이 떠돌았는데, 바로 바리케이드가 있는 곳이었다. 그 주위로 총칼이 번쩍였고, 포대가 은밀하게 움직이는 소리가 들렸으며, 점점 늘어나는 군대가 있었다. 그것들은 조금씩 폭도들을 죄어들고 있었다.

마리우스가 시장에 도착했을 때 그곳은 다른 거리보다 더 고요하고 어두웠다. 그러나 그 속으로 바리케이드 안에서 밝힌 횃불이 보였다. 마리우스는 불빛을 향해 걸어갔다. 그는 몽데투르 거리로 들어가 앙졸라가 만들어둔 좁은 통로를 통해 바리케이드 내부를 들여다보았다. 총을 들고 앉아 있는 사람들이 보였다.

마리우스는 바리케이드 안으로 들어가지 않고 표석에 앉아 아버지를 떠올렸다. 비록 내란이기는 하나 아버지가 그랬듯이 자신도 용감하게 총탄을 맞으러, 피의 강물로, 죽음의 구렁텅이로 들어가려 하고 있었다. 그는 마치 자신의 발밑에 심연이 놓여 있기라도 한 듯 몸을 부르르 떨었다. 생각할수록 끔찍한 일이었다. 그러나 그는 코제트 없는 삶을 생각할 수 없었다. 그녀 없이는 살지 않겠노라 맹세하지 않았던가. 그녀가 떠난 지금 그로서는 더 이상 살아야 할 이유가 없었다.

비통하게 휘몰아치는 온갖 생각에 잠겨 있던 마리우스는 드디어 결심을 굳히고 다시 바리케이드 안을 들여다보았다. 나지막이 이야기를 나누고 있는 폭도들 위로 4층 창문에 르 카뷕이 사살한 문지기의 머리가 희미하게 보였다.

거리는 아직까지 조용했다. 생 메리 성당 종탑에서 10시를 알리는 종소리가 울렸고, 앙졸라와 콩브페르는 기병총을 들고 큰 바리케이드 쪽에 자리 잡고 있었다. 그들은 숨죽인 채 멀리서 들려오는 군대의 행진 소리에 귀를 기울이고 있었다.

그때, 그 불안한 고요 속에서 느닷없이 낭랑한 노랫소리가 들려왔다. 수탉 울음소리와 같은 노래가 후렴조로 밤공기를 가르며 울려 퍼졌다.

앙졸라가 나직하게 말했다.

"저건 가브로슈야."

혁명군은 가브로슈에게 적의 동태를 살피게 했다. 어린 가브로슈를 혁명군으로 의심하지 않을 것이라 판단했던 것이다.

"드디어 우리에게 신호를 보내는군."

콩브페르가 말했다.

거리의 적막을 깨고 급히 달려오는 발소리가 들렸다. 잠시 후 가브로슈가 길모퉁이를 돌아 바리케이드 안으로 뛰어들어 왔다. 가브로슈는 숨을 헐떡이며 말했다.

"놈들이 왔어! 나한테도 총을 줘!"

바리케이드 안에 긴장감이 돌면서 총을 집어 드는 소리가 났다. 가브로슈는 감탄해 마지않았던 자베르의 장총을 집어 들었다.

한참 뒤 바리케이드 쪽으로 다가오는 수많은 군인들의 발소리가 둔탁하고도 뚜렷하게 들려왔다. 행렬을 이룬 수많은 총검들이 횃불에 반사되어 무시무시하고도 살벌한 빛을 발하고 있었다. 이윽고 촘촘한 총검 행렬 한가운데서 섬뜩한 목소리가 바리케이드를 향해 울려 퍼졌다.

"해산하지 않으면 발포한다!"

그 목소리가 떨어지자마자 철커덕하는 차가운 금속성 소리가 날카롭고도 육중하게 울려 퍼졌다.

앙졸라가 짐짓 떨리면서도 씩씩한 목소리로 맞받아쳤다.

"우린 프랑스 혁명군이다!"

"발사!"

순식간에 우레와 같은 총소리와 함께 무수한 불꽃이 작렬했다.

좀 전까지만 해도 어두컴컴하던 길가의 건물들이 붉게 타오르는 듯
했다. 바리케이드가 일제 사격을 받으면서 혁명군의 깃발이 넘어졌
다. 그러나 혁명군은 반격하지 않았다. 앙졸라의 지시대로 침착하
게 기다리고 있었다. 혁명군은 바리케이드 뒤에 몸을 숨기고 있었
으나 벌써 여러 명이 부상을 입었다. 총알이 건물에 맞고 튕기면서
바리케이드 뒤쪽으로 떨어진 것이다.

한 차례 일제 사격을 받고 나서 쿠르페락이 동지들에게 소리쳤다.

"탄약을 낭비하면 안 됩니다! 놈들이 바짝 다가올 때까지 기다렸
다가 발사하도록!"

그때 앙졸라가 떨어진 깃발을 주워 들고 소리쳤다.

"우선 깃발을 다시 세우자."

밖에서는 군대가 총을 장전하는 소리가 들렸다.

앙졸라가 말을 이었다.

"누가 깃발을 꽂을 것인가?"

아무도 대답하지 않았다. 군대가 총을 겨누고 있는 지금 바리케
이드에 올라가는 것은 곧 죽음을 의미했다. 아무리 용감한 사람도
죽음 앞에서는 주저하는 법이다. 앙졸라 자신도 몸을 떨면서 다시
한번 말했다.

"누구 없나?"

군중들이 코랭트 주점으로 모여들어 바리케이드를 쌓기 시작했
을 때, 거기에 있었으나 아무도 주의를 기울이지 않은 한 사람이 있

었다. 바로 늙은 마뵈프 노인이었다. 사람들이 위험하다며 집으로 돌아가라고 권했지만 그는 들은 척도 하지 않고 그곳을 지켰다. 그는 아무 말도 하지 않았을 뿐 아니라 아무것도 보지 않고 아무 생각도 하지 않는 것 같았다. 그는 한 자세로 꼼짝도 하지 않고 마치 넋이 나간 듯 앉아 있었다. 사람들이 제각각 전투태세를 취할 때 마뵈프 노인은 아래층 홀에서 자베르를 지키는 한 사람과 함께 있었다. 바리케이드가 공격을 받았을 때 비로소 정신이 깨어난 그는 벌떡 일어나 밖으로 걸어갔다.

그는 "누구 없나?"라고 소리친 앙졸라에게 다가가 깃발을 빼앗아 들고 당당히 바리케이드 꼭대기로 올라갔다. 사람들은 경건한 마음으로 그를 지켜보았다.

바리케이드 꼭대기에 올라간 마뵈프 노인은 1200정의 소총 앞에서 우뚝 선 채로 붉은 깃발을 흔들며 소리쳤다.

"공화국 만세!"

그러자 두 번째 일제 사격이 가해졌다. 노인은 깃발을 떨어뜨리며 포석 위에 나가떨어졌다. 그의 몸뚱이 아래로 피가 흘러내렸고, 그는 하늘을 우러러본 채 숨을 거뒀다.

그의 죽음 앞에서 앙졸라가 말했다.

"동지들이여, 이분은 우리에게 모범을 보여주었소. 우리가 주저할 때 이분은 앞으로 나섰소. 이분은 장엄하게 죽음 앞에 섰소. 이분의 목숨이 헛되지 않도록 이 바리케이드를 끝까지 지킵시다."

앙졸라는 몸을 숙이고 노인의 이마에 입을 맞춘 다음 조심스럽게 그의 옷을 벗겼다. 그리고 피로 얼룩진 구멍 뚫린 그 옷을 쳐들고 말했다.

"이제 이것이 바로 우리의 깃발이오."

6명의 남자들이 총으로 만든 들것에 마뵈프 노인의 시신을 싣고 주점 아래층으로 옮겼다. 이들이 긴급한 상황도 잊고 신성한 일에 매달리는 동안 가브로슈는 경찰들이 몰래 바리케이드로 접근하는 것을 발견했다.

"놈들이 온다!"

가브로슈가 소리치자 주점에 있던 사람들이 급하게 나왔다. 그러나 그때 벌써 경찰들이 바리케이드 위를 넘어오고 있었다. 1초만 늦었어도 바리케이드가 점령될 뻔한 위기일발의 순간이었다. 한 경찰이 쿠르페락을 쓰러뜨렸고, 몸집이 어마어마하게 큰 경찰이 가브로슈에게 다가갔다. 가브로슈는 자기 앞으로 걸어오는 경찰을 향해 자베르의 총을 겨누고 방아쇠를 당겼다. 그러나 총구에서는 아무것도 튀어나오지 않았다. 탄환이 없었던 것이다. 경찰이 웃음을 터뜨리며 가브로슈의 몸에 총칼을 꽂으려는 찰나 어디선가 총알이 날아와 그의 이마 정중앙을 관통했다. 그리고 또 한 발이 날아와 쿠르페락을 쓰러뜨린 경찰의 가슴을 맞혔다.

총을 쏜 사람은 다름 아닌 마리우스였다.

마리우스는 몽데투르 거리 모퉁이에 숨어 벌벌 떨면서 바리케이드 안으로 차마 들어가지 못하고 그 광경을 지켜보고 있었다. 그러나 마뵈프 노인의 죽음, 위험에 처한 쿠르페락, 총칼 앞에 선 어린 소년, 서로를 구하고 적을 물리치려고 애쓰는 동지들을 보는 순간 마리우스는 더 이상 참을 수 없었다. 그는 주저하지 않고 단호하게 치열한 현장 속으로 뛰어들었다. 마리우스가 맨 처음 쏜 총알은 가브로슈를 구했고, 두 번째 총알은 쿠르페락을 살렸다.

이미 총알을 모두 써버린 마리우스는 권총을 내던지고 주점 문 옆 화약통 있는 곳으로 달려갔다. 화약통을 집으려고 몸을 돌리는 순간, 한 병사가 마리우스를 향해 총을 겨누었다. 병사가 방아쇠를 당기는 순간, 누군가의 손이 총부리를 덥석 붙잡았다. 총알은 그 손 한가운데를 관통했다.

사방이 연기로 자욱했다. 마리우스는 총부리를 붙잡은 사람이 누구인지 정확히 알 수 없었다. 다만 젊은 노동자일 것이라고 추측했다. 총알이 발사되면서 그 젊은 노동자는 그 자리에 고꾸라지는 듯했다. 그러나 그 뒤로는 아무것도 보이지 않았다. 마리우스는 자욱한 연기를 뚫고 주점 안으로 뛰어들었다.

앙졸라가 모여든 사람들에게 소리쳤다.

"기다려! 무턱대고 쏘지 마!"

이윽고 적군은 큰 소리로 외치지 않고도 혁명군과 이야기할 수 있을 만큼 근접해 있었다. 적군의 장교 하나가 칼을 뽑아 들며 엄포를 놓았다.

"무기를 버리고 항복하라!"

그때 앙졸라가 기다렸다는 듯이 소리쳤다.

"발사!"

바리케이드 진영의 총구들이 일제히 불을 뿜었다. 군인과 혁명군 간의 근거리 총격전이 벌어졌다. 양쪽 진영에서 무수한 총알들이 오갔다. 거리는 삽시간에 자욱한 연기로 뒤덮여 아군과 적군을 구분하기조차 힘들었다. 화약 냄새가 진동을 하면서 사방에서 총소리가 났고, 섬광이 번쩍거렸으며, 여기저기서 아우성과 비명 소리가 뒤섞였다. 그 모든 것을 자욱한 연기가 덮어버리는 듯했다.

한바탕 총격전이 벌어지고, 양쪽의 병력이 크게 줄어들었다. 살아남은 전사들은 묵묵히, 그러나 민첩하게 탄약을 재기 시작했다. 그때 자욱한 연기 속에서 우레와 같은 목소리가 울려 퍼졌다.

"물러가지 않으면 폭파하겠다!"

마리우스였다. 그는 화약통을 들고 바리케이드 위로 올라가 병사들을 향해 소리쳤다. 이어 그는 재빨리 횃불을 집어 들어 화약통에 들이댈 태세를 취했다. 군인들은 잠시 멈칫했다. 그들은 당황한 표정으로 마리우스를 바라보았다. 마리우스가 재차 소리쳤다.

"바리케이드를 날려버리겠다. 그러면 모두 날아가 버리는 거야!"

마리우스는 횃불을 화약통에 바짝 들이댔다. 군인들은 허겁지겁 달아나기 시작했다. 그들은 죽은 동료는 물론이고 부상당한 동료마저 내버리고 앞다퉈 도망쳤다. 적군은 이내 어둠 속으로 사라졌다.

이제 바리케이드는 적군의 공격에서 벗어났다.

바리케이드에 있던 사람들이 마리우스 주위로 모여들었다. 쿠르페락은 그를 얼싸안으며 말했다.

"드디어 왔구나!"

"잘 왔다!"

콩브페르가 말했다.

"제때 와줬다."

레글이 말했다.

"네가 아니었으면 지금 난 이 세상에 없을 거야."

쿠르페락이 말했다.

"아저씨 아니었으면 나도 죽을 뻔했어요."

가브로슈가 소리쳤다.

"여기 지휘관은 누군가?"

마리우스가 묻자 앙졸라가 대답했다.

"지휘관은 바로 너다."

마리우스는 온종일 화염이 일어난 듯한 자신의 머릿속을 마치 회오리바람이 휩쓸고 지나간 듯했다. 사랑에 빠졌던 지난 두 달, 떠나버린 코제트, 공화국을 위해 목숨 바친 마뵈프 노인, 바리케이드 안에 서 있는 자신, 이 모든 것이 악몽을 꾸는 것 같았다. 마리우스는 멀찍이 떨어져서 자신의 연극을 보는 듯 도무지 현실 같지 않았던 것이다. 그런 그의 눈에 주점 아래층 기둥에 묶여 있는 자베르가 들어올 리 없었다. 그는 자베르를 알아보지 못했다.

그사이 바리케이드 밖에서는 더 이상의 움직임이 없었다. 또 다른 명령이나 지원병을 기다리고 있는 것인지, 어쨌든 공격하지 않았다.

적군이 물러난 뒤, 혁명군은 바리케이드를 다시 설치하고, 주점을 야전병원으로 사용했다. 부상당한 동료들을 치료하는 한편 보다 많은 탄약을 만들었다. 그리고 주점 바닥에 떨어진 화약가루들을 쓸어내고 시신들을 수습했다. 그리고 바리케이드 밖을 시시각각 점검하고 감시했다.

모두 정면으로 공격받는 큰 바리케이드에 신경 쓰는 동안 마리우스는 혼자 작은 바리케이드를 살펴보았다. 그곳에는 아무도 없었고 거리도 조용했다.

그런데 그때, 갑자기 어둠 속에서 그의 이름을 부르는 목소리가 들려왔다.

"마리우스 씨!"

목소리는 들릴 듯 말 듯했다. 그것은 2시간 전쯤 플뤼메 거리 코제트의 정원 밖에서 들려온 목소리였다. 마리우스는 사방을 둘러보았으나 아무도 보이지 않았다. 어쩌면 환청인지도 몰랐다. 발걸음을 옮기려는데, 그 목소리가 다시금 가냘프게 들려왔다.

"마리우스 씨!"

마리우스는 사방을 둘러보았다. 사람의 목소리가 분명했지만 여전히 아무도 보이지 않았다. 마침내 그 목소리가 가냘프고도 애절하게 말했다.

"당신 발밑이에요."

바리케이드 아래쪽으로 횃불을 비추자 희뿌연 어둠 속에서 작은 그림자 하나가 꿈틀거리며 다가오고 있었다. 마리우스를 향해 기어오고 있는 것은 맨발에 작업복 셔츠와 찢어진 바지를 입고 있는 사람이었다.

"나를 몰라보겠어요? 에포닌이에요."

마리우스는 그림자를 향해 잔뜩 몸을 구부렸다. 그 그림자는 다름 아닌 불행한 소녀 에포닌이었다. 그녀는 남자 옷을 입고 있었다.

"에포닌, 여긴 웬일이야?"

마리우스가 소리쳤다.

"난 곧 죽어요."

에포닌이 들릴 듯 말 듯한 소리로 대답했다.

마리우스는 그제야 에포닌의 온몸이 피로 얼룩진 것을 발견하고 소리쳤다.

"오, 하느님! 가만있어, 에포닌! 걱정 마. 내가 치료해줄게. 어서 가자."

마리우스는 에포닌을 들어 올리려고 그녀의 겨드랑이 밑으로 손을 넣었다. 그러자 그녀가 고통에 겨운 비명을 질렀다.

"오, 에포닌! 어쩌다가…… 조금만 참아."

에포닌은 대답 대신 손을 저었다.

"마리우스 씨, 나는 틀렸어요. 그냥 놔두세요."

에포닌의 손을 본 마리우스는 온몸에 소름이 돋으면서 왈칵 눈물이 쏟아졌다.

"오, 하느님!"

에포닌의 오른손은 온통 피범벅이 된 채 가운데가 뻥 뚫려 있었다. 뚫린 구멍이 남아 있는 손보다 더 컸다. 그리하여 그 손은 테두리만 남은 채 금방이라도 떨어져 나갈 것 같았다.

마리우스가 울먹이는 목소리로 물었다.

"에포닌, 어떻게 된 거야?"

"아까 이 손으로 총알을 막았어요."

에포닌은 슬픈 미소를 머금고 말했다.

순간, 마리우스는 병사 하나가 자신을 향해 총구를 겨눌 때 작은 체구의 한 남자가 그 총구를 붙잡던 광경이 불쑥 떠올랐다. 마리우스는 절규하며 온몸을 부르르 떨었다.

"오, 에포닌! 내가 치료해줄게. 걱정 마."

마리우스가 울먹이며 말했다. 그러나 에포닌은 고개를 저으며 말했다.

"총알이 손을 뚫고 가슴과 등을 관통했어요. 마리우스 씨, 그냥 가만히 있어요. 난 가망이 없어요. 여기 내 옆에 앉아요."

마리우스가 앉자 에포닌은 그의 무릎에 머리를 기댔다.

"이러고 있으니 너무 좋아요! 이젠 하나도 안 아파요!"

에포닌은 힘겹게 고개를 돌려 마리우스의 얼굴을 올려다보았다.

"마리우스 씨, 난 정말 바보예요. 당신한테 그 집을 일러주다니."

에포닌은 잠시 말을 끊었다가 다시 이었다.

"당신도 어쩔 수 없어요. 아무도 여기를 살아서 나가지 못할 테니까요. 당신을 여기로 불러들인 건 나예요. 같이 죽으려고요. 그런데 당신한테 총을 쏘려는 군인을 봤을 때, 나도 모르게 총부리를 붙잡고 말았어요. 난 정말 바보예요. 하지만 당신보다 내가 먼저 죽고 싶었어요. 총알을 맞고 여기로 기어 와서 당신이 오기를 기다렸어요. 우리가 만났던 일 생각나세요? 마리우스 씨, 난 지금 행복해요. 사람은 누구나 죽는걸요."

마리우스는 연민의 눈물을 흘리며 에포닌의 가련한 얼굴을 쳐다보았다. 그녀는 밭은 숨을 몰아쉬었다. 그때 수탉 울음소리와 같은 노랫소리가 들려왔다. 주점 안에서 들려온 그것은 가브로슈의 목소리였다. 가브로슈는 탁자 위에 앉아 탄약을 재면서 노래를 부르고 있었다.

에포닌은 힘없는 미소 끝에 눈을 감고 말했다.

"저건 내 동생의 애창곡이에요. 동생이 내가 여기 있는 걸 알면 절대 안 돼요."

순간, 마리우스는 테나르디에에 관한 아버지의 유언이 떠올랐다.

"동생이라니?"

"저 애 말이에요."

"노래 부르는 아이?"

"네."

마리우스가 몸을 움직였다.

"마리우스 씨, 이대로 있게 해주세요. 나는 이제 얼마 안 남았어요."

에포닌의 목소리는 금방이라도 꺼질 듯했다. 그녀는 마리우스 가까이 얼굴을 대고 묘한 표정으로 덧붙였다.

"내 옷 주머니에 편지가 들어 있어요. 당신한테 전해달라는 부탁을 받았지만, 그냥 내가 가지고 있었어요."

에포닌은 몸을 부르르 떨었다. 한 차례 경련이 지나가자 그녀는 마리우스의 손을 붙잡았다. 이제 그녀는 아무런 고통도 못 느끼는 것 같았다. 그녀는 그의 손을 자신의 셔츠 주머니에 넣었다. 마리우스는 종이의 감촉을 느꼈다. 그는 천천히 편지를 꺼냈다.

"약속해주세요."

에포닌이 숨이 넘어갈 듯한 목소리로 말했다.

마리우스는 그렁그렁한 눈으로 그녀를 바라보았다.

"내가 죽거든 이마에 키스해주겠다고. 죽더라도 느낄 수 있어요. 나는 당신을 사랑했던 것 같아요."

에포닌은 힘없이 눈을 감더니 더 이상 숨을 쉬지 않았다.

마리우스는 에포닌과의 약속을 지켰다. 그는 땀방울이 맺힌 그녀의 이마에 입을 맞췄다.

그는 허청거리며 주점 아래층으로 들어갔다. 그리고 에포닌이 건네준 편지를 읽었다.

베르리 거리 16번지, 쿠르페락 씨 댁, 마리우스 퐁메르시 씨에게

사랑하는 사람이여! 어쩌면 좋아요. 아버지께서 지금 바로 떠나야 한대요. 오늘 밤 아버지와 난 옴므 아르메 거리 7번지로 이사합니다. 그러나 일주일 뒤에는 아마도 영국에 있겠지요.

6월 4일,

코제트

모든 것이 에포닌이 꾸민 일이었다. 그녀는 아버지 테나르디에가 또다시 장 발장의 집으로 쳐들어갈 것이라 여기고, 남장을 하고 장 발장에게 그 집을 떠나라는 쪽지를 던졌다.

에포닌이 그렇게 한 데는 또 다른 이유가 있었다. 바로 코제트와 마리우스를 갈라놓기 위해서였다. 장 발장이 서둘러 거처를 옮기는 바람에 마리우스를 만날 수 없게 된 코제트는 그에게 편지를 썼다. 그리고 정원 주위를 어슬렁거리던 남장 여자 에포닌에게 5프랑을 주면서 마리우스에게 전해달라고 맡겼던 것이다.

그 이튿날인 6월 5일 에포닌은 쿠르페락의 집으로 갔다. 그러나

295

편지를 전해주기 위해서가 아니라 마리우스를 보기 위해서였다. 거기에서 그녀는 쿠르페락에게 바리케이드로 간다는 말을 듣고 자신은 물론 마리우스도 죽음으로 밀어넣고자 하는 생각을 했다. 그녀는 쿠르페락을 따라가 바리케이드 위치를 확인하고, 저녁때 코제트의 정원에 가면 마리우스를 볼 수 있으리라 생각했다. 마리우스가 코제트를 만나려고 다시 그 정원에 나타날 것이고, 코제트가 없어진 것을 알고 몹시 괴로워하리라는 에포닌의 예상은 그대로 적중했다.

또한 마리우스가 코제트 없는 빈 정원에서 절망감에 빠져 괴로워하고 있을 때 그의 친구들이 바리케이드에서 기다리고 있다고 알려준 것 역시 에포닌이었다. 그렇게 하면 마리우스가 분명 바리케이드로 오리라 예상했던 것이다. 에포닌은 자기가 가질 수 없는 마리우스를 다른 누구도 가질 수 없다는 생각에 그를 죽음으로 끌어들였고, 끝내 비통한 희열을 느끼며 죽었다.

마리우스는 코제트가 자기에게 아무런 말도 없이 떠난 게 아니었다는 사실을 알게 되었다. 더불어 그녀가 자신을 진실로 사랑하고 있다는 것도 깨달았다. 순간, 그는 살고자 하는 욕망이 솟구쳤다. 여기서 반드시 살아남으리라 다짐했다.

그러나 그러한 기쁨과 다짐 속에서도 한 가지 우울한 생각이 고개를 처들었다. 그의 조부가 코제트와의 결혼을 반대하지 않았던가. 그녀와의 결혼을 허락받으려고 갔다가 보기 좋게 거절당하고,

더구나 모욕적인 말까지 들어야 하지 않았던가. 여기서 살아남는다 해도 결국 달라질 것은 아무것도 없으리라는 생각이 들었다. 게다가 코제트는 영국으로 떠날 것이 아닌가. 불행한 운명은 이미 결정된 것이나 다름없었다. 극도로 낙담한 마리우스는 절망적인 각오를 하기에 이르렀다. 삶에 지쳤고 죽음은 더 가까이 다가오고 있었던 것이다.

이제 마리우스에게는 두 가지 의무가 남아 있었다. 먼저 코제트에게 마지막 작별 인사와 함께 자신의 죽음을 알리고, 지금 당장 테나르디에의 아들인 가브로슈를 이 지옥에서 빼내는 일이었다.

그는 늘 지니고 다니는 수첩을 꺼내 종이 한 장을 찢어 코제트에게 전할 말들을 적었다. 편지는 몇 줄 안 되었지만 한 줄 한 줄이 비장하고도 장엄했다.

사랑하는 코제트!

우리는 끝내 결혼하지 못할 것 같아. 나의 조부께서 우리의 결혼을 허락하지 않으셨어. 더구나 나는 가난해서 당신을 아내로 맞이할 자격이나 처지가 못 돼. 내가 당신한테 약속한 것 기억해? 나는 당신과의 약속을 꼭 지키려 해. 이제 당신이 이곳을 떠나므로 나는 죽을 거야. 당신이 이 편지를 읽을 때쯤이면, 내 영혼은 당신 곁에서 미소 짓고 있을 거야.

마리우스

마리우스는 편지를 접고 겉장에 주소를 썼다. 그리고 수첩 첫 장에 다음과 같이 적었다.

내 이름은 마리우스 퐁메르시입니다. 내 시신을 피유 뒤 칼베르 거리 6번지에 있는 질노르망 씨 댁으로 보내주십시오. 질노르망 씨는 나의 외조부입니다.

마리우스는 수첩을 주머니에 넣고 가브로슈에게 갔다.

"네게 부탁할 게 하나 있는데, 괜찮겠니?"

"뭐든 말만 해요. 아저씨 아니었으면 지금쯤 내 몸이 뻣뻣하게 굳어버렸을 테니까."

가브로슈가 밝고 충성스러운 표정으로 말했다.

"지금 이곳을 빠져나가서 내일 아침에 이 편지를 여기 적힌 주소로 전해줄 수 있겠니?"

마리우스는 바리케이드가 또다시 공격받기 전에 가브로슈를 내보낼 생각이었던 것이다.

"물론이죠!"

가브로슈는 자신 있게 대답하고 곧바로 골목길로 뛰어갔다. 가브로슈는 어떤 생각이 떠올랐지만 끝내 마리우스에게 말하지 않았다. 가브로슈는 아직 자정도 되지 않았고 목적지가 멀지도 않으니 아침까지 기다리지 않고 즉시 편지를 전달하고 돌아올 생각이었다.

35. 혁명, 그리고 사랑의 파수꾼

6월 5일 혁명이 일어나기 전날, 장 발장과 코제트는 거의 맨몸으로 도망치다시피 플뤼메 거리의 집을 떠났다. 투생도 데리고 갔는데 다시는 플뤼메 거리로 돌아오지 않을 거라고 예상했기 때문이다. 코제트는 처음으로 장 발장의 의견에 저항했다. 떠나는 것을 반대했던 것이다. 그러나 누가 보냈는지도 모르는, '거처를 옮기시오'라는 충고가 적힌 쪽지를 받고 불안감에 휩싸인 장 발장은 결심을 굳힐 수밖에 없었다. 누군가가 자신의 정체를 알아채고 뒤쫓고 있다고 여긴 것이다.

두 사람은 옴므 아르메 거리에 도착할 때까지 서로 한 마디도 하지 않았다. 장 발장은 코제트가 슬픔에 빠진 것을 헤아리지 못했고, 코제트는 장 발장의 불안감을 눈치채지 못했다.

이삿짐은 꾸리지도 않았고, 실제로도 그들의 손에는 아무것도 들려 있지 않았다. 이삿짐을 옮기려면 짐꾼들을 불러야 하는데, 그러면 자신들의 행선지가 드러날 수도 있기 때문이었다. 하녀 투생만 약간의 짐을 꾸렸을 뿐이다.

저녁 무렵 장 발장은 마차 한 대를 불렀다. 그는 늘 지니고 다니는 가방만 챙겼고, 코제트는 편지를 쓰기 위한 종이 묶음 하나만 손에 쥐고 있을 뿐이었다. 또 하나 챙긴 것이 있다면 압지 묶음뿐이었다.

장 발장은 사람들 눈에 띄지 않고 빠져나가기 위해 코제트에게 저녁 무렵 거처를 옮길 것이라고 말해두었다. 그 덕분에 코제트는 마리우스에게 편지를 쓸 여유가 있었던 것이다.

이슥한 밤, 옴므 아르메 거리에 있는 거처에 당도한 장 발장과 코제트는 별다른 말 없이 잠자리에 들었다. 새로운 곳으로 거처를 옮기자 장 발장은 어느 정도 마음의 안정을 되찾았다.

장 발장이 새로운 도피처로 정한 동네는 조용하기 그지없었다. 또한 거리가 좁아서 수레가 지나가지 않았고 한낮에도 어둑어둑해서 장 발장으로서는 더없이 만족했다. 장 발장은 지금껏 자신을 괴롭혀온 모든 문제로부터 마침내 벗어났다는 느낌에 마음이 한결 가벼웠다.

다음 날 장 발장은 개운한 기분으로 일어났다. 밤은 지혜를 준다고 했듯이 밤은 사람의 마음에 평온을 가져다준다. 자신의 기분이 좋으니 허름한 식당마저 그의 눈에는 운치 있어 보였다.

그러나 코제트는 투생에게 수프 한 그릇을 자기 방으로 갖다 달라고 하고는 저녁때까지 나오지 않았다. 저녁 식사 시간에 아버지 앞에 모습을 드러내기는 했지만, 음식은 먹지 않고 두통을 핑계로 자기 방에 들어가 버렸다. 장 발장은 아랑곳하지 않고 편안하게 천천히 식사를 했다. 그는 안정된 기분을 만끽하느라 파리 시내에 난리가 났다는 투생의 말에 아무 대꾸도 하지 않았다.

평온을 되찾은 장 발장은 즐거운 마음으로 코제트와 자신의 앞날을 머릿속으로 구상하며 방 안을 서성이고 있었다. 그는 이제 자신들의 행복을 막을 어떤 것도 없다는 생각이 들었다. 그는 이 조용한 집에서 며칠 전부터 자신을 불안하게 만들었던 모든 것들을 떨쳐버렸다. 어둠 속에서 다시 푸른 하늘 아래로 나온 것이다. 그는 이제 프랑스든 영국이든 코제트만 자기 곁에 있으면 된다고 생각했다. 장 발장에게 고국은 바로 코제트였던 것이다. 그는 영국으로 떠날 계획을 세우며 행복한 나날을 보내는 자신의 모습을 상상해보았다.

그런 생각을 하며 방 안을 왔다 갔다 하고 있을 때 문득 이상한 것이 그의 눈에 들어왔다. 찬장 위에 비스듬히 놓인 거울 속에 비친 글자였다.

지난밤 코제트는 새 거처에 당도하자마자 마리우스와 헤어진 슬픔에 빠진 나머지 압지를 찬장 위 거울 앞에 올려놓고 깜박했던 것이다. 그것도 펼쳐둔 채였다.

압지철에 거꾸로 찍힌 글자들은 다시 거울을 통해 똑바로 비춰졌다. 그리하여 장 발장은 편지를 읽을 수 있었다. 압지에 묻은 잉크가 채 마르지 않은 걸로 보아 편지는 얼마 전에 쓴 것이 분명했다. 거울에 비친 글귀는 이랬다.

사랑하는 사람이여! 어쩌면 좋아요. 아버지께서 지금 바로 떠나야 한대요. 오늘 밤 아버지와 난 옴므 아르메 거리 7번지로 이사합니다. 일주일 뒤에는 아마도 영국에 있겠지요.

6월 4일,

코제트

장 발장은 자신의 눈을 의심하며 멍한 얼굴로 서 있었다. 그는 놀라고 당황한 나머지 비틀거리며 안락의자에 털썩 주저앉았다.

장 발장은 코제트를 딸처럼, 어머니처럼, 그리고 동생처럼 사랑했다. 평생 다른 누군가를 사랑해본 적 없는 그에게 코제트에 대한 사랑은 무의식적이고 맹목적이며 순결하고 신성한 것, 말하자면 감정이라기보다 본능에 가까웠다. 코제트 말고는 그 누구도 사랑하지 않았던 장 발장은 그녀에게 아버지이자 할아버지, 오빠, 남편, 심지어 어머니와 같은 사랑을 쏟았던 것이다.

그런데 지금 자신의 빛이자 집이자 가정이며, 조국이고 천국인 코제트가 자신에게서 벗어나려 하고 있었다. 그녀의 마음이 다른 남자에게 향하고 있다는 사실에 맞닥뜨리자 장 발장은 엄청난 상실감에 빠져들었다.

장 발장은 압지를 집어 들고 다시 한번 편지를 읽었다. 그것은 더이상 부인할 수 없는 사실이었다.

장 발장은 코제트가 예전과 다른 모습과 행동을 보이기 시작한 시점과 날짜, 그리고 그동안 일어났던 크고 작은 사건들을 서로 맞춰보기 시작했다. 그러고 나서 그는 신음하듯 중얼거렸다.

"바로 그 젊은이로군!"

장 발장이 절망적인 마음으로 끼워 맞춘 조각들은 정확히 맞아떨어졌다. 장 발장은 그 젊은이의 이름은 알지 못했지만, 그가 머릿속으로 선명하게 그리고 있는 남자는 다름 아닌 마리우스였던 것이다.

이미 오래전부터 장 발장은 마리우스를 뤽상부르 공원의 방랑자라고 생각했다. 또한 겁 많은 청년이라고 생각했다. 아버지와 함께 있는 젊은 여자를 훔쳐보거나, 그런 여자와 눈을 맞추는 것은 사내답지 못한 비겁한 행위라고 여겼던 것이다.

날이 어두워질 때까지 장 발장은 코제트가 쓴 편지를 생각하며 전전긍긍하고 있었다. 그의 마음은 또 다른 이유로 뒤숭숭하고도 불안했다. 장 발장의 새 주소를 누군가 알고 있을지도 모를 일이었다. 그는 불안한 마음에 집 밖으로 나왔다. 그는 모자도 쓰지 않은 채 문 앞 표석에 앉아 꼼짝도 하지 않고 생각에 잠겨 있었다.

시내에서 폭동이 벌어지고 있다는 것을 그도 모르지는 않았다. 생메리 쪽에서 싸움이 일어나고 있다는 것을 투생한테 들어 알고 있었다. 그 때문인지 거리는 적막했고 사람들은 잔뜩 겁에 질려 있었을 뿐 장 발장에게는 눈길도 주지 않았다.

생 폴 성당의 시계가 11시를 치고 나서 갑자기 멀리서 두 방의 총소리가 들려왔다. 그것은 샹브르리 거리의 바리케이드에서 마리우스가 발사한 총소리였으리라.

한밤의 고요 속에서 더욱 맹렬하게 들린 두 발의 총성에 장 발장은 몸을 움찔하며 자리에서 벌떡 일어났다. 그러나 이내 주저앉아 머리를 숙이고 상념에 빠졌다.

뒤에서 발소리가 들려오자 장 발장은 반사적으로 고개를 들었다. 소년 하나가 장 발장이 있는 쪽으로 달려오고 있었다. 소년은 다름 아닌 가브로슈였다. 그는 뭔가를 찾는 듯 건물의 문과 창을 일일이 살펴보고 있었다.

장 발장은 소년을 불러 세워 말을 걸었다.

"무슨 일이냐?"

"배가 고파서요."

가브로슈는 평소 어른들에게 하는 말버릇대로 대답했다. 그리고 지금, 배가 고픈 것도 사실이었다.

"쯧쯧, 배가 고픈 게로구나."

장 발장은 주머니에서 5프랑짜리 동전을 꺼내 소년의 손에 쥐어 주었다.

소년은 동전을 보고 깜짝 놀라 멍한 표정을 지었다. 5프랑짜리 동전은 들어만 봤지 두 눈으로 직접 보기는 이번이 처음이었다. 소년은 동전을 주머니에 집어넣더니 이렇게 물었다.

"이 동네 사세요?"

"그래. 그런데 왜?"

"7번지를 찾고 있어요."

"그 집에 무슨 볼일이라도 있니?"

가브로슈는 너무 많은 것을 말했나 싶어 찜찜한 기분이 들었다. 가브로슈가 잠시 머뭇거리는 사이 장 발장의 머릿속에 퍼뜩 떠오르는 것이 있었다. 그래서 그는 마치 선수를 치듯 가브로슈에게 이렇게 말했다.

"지금 편지를 기다리고 있는데, 네가 그것을 가져온 게로구나."

가브로슈는 조금 당혹스런 표정으로 대답했다.

"이 편지는 숙녀분께 전해야 되는데요."

"코제트 양한테 전할 편지 맞지?"

가브로슈는 잠시 우물쭈물하다 "그런데요."라고 대답한 다음, "그 이름이 맞는 것 같아요."라고 말했다.

가브로슈가 잠시 머뭇거리는 것을 눈치챈 장 발장은 다그치듯 말했다.

"그 편지는 내가 받아서 전해주기로 했단다. 이리 다오."

가브로슈는 여전히 머뭇거리면서 장 발장의 얼굴을 조심스레 쳐다보고는 주머니에서 편지를 꺼냈다.

"그럼 내가 바리케이드에서 왔다는 것도 알겠네요."

가브로슈는 편지를 건네면서 덧붙였다.

"바로 전해줘야 해요. 지금 숙녀분이 편지를 애타게 기다리고 있을 거예요."

가브로슈가 돌아서려는데 장 발장이 다시 불러 세웠다. 장 발장은 정보를 더 캐낼 요량으로 가브로슈에게 넌지시 물었다.

"답장을 생 메리 거리로 보내면 되느냐?"

"아뇨, 샹브르리 거리요. 나는 다시 그리 돌아가야 해요. 그럼 이만. 행운을 빌어요, 동지!"

가브로슈가 돌아가고, 장 발장은 편지를 품속에 넣고 집으로 들어갔다. 장 발장은 가만히 계단을 올라가서 방문에 귀를 기울이고 코제트와 투생이 자고 있는지 확인했다. 모두 잠이 든 듯했다.

장 발장은 촛불을 켜려고 성냥을 긋는데 두 손이 몹시 떨렸다. 자신의 행동이 엄연한 도둑질과 다름없다는 것을 너무나도 잘 알고 있었기 때문이다. 그는 촛불을 켜고 탁자에 팔꿈치를 괸 채 편지를 펴서 읽었다.

……나는 죽을 거야. 당신이 이 편지를 읽을 때쯤이면, 내 영혼은 당신 곁에서 미소 짓고 있을 거야.

장 발장은 온몸이 떨렸다. 이미 편지의 첫 구절을 읽을 때부터 모종의 흥분이 밀려왔다. 그는 은밀한 기쁨에 탄성을 지를 뻔했다. 그리고 자신의 그러한 모습에 마음이 복잡했다. 말하자면 그는 몹시 기뻐하되 그러한 자신을 냉정하게 바라보는 또 다른 자신의 마음 때문에 몹시 당혹스러웠던 것이다. 그럼에도 은밀한 기쁨은 여전했다.

깔끄러운 상대의 죽음을 알리는 소식이 지금 그의 손안에 있었기 때문이다. 이제 모든 것이 끝났다! 그 젊은이의 종말은 기대했던 것보다 일찍 찾아왔다.

장 발장은 오래 묵은 체증이 가신 기분이었다. 해방감이 밀려왔다. 이제 다른 잡념이나 걱정 없이 코제트와의 행복한 삶을 설계할 수 있게 된 것이다. 그러기 위해 가장 먼저 해야 할 일은 코제트가 그 편지를 보지 못하게 하는 일이었다. 그렇다면 그 젊은이가 어떻게 되었는지 코제트는 영영 알 수 없을 것이다. 이 얼마나 간단한 일인가! 장 발장은 그저 아무것도 하지 않고, 다만 운명이 흘러가는 대로 두고 보기만 하면 되었다. 그 젊은이는 자신의 운명을 어쩌지 못할 것이다. 벌써 죽었거나, 아니면 곧 죽을 것이다.

그러나 장 발장의 기쁨은 그리 오래가지 않았다. 어느 순간 갑자기 침울해진 그는 눈을 감고 깊은 상념에 빠져들었다.

그는 계단을 내려가 문지기를 깨워 몇 가지 일을 부탁했다. 그로부터 한 시간 후, 문지기가 프랑스 국민병 제복을 가지고 왔다. 장 발장은 그 제복을 입고 총과 탄약을 지닌 채 집을 나섰다.

*

바리케이드를 재정비한 뒤 앙졸라는 프랑스 국민병 군복 네 벌을 들고 사람들 앞에 나와 말했다.

"동지 여러분! 새로운 공화국은 인명을 낭비해도 될 만큼 부유하지 않소. 우리의 공화국이 살아남으려면, 동지들 가운데 누군가는 반드시 살아서 이곳을 나가야 합니다. 이름뿐인 영광은 헛된 소모일 따름입니다. 또한 반대로 우리 가운데 일부는 끝까지 여기 남아 있어야 한다면, 그것 또한 새 공화국의 의무이고, 그 의무 역시 반드시 지켜져야 합니다."

앙졸라는 국민병 군복을 가리키며 말을 이었다.

"이 군복을 입으면 국민병 틈에 섞일 수 있을 겁니다. 여기 네 벌의 군복이 있습니다."

앙졸라의 말이 끝나자마자 콩브페르가 큰 소리로 덧붙였다.

"동지들 가운데 가족을 혼자 부양하는 사람은 자신을 희생해서는 안 됩니다. 가족을 먹여 살려야 할 사람에게는 결코 자신을 희생할 권리가 없는 겁니다. 그건 자신의 책임을 유기하는 행위나 다름없습니다."

"그렇습니다! 선생은 한집안의 가장으로서 부양해야 할 식구들이 있지 않소?"

한 젊은이가 자기 옆에 있는 중년 남자에게 말했다. 그러자 중년 남자가 맞받아치듯 젊은이에게 말했다.

"자네한테도 여동생이 둘이나 있잖나? 그리고 그 동생들은 자네 없이 살 수 없잖아?"

혁명군들은 뜻하지 않은 논쟁을 벌였다. 그들의 논쟁은 평소와 전혀 달랐지만, 그와 동시에 역설적이게도 보통의 논쟁과 다를 바 없었다. 서로가 희생을 자처하면서 의견 일치를 보지 못하고 본의 아니게 끝없는 논쟁으로 이어지고 있었던 것이다. 누가 죽음의 현장에 남고, 누가 죽음의 문을 나설 것인가를 놓고 실랑이를 벌였다.

"어찌 됐든 빨리 결정을 내려야 합니다. 시간이 없어요."

쿠르페락이 좌중을 향해 크게 소리쳤다.

"동지 여러분! 우리는 새로운 공화국의 영광스런 시민입니다. 그렇다면 누가 남고 누가 나갈지 투표로 정하는 것이 어떻겠습니까?"

앙졸라의 제안에 모두 찬성했다. 그리하여 얼마 후 바리케이드를 떠날 5명을 만장일치로 가려냈다. 그런데 마리우스가 한 가지 문제점을 지적했다.

"5명을 뽑았는데, 군복은 네 벌밖에 없습니다! 그렇다면 할 수 없이 누구 한 사람이 남아야 합니다."

마리우스의 말이 끝나자 좌중에서 웅성거리는 소리가 났다.

바로 그때였다. 마치 기적과도 같이 새로운 군복 하나가 네 벌의 군복 위로 떨어졌다. 그와 동시에 마리우스는 군복이 날아온 건너편을 바라보았고, 그곳에서 자신이 알고 있는 한 남자를 발견했다. 실내는 어둠침침했지만, 그 남자를 분명히 알아볼 수 있었다. 마리우스가 포슐르방 씨라고 알고 있던 바로 그 남자였다.

장 발장이 야음을 틈타 혁명군의 진지까지 슬그머니 들어와 있던 것이다. 혁명군 하나가 놀라움과 의심의 눈초리로 장 발장을 쳐다보며 다그쳐 물었다.

"이 사람은 누굽니까?"

"내가 잘 아는 분입니다."

마리우스가 차분하게 대답했다.

그의 말 한마디로 장 발장이라는 이방인의 신원이 그 자리에서 보증된 셈이었다. 그제야 모두 안심하는 표정을 지었다.

"잘 오셨습니다, 동지."

앙졸라가 장 발장에게 악수를 청하며 말했다. 그리고 나직하고도 우울한 목소리로 이렇게 덧붙였다.

"동지께서도 잘 아시겠지만, 우리 모두는 죽을 겁니다."

장 발장은 아무 말도 하지 않았다. 그저 한 남자가 군복 입는 것을 묵묵히 거들어줄 뿐이었다.

이윽고 떠나기로 한 5명이 군복을 갖춰 입고 모든 준비를 끝냈다. 그들은 바리케이드를 빠져나가기 전 남은 동지들과 마지막으로 포옹을 했다. 떠나는 사람, 남은 사람 모두 결연하고도 슬픈 표정이었다. 5명 가운데 한 사람은 격한 감정을 추스르지 못해 눈물을 흘리느라 발걸음을 떼지 못했다. 죽음의 현장에 남아 있어야 할 동지들이 되레 그를 위로해주었다.

한편 눈앞에 나타나는 광경들을 도무지 현실로 받아들이지 못하던 마리우스는 포슐르방 씨가 여기에 어떻게, 무엇 때문에 들어왔는지 조금도 궁금하지 않았다. 그는 자신이 이미 무덤 속에 들어온 듯했고, 그의 눈은 이미 죽은 사람과 같았다. 자신이 죽으러 여기 왔듯이 다른 모든 사람들도 마찬가지라고 여겼다. 그는 다만 괴로운 심정으로 코제트만을 생각했다.

포슐르방도 마리우스에게 말을 걸지 않았고, 심지어 마리우스가 자신을 가리키며 아는 분이라고 말했을 때도 그 말을 듣지 못한 듯 행동했다. 마리우스는 포슐르방의 무심한 태도가 오히려 편했다. 마리우스 또한 그를 본 지도 오래됐고 성격도 소심한 탓에 먼저 말을 걸기가 어려웠던 것이다.

어느덧 날이 밝아왔다. 혁명군 진영에서는 적군을 볼 수 없었지만, 그리 멀지 않은 지점에서 무슨 소리가 들리는 것으로 보아 적군의 공격이 임박했음을 감지할 수 있었다. 혁명군의 예감은 곧바로 들어맞았다. 적진에서 대포를 설치하는 포병들의 모습이 드러났다.

적군의 포탄 한 발이 혁명군의 진지로 떨어지기 직전, 바리케이드 뒤에 숨어 있던 혁명군의 귀에 소년의 앳되고도 명랑한 목소리가 들렸다.

"나 왔다!"

소년은 다름 아닌 가브로슈였다. 가브로슈가 혁명군 진지에 이르기까지는 평소보다 시간이 서너 배 더 걸렸다. 오는 길에 한 가지 소란이 있었던 것이다. 가브로슈는 바리케이드로 돌아오는 길에 큰 소리로 노래를 부르면서 가로등을 하나하나 깨뜨렸다. 그러다 술에 취해 길바닥에서 수레를 세워놓고 곯아떨어진 사내를 발견했다. 가브로슈는 바리케이드를 쌓는 데 쓰면 좋겠다 싶어 몰래 수레를 끌고 갔다. 그러나 요란한 수레 소리와 노랫소리를 듣고 정찰을 나온 위병소 국민병 하나와 맞닥뜨리게 되었다. 국민병은 신원과 행선지를 밝히지 않는 가브로슈를 의심하고 그를 붙잡으려고 했다. 그때 가브로슈는 국민병을 향해 수레를 힘껏 밀고 도망치기 시작했다. 수레에 배를 정면으로 맞으면서 국민병이 가지고 있던 총이 공중으로 발사되었다. 그 소리를 듣고 위병소에서 달려온 병사들이 가브로슈를 향해 총을 쏘아댔다. 가브로슈는 어느 거리인지도 모르고 무작정 달려갔다. 병사들은 15분 동안이나 총을 난사했으나 유리창 몇 개를 깨뜨린 것이 전부였다.

마리우스는 가브로슈를 보는 순간 놀랍고도 걱정스러운 표정을 지었다. 그는 다짜고짜 가브로슈에게 달려가 다른 쪽으로 끌고 가서 소리쳤다.

"여긴 왜 왔어? 여기서 뭘 하는 거냐고?"

가브로슈가 어깨를 으쓱하며 대답했다.

"그러는 동지는 여기서 뭘 하고 있소?"

마리우스는 엄한 투로 말했다.

"누가 다시 오라고 했어!"

"내가 다시 오라고 했죠."

가브로슈는 여전히 까불거리며 대꾸했다.

마리우스는 우울한 미소를 지으며 그의 머리를 쓰다듬었다. 그리고 물었다.

"편지는 전달했니?"

가브로슈는 편지를 본인한테 직접 전하지 않았다는 것을 깨닫고 은근슬쩍 얼버무렸다.

"문지기에게 전달했어요. 숙녀분께서 잠들었다기에. 숙녀분께서 일어나면 바로 전해주겠다고 했어요."

앞서 말했듯이 마리우스가 가브로슈한테 편지를 들려 보낸 데는 두 가지 목적이 있었다. 그러나 그의 목적은 절반만 이루어진 셈이었다.

가브로슈가 왔을 때 떨어진 포탄은 산탄이어서 벽에 맞고 튕겨진 탄알들이 대원들을 향해 빗발쳤다. 따라서 산탄을 막지 않으면 곧 바리케이드가 점령될 것이었다. 할 수 없이 앙졸라는 대포수를 겨누었다. 그의 곁에서 젊고 잘생기고 총명한 얼굴의 대포수를 살펴보던 콩브페르가 말했다.

"꼭 죽여야 할까? 살육은 끔찍해. 왕이 사라지면 전쟁도 사라지겠지. 저 청년은 사람 좋아 보이는 인상이야. 대담해 보이고 지식도 있는 것 같아. 그에게도 아버지가 있고 어머니, 동생, 그리고 연인도 있겠지. 이제 겨우 스물다섯 살쯤 되었을 테니까. 어쩌면 너의 형제인지도 몰라. 그러니 죽이지는 말자."

그러자 앙졸라가 담담하게 말했다.

"그럴지도 모르지. 하지만 이건 내가 해야 할 일이야."

앙졸라의 얼굴에서 눈물 한 줄기가 흐름과 동시에 그는 방아쇠를 당겼다. 총알은 대포수의 가슴을 관통했다.

대포수가 교체되는 동안 바리케이드에서는 포격을 막을 준비를 해야 했다.

앙졸라가 명령했다.

"매트가 있어야겠어."

그러나 부상자들이 누워 있는 것 말고 남는 매트가 없었다.

그때 아무것도 하지 않고 혼자 주점 앞에 앉아 있던 장 발장이 앙졸라의 명령을 듣고 일어났다.

바리케이드에서 가까운 샹브르리 거리 7층 집 꼭대기 다락방 창문에 매트 하나가 가로놓여 있었다. 그곳에 사는 노파가 총알을 막으려고 가져다놓은 것이었다. 매트 아래쪽은 막대기로 받치고 위 양쪽은 다락방 창틀의 못에 매달려 있었다.

장 발장은 앙졸라에게 소총을 빌려 다락방 창을 향해 쐈다. 총알은 정확히 매트가 매달려 있는 밧줄을 맞혔다. 이어서 두 번째 총알이 나머지 밧줄에 명중하자 매트가 거리로 떨어졌다.

그것을 지켜보던 대원들 사이에서 박수가 터져 나왔다. 그러나 매트는 바리케이드 밖으로 떨어졌다.

마침 바리케이드 밖에서는 포병대가 재정비되는 동안 일제 사격을 가했다. 장 발장은 바리케이드가 끊어진 곳을 통해 총알이 빗발치는 거리로 나가 매트를 짊어지고 돌아왔다.

매트를 벽에 기대놓자 탄알이 튀지 않고 그대로 매트에 박혔다.

앙졸라가 장 발장에게 말했다.

"공화국을 대신해 당신에게 감사하오."

본격적인 총격전이 다시 시작되었다.

쿠르페락은 바리케이드 바로 앞에 있었다. 그는 두 눈을 부릅뜨고 전방을 응시하고 있었다. 그때 그의 눈빛이 놀랍고도 불안하게 돌변했다. 적진 시야에 그대로 노출되어 총알이 빗발치는 가운데 작은 체구의 한 사내가 마치 총알 사이를 헤집고 다니듯 이리저리 뛰어다니고 있는 것이 아닌가. 다름 아닌 가브로슈였다. 가브로슈는 바구니 하나를 들고 적군의 시체들 사이를 아슬아슬하게 오가며 탄약을 주워 모으고 있었다.

쿠르페락은 가브로슈에게 소리쳤다.

"거기서 뭘 하고 있는 거야, 가브로슈?"

"탄약을 줍는 중이오, 동지!"

"어서 돌아와! 어서!"

그러거나 말거나 가브로슈는 태연하게 대꾸했다.

"기껏 우박 떨어지는 걸 갖고, 뭘!"

쿠르페락은 사색이 되어 다시 소리쳤다.

"어서 돌아오지 못해!"

가브로슈는 여전히 말을 듣지 않았다. 그는 하던 일을 계속하고 있을 따름이었다.

전투가 벌어지는 거리에는 20여 구의 시신들이 널려 있었는데, 가브로슈에게는 그것이 바리케이드를 사수하는 혁명군들에게 보급할 탄약 밭쯤으로 보인 모양이었다. 또 한 차례의 일제 사격으로 거리에 자욱한 연기가 깔리자 가브로슈는 그 연기 속에서 또다시 시체 사이를 오가며 탄약을 챙겼다.

가브로슈는 짙은 연기를 위장막으로 이용하며 혁명군 진지로부터 멀리 떨어진 곳까지 다다를 수 있었다. 그가 아무리 작고 민첩하다고는 하나 누가 봐도 위험천만한 일이었다.

급기야 우려하던 상황이 벌어졌다. 연기가 흩어질 때 적진의 한 병사가 그들 진영으로 접근하는 가브로슈를 발견했다. 그 병사는 즉각 가브로슈를 향해 총을 쏘았다. 가브로슈가 다른 시신 쪽으로 옮겨 몸을 숙이는 순간 총알 하나가 그 시신에 꽂혔다.

"이런! 죽은 사람 또 죽이네!"

가브로슈는 당황하거나 겁내기는커녕 놀리듯 중얼거렸다. 또다시 총알이 날아왔다. 총알은 가브로슈의 오른발을 아슬아슬하게 비껴갔다. 뒤이어 세 번째 총알이 날아왔다. 이번에도 총알이 가브로슈를 살짝 빗나가는가 싶더니 탄약이 든 바구니에 적중했다. 그 바람에 바구니가 뒤집어지고 탄약들이 흩어졌다.

뒤이어 총알들이 빗발치자 가브로슈는 길바닥에 엎드렸다가 다시 잽싸게 일어나 어느 집 문간으로 몸을 숨겼다. 그러고는 다시 거리로 나가 적군들을 약 올렸다. 엄지손가락을 코끝에 대고 나머지 손가락을 아래위로 흔들어대는 것이었다. 그러자 또다시 총알이 빗발쳤다. 그러나 총알들은 가브로슈를 비껴갔다. 그 광경만 보자면 마치 가브로슈가 총알보다 더 빠른 듯했다. 무척이나 낯설고 불안한 광경이었다! 그 와중에 가브로슈는 바구니에 탄약을 가득 채우고 있었다. 가브로슈는 어른도 아이도 아니었다.

가브로슈를 보는 혁명군들은 불안과 공포에 떨었다. 그러다 급기야 총알이 표적을 맞히고 말았다. 가브로슈는 비틀거리며 쓰러졌고 더 이상 움직이지 않았다. 혁명군들이 일제히 비명을 질렀다. 마리우스와 콩브페르가 바리케이드 밖으로 뛰쳐나가 가브로슈에게 달려갔다. 그러나 이미 때는 늦었다. 가브로슈는 즉사했다.

콩브페르는 탄약 바구니를 집어 들고, 마리우스는 가브로슈를 둘러메고 바리케이드로 돌아왔다.

*

자베르는 아직도 주점 아래층 기둥에 묶여 있었다. 앙졸라가 탁자 위에 권총을 놓으며 말했다.

"맨 마지막에 남는 사람이 쏘기로 합시다."

그러자 누군가가 소리쳤다. 그는 가브로슈의 죽음에 슬픔과 분노를 이기지 못하고 미친 듯이 소리쳤다.

"저놈을 지금 당장 없애자고! 이놈의 시체가 우리들 속에 섞여서
는 안 되니 바리케이드 밖으로 끌고 나가 처형합시다!"

그때 장 발장이 앙졸라에게 다가와 물었다.

"당신이 여기 지휘자입니까?"

"그런데, 왜 그러시죠?"

"아까 나에게 감사하다고 했으니 한 가지 청을 들어주시오. 저자
를 내 손으로 죽이게 해주시오."

장 발장이 자베르를 쏘아보면서 말했다.

자베르의 얼굴이 심하게 일그러졌다.

"그것 참 괜찮은 생각이오."

자베르가 쓴웃음을 지으며 거만하게 말했다.

앙졸라가 권총에 총알을 장전하며 말했다.

"좋소. 동지가 처리하시오!"

장 발장은 기둥으로 다가가 포로를 묶은 밧줄을 풀었다. 이어 손
을 포박한 밧줄을 붙잡고 밖으로 끌고 나갔다.

밖에서 다음 전투를 준비하고 있던 다른 혁명군들은 장 발장과
자베르가 지나갈 때 모두 등을 돌리고 서 있었다. 바리케이드 맨 끝
에 있던 마리우스만이 두 사람이 지나가는 것을 보았을 뿐이다.

장 발장과 자베르는 작은 바리케이드를 지나 몽데투르 거리로 나
왔다. 아무도 없는 거리에서 두 사람은 마주 보고 섰다. 장 발장이

자베르를 쏘아보며 말했다.

"자베르! 장 발장이다."

자베르가 알고 있다는 듯이 짧게 대답했다.

"빨리 끝내라!"

장 발장은 자베르에게 권총을 겨누려다 말고 허리춤에 찔러 넣었다. 그러더니 안주머니에서 단도를 꺼냈다.

"그럼, 그렇지. 너 같은 놈한테는 그게 더 어울리지!"

자베르가 이기죽거렸다.

장 발장은 그 칼로 자베르의 손에 묶인 밧줄을 잘랐다. 밧줄이 풀리자 장 발장이 말했다.

"어서 가라!"

자베르는 어떤 것에도 놀라는 법이 없는 차가운 피의 소유자였다. 그런 그의 얼굴에 놀라는 기색이 역력했다. 그는 한동안 멍한 표정으로 꼼짝도 하지 않았다. 그는 무슨 말인가 하려 했으나 입 밖으로 나오지 않았다.

장 발장이 말했다.

"나는 여기서 살아 나갈 수 없을 것이다. 하지만 운 좋게도 살아나간다면 나를 찾아와라. 내 주소를 알려주겠다. 내 이름은 포슐르방, 주소는 옴므 아르메 거리 7번지……."

자베르는 윗옷을 단단히 여미고 허리를 꼿꼿이 펴더니 어둠 속으로 사라졌다. 장 발장은 그 자리에 서서 자베르의 모습이 사라질 때까지 기다렸다가 공중을 향해 권총을 한 발 쐈다.

그러는 동안 자베르와 장 발장이 함께 나가는 것을 얼핏 본 마리우스는 그제야 어렴풋이 기억이 떠올랐다. 밝은 대낮에 밖에서 보는 순간 비로소 자베르를 알아본 것이다. 앙졸라에게 그의 이름을 확인했을 때 총소리가 들렸다. 그리고 장 발장이 나타나 "처리했소."라고 말했다. 그 말을 듣는 순간 마리우스는 오싹한 기분이 들었다.

그때 적군의 공격을 알리는 북소리가 울려 퍼지면서 폭풍과도 같은 적의 돌격이 시작되었다. 마리우스와 앙졸라는 각각 바리케이드 양쪽 끝에 위치해 있었다. 마리우스는 바리케이드 위로 상체가 훤히 드러날 정도로 꼿꼿이 서 있었다.

혁명군은 꼬박 하루 동안 먹지도, 자지도 못한 채 계속해서 전투를 치러야 했다. 그들은 이미 지칠 대로 지쳐 있었고, 더구나 대부분이 부상을 당한 상태였다. 혁명군의 전력은 눈에 띄게 약화되었으나 그들은 결사항전의 뜻을 굽히지 않았다.

바리케이드는 무려 열 차례나 적군의 공격을 버텨냈다. 하지만 그 대가로 많은 사람들이 목숨을 잃었다. 쿠르페락도 적군과 육박전을 벌이다 총검에 찔려 전사했다.

마리우스 역시 머리에 심각한 부상을 입었다. 머리에서 흘러내린 핏물로 시뻘겋게 뒤덮여 얼굴을 알아볼 수 없을 정도였다. 그 모습은 마치 붉은 손수건을 뒤집어쓴 것 같았다.

유일하게 부상을 당하지 않은 것은 앙졸라였다. 그러나 그에게는 더 이상 싸울 무기가 없었다. 그가 지닌 무기라고는 부러진 소총의 총신밖에 없었다.

간신히 살아남은 마리우스와 앙졸라는 혁명군 진영의 중심부가 국민병의 손에 넘어가는 순간에도 바리케이드 양쪽에서 끈질기게 저항하고 있었다. 바리케이드가 함락되기 직전 그때까지 생존해 있던 몇몇 혁명군들은 허둥지둥 도망칠 수밖에 없었다.

그때 총알 하나가 마리우스를 향해 날아와 그의 갈비뼈를 맞혔다. 마리우스는 그대로 바리케이드 아래로 고꾸라졌다. 어떤 단단한 두 팔이 자신을 들어 올리는 것을 어렴풋이 느꼈지만 그는 모든 희망을 버리고 의식을 잃을 찰나였다.

마리우스는 코제트를 떠올렸다.

'오, 코제트!'

그리고 마지막으로 생각했다.

'난 포로가 됐어. 총살될 거야……'

주점 안에서 마지막까지 저항하던 앙졸라는 여덟 발의 총알을 맞고 마치 벽에 꽂힌 듯 선 채로 죽음을 맞았다. 아우성과 총격, 발 구르는 소리에 이어 침묵이 흐르고, 바리케이드는 점령되었다.

36. 하수도를 지나온 사랑

마리우스는 포로 아닌 포로가 되었다. 다름 아닌 장 발장의 포로가 된 것이다. 그가 의식을 잃고 쓰러지는 순간, 뒤에서 그를 붙잡은 것은 바로 장 발장의 손이었다.

장 발장은 총격전이 벌어지는 중에도 줄곧 마리우스를 지켜보다 그가 총탄에 맞고 쓰러졌을 때 재빨리 달려가 낚아채듯 데리고 나왔다.

거리는 요란하고 살벌했다. 주변을 둘러보니 길 한편은 건물들로 막혀 있었고, 다른 한편은 바리케이드로 막혀 있었다. 다급해진 장 발장은 마치 바닥에 구멍이라도 뚫으려는 듯 밑을 내려다보았다.

그때 장 발장의 눈에 무언가 들어왔다. 그것은 길바닥에 가로놓인 철근이었다. 원래 그 철근들은 돌멩이로 고정해두었는데, 돌멩이들이 떨어져 나가 헐거워져 있었다.

장 발장은 철근 아래쪽을 들여다보았다. 굴뚝 같기도 하고, 수도관 같기도 한 컴컴한 입구가 보였다.

장 발장은 재빨리 철근을 걷어내고, 마리우스를 어깨에 둘러멨다. 그는 절도 있고 날렵하게 움직였다. 마치 거인의 힘과 독수리의 민첩함을 동시에 지닌 듯했다. 강철 디딤판을 딛고 검은 구멍 속으로 내려간 그는 잠시 멈춰 철근을 제자리에 놓고 다시 아래로 내려갔다.

시체처럼 축 늘어진 마리우스를 둘러메고 3미터쯤 아래로 내려가자 기다란 지하 통로가 나타났다. 그는 이제 총격의 위험으로부터 벗어나 죽음 같은 침묵과 칠흑 같은 어둠 속에 있었다. 불현듯 과거의 기억 하나가 떠올랐다. 코제트를 안고 프티 픽퓌스 수녀원 담벼락을 기어오르던 그날 밤이.

장 발장은 마치 그날 밤으로 되돌아간 듯했다. 그때와 다른 점이 있다면 코제트 대신 마리우스를 업고 있다는 것이었다. 마리우스는 꿈쩍도 하지 않았다. 산 사람을 업고 가는지 시체를 업고 가는지 모를 지경이었다.

장 발장이 들어온 곳은 파리의 하수도였다. 처음 그 무덤 속 같은 지하에 들어서자 영락없이 장님이 된 기분이었다. 밝은 대낮의 거리에 있다가 갑자기 깜깜한 지하로 내려오자 아무것도 보이지 않았다. 그러나 몇 분이 지나자 그의 눈은 조금씩 어둠에 익숙해지기 시작했다. 조금 전에 내려왔던 맨홀을 통해 들어온 희미한 빛으로 가까스로 주변을 살펴볼 수 있었다. 그러나 몇 걸음 더 나가자 다시 아무것도 보이지 않았다. 그는 마리우스를 어깨에 메고 습하고 거대한 어둠 속으로 들어갔다.

장 발장은 한 손으로는 마리우스의 몸을 붙잡고, 나머지 손으로는 미끌거리는 하수도 벽을 더듬으며 천천히 걸어갔다. 마리우스의 머리에서 흘러나오는 미적지근한 피가 장 발장의 얼굴과 목을 적시고 옷 속까지 흘러들었다. 장 발장의 귓전으로 마리우스의 희미한 숨소리와 더불어 눅진한 온기가 느껴졌다.

하수도가 양쪽으로 갈라지는 지점에 이를 때마다 장 발장은 한 손으로 입구 가장자리를 더듬어 더 넓은 하수도 쪽으로 들어갔다. 좁은 쪽은 안으로 들어갈수록 더욱 좁아져서 결국 밖으로 나갈 수 없을 것이라고 판단했기 때문이다.

장 발장은 조심스럽게 한 걸음 한 걸음 내디뎠다. 매 순간 걱정스럽고 불안하기만 했다. 앞이 보이지 않아 어디로 가는지 감조차 잡을 수 없었다.

장 발장은 시간이 지남에 따라 걷기가 점점 더 힘들었다. 그는 마리우스가 하수구 천장에 닿지 않도록 허리를 잔뜩 구부렸다. 그는 나이에 비해 건장한 편이었지만, 온몸의 힘이 부쩍 빠지고, 피로가 일시에 몰려오기 시작했다.

얼마나 그렇게 걸었을까? 장 발장은 급기야 하수구가 합류하는 지점에 이르렀다. 갑자기 탁 트이면서 몸을 굽히지 않아도 될 만큼 높은 천장과 양팔을 뻗어도 벽에 닿지 않을 만큼 넓은 폭의 하수도

가 나타났다.

잠시 후, 장 발장은 흐릿한 불빛이 새어 들어오는 맨홀 아래쪽을 지나고 있었다. 그는 잠시 그곳에 멈춰 서서 마리우스를 물기 없는 바닥에 가만히 내려놓았다.

피투성이인 마리우스의 얼굴은 몹시 창백해 보였다. 눈은 감겨 있었고, 머리카락은 피범벅이 되어 관자놀이께에 엉겨붙어 있었다.

장 발장은 마리우스의 찢어진 옷 속으로 손을 넣고 가슴을 만져 보았다. 아직 심장이 뛰고 있었다. 출혈을 막기 위해 자신의 옷을 찢어 마리우스의 상처 부위를 동여맸다. 그러고는 갑자기 자기 앞에 누워 있는 혼수상태의 젊은이에게 이루 말할 수 없는 증오심을 느꼈다.

장 발장은 마리우스의 주머니를 뒤져보았다. 주머니에서 먹다 남은 빵 한 조각과 작은 수첩 하나가 나왔다. 장 발장은 빵으로 허기를 채우면서 수첩을 펼쳐보았다. 수첩 첫 장에 이렇게 씌어 있었다.

내 이름은 마리우스 퐁메르시입니다. 내 시신을 피유 뒤 칼베르 거리 6번지에 있는 질노르망 씨 댁으로 보내주십시오. 질노르망 씨는 나의 외조부입니다.

잠시 숨을 돌리고 나서 장 발장은 마리우스를 다시 둘러멨다. 다시금 하수도를 통과하는 힘겨운 행진이 이어졌다. 그는 어둠 속을 한 발 한 발 걸어갔다. 어둠 속에서 지금보다 더 힘들고 처참한 상황이 기다리고 있는 줄도 모른 채.

전날 폭우가 내린 탓에 하수도 물이 엄청나게 불어 있었다. 엎친 데 덮친 격으로 하수도 바닥의 돌들도 물살에 휩쓸려가는 것 같았다. 그는 칠흑 같은 하수도 속 진창 한가운데 서 있었다. 걸음을 옮길수록 발이 진창 속으로 점점 더 깊이 빠져들었다. 급기야 물이 장 발장의 어깨까지 차올랐다.

장 발장은 서서히 진창 속으로 가라앉고 있었다. 머리만 간신히 수면 위로 나와 있을 뿐이었다. 그는 사력을 다해 마리우스를 들어 올려 그의 몸이 오물에 닿지 않게 했다. 그는 과감한 결단력과 초인적인 힘으로 엄청난 고통과 싸우며 계속 앞으로 걸어갔다.

장 발장은 기진맥진한 가운데 안전하게 발을 디딜 지점을 찾기 위해 안간힘을 썼다. 그때였다. 발밑으로 무언가 딱딱한 물체가 느껴졌다. 그것은 발판 구실을 하기에 충분했다. 그것은 그를 다시 삶으로 이끌어주는 생명의 디딤판이나 다름없었다. 그는 잠시 서서 물길에 맞서기 위해 단단히 몸을 추스른 다음 다시 앞으로 나갔다. 오르막길을 오르고 있는 듯 조금씩 물구덩이에서 빠져나오고 있었다.

이윽고 안전한 곳에 이르자 장 발장은 바닥에 무릎을 꿇었다. 그는 마리우스를 바닥에 내려놓고 잠시 숨을 돌리며 신에게 감사의 기도를 올렸다.

잠시 후 장 발장은 다시 일어났다. 사방에서 악취가 진동하고, 추위에 몸이 덜덜 떨리고 온몸이 욱신거렸지만, 그의 영혼은 신비롭고 영광스러운 빛으로 충만했다.

장 발장은 걸음을 멈추지 않았다. 그렇게 또 얼마나 걸었을까. 전방의 까마득한 한 지점에서 한 줄기 빛이 새어 들었다. 하수도 출구임이 분명하리라. 그런데 한참 만에 그곳에 이르러 보니 활처럼 휘어진 아치형 입구는 육중한 철문으로 막혀 있었다. 더욱이 철문은 커다란 자물쇠로 단단히 잠겨 있었고, 자물쇠는 녹이 잔뜩 슬어 있었다.

철문 바깥으로 햇빛에 반짝이는 센 강이 보였다. 강둑은 폭이 좁았지만 도망치기에는 충분한 넓이였다.

장 발장은 마리우스를 내려놓고 문 쪽으로 갔다. 그리고 철문을 미친 듯이 흔들어보았지만 꿈쩍도 하지 않았다. 이곳 역시 또 다른 감옥인 셈이었다. 그는 여전히 혼수상태에 빠진 마리우스 옆에 털썩 주저앉았다.

어느덧 날이 저물고 있었다.

장 발장은 무릎 사이로 머리를 박고, 마지막 고뇌의 눈물을 흘렸다. 그 깊은 절망감 속에서 그는 오직 한 사람만 생각했다. 그것은 자신도 마리우스도 아닌 코제트였다.

그때였다. 어떤 손 하나가 불쑥 나타나 장 발장의 어깨를 지그시 누르는가 싶더니 조용한 목소리가 들려왔다.

"형씨! 나랑 나눠 갖자고."

고개를 돌리자 한 남자가 신발을 들고 서 있었다. 장 발장의 뒤로 다가오면서 발소리를 내지 않으려고 신발을 벗은 게 분명했다.

장 발장은 전혀 예상치 못한 상황에 놀라고 당황했지만, 그런 가운데서도 그 남자를 대번에 알아볼 수 있었다. 바로 테나르디에였다. 마침 장 발장이 하수도 입구를 등지고 있어서 테나르디에는 그를 알아보지 못했다.

두 사람은 잠시 어둠 속에서 서로를 탐색했다. 테나르디에가 먼저 입을 열었다.

"여기를 빠져나갈 뾰족한 수라도 있나?"

장 발장은 대답하지 않았다. 그러자 테나르디에가 계속 말했다.

"잘 알겠지만 저 철문을 여는 건 불가능해. 하지만 다 수가 있지. 나와 돈을 반씩 나눈다면 일러주지."

"무슨 말인가?"

장 발장이 물었다.

테나르디에가 음흉하게 웃으며 말했다.

"보아하니 그 남자를 죽이고 다 털었구먼. 죽이든 살리든 그건 내가 상관할 바 아니지만, 형씨한테 필요한 걸 내가 가지고 있다 이거야! 바로 열쇠 말이지. 나한테 절반만 주면 저 문을 열어주지."

장 발장은 테나르디에가 자신을 살인범으로 오해하고 있다는 것을 알았다. 테나르디에는 너덜너덜한 셔츠 밑으로 손을 넣더니 커다란 열쇠를 꺼내 장 발장의 눈앞에 흔들어 보였다.

"우선 거래부터 끝내자고! 내가 열쇠를 보여줬으니, 형씨는 돈을 보여줘 봐."

장 발장은 항상 주머니에 지폐를 넣고 다니는 오랜 습관이 있었으나, 공교롭게도 지금은 돈이 별로 없었다. 바리케이드로 오기 전 국민병 군복으로 갈아입으면서 지갑을 깜박했던 것이다. 기껏해야 조끼 주머니에 넣어둔 1루이짜리 금화 한 닢과 5프랑짜리 은화 두 닢, 그리고 5, 6수가 전부였다. 그 돈을 보고 테나르디에는 어이없다는 표정으로 고개를 갸우뚱하더니 이렇게 말했다.

"고작 그걸 털려고 사람을 죽였어?"

장 발장이 보여준 돈이 전부가 아니라고 여긴 테나르디에는 자신이 직접 장 발장과 마리우스의 주머니를 뒤졌다. 장 발장은 아무런 저항도 하지 않고 가만히 있었다. 장 발장은 어떡하든 테나르디에 한테 자신의 정체를 들키지 않으려 했다.

테나르디에는 마리우스의 호주머니를 뒤지면서, 소매치기 기술을 발휘하여 등 부분에서 천 조각을 찢어냈다. 장 발장은 그것을 눈치채지 못했다. 테나르디에는 찢어낸 천 조각을 재빨리 자신의 셔츠 속에 숨겼다.

테나르디에는 훗날 그 천 조각이 죽은 남자와 그를 죽인 살인자를 밝히는 단서가 될 것이라고 생각했다. 두 사람의 주머니에서는 더 이상의 돈이 나오지 않았다. 테나르디에는 맨 처음 자신이 '나눠 갖자'고 했던 말을 금세 잊은 듯 그 돈을 혼자 차지했다.

테나르디에는 열쇠를 흔들며 철문 쪽으로 갔다. 그는 철문을 반쯤 열고 능글맞게 말했다.

"이보게, 친구! 어서 떠나게. 아주 공평한 거래야, 안 그래? 값을 치렀으니 이젠 눈앞에서 사라져!"

장 발장은 마리우스를 다시 짊어지고 문 쪽으로 갔다. 문은 몸 하나 겨우 빠져나갈 정도로 열려 있었다. 그는 문을 간신히 통과해 탁 트인 밖으로 나왔다. 등 뒤에서 철문이 닫히고, 자물쇠 잠그는 소리가 들렸다.

강둑에 이르러 장 발장은 마리우스를 바닥에 내려놓았다. 밤의 장막이 그의 머리 위에 드리웠다. 장 발장은 드넓은 하늘을 올려다 보며 황홀한 행복감을 온몸으로 느꼈다. 그러나 마리우스를 살려야 한다는 생각에 잠시도 쉴 틈이 없었다. 먼저 그는 강가로 내려가 물을 떠서 마리우스의 얼굴에 뿌렸다. 마리우스의 눈은 여전히 감겨 있었지만 반쯤 열린 입으로 계속 숨을 쉬고 있었다.

장 발장이 재차 손을 강물에 담그려는데, 등 뒤쪽으로 누군가가 서 있는 듯한 불안한 느낌이 들었다. 장 발장은 웅크린 채 고개를 돌려보았다. 그를 내려다보고 서 있는 한 사내가 있었는데, 다름 아닌 자베르였다.

자베르는 장 발장 덕분에 목숨을 건지고 바리케이드에서 빠져나가자마자 탈옥수 테나르디에의 행방을 포착한 뒤 그를 강까지 뒤쫓아갔다. 하지만 잠깐 사이에 테나르디에를 눈앞에서 놓쳐버렸다.

그리하여 자베르는 테나르디에를 마지막으로 본 그곳에서 지금까지 기다리고 있었던 것이다.

테나르디에가 순순히 철문을 열어준 것은 하나의 기묘한 술책이었다. 탈옥수로 도망자 신세였던 그는 강둑에서 경찰이 지키고 있다는 것을 직감했다. 그래서 장 발장을 내보내줌으로써 경찰에게 다른 먹이를 던져주고 따돌리려고 했던 것이다. 테나르디에를 피한 곳에서 자베르가 기다리고 있는 것은 장 발장에게 너무나 가혹한 운명이었다.

어둠 속에 묻힌 장 발장의 얼굴을 알아보지 못하고 자베르가 물었다.

"당신 누구요?"

"장 발장이오."

자베르는 장 발장의 어깨를 힘껏 움켜잡고 그를 일으켜 세웠다.

"자베르 형사, 나는 당신 수중에 있소. 사실 오늘 아침부터 나는 당신의 포로가 되었다고 생각했소. 도망칠 생각이었다면, 당신에게 내 주소를 일러주지 않았을 것이오. 이제 나를 잡아가시오. 하지만 그 전에 부탁이 하나 있소."

자베르는 장 발장을 똑바로 쳐다보고 있었지만 그의 말을 듣고 있는 것 같지 않았다. 그는 마침내 장 발장을 움켜잡은 손을 놓고 똑바로 섰다.

"지금 뭘 하고 있는 거야? 그리고 이 사람은 누구야?"

"내가 부탁하려는 것도 바로 이 사람과 관련된 것이오. 나는 당신 좋을 대로 하시오. 하지만 먼저 이 사람을 집으로 데려다 주게 해주시오. 그게 내 부탁이오."

순간, 자베르는 얼굴을 찡그렸다. 그는 아무 말 없이 자기가 가지고 있던 손수건을 강물에 적셔 마리우스의 피 묻은 얼굴을 닦아주었다. 그리고 혼잣말처럼 중얼거렸다.

"바리케이드에 있던 청년이군. 마리우스라고 했지."

자베르는 마리우스의 손목을 잡고 맥박을 짚어보았다.

"이 젊은이는 많이 다쳤소."

장 발장이 말했다.

"죽은 것 같은데."

자베르가 말했다.

"아직 죽지 않았소."

"당신이 이 청년을 바리케이드에서부터 여기까지 옮겨온 건가?"

자베르가 물었다.

장 발장이 고개를 끄덕이며 대답했다.

"이 청년은 피유 뒤 칼베르 거리의 외할아버지 집에서 살고 있소."

장 발장은 마리우스의 주머니에서 수첩을 꺼내 자베르에게 보여주었다.

자베르는 마리우스가 써놓은 글을 읽고 나서 만일의 경우에 대비해 준비해둔 마차를 불렀다.

잠시 뒤 자베르는 마리우스를 마차 뒷자리에 태우고, 자신은 앞자리에 장 발장과 나란히 앉았다. 마차는 곧바로 달리기 시작했다.

마차가 마리우스의 집에 이르렀을 무렵에는 이미 밤도 깊어 모두 잠든 후였다. 장 발장은 마차꾼과 함께 마리우스를 들고 대문 앞으로 갔다.

자베르가 문지기에게 무뚝뚝하게 물었다.

"여기가 질노르망 씨 댁 맞는가?"

"무슨 일이신지요?"

문지기가 물었다.

"질노르망 씨의 손자를 데리고 왔소."

자베르는 약간 짜증스런 목소리로 대답했다. 집주인을 깨우고 싶지 않았던 문지기는 하인 바스크를 깨웠고, 바스크는 니콜레트를 깨웠고, 니콜레트는 마리우스의 이모인 질노르망 양을 깨웠다. 아무도 할아버지를 깨울 마음이 없었다.

남자들이 마리우스를 들고 2층으로 올라가 응접실 낡은 소파에 눕혔다. 바스크가 의사를 부르러 밖으로 나간 사이, 자베르가 장 발장의 어깨를 툭 쳤다. 장 발장은 그것이 무슨 뜻인지 눈치채고 내려갔다. 자베르는 장 발장 뒤에 바짝 붙었다. 밖으로 나와 마차에 오른 다음 장 발장이 자베르에게 말했다.

"자베르 형사, 한 가지만 더 부탁해도 되겠소?"

"뭔데?"

자베르가 거칠게 물었다.

"우리 집에 잠시만 들렀으면 하오. 그다음은 당신 맘대로 하시오."

장 발장이 간청했다.

자베르는 잠자코 있다가 승객 칸의 앞 창문을 내리고 마차꾼에게 말했다.

"옴므 아르메 거리 7번지로 갑시다!"

마차는 옴므 아르메 거리에 도착했다. 길이 너무 좁아서 마차가 집 앞까지 들어갈 수 없었다. 두 사람이 걸어서 장 발장의 집 앞에 이르자 자베르가 말했다.

"들어가. 난 여기서 기다리고 있을 테니."

장 발장은 자베르를 쳐다보았다. 평소 그답지 않은 행동이었기 때문이다. 자베르의 그러한 행동은 일종의 신뢰 같았지만, 알고 보면 그것은 쥐를 잡은 고양이의 여유 같은 것인지도 몰랐다. 더욱이 자베르는 지금 장 발장과의 오랜 싸움을 끝낼 생각을 하고 있을 터였다.

장 발장은 문을 열고 계단을 올라갔다. 층계참의 창문이 열린 것을 보고 그는 잠시 멈춰 섰다. 주변을 살피려고 창문에 기댄 순간 그는 자신의 눈을 의심하지 않을 수 없었다.

자베르가 사라진 것이다!

자베르는 천천히 옴므 아르메 거리를 빠져나갔다. 그는 난생처음 고개를 떨군 채 걷고 있었다. 그는 지름길을 택해 센 강으로 가서 강둑을 따라 노트르담 다리까지 걸어갔다. 그는 팔꿈치를 다리 난간에 올려 두 손으로 턱을 괴고, 다리 아래로 빠르게 흘러가는 물살을 내려다보았다. 급류가 흐르는 그곳은 센 강에서도 가장 위험한 곳이었다. 소용돌이치는 그 강물에 떨어지면 제아무리 수영을 잘하는 사람이라도 빠져나올 수 없었다.

자베르는 자신이 처한 상황을 생각하자 불쑥 화가 났다. 범죄자 덕분에 목숨을 구하고, 이제는 법의 심판을 피해 도망친 탈주자에게 은혜를 갚았다는 사실을 도저히 용납할 수 없었다.

그는 장 발장에 의해 죽음을 모면했고, 그리고 난생처음 선행으로 그 은혜를 갚은 것이었다. 그러나 그는 법과 사회를 배반했을 뿐만 아니라 자신의 의무를 저버리기까지 했다. 그는 자신이 지금까지 알고 있던 그 법 위에 더 높은 법이 존재할 수도 있다는 황당한 생각이 들었다. 그것은 이전에 한 번도 상상하지 못했고, 무엇보다 그의 정신과 마음이 결코 합의할 수 없는 일이었다.

자베르는 장 발장이 자기를 없앨 수 있었음에도 그냥 놓아주었다는 사실에 가장 놀랐다. 그리고 그의 간담을 서늘하게 한 것은 바로 자신이 그 범죄자를 놓아줌으로써 은혜를 갚았다는 사실이었다. 그는 자신이 처한 상황을 이해해보려고 노력했지만 도무지 이해할 수 없었다.

그는 자신이 할 수 있는 두 가지 가능성을 떠올려보았다. 그러나 그 가운데 어느 것도 받아들일 수 없었다. 장 발장을 경찰에 넘기는 것은 생각할 수도 없는 일인 듯했다. 그렇다고 장 발장을 자유롭게 놔줄 수도 없는 노릇이었다.

자베르에게 장 발장은 하나의 거대한 수수께끼였다. 자비심이 충만한 한 범죄자가 있다. 그는 온순하고 관대하며, 고분고분한 전과자다. 더욱이 그는 악을 선으로, 증오를 용서로 갚으며, 복수보다 차라리 동정을 택하는 인간이다.

장 발장은 원수를 파멸하는 대신 스스로 파멸의 길을 선택했으며, 자신을 죽이고자 했던 사람의 목숨을 구해주었다. 이 남자는 고결한 선행에 온몸을 바쳤으며, 인간이 아닌 천사의 마음으로 세상을 대했다. 자베르는 장 발장과 같은 사람이 존재한다는 사실을 인정하지 않을 수 없었다. 그가 보기에 장 발장은 천사를 넘어 무시무시한 괴물 같았다.

마차에서 장 발장과 마주 보고 있을 때 자베르의 마음은 크게 흔들렸다. 장 발장은 영원히 법의 포로이며, 법이 명령하는 대로 그를 단죄할 수 있었다. 하지만 자베르의 마음속 깊은 곳에서 절규하는 하나의 목소리가 있었다. 그 목소리는 이렇게 부르짖었다.

'너의 구세주인 법을 죽여라!'

자베르의 정신 속으로 완전히 새로운 세상이 펼쳐지고 있었다. 그는 난생처음 인정이라는 것을 받아들였고, 또한 그것을 인정으로 갚았다. 자베르는 자비, 용서, 그리고 냉혹한 법의 눈에도 눈물이 흐를 수 있다는, 전혀 새로운 사실을 깨달았다. 그는 이른바 '윤리'라고 하는 태양의 그늘 속에 서 있었다. 하지만 그는 그 눈부신 태양을 똑바로 보지 못하고 두려움에 떨었다.

그는 범죄자의 마음속에도 선량함이 존재한다는 사실을 받아들이지 않을 수 없었다. 그는 평생토록 한 번도 겪지 못했던 것을 경험했으며, 끝내는 스스로 선한 행동을 하고 말았다. 그러나 그는 그 행동이 어디까지나 타락이라고 규정 지었다.

그의 유일한 종교는 법과 질서였다. 그것이면 충분했다. 그는 경찰의 업무를 하나의 엄연한 신앙으로 간주했기에 모든 것을 상관에게 보고했다. 하지만 그는 또 다른 상관, 즉 신의 존재에 대해서는 꿈속에서도 생각지 못했다. 하지만 그날 밤 그는 뜻밖에도 신의 존재를 느꼈다. 그 신 앞에 서 있는 자신이 부끄럽고 당혹스럽기까지 했다.

그 뜻하지 않은 상황에서 자베르는 어찌해야 할지를 몰랐다. 그는 자신보다 더 강하고 위대한 그 존재를 거역해서는 안 된다는 것을 알고 있었다. 그는 무엇을 해야 할지 몰랐지만, 결국 자신이 할 수 있는 것은 오직 하나, 사표를 내는 일뿐이라는 결론을 내렸다. 그런데 신에게 어떻게 사표를 던질 수 있단 말인가?

그의 머릿속은 뒤죽박죽이었으나, 한 가지 중요한 문제가 계속 그의 머릿속을 지배했다. 그것은 바로 자신이 법을 위반하는 끔찍한 짓을 저질렀다는 사실이었다. 그의 머릿속에서 2개의 가능성이 싸우고 있었다. 하나는 장 발장을 감방에 보내는 것이었고, 다른 하나는 바로……

자베르는 최대한 몸을 꼿꼿이 펴고 똑바로 섰다. 이어, 다리에서 몸을 돌려 단호한 걸음걸이로 걸어갔다. 그는 샤틀레 광장 근처에 있는 초소로 들어갔다. 자베르는 초소의 경찰에게 신분을 밝힌 뒤 탁자에 앉아 보고서를 작성하기 시작했다.

'경찰 업무 보고서.'

그는 맨 위에 이렇게 쓴 다음, 자신이 자주 목격했던 죄수들에 대한 경찰의 직권 남용 사례를 열 가지 항목으로 열거했다. 그리고 그것이 '위대한 시민을 위한 봉사자가 되어야 할 경찰관의 명예를 더럽히는 행위'임을 지적했다.

그는 보고서 작성을 끝내고 맨 마지막에 서명을 했다.

'1832년 6월 7일 오전 1시, 형사 자베르.'

자베르는 보고서를 탁자 위에 두고, 다시 다리 쪽으로 걸음을 옮겼다.

자베르는 고개를 떨구고 강물을 내려다보았다. 어둠 속에서 세찬 물소리가 들려왔다. 그는 한동안 꼼짝도 하지 않고 다리 아래를 내려다보았다. 급기야 그는 모자를 벗어 다리 난간에 올려놓았다. 잠시 후, 가령 멀리 지나가는 행인이 보았다면 단순히 그림자나 허깨비라고 착각했을 법한 큰 키의 사람 형상이 그 다리 난간 위에 똑바로 서 있었다. 그 검은 형상은 꼿꼿이 선 채로 센 강을 굽어보았다.

그리고 그 형상은 어둠 속으로 떨어졌다.

자베르가 센 강으로 뛰어내리자 첨벙하는 소리와 함께 강물이 튀어 올랐다. 자베르는 급류 속으로 사라졌다.

37. 노인과의 전쟁

마리우스는 줄곧 소파에 누워 있었다. 의사는 마리우스를 더 자세히 살펴볼 수 있도록 간이침대를 설치하라고 요구했다. 마리우스의 상처는 생각보다 그리 심각하지 않았다. 딱딱한 가죽 지갑 덕분에 총알이 그의 몸을 관통하지 않고 살짝 비켜 나간 채 박혀 있었다. 총상으로 갈비뼈가 심하게 다치긴 했지만, 다행히 총알이 깊숙이 박히지 않아 목숨이 위험한 상태는 아니었다. 오랜 시간 하수도를 통과하면서 어깨가 심하게 빠져 그 부위의 상처가 심각했고, 두 팔과 머리에도 상처를 입었지만, 얼굴에는 큰 상처가 없었다.

의사가 상처 부위를 소독하고 있을 때, 응접실 한쪽 문이 열리면서 불안한 안색의 질노르망 노인이 들어왔다. 사람들이 조심한다고는 했으나 잠귀 밝은 그는 소란스러운 소리에 잠이 깼던 것이다.

의사는 마리우스의 옷을 허리께까지 찢어 벗겼다. 온몸에 멍이 든 그의 피부는 밀랍처럼 창백했고, 여기저기 다친 상처에서는 아직도 피가 흐르고 있었다.

질노르망 씨는 몸을 부들부들 떨며 손자의 이름을 불렀다.

"마리우스야!"

바스크가 질노르망 씨에게 설명했다.

"나리, 도련님께서는 지금 막 도착했습니다. 바리케이드에 있었던 것 같습니다. 그리고……."

"죽었구나, 죽었어!"

노인이 기겁을 하고 외쳤다.

"이런 몹쓸 놈!"

노인은 한 차례 악을 쓰더니 마음을 가라앉히려 애쓰면서 의사에게 물었다.

"죽었소, 살았소?"

한동안 노인의 넋두리가 이어졌다. 노인은 손자가 죽은 줄 알고 혁명에 가담한 사람들을 원망하고 누워 있는 손자의 매정한 처사에 서운함을 드러냈다.

그때 마리우스가 힘겹게 눈을 떴다. 그가 흐릿한 눈길로 바라보자 질노르망 씨가 큰 소리로 외쳤다.

"마리우스야! 오오, 내 귀한 새끼! 살았구나, 살았어!"

그러고 나서 노인은 정신을 잃고 그 자리에 쓰러졌다.

마리우스는 몇 주 동안 시체처럼 침대에 누워 있었다. 얼핏 보면 살았는지 죽었는지 알 수 없을 정도였다. 극심한 고열이 계속되면서 거의 혼수상태에 빠져 있었고, 밤이면 열에 들떠 코제트의 이름을 연달아 부르기도 했다.

마리우스가 사경을 헤매는 동안 어떤 말쑥한 차림의 노신사가 매일같이 하루에 두 번씩 찾아와 그의 안부를 묻고 깨끗한 붕대를 놓고 가곤 했다.

9월 7일, 마리우스가 부상을 입고 집으로 돌아온 지 3개월 만에, 의사는 질노르망 씨에게 손자가 위험한 고비를 넘겼다고 일러주었다. 그러나 완전히 회복되려면 시간이 더 필요했다. 무엇보다 으스러진 갈비뼈가 다 나으려면 앞으로 2개월은 더 침대에 누워 있어야 했다. 마리우스가 이제 위험한 고비를 넘겼다는 소식은 그의 할아버지를 거의 광란 상태로 몰아넣었다. 그것은 기뻐서 어찌할 바를 모르는 광란이었다.

질노르망 씨는 처음에는 온갖 고통을 다 겪었지만, 그 이후로는 온갖 기쁨에 휩싸였다. 그는 마리우스의 침대 곁에 큰 안락의자를 갖다 놓고 매일 그 자리를 지켰다. 딸에게 집에 있는 가장 좋은 천으로 마리우스의 상처를 싸매 줄 붕대를 만들라고 했다. 그러나 약삭빠른 질노르망 양은 노인의 명령에 따르는 척하면서 좋은 천은 따로 챙겨놓았다.

의사가 마리우스의 상처를 치료할 때 이모는 차마 눈 뜨고 보지 못했으나, 그 할아버지는 항상 옆에 붙어 있었다. 그러면서 의사가 가위로 썩은 살을 베어내기라도 하면, 질노르망 씨는 자신의 살점이 떨어져 나가기라도 하는 것처럼 '아!' 하고 신음 소리를 냈다. 노쇠한 몸으로 손까지 떨면서 환자에게 약사발을 내밀고 있는 모습은 보기에도 애처로웠다. 그는 의사에게 환자의 상태에 대해 별의별 자질구레한 것까지 물었다. 매번 똑같은 질문을 하고 있다는 것을 그 자신도 모르고 있었다.

의사가 마침내 마리우스가 고비를 넘겼다고 말한 날, 노인은 기분이 좋은 나머지 문지기에게 금화를 3루이나 상으로 주었다. 그리고 캐스터네츠를 치며 춤을 추고 노래를 부르기도 했다.

노인은 또 자신이 무슨 일을 하는지도 모르면서 충계를 오르락내리락했다. 옆집에 사는 아름다운 부인은 어느 날 아침 질노르망 씨가 보낸 커다란 꽃바구니를 받고 어이가 없었다. 이 일로 그녀는 남편에게 의심을 사기도 했다.

질노르망 씨는 마리우스를 '남작님'이라고 불렀다. 어느 때는 '공화국 만세'라고 외치기도 했다.

그리고 의사를 볼 때마다 이렇게 물었다.

"이젠 생명이 위독하지 않은 거죠?"

그는 언제나 할머니가 손자를 쳐다보는 그런 눈길로 마리우스를 바라보았다. 마리우스가 밥을 먹고 있을 때는 한시도 눈을 떼지 않았다. 어느덧 그는 자신을 잊고 있었다. 집안의 모든 것이 마리우스를 위해 돌아갔다. 그는 손자를 다시 찾은 게 너무 기쁜 나머지 자신의 지위마저 마리우스에게 넘겨주고 집안의 주인처럼 떠받들었다.

노인은 점점 동심으로 돌아가는 듯했다. 이제 막 회복기에 접어든 환자를 피곤하게 할까 봐 그의 등 뒤로 가서 혼자 몰래 행복에 겨워 미소 짓곤 했다. 그는 더 이상 바랄 게 없을 만큼 충만한 기쁨에 휩싸여 매 순간 유쾌하고, 생기가 넘쳤으며, 심지어 기고만장하기까지 했다. 음울하던 표정은 더할 수 없이 환해졌고, 만면에 가득한 기쁨의 빛으로 인해 주름살마저 고상한 풍취를 자아냈으며, 백발은 다정하면서도 부드러운 위엄을 풍겼다.

사람들이 붕대를 감아주고 간호하는 동안에도 마리우스는 코제트라는 하나의 상념에 사로잡혀 있었다. 고열과 인사불성인 상태에서 벗어나 의식을 되찾은 뒤에야 그는 그 이름을 부르지 않았다. 그러나 그가 그녀를 떠올리지 않아서는 결코 아니었다. 이미 그의 넋이 거기에 가 있었기 때문에 가만히 있는 것이었다.

코제트가 어떻게 되었는지 마리우스는 전혀 알지 못했다. 샹브르리 거리에서 있었던 일은 기억 속에 한 조각 구름처럼 남아 있었다. 에포닌과 가브로슈, 바리케이드의 포연 속에 처참하게 쌓여 있던 친구들의 시체는 희미한 그림자로 뇌리에 떠 있었다. 단지 이상하게도 그 피투성이 사건 속에 포슐르방 씨가 나타났던 것은 알 수 없는 수수께끼였다.

그는 자신에게 무슨 일이 일어났는지 아무것도 몰랐다. 언제, 어떻게, 누구에게 구제되었는지도 알지 못했다. 주위에 그것을 아는 사람도 없었다. 사람들한테 들은 말은 밤중에 마차에 태워져 조부의 집으로 실려 왔다는 것뿐이었다.

그에게는 과거도, 현재도, 미래도, 그저 모든 게 안개처럼 막연한 관념에 지나지 않았다. 그러나 그 안개 속에서는 하나의 명확한 결심, 하나의 분명한 의지가 있었다. 그것은 다시 코제트를 만나리라는 것이었다.

특히 이 대목에서 한 가지 말해둬야 할 것은, 조부의 애틋한 보살핌이나 지극한 자애도 마리우스의 마음을 조금도 움직이지 못했다는 점이었다. 우선 그는 이 모든 상황을 제대로 이해하지 못하고 있었다. 또한 아직 열에 들뜬 상태에서는 그것이 자기를 회유하기 위한 방편이라고 생각했기 때문에 조부의 자상한 보살핌에도 차갑게 얼어붙은 마음이 풀어지지 않았다. 노인의 가련한 미소는 헛된 것이 되고 말았다.

마리우스는 이런 생각을 품고 있었다. 그는 자기가 아무 말도 하지 않고, 해주는 대로 조용히 있는 동안만 조부도 온화하게 대해주는 것이라고. 그러나 코제트 문제가 표면에 떠오르면 조부의 태도는 백팔십도 달라져 가면 속의 진짜 모습이 나타날 것이 틀림없었다. 결국 다시금 감정이 폭발할 것이고 온갖 비난과 조롱, 핍박이 쏟아질 것이다.

생명을 되찾음에 따라 마음의 상처도 되살아났다. 마리우스는 과거의 일을 떠올렸다. 퐁메르시 대령과 질노르망 씨 사이에 그가 있었다. 그는 자기 아버지에 대해 그처럼 야박하고 부정적인 사람에게 진정한 호의를 기대할 수 없다고 생각했다. 건강이 회복됨에 따라 조부에 대한 완고함이 되살아났다. 그것을 느낀 노인은 몹시 안타깝고 가슴 아팠다.

질노르망 씨는 겉으로 내색은 하지 않았지만 마리우스가 의식을 회복한 이후, 한 번도 자기를 할아버지라고 부른 적이 없는 것이 못내 마음에 걸렸다. 어르신이라고도 부르지 않으면서 애매하게 호칭을 피하는 것이었다. 둘 사이에 확실히 위기가 다가오고 있었다.

전에도 그랬듯이 마리우스는 일단 탐색전을 시도했다. 어느 날 아침, 질노르망 씨는 신문을 읽던 중 제헌국회에 대해 말을 꺼내면서 당통, 생 쥐스트, 로베스피에르 같은 인사들에 대해 왕당파다운 경멸적인 언사를 내뱉었다.

"93년에 일한 사람들은 모두 큰 인물입니다."

마리우스가 짐짓 엄숙하게 말하자 노인은 곧 입을 다물었고, 그날은 온종일 한 마디도 하지 않았다.

마리우스는 왕년의 조부를 떠올리며 그 침묵을 깊은 분노의 표출로 받아들였다. 그리고 앞으로 심한 논쟁이 일어날 것을 예상하고 단단히 싸울 준비를 했다.

그는 조부로부터 결혼 승낙을 받지 못하면 붕대를 찢어버리고 상처를 전부 드러내놓고 일체의 음식을 거부하리라 결심했다. 상처는 싸움의 유일한 무기였다. 그렇게 해서도 코제트를 얻지 못하면 차라리 죽어버릴 결심이었다.

그는 환자로서 교활한 인내심을 발휘하며 때를 기다리고 있었다.
마침내 그 기회가 왔다.

하루는 질노르망 씨가 마리우스의 침대에 다가오더니 다정하게
말했다.

"마리우스야, 내가 너라면 이제부터는 생선보다 고기를 먹겠다.
넙치 튀김도 회복기에는 나쁘지 않지만, 얼른 일어나려면 두툼한
고기를 먹어야지."

마리우스는 이때쯤 거의 체력을 회복했으나 안간힘을 쓰는 척하
며 자리에서 일어나 앉으며 불끈 쥔 두 주먹으로 시트를 짚은 채 조
부의 얼굴을 똑바로 쳐다보며 퉁명스럽게 말했다.

"그렇다면 드릴 말씀이 있습니다."

"말해보거라."

"결혼하고 싶습니다."

"그래, 내 짐작이 맞았구나."

노인은 말하면서 웃음을 터뜨렸다.

"네? 어떻게 아셨어요?"

"벌써 알고 있었다. 그래, 좋다. 데려오너라."

마리우스는 순간 어안이 벙벙해서 온몸이 떨렸다.

질노르망 씨가 말을 이었다.

"알았으니까 네 착하고 귀여운 처녀를 데려오너라. 그 처녀는 하
루도 빠짐없이 노인을 우리 집에 보내 네 상태를 묻곤 했단다. 네가

다친 뒤로는 매일 울면서 붕대를 만들고 있어. 난 그 처녀를 잘 알고 있단다. 옴므 아르메 거리 7번지에 살더구나. 그렇지? 내가 제대로 알아맞혔지? 그래, 좋아! 너는 그 처녀를 얻고 싶단 말이지. 그럼 네 생각대로 하렴. 그 처녀를 데려와도 좋단 말이다. 네 마음을 사로잡은 처녀를. 그런데 너는 쓸데없는 계략이나 세우고 이런 생각을 했겠지? 저 늙은이, 섭정시대와 집정정부 시대를 살아온 케케묵은 미라, 왕년의 한량에게 분명히 말해야겠다. 저 인간도 과거에는 경솔한 짓을 많이 했고, 바람난 여자들 꽁무니깨나 쫓아다니고, 여러 명의 코제트를 거느렸다. 그런 늙은이에게 자기가 한 짓을 생각나게 해줘야지. 두고 보자. 이제부터 전쟁이다. 그렇지만 마리우스, 너는 풍뎅이의 뿔을 잡은 거야. 그러니 내가 고기를 먹으라고 권하자 사실 나는 결혼이 하고 싶은데요, 하고 대답한 거지. 그렇게 화제를 슬쩍 바꿔서 싸움을 걸 작정이었겠지! 하지만 넌 내가 능구렁이라는 사실을 눈치 못 챘어. 그래, 기분이 어떠냐? 약이 좀 오르냐? 넌 이 늙은이를 바보 취급하지만 그건 오산이야. 내게 싸움을 걸어봤자 너만 손해라고. 변호사 양반, 자, 화낼 것 없어. 내가 다 잘되게 해줄 테니. 그럼 더 이상 아무런 말썽도 없겠지? 순진한 바보야, 들어보렴. 나는 이미 다 알아봤단다. 이래 봬도 내가 보통은 넘으니까. 보니까 참 사랑스러운 처녀더구나. 귀엽고 영리해. 널 위해 붕대를 정말 엄청 많이 만들어주었단다. 네가 죽었다면 죽은 사람이 3명이나 될 뻔했어. 그 처녀의 관이 내 관을 따랐을 테니까. 난 네 건

강이 회복되는 걸 보면서 이참에 아예 그 처녀를 네 옆에 데려다 놓을까 하고 고민했단다. 하지만 부상당한 미남의 침대 곁에 그가 마음에 두고 있는 처녀를 데려온다는 건 소설에나 있을 법한 이야기라 그럴 수가 없었지. 그러면 네 이모가 뭐라고 했겠니? 넌 발가벗고 있을 때가 많았는데 말이야. 그리고 의사는 뭐라고 했는지 아니? 아름다운 처녀가 열을 내리게 하는 약은 아니라고 하더구나. 어쨌거나 됐다. 이것으로 이야기는 끝났어. 당장이라도 그 처녀를 맞아들이거라. 내가 이 정도로 기발한 생각을 해낸 거다. 알겠느냐? 난 네가 나를 미워한다는 걸 알고 이렇게 생각했지. 이놈이 나를 좋아하게 하려면 어떻게 해야 할까? 그러다 이런 생각이 떠올랐단다. 그래, 내게는 코제트라는 비방이 있다. 이 녀석에게 그걸 주자. 그러면 조금은 나를 좋아하게 될지도 모른다. 어쩌면 좋아하지는 않더라도 나를 미워하지는 않겠지. 그런데 너는 이 늙은이가 무조건 소리 지르고, 반대하고, 새벽의 빛과도 같은 처녀에게 지팡이를 휘두를 거라고 생각했겠지. 내가 그럴 리 없지. 코제트도 좋고, 사랑도 좋다. 나는 충분히 만족스럽다. 그래, 이제 결혼하거라. 행복하게 살아주렴. 귀한 내 자식."

말을 마친 노인은 콧물을 훌쩍거렸다. 그는 마리우스의 머리를 두 팔로 끌어안았다. 두 사람은 말없이 눈물을 흘렸다. 울면서도 그들은 더없는 행복을 느꼈다.

"할아버지!"

마리우스가 외쳤다.

"그래! 그래! 이젠 나를 미워하지 않는 거지?"

노인이 가까스로 입을 열었다.

무어라 말할 수 없는 감동이 방 안에 가득 찼다. 둘 다 가슴이 벅차올라 한동안 말을 잇지 못했다. 그렇게 얼마의 시간이 지났을까?

이윽고 노인이 낮은 목소리로 중얼거렸다.

"이젠 되었다. 나를 할아버지라고 불렀어."

마리우스가 조부의 품에서 벗어나면서 조심스럽게 말했다.

"저, 할아버지, 이젠 몸도 다 나았으니 그녀를 만나도 괜찮을 것 같습니다."

"알고 있다. 그런데 내일 만나렴."

"할아버지!"

"왜?"

"오늘은 어째서 안 됩니까?"

마리우스의 반문에 노인은 그윽한 눈길을 보내며 이렇게 말했다.

"그럼 오늘, 오늘 만나렴. 이건 네가 세 번이나 할아버지라고 불러준 보답이다. 그 아이를 네 곁에 데려오도록 하자. 모든 일은 내가 알아서 하마!"

드디어 코제트가 모습을 나타냈다. 그녀가 마리우스의 집 안으로 들어왔고, 그녀 뒤에는 마리우스가 포슐르방이라는 이름으로 알고 있는 백발의 노신사가 있었다. 바로 장 발장이었다. 그는 검은색 새옷에 하얀 넥타이를 매고 있었다. 그 집의 문지기는 6월 7일 밤 마리우스를 데리고 온 사람이 그라는 것을 알아보지 못했다. 그때 그는 허름한 옷에 얼굴이며 온몸이 진흙투성이였기 때문이다. 그러나 문지기는 왠지 포슐르방 씨가 낯익다는 생각이 들었다.

이윽고 마리우스와 코제트는 다시 서로의 얼굴을 마주 보게 되었다. 마리우스는 코제트의 아버지가 미소 짓고 있는 것을 보았다. 그런데 그의 미소는 어딘지 우울하고 서글퍼 보였다. 그는 안으로 들어오지 않고 방문 옆에 서 있었다. 그는 겨드랑이에 두꺼운 꾸러미 같은 것을 끼고 있었다. 종이로 싼 그 꾸러미는 책처럼 보였다. 그 꾸러미를 보고 책을 좋아하지 않는 질노르망 양이 입속말로 중얼거렸다.

"만날 저렇게 책을 끼고 다니시나 보지?"

옆에 있던 질노르망 씨가 딸의 말을 듣고는 낮은 목소리로 이렇게 말했다.

"저 양반은 학자인가 봐. 그렇지 않고서야……."

질노르망 씨는 장 발장에게 정중히 인사했다.

"어서 오세요, 포슐르방 씨. 제 손자 마리우스 퐁메르시 남작을 대신하여 따님께 청혼을 하게 되어 영광입니다."

장 발장은 말없이 머리 숙여 답례했다. 질노르망 씨는 선포하듯 서둘러 말했다.

"이것으로 결혼은 결정됐다."

그리고 마리우스에게 두 팔을 벌리면서 말했다.

"두 사람의 사랑을 허락하노라."

질노르망 씨는 마리우스와 코제트의 손을 잡았다.

"서로 사랑해라. 사랑의 바보가 돼라! 사랑은 인간의 어리석음인 동시에 신의 지혜이기도 하다. 코제트 양, 아가씨는 한 폭의 그림이구먼. 꽤나 아름다운 귀부인이 되겠어."

그런데 어느 순간 질노르망 씨는 마리우스와 코제트를 그윽한 눈길로 바라보다가 이내 우울한 표정을 지으며 말했다.

"그런데 너희에게 안 좋은 소식이 하나 있다. 다른 게 아니고……내 재산은 대부분 연금인데, 내가 죽고 나면 연금도 끝이 나서 너희는 무일푼이 돼버릴 거다. 정말 미안하구나, 얘들아."

그때 장 발장이 차분한 어조로 말했다.

"유프라지 포슐르방 양에게는 60만 프랑가량의 돈이 있습니다."

"60만 프랑이오?"

질노르망 씨가 놀란 표정으로 물었다.

"그보다 조금 부족할지도 모릅니다만……."

장 발장은 겨드랑이에 끼고 있던 꾸러미를 탁자 위에 올려놓고 포장지를 풀었다. 꾸러미 속에서 나온 것은 책이 아니라 돈이었다. 모두 58만 4천 프랑이었다.

"정말 훌륭한 책이로군."

질노르망 씨가 웃으며 중얼거렸다.

모두 돈뭉치에 정신이 팔려 있을 때, 마리우스와 코제트는 서로의 눈만 바라보았다. 사랑에 빠진 그들에게 돈은 눈에 들어오지도 않았다.

그 돈은 샹마티외 사건 이후, 장 발장이 파리로 도주했을 당시 라피트 은행에서 한꺼번에 인출한 돈이었다. 그는 그 돈을 상자에 넣어 몽페르메유의 어느 숲에 묻어두었다. 습기로부터 보호하기 위해 돈을 담은 작은 상자를 다시 참나무 상자에 넣어서 묻었는데, 그 상자 속에는 그의 또 다른 보물이 함께 들어 있었다. 그것은 바로 미리엘 주교의 은촛대였다.

장 발장은 마리우스가 회복됨에 따라 이제 곧 그와 코제트가 결혼할 것이라는 사실을 받아들였다. 장 발장은 그 돈을 두 사람에게 물려주려고 몽페르메유의 숲으로 갔었다. 그리고 그가 그 숲에 다녀온 다음 날부터 벽난로 선반 위에 2개의 은촛대가 놓여 있었다.

그즈음 장 발장은 자신이 자베르의 손아귀로부터 영원히 해방되었음을 알게 되었다. 자베르가 자살했다는 소문을 듣고, 신문 기사를 통해 그 사실을 확인했다. 기사에 따르면, "자베르 형사가 퐁토샹즈 다리와 퐁네프 다리 사이에 정박해 있던 배 아래에서 익사체로 발견되었다."는 것이다.

이제 장 발장과 코제트, 마리우스, 세 사람의 삶이 극적으로 변하고 있었다.

*

1832년 12월, 마리우스의 건강이 거의 다 회복되어 이듬해 2월에는 결혼해도 좋다는 진단이 내려졌다. 마리우스의 할아버지는 결혼 준비를 하느라 분주한 나날을 보냈다.

장 발장도 결혼식을 앞두고 코제트에게 필요한 것들을 준비하고 있었다. 그런데 결혼을 앞두고 한 가지 미묘한 문제가 있었다. 그것은 코제트의 법적 지위와 그녀의 이름과 관련된 것이었다. 코제트의 출생을 마리우스의 외조부와 이모에게 사실대로 밝힌다면, 그 결혼은 분명 위기를 맞게 될 것이고, 결국 코제트는 그 상처로 오랫동안 고통받게 될 것이라고 장 발장은 생각했다.

장 발장은 코제트의 과거를 사실대로 밝힐 것이 아니라, 이야기를 하나 꾸며내기로 했다. 그는 코제트를 위해 혈족이 하나도 살아 있지 않은 가문을 하나 만들었다. 이렇게라도 해야 앞으로 일어날지도 모르는 여러 문제들을 사전에 예방할 수 있을 터였다.

장 발장은 코제트가 가문을 통틀어 유일하게 생존해 있는 후손이고, 코제트는 자기 딸이 아니라 프티 픽퓌스 수녀원에 있던 다른 포슐르방의 딸이라고 말했다. 장 발장은 여러 해 동안 그곳에서 정원사로 있었으므로, 수녀들이 잘 답변해주리라 생각했다. 더구나 수녀들은 그런 종류의 물음이 왜 필요하고, 얼마나 중요한지 전혀 인식하지 못하며, 코제트가 2명의 포슐르방 가운데 누구의 딸이었는지, 혹은 손녀였는지 정확히 모른다는 것도 잘 알고 있었다. 장 발장은 돈과 관련해서도, 이름을 밝히기를 꺼리는 누군가가 코제트에게 유산으로 남겨준 것이라고 둘러댔다.

물론 그가 지어낸 이야기에는 석연치 않은 구석이 없지 않았다. 하지만 대개는 확인할 수도 없으려니와, 의도적으로 무시하기도 했다. 이런 문제들에 관심을 가질 당사자 가운데 하나는 사랑에 눈이 멀었고, 다른 하나는 60만 프랑이라는 돈에 눈이 멀었던 것이다.

결혼을 앞두고 있지 않았다면, 코제트는 오랫동안 아버지라고 불러왔던 사람 대신 다른 아버지를 내세워야 한다는 사실에 괴로워했을 것이다. 그러나 코제트는 마리우스를 사랑하는 마음으로 충만했으므로 조금 침울해지기는 했으나 오래가지 않았다. 하지만 코제트는 장 발장을 변함없이 아버지로 여겼다.

마리우스와 코제트는 매일같이 만났다. 다만 젊은 아가씨에게는 보호자가 필요하다는 장 발장의 의견에 따라 그가 늘 코제트와 동행했다. 장 발장과 마리우스 사이에는 어떤 무언의 합의가 이루어진 것 같았다. 두 남자는 매일같이 만나면서도 서로 대화를 나누지는 않았다. 어차피 장 발장이 코제트를 혼자 집 밖으로 내보내지 않을 것이므로 마리우스는 장 발장이 동행한다는 조건을 군말 없이 받아들인 것이다.

마리우스의 머릿속에는 장 발장, 즉 포슐르방에 대한 여러 가지 의문점들이 여전히 소용돌이치고 있었다. 바리케이드에서 본 그 포슐르방이 매일 코제트 옆에 차분하게 앉아 있는 포슐르방 씨와 같은 사람이 아닌가 하고 생각하기도 했다. 그런 생각이 들면 이내 머리를 흔들곤 했지만, 이상하게도 그 의문은 계속 머릿속에 남아 있었다.

비록 지금의 생활에 만족하고 행복하지만 마리우스는 과거의 침울한 기억에서 완전히 벗어난 것은 아니었다. 마뵈프 노인의 죽음, 포탄의 연기 속에서 들려오던 가브로슈의 노랫소리, 앙졸라, 쿠르페락, 콩브페르, 레글 등 친구들의 얼굴이 그의 뇌리를 스쳐갔다. 혁명의 꿈은 어디로 갔단 말인가? 바리케이드의 사람들이 모두 사라진 것이 사실인가? 그 모든 것이 현실이라고는 도무지 믿어지지 않았다. 마치 연극의 한 막이 끝나고, 새로운 막이 올라간 것 같았다.

심지어 마리우스는 바리케이드에 있던 자신과 지금의 자신이 같은 사람이라는 것조차 의구심이 들 지경이었다. 가난뱅이가 부자가 되었고, 가정으로부터 내쳐진 몸이 다시 가정을 가지게 되었다. 잃어버렸던 코제트도 다시 나타났다. 그는 마치 침울한 기분으로 무덤으로 들어갔다가 기분 좋게 다시 살아 나온 것 같았다. 가끔 과거의 사람들이 떠올라 괴로울 때면 그는 코제트를 생각하며 생기를 찾았다. 지금의 행복한 생활로 지옥 같던 과거의 불행을 잊는 것이었다.

마리우스는 포슐르방 씨도 과거에 사라진 사람인 듯했다. 코제트 옆에 있는 포슐르방이 바리케이드의 포슐르방과 같은 사람이라고는 도무지 생각할 수 없었다. 마리우스가 두 사람이 동일 인물이라고 확신하지 못하는 데는 이유가 있었다. 그는 장 발장을 가까이에서 본 적이 없었고, 더욱이 장 발장은 외출할 때 늘 변장을 했기 때문이다. 더구나 생과 사를 넘나들었던 혁명의 기억과 부상으로 인한 오랜 혼수상태에서 이제 막 벗어난 마리우스는 바리케이드에 있던 포슐르방의 모습이 기억에서 이미 희미했던 것이다. 그렇다고 해서 성격이 완고한 마리우스가 자신의 궁금증을 풀기 위해 포슐르방 씨에게 직접 물어볼 수도 없는 노릇이었다.

그러던 중 두 남자 사이에 침묵의 벽이 조금씩 무너지자, 마리우스는 용기를 내어 진실을 밝히려고 했다. 하루는 무슨 말끝에 마리우스가 장 발장에게 물었다.

"샹브르리 거리 잘 아시죠?"

"무슨 거리라고요?"

"샹브르리 거리 말입니다."

"글쎄요."

장 발장은 짐짓 무심한 표정으로 대답했다.

그의 반응을 보고 마리우스는 자신이 그와 닮은 다른 사람과 혼동한 게 틀림없다는 결론은 내렸다. 그럼에도 몇 가지 의구심은 여전히 가시지 않았다.

마리우스에게는 은혜를 갚아야 할 마음의 빚이 둘 있었다. 하나는 아버지의 목숨을 구해준 테나르디에에게 갚아야 할 빚이었고, 다른 하나는 자신을 할아버지 집으로 안전하게 옮겨준 그 미지의 은인에게 갚아야 할 빚이었다. 물론 테나르디에는 용서할 수 없는 악한이지만, 그래도 아버지의 은인이고, 또한 자신을 위해 희생한 에포닌과 가엾은 가브로슈의 아버지이므로 모른 척할 수 없었다.

마리우스는 어떻게든 결혼 전에 두 사람을 찾으려 했다. 그렇게 하지 않으면, 앞길이 창창한 자신의 인생에 먹구름이 드리울 것만 같았다.

마리우스는 먼저 몇몇 대리인들을 고용해서 테나르디에를 찾아봤지만, 그의 종적은 끝내 찾을 수 없었다. 그다음으로는 자신의 생명을 구해준 그 미지의 남자를 찾으려고 했다. 의식불명의 마리우스를 업고 하수도를 빠져나온 그 사람은 어떻게 되었을까? 마차꾼의 말에 의하면, 그 남자는 어느 혁명군의 목숨을 구한 뒤 곧바로 경찰에 체포되었다고 했다.

그 미지의 남자가 마리우스를 바리케이드에서부터 업고 갔다는 말인데, 도대체 그는 누구란 말인가? 그리고 왜 그랬을까? 마리우스는 그 사람이 하수도를 통해 탈출했을 것이라고 추측했다. 그런데 무엇 때문에 그렇게 무모하고 위험한 짓을 했을까? 그리고 무엇 때문에 자신을 드러내지 않는 것일까?

마리우스의 궁금증은 더해만 갔다. 그는 그 은인을 찾는 데 좋은 물증이 될 것이라는 기대로 그 피투성이 옷을 지금까지 보관하고 있었다. 윗옷은 누가 일부러 그런 것처럼 천이 찢겨 있었다. 찢겨 나간 부분은 천이 해져서 너덜너덜한 다른 부분과는 확연히 달라 보였다. 그러나 그 부분이 어떻게 찢겨 나갔는지는 전혀 알 수 없었다.

어느 날, 마리우스는 장 발장과 코제트에게 그 미지의 은인에 대해 이야기해주었다. 그는 자신의 이야기에 장 발장이 무표정한 얼굴로 별 관심을 보이지 않는 것에 은근히 화가 났다. 마리우스가 흥분해서 말했다.

"나를 구해준 그분은 틀림없이 천사일 겁니다. 그분이 어떻게 한 줄 아십니까? 그 치열한 전투 속에 자신을 던졌고, 내가 총에 맞고 쓰러지자 나를 구해냈습니다. 그리고 나를 업고 하수도 속으로 들어간 것 같습니다. 악취가 진동하는 캄캄한 어둠 속에서 엄청나게 고생했을 겁니다. 나를 둘러메고 그 끔찍한 시궁창을 하루 종일 걸어야 했으니까요. 아, 코제트의 돈이 제 돈이라면……."

"그 돈은 자네 것일세."

장 발장이 나지막하게, 그러나 또박또박 말했다. 그러자 마리우스가 이렇게 말했다.

"그것이 제 돈이라면, 그 사람에게 그 돈을 모두 바치겠어요."

장 발장은 아무 말도 하지 않았다.

1833년 2월 16일, 마리우스와 코제트의 결혼식 날이었다.

결혼식 전날, 장 발장은 58만 4천 프랑을 마리우스의 외조부가 보는 가운데 새신랑에게 건넸다. 이제 비로소 정식으로 결혼식을 올리기 위한 모든 조건이 갖춰진 것으로 보였다.

코제트는 마리우스와 결혼하게 된 것이 꿈만 같았다. 코제트는 하얀 드레스에 레이스 면사포를 쓰고, 진주목걸이를 걸고, 오렌지색 꽃으로 장식된 화관을 머리에 썼다. 조금 수줍은 듯한 표정은 아름다운 그녀의 자태에 성스러운 분위기를 더해주었다.

마리우스는 검정색 턱시도를 입었다. 그의 머리는 말끔하게 손질되어, 전투에서 입은 상처를 가려주었다.

질노르망 씨가 장 발장에게 말했다.

"포슐르방 씨, 더없이 행복한 날입니다. 모든 슬픔, 모든 고뇌가 끝났습니다. 이제 기쁨만이 가득할 겁니다."

마침내 결혼식이 치러졌고, 마리우스와 코제트는 신부의 축복 속에 정식 부부가 되었다.

결혼식이 끝나고, 마리우스와 코제트는 성당 정문에 이르러 행복한 얼굴로 서로를 바라보았다. 두 사람 모두 꿈을 꾸고 있는 것 같았다. 그들은 마차를 타고 집으로 향했다. 장 발장과 질노르망 씨도 신랑 신부 맞은편에 앉았다. 질노르망 씨가 말했다.

"이제 너희는 남작 부부이니라!"

코제트가 마리우스의 귀에 대고 속삭였다.

"꿈인지 생시인지 모르겠어요. 내가 마리우스 퐁메르시 부인이 되다니!"

코제트는 드레스 끝자락을 마리우스의 무릎 위에 살짝 얹고 슬며시 몸을 기대면서 말했다.

"머잖아 정원에 한번 다녀와요."

코제트가 말한 정원은 물론 두 사람이 처음 만나고 사랑을 키웠던 예전 코제트의 집 정원을 말하는 것이었다.

마리우스가 고개를 끄덕이며 빙그레 웃었다. 집에 도착하자 마리우스는 환한 얼굴로 코제트의 손을 잡고 층계를 올라갔다. 8개월 전 혼수상태에 빠져 집으로 실려 왔을 때 올라갔던 그 층계였다.

코제트는 어느 때보다 다정하게 장 발장을 대했다. 장 발장은 사람들 눈에 잘 띄지 않는 응접실 문 옆에 자리 잡고 앉았다. 코제트가 그에게 다가와 두 손으로 드레스 자락을 활짝 펼치며 절을 했다.

"아버지, 기쁘세요?"

"그럼, 기쁘고말고."

"그럼 행복하게 웃으셔야지요!"

코제트가 애교 섞인 목소리로 말했다.

장 발장은 코제트의 깜찍한 명령에 따라 환하게 웃었다. 그러나 잠시 후, 장 발장은 아무도 모르게 그곳을 빠져나와 자신의 집으로 돌아갔다.

장 발장은 촛불을 들고 코제트의 방으로 들어가 침대를 바라보았다. 침대 시트가 벗겨져 있었다. 베개는 베갯잇이 벗겨진 채 개어놓은 이불 옆에 놓여 있었다.

코제트의 물건들은 모두 신혼집으로 옮겼고, 이제 남은 것이라고는 가구와 사방의 벽뿐이었다. 장 발장은 빈 침대를 바라보며 코제트가 떠났다는 사실을 새삼 깨달았다. 투생도 이제 그곳에 없었다.

그는 거실과 복도를 지나 자신의 방으로 들어갔다. 그리고 촛불을 탁자에 올려놓고 침대를 바라보았다. 침대 머리맡 탁자에 작은 가방이 놓여 있었다. 그는 이 집에 이사 온 이후로 한 번도 열어보지 않은 그 가방을 열었다. 가방 속에는 10년 전 장 발장과 코제트가 몽페르메유를 떠날 때 코제트가 입었던 옷가지들이 들어 있었다.

장 발장은 옷을 하나씩 꺼내 침대 위에 펼쳐놓았다. 검정색 작은 드레스 한 벌, 검은 목도리 한 장, 구두, 조끼, 속치마, 털양말, 그리고 작은 호주머니가 달린 앙증맞은 앞치마 한 장이었다. 장 발장이 어린 코제트에게 사 준 것들이었다. '아이' 어머니의 죽음을 애도하는 의미에서 모두 검정색으로 마련했던 것이다. 아이의 어머니가 하늘에서 딸이 상복을 입고 있는 모습을 보았다면 무척이나 기뻐했을 것이다.

코제트의 옷가지를 보고 있자니, 그해의 몹시 추웠던 크리스마스가 생각났다. 그때 어린 코제트는 헐벗은 채 벌벌 떨고 있었다. 벌겋게 살갗이 튼 조그만 발에는 딱딱한 나막신을 신고 있었다.

장 발장은 맨 처음 코제트를 만났던 몽페르메유 근처의 그 숲을 떠올렸다. 그때 어린 코제트는 무거운 물통을 나르고 있었다. 살을 에는 듯한 밤공기와 칠흑 같은 밤하늘을 떠올렸다. 지금은 그 모든 것들이 아름답게만 느껴졌다.

장 발장은 어린 코제트를 회상하며 그 옷들을 침대 위에 늘어놓았다. 코제트가 웃는 모습, 함께 손잡고 걸었던 기억, 코제트가 이 세상에서 장 발장밖에 몰랐던 그 시절을 떠올렸다. 그때의 기억들이 파도처럼 밀려오자 그는 가슴이 미어지는 것 같았다.

코제트의 결혼식이 있던 그날 밤, 누군가 우연히 장 발장의 집 앞을 지나갔다면, 어린아이의 옷에 얼굴을 묻고 흐느끼는 한 노인의 서러운 울음소리를 들었으리라.

*

야곱이 천사와 싸운 것은 단 하룻밤이었다. 하지만 장 발장이 양심을 상대로 벌인 힘든 싸움은 이미 몇 년 전부터 시작된 것이었다. 그 오랜 싸움은 그의 정신 속에서 새로운 양상으로 전개되기 시작했다.

장 발장의 양심은 그의 삶을 송두리째 앗아갔다. 얼마나 오랫동안 절망 속에서 몸부림쳤던가! 오래전 주교가 밝혀놓았던 그 진실의 불빛은, 장 발장이 종종 눈이 멀기를 바라면서 자비를 구할 때까지 그에게 환한 빛을 사정없이 내리퍼부었다. 양심은 계속해서 장 발장을 찢고, 부수고, 꺾어놓았다. 마침내 만신창이가 된 몸으로 양심과 진실 앞에 우뚝 섰을 때 그는 이렇게 말했다.

"이제 평화롭게 가리라!"

그는 산산이 부서지고 패배했으나, 의기양양하게 일어섰다. 선하고 정당한 일을 하기 위해서, 그리고 평화롭게 떠나기 위해서.

그날 밤 장 발장은 마치 인생의 마지막 싸움을 벌이고 있는 듯했다. 비통한 질문들이 하나둘씩 떠올랐다. 그는 선택의 기로에 서 있었다. 폭풍우가 몰아치는 항구를 택할 것인가, 아니면 다정하게 손짓하는 유람선을 택할 것인가? 어느 것도 쉬운 선택이 아니었다.

장 발장에게 던져진 비통한 질문이란 이런 것이었다. 이제 코제트가 결혼했으니, 자신은 코제트에게 어떤 사람이 되어야 하는가? 코제트는 장 발장에게 인생의 모든 것이었다. 그러나 이제 그녀는 마리우스의 여자가 되었다.

장 발장은 진정으로 코제트의 행복을 바랐기에 마리우스의 목숨을 구해 두 사람이 함께하도록 만들었다. 그런데 지금은 자신의 입지가 확실하지 않은 가운데 부부가 된 그들에게 어떤 행동을 취해야할지 확신이 서지 않았다. 장 발장의 감정은 복잡하게 꼬여만 갔다.

코제트에게서 가질 수 있는 것을 모두 가져도 좋은 것인가? 아니면 못 만나는 대신 지금처럼 존경받는 아버지로 남아 있어야 할 것인가? 그렇다면 자신의 과거는 어떻게 정리해야 하는가? 자신의 과거를 안고 두 사람과 앞날을 함께해도 좋은가?

코제트는 장 발장에게 있어 조난자의 뗏목 같은 존재였다. 그것에 매달릴 것인가, 아니면 놓아버릴 것인가?

장 발장은 밤새도록 이런 생각들과 싸우며 꼼짝도 하지 않고 엎드려 있었다. 팔을 옆으로 펼치고 엎드린 그 모습은 흡사 십자가에서 풀려나 땅바닥에 내동댕이쳐진 모습과도 같았다. 긴긴 겨울밤, 그의 덧없는 상념은 끝없이 되풀이되고 있었다.

장 발장은 죽은 듯이 꼼짝도 하지 않고 있다가 경련을 일으키듯 온몸을 떨며 코제트의 옷에 입을 맞추었다.

다음 날 아침 집 청소를 하던 바스크는 밖에서 문 두드리는 소리를 들었다. 장 발장이었다. 바스크는 그를 응접실로 안내했다. 응접실은 전날 밤 피로연의 흔적이 그대로 남아 어수선했다.

밤새 한숨도 못 이룬 장 발장은 두 눈이 퀭했고, 얼굴은 백짓장처럼 창백했다.

장 발장이 바스크에게 물었다.

"마리우스 씨는 일어났는가?"

"가서 알아보고, 오셨다고 말씀드리겠습니다."

"아니, 내가 왔다고 하지 말고, 누가 잠시 뵙고 싶어 한다고 전해주게. 놀라게 해주고 싶으니까."

잠시 후 마리우스가 응접실로 들어왔다. 그의 얼굴에는 희색이 가득했고, 눈도 생기 있게 빛났다.

"아, 아버님이셨군요! 바스크가 무슨 큰 비밀이라도 되는 양 누가 왔는지 말을 안 하는 거예요! 그런데 꽤 일찍 오셨군요. 코제트는 아직 자고 있어요."

마리우스가 장 발장에게 '아버님'이라고 부른 것은 그만큼 마리우스가 행복하다는 증거이기도 했다. 또한 장 발장과 마리우스 사이에 어떤 장벽이 허물어진 것을 의미하기도 했다. 장 발장은 그 장벽이 언젠가는 무너질 것이라 믿고 있었는데, 마리우스 쪽에서 먼저 그것을 허물었다. 마리우스 역시 코제트처럼 장 발장을 아버지로 여기는 듯했다.

마리우스가 말을 이었다.

"코제트하고 아버님 얘기를 많이 했어요. 코제트가 아버님을 얼마나 사랑하던지요! 아버님도 이 집에서 우리와 같이 사셨으면 해요. 정원이 내다보이는 방을 드릴게요. 아버님 방은 이미 준비해놨어요. 오시기만 하면 돼요. 코제트와 저는 행복하게 살 거예요. 아버님과 함께 사는 것도 우리의 행복 가운데 하나랍니다."

"그건 그렇고, 먼저 자네한테 할 말이 있네……. 나는 전과자네."

마리우스는 전과자라는 말을 듣기는 했지만 그 말에 금방 감정 이입이 되지 않은 것 같았다. 너무나 급작스러운 말이어서 순간적으로 알아듣지 못한 모양이었다. 마리우스는 멍한 표정으로 있다가 더듬거리며 물었다.

"무슨 말씀이신지?"

"그러니까 나는 한때 죄수였다는 말이네."

장 발장은 계속 말했다.

"나는 옛날 도둑질을 한 죄로 19년이나 감옥살이를 했네. 그 전에는 파블로에서 가지치는 일을 했지. 그리고 지금은 탈옥수나 마찬가지네. 내 이름은 포슐르방이 아니고 장 발장이네. 그리고 코제트와 나는 아무런 혈연관계도 아니니 안심하게."

"믿을 수가 없어요."

마리우스가 괴로운 표정을 지었다.

"나와 코제트가 어떤 관계인지 몹시 궁금할 거야. 나는 한때 스쳐 지나간 사람에 지나지 않네. 10년 전만 해도 나는 코제트를 알지도 못했어. 코제트는 고아였고, 누군가의 도움이 필요했지. 나는 코제트를 보자마자 사랑하게 되었네. 나는 그 아이의 보호자가 되었고, 그 의무를 지금까지 충실히 수행해왔네. 그러나 이제 코제트는 나를 떠났어. 함께 걸어온 길이 두 갈래로 나눠진 것이지. 이제부터 나는 코제트에게 아무 존재도 아니네. 이제 코제트는 퐁메르시 부인이네. 정말 잘된 일이지."

장 발장은 잠시 말을 멈추고 마리우스를 바라보았다.

"그리고 돈 이야기인데, 그 돈에 대해 자네가 미심쩍어하는 것 같아서 말이야. 60만 프랑이라는 돈이 어떻게 해서 내 손에 들어왔는가 하고. 그 돈은 내가 맡아 보관해온 것이네. 그리고 그 돈을 어떻게 맡게 되었는지는 중요하지 않아. 나는 위탁금을 자네에게 넘겨줬을 뿐이네. 나는 자네에게 나의 본모습을 보여줌으로써 본래의 내 모습으로 완전히 돌아왔네. 내 본명을 밝히는 것이 실은 몹시 걱정되었으나, 내겐 그래야만 하는 이유가 있기에 그런 것이네."

"그런데 그런 것들을 왜 저에게 말씀하시는 겁니까? 비밀로 해도 될 것을!"

마리우스가 다그치듯 반문했다.

장 발장은 스스로에게 말하듯 나직한 목소리로 대답했다.

"설명하기 쉽지는 않지만, 그것은 양심, 그리고 명예와 관련이 있네. 내 마음속에는 양심과 인생을 단단히 연결하는 일종의 고리 같은 게 있지. 지금까지 살아오면서 수도 없이 그 고리를 끊으려고 했네. 그런데 고약하게도 그 고리는 나이를 먹을수록 점점 더 질겨지더군. 그래서 아예 뿌리째 뽑아버리려고도 해봤지만 내 마음까지 뽑혀 나오더군. 그럴 수 있다면 나는 편안하게 자네와 함께 살 수 있을 거야. 하지만 나는 그렇게 살아갈 수 없을 것이네. 우리는 결코 함께 살 수 없을 것이야. 내게는 원래 가족이란 게 없었으니까. 나는 세상 어느 집안의 가족도 될 수 없는 몸이네. 그럴 마음도 없네. 코제트가 결혼한 바로 그날, 모든 것이 끝나버린 것이지. 코제트가 행복하다는 것을 알고 있네. 사랑하는 사람과 부부가 되었으니까. 그래서 나는 나 자신에게 이렇게 말했네. '너는 거기 들어가지 말아라!' 자네는 내게 뭐하러 이런 말을 하냐고 묻고 있는데, 내 말이 이상하게 들리겠지만, 그건 바로 양심 때문이네. 내가 계속 포슐르방으로 산다면 만사가 편하겠지. 내 영혼만 빼고. 겉보기에는 기쁘고 행복하겠지. 하지만 내 영혼은 진정 행복할 수 없을 것이네. 행복이 전부는 아니지. 사람은 결국 자신의 삶에 스스로 만족해야 하니까. 마리우스, 부디 이해해주게. 내가 이런 말을 하는 데는 다른 이유가 없네. 다만 정직해지기 위해서일 뿐이야. 지금 자네가 보기에는 내가 스스로 명예를 떨어뜨리는 것 같겠지만, 나로서는 나 자신을 높이는 것이네. 자네가 나의 과거를 모르고 나를 존경한다면, 나는 정직한 사람이 되지 못할 거야. 그러나 내 과거 때문에 나를 경멸한다면, 나는 존경받지는 못할지언정 적어도 정직한 사람은 될 수 있지. 그렇네. 나는 정직한 사람이 되고 싶네."

장 발장은 깊은 숨을 몇 번 몰아쉬고는 다시 말했다.

"옛날에는 먹고살기 위해서 빵을 훔쳤지. 하지만 이제는 살기 위해서라도 이름을 훔치지 않을 것이네."

두 사람은 각각 생각의 소용돌이에 빠져 있었다. 잠시 뒤 침묵을 깨고 마리우스가 입을 열었다.

"저희 할아버지께서 영향력 있는 친구분들을 알고 계십니다. 그분들께 부탁하면 사면받을 수 있을지 모릅니다."

"소용없네. 나는 이미 죽은 것으로 되어 있어서 사면받을 수도 없어. 그러나 그것도 괜찮네. 죽은 사람은 감시할 수도, 처벌할 수도 없지 않은가? 이미 죽은 사람은 썩는 일만 남은 것이네. 그러므로 죽음이야말로 진짜 사면이 아니고 무엇이겠는가?"

마리우스는 방문이 닫혀 있는지 살펴보고 나지막하게 속삭였다.

"가엾은 코제트! 코제트가 이 사실을 알게 된다면……."

장 발장은 코제트라는 이름을 듣는 순간 움찔했다. 하지만 그는 마리우스의 눈을 똑바로 쳐다보면서 말했다.

"자네는 이 사실을 코제트에게 말하고 싶겠지. 미처 생각지 못했네. 무엇보다 나는 모든 사실을 자네에게 말해야 할 의무를 느꼈어. 이제부터 코제트의 보호자는 자네이기 때문이지. 내 생각이 짧았네. 난 거기까지밖에 생각하지 못했어. 자네에게 간청하건대, 코제트에게는 부디 비밀로 해주었으면 하네. 자네 혼자 아는 것만으로도 충분하지 않겠나? 코제트가 안다면 크게 상처받을 것이 분명하네."

장 발장은 두 손으로 얼굴을 감쌌다. 그의 비통한 심정을 들을 수는 없었으나, 어깨가 들썩이는 것으로 보아 울고 있는 것이 틀림없었다.

장 발장은 울음을 그친 후 약간 망설이면서 이렇게 말했다.

"자네가 이 집의 주인이니 마지막으로 한 가지만 묻겠네. 이제 진실을 알았으니, 이후로는 내가 코제트를 만나지 말았으면 좋겠나?"

"그렇게 하는 것이 좋겠습니다."

마리우스가 짧고 분명하게 대답했다.

"알았네. 그렇다면 다시는 코제트를 만나지 않겠네."

장 발장은 아무 말 없이 문 쪽으로 걸어갔다. 그는 방문을 열었다가 잠시 우두커니 서 있더니 다시 문을 닫았다. 그러고는 다시금 차분한 목소리로 말했다.

"다시 생각해달라고 부탁하고 싶네. 허락한다면 코제트를 만나러 오고 싶네. 나는 그 아이의 아버지나 마찬가지였고, 그 아이는 내 자식이나 다름없었네. 마리우스 자네는 이해하기 힘들겠지만, 이렇게 가서 그 아이를 다시 보지 못한다면 나는 참을 수 없을 것이네. 자네가 허락한다면 가끔씩 코제트를 보러 오겠네. 물론 자주 오지는 않을 것이고, 오더라도 오래 있지 않겠네. 그리고 응접실이 아니라 지하실에서 만나라면, 거기서 만나겠네."

장 발장의 마음을 헤아린 마리우스는 부드럽게 대답했다.

"매일 찾아오셔도 괜찮습니다. 코제트가 기다리고 있을 겁니다."

"그렇게 말해주다니, 정말 고맙네."

지금 이 세상 누구보다 행복한 사람이 지금 이 세상 누구보다 불행한 사람을 문까지 배웅해주었다. 마리우스는 조금 전 장 발장의 고백을 듣고 놀라움을 금할 수 없었다. 그리고 코제트와 같이 있던 그 노신사한테서 느꼈던 이상한 느낌과 불안감의 정체가 무엇인지 이제야 알 것 같았다. 마리우스에게 있어 장 발장은 수수께끼 같은 존재였다. 마리우스는 자신의 예감이 스스로에게 경고하고 있었음을 비로소 깨달았다. 그리고 이제 그 수수께끼가 풀린 것이다. 포슐르방 씨가 바로 전과자 장 발장이었다. 치욕적이고도 소름 끼치는 존재 말이다.

마침 어느 때보다 더없이 기쁜 시기에 이 같은 비밀이 드러나는 것은, 마치 조용한 둥지 속에서 갑자기 전갈이 튀어나온 것과 비슷한 일이었다. 이 사건으로 인해 마리우스는 다시금 과거를 되돌아보았다. 먼저 그는 종드레트의 방에서 일어났던 사건을 떠올렸다. 당시에 르블랑 씨라는 별명으로 불리던 그 사람이 경찰이 도착했을 때, 어째서 자신이 당한 일을 진술하지 않고 몰래 현장을 빠져나갔는지 항상 의아스러웠다. 이제 그 이유를 알 것 같았다. 르블랑 씨는 법을 어기고 피해 다니는 도망자 신세였던 것이다.

또한 방금 전에 밝혀진 사실로 미루어 바리케이드에서 보았던 그 포슐르방이란 인물이 장 발장임이 분명했다. 그것은 전투가 끝나고 마리우스가 일시적으로 정신이 불안정한 상태인 까닭에 깨끗이 잊고 있던 일이었다. 그러나 이젠 그 포슐르방이란 사람이 아무 이유 없이 바리케이드로 온 것이 아님을 깨달을 수 있었다. 바리케이드에서 그는 싸우지 않았다. 그때의 기억을 떠올리자, 마리우스의 머릿속에 갑자기 누군가가 떠올랐다. 그것은 자베르였다. 바리케이드에서 장 발장에게 끌려가던 자베르의 모습이 마리우스의 머리에 섬광처럼 스쳤다. 아직까지도 그때의 무시무시한 총소리가 들리는 듯했다. 장 발장은 자베르에게 복수하기 위해 바리케이드로 온 것이 틀림없었다. 마리우스는 좀 전에 들은 이야기를 생각할수록 장 발장이란 사람이 불쾌하게 여겨졌다. 마리우스가 보기에 장 발장은 치욕적인 인물이었다. 더구나 그는 전과자 아닌가.

마지막으로 마리우스가 가진 의문은 장 발장과 코제트가 어떻게 함께 생활하게 되었는가 하는 것이었다. 범죄자와 순결한 영혼이 어떻게 아버지와 딸로 엮이게 되었는가? 천국에서 온 소녀와 지옥에서 떨어진 노인이 어떻게 한집에서 살 수 있었는가? 새끼 양과 이리가 어떻게 서로를 아낄 수 있었는가? 9년 동안 이리가 새끼 양에게 헌신하고, 새끼 양이 이리에게 의지하고 있었다. 생각할수록 장 발장은 수수께끼 같은 존재였다.

죄 지은 몸으로 순결한 영혼을 사랑하고, 지켜주고, 길러주고, 감싸주는 무뢰한은 무엇인가? 코제트를 순수하고 아름다운 여인으로 키워준 장 발장의 정체는 무엇인가? 어둠과 구름으로부터 반짝이는 별을 지켜낸 암흑의 인물은 무엇인가?

이것이 바로 장 발장의 비밀이었고, 이것이 또한 하느님의 뜻이었다.

마리우스는 모든 의혹 앞에서 괴로워하다가도 이것이 하느님의 뜻이었다고 생각하는 순간 마음이 편해졌다. 하느님은 코제트라는 꽃을 피우는 데 장 발장이라는 거름을 이용한 것이었다. 그렇게밖에 생각할 수 없었다. 그는 코제트를 사랑했고, 그녀와 결혼했으며, 그녀는 순수한 여인이었다. 마리우스는 그것으로 충분했다. 장 발장 스스로 말했듯이 이제 그는 코제트에게 아무 존재도 아니었다. 지금 코제트의 보호자는 마리우스 자신이었다.

마리우스는 마치 심판의 날의 나팔 소리를 들은 것처럼 정신이 아찔했다. 그는 크게 실망하고 낙담한 나머지 장 발장에게 기울였던 자신의 마음을 거두기로 마음먹었다. 그러나 그건 마음먹은 대로 할 수 있는 일이 아니었다. 어떻게 그럴 수 있겠는가. 그는 잠시 마음이 흔들려 장 발장에게 코제트를 보러 와도 좋다고 말한 것을 몹시 후회했다. 또한 그런 자신에게 화가 나기도 했다. 장 발장이 이 집에 올 때마다 그에 대한 경계심과 불쾌감이 점점 더 깊어질 것이기 때문이었다.

*

다음 날 저녁 장 발장은 질노르망 씨 집 대문을 두드렸다. 바스크가 그를 맞이했다.

"남작님께서 선생님이 위층 응접실로 가실지, 아니면 지하실로 가실지 여쭤보라고 하셨습니다."

"지하실로 가겠소."

장 발장이 나지막하게 대답했다.

바스크는 장 발장을 지하실로 안내했다. 지하실은 어둡고 눅눅했다. 벽난로에는 불이 지펴져 있었다. 난롯불을 피워놓았다는 것은 장 발장이 응접실이 아닌 지하실을 택하리라는 것을 이미 알고 있었다는 뜻이다.

난롯가에는 의자 2개가 놓여 있었고, 바닥에는 하도 오래돼서 털이 다 빠지고 퀴퀴한 냄새가 나는 낡은 양탄자가 깔려 있었다. 불빛이라고는 벽난로 불빛 말고 아무것도 없었다.

장 발장은 한눈에 보기에도 얼굴이 창백하고 지쳐 보였다. 그는 며칠 동안 먹지도 자지도 못했던 것이다. 그는 의자에 쓰러질 듯이 주저앉아 고개를 푹 숙이고 있었다. 그는 바스크가 들어와 촛불을 켜는 것도 몰랐다. 바스크는 촛불을 벽난로 선반 위에 올려놓고 나갔다.

장 발장은 갑자기 벌떡 일어나 뒤돌아보았다. 코제트가 보였다. 코제트는 여전히 사랑스러웠다. 그가 본 것은 그녀의 얼굴이 아니라 그녀의 내면이고 영혼이었다.

"아버지!"

코제트가 큰 소리로 불렀다.

"원래 아버지가 이상한 분이란 건 알고 있었지만, 이 정도인 줄은 몰랐어요. 아버지께서 응접실을 놔두고 굳이 여기에서 저를 만나겠다고 하셨다면서요?"

장 발장이 빙그레 웃으며 대답했다.

"그래, 내가 그러겠다고 했다."

"저도 아버지께서 그렇게 말씀하셨을 거라고 짐작했어요."

코제트는 전과 다름없이 장 발장을 껴안으려고 다가왔다. 그러나 그는 발이 바닥에 붙기라도 한 듯 꿈쩍도 하지 않았다. 그러자 코제트가 키스해달라며 자기 뺨을 그의 얼굴 가까이 내밀었다. 하지만 그는 꼼짝도 하지 않았다. 그의 무뚝뚝한 모습을 보고 코제트가 그의 기분을 풀어주려는 듯 상냥하게 말했다.

"예수께서 말씀하시길 다른 뺨을 내주라고 하셨지요."

코제트가 다른 쪽 뺨을 내밀었지만, 장 발장은 여전히 아무런 반응이 없었다. 그러자 코제트는 화가 났다.

"제가 뭐 잘못한 거라도 있나요? 왜 이러시는지 모르겠어요. 일단 저희하고 저녁 식사나 같이 하시면서 섭섭한 게 있으면 푸세요."

"저녁은 먹었단다."

장 발장이 짤막하게 대답했다.

"그럴 리가요? 저녁을 드시기에는 너무 일러요."

코제트가 또다시 물었다.

"왜 그러세요, 아버지? 자꾸 이러시면 질노르망 할아버지를 불러서 혼내주라고 할 거예요. 아버지가 말썽을 부리면 할아버지가 혼내야겠지요. 일어나세요. 저랑 같이 위층으로 올라가세요."

"싫다."

장 발장이 차갑게 대꾸했다.

코제트가 심각한 표정으로 물었다.

"왜 그러세요? 그리고 저를 왜 지하실에서 만나겠다고 하셨어요? 여긴 이 집에서도 가장 누추한 곳이라고요!"

"신경 쓸 거 없소, 부인. 그건 나한테 이상한 버릇이 있어서 그런 거요."

장 발장은 코제트의 물음을 비켜가면서 대답했다.

코제트가 어이없는 얼굴로 물었다.

"부인이라뇨? 갑자기 왜 그렇게 부르시는 거죠? 정말 왜 그러시는 거예요?"

장 발장은 슬픈 마음을 애써 억누르며 말했다.

"너는 이제 내 딸이 아니다. 퐁메르시 남작 부인이다."

"그래도 아버지께서는 그렇게 부르시면 안 되죠."

장 발장은 코제트의 말은 들은 체도 하지 않고 대뜸 말했다.

"이제부터는 아버지라고 부르지 말아라."

"뭐라고요?"

코제트는 고개를 절레절레 흔들며 장 발장을 쳐다보았다.

그녀가 입을 열기 전에 장 발장이 다시 말했다.

"앞으로는 그냥 장 씨라고 불러라."

절망감에 빠진 코제트는 따져 물었다.

"이젠 더 이상 아버지가 아니라고요? 그럼 저도 더 이상 코제트가 아니란 말씀이세요? 장 씨는 또 뭐예요? 어째서 저희와 같이 살지 않겠다는 거예요? 제 눈을 보고 말씀하세요. 제가 무슨 잘못이라도 했나요? 섭섭하신 일이라도 있어요?"

"아냐, 넌 아무 잘못 없다."

장 발장은 코제트의 눈을 피하며 대답했다.

"그럼 왜 호칭까지 바꾸시려는 거예요?"

장 발장은 처연한 미소를 지으며 조용히 말했다.

"네가 퐁메르시 부인이 됐는데, 나라고 장 씨가 되지 말란 법이 있니?"

"말도 안 되는 소리 마세요! 정말 어이가 없네요. 도대체 뭐가 뭔지 하나도 모르겠어요. 지금 하시는 말씀도 저한테는 아무런 도움이 안 돼요. 그렇게 다정하신 분이 왜 이렇게 심술을 부리시는 거예요?"

장 발장은 한 마디도 하지 않았다. 코제트는 그의 두 손을 잡고 애정 어린 표정과 몸짓으로 말했다.

"옴므 아르메 거리에 있는 그 낡은 집을 떠나 저희랑 같이 살아요. 수수께끼 같은 말씀은 이제 그만하시고요. 어서 식사나 같이 하세요. 제 아버지가 돼주세요."

코제트가 장 발장의 뺨을 어루만지며 속삭이듯 말했다. 장 발장은 코제트의 손을 빼내며 말했다.

"너한테는 더 이상 아버지가 필요 없어. 네게는 남편이 있잖니?"

코제트는 더 이상 참지 못하고 소리쳤다.

"아버지가 필요 없다고요? 제 진심을 몰라주고 왜 그렇게 어리석게 구시는 거예요? 말도 안 되는 소리 그만하세요!"

장 발장이 말했다.

"나는 내 나름의 생활 방식을 가지고 있단다. 나는 늘 어두운 곳을 좋아하지."

코제트는 귀여운 표정을 지으며 애교 있게 말했다.

"하지만 여기는 너무 어둡고 춥잖아요. 여기는 싫어요. 아버지가 저한테 자기를 장 씨라고 부르라고 하고 이렇게 냄새 나는 지하실에서 저를 만나고 싶어 하다니 이해할 수 없어요. 아버지가 보통 사람들과 다르다는 것은 알아요. 하지만 앞으로는 그러지 마세요. 저는 옴므 아르메 거리가 싫어요. 왜 제 마음을 아프게 하시는 거예요?"

그러더니 코제트가 정색하며 말했다.

"아버지는 제가 행복한 것이 싫으세요?"

당황한 장 발장은 잠시 생각하더니 나지막이 말했다.

"내 삶의 목적은 바로 너의 행복이란다."

코제트는 뛰어와 그의 목을 감쌌다. 장 발장도 코제트를 끌어안았다.

다음 날 같은 시각에 장 발장은 다시 코제트의 집을 찾아갔다.

코제트는 어제처럼 따지거나 화를 내지 않았다. 그리고 장 발장을 아버지라고도, 장 씨라고도 부르지 않았다. 코제트는 장 발장 때문에 마음이 언짢기는 했지만, 마리우스와 함께하는 행복에 취해 그다지 마음이 불편하거나 슬프지 않았다. 아버지에 대한 섭섭한 마음과 진실을 캐고 싶은 마음이 사랑으로 가득한 마음을 넘어서지 못한 것이다.

몇 주일이 그렇게 지나갔다. 장 발장은 마리우스의 말대로 매일

같이 코제트를 찾아갔다. 그런데 장 발장이 코제트의 집에 도착해 보면, 마리우스는 무슨 핑계를 대서라도 외출하고 없었다.

시간이 지나면서 코제트는 자연스레 장 발장에게 소홀하게 되었다. 신혼 생활에 흠뻑 젖어 있었던 것이다.

장 발장과 코제트가 서로를 부르는 호칭도 두 사람 사이를 심정적으로 멀어지게 했다. 서로 '부인', '장 씨'로 부름으로써 코제트를 멀리하고자 했던 장 발장의 계획이 성공한 것이다. 행복한 결혼 생활이 거듭될수록 장 발장에 대한 코제트의 다정함도 그만큼 줄어들었다. 그럼에도 코제트는 변함없이 장 발장을 사랑했고, 장 발장 역시 그것을 잘 알고 있었다.

그러던 어느 날 코제트가 장 발장에게 또다시 따지듯 물었다.

"오랫동안 제 아버지였는데, 지금은 아버지가 아니라고요? 그다음에는 삼촌이었다가, 지금은 또 삼촌도 아니에요. 옛날에는 포슐르방 씨였다가, 지금은 또 장 씨라 하고…… 정말 종잡을 수가 없어요. 이젠 지긋지긋해요. 선생님이 좋은 분이 아니었다면, 선생님을 대하기가 찜찜하고 두려웠을 거예요. 도대체 누구시죠, 선생님은?"

장 발장은 한 마디도 대답하지 못했다.

그러면서도 장 발장은 옴므 아르메 거리에 계속 살면서 코제트 곁을 떠날 결심을 굳히지 못했다. 더욱이 코제트의 집을 방문해서 그곳에 머무는 시간이 점점 더 길어졌다.

그러던 어느 날 코제트는 자기도 모르게 장 발장을 아버지라고 불렀다. 그러자 장 발장의 어두웠던 얼굴에 밝은 빛이 가득 번지는 것이었다. 코제트는 모처럼 환하게 웃었다.

그러나 코제트의 눈을 피해 고개를 돌린 장 발장의 눈에는 눈물이 고여 있었다.

38. 악마가 천사를 돕다

4월 초 어느 화창한 날이었다. 마리우스가 코제트에게 말했다.

"플뤼메 거리에 있는 그 정원에 한번 가봅시다."

그렇잖아도 코제트가 결혼하기 전 그 정원에 가보자고 말한 적이 있었다. 그들은 그 집과 정원에 들어서는 순간부터 행복했던 과거를 회상하느라 시간 가는 줄 몰랐다.

그날 저녁에도 장 발장은 평소와 같은 시각에 코제트를 찾아갔다. 바스크가 장 발장을 보고 말했다.

"퐁메르시 부인께서는 주인어른과 플뤼메 거리에 있는 정원에 가셨습니다."

장 발장은 지하실에서 코제트를 기다렸다. 그러나 한 시간이 지나도록 그녀가 돌아오지 않았다. 그는 낙심해서 집으로 돌아갔다.

한편 코제트는 '그들의 정원'을 산책하는 데 정신이 팔려 장 발장이 자신을 만나러 온다는 사실마저 까맣게 잊고 있었다.

다음 날 장 발장은 코제트에게 넌지시 물어보았다.

"거긴 어떻게 갔니?"

"걸어서요."

"그럼 돌아올 때는 어떻게 왔니?"

"마차를 빌려 타고 왔어요. 그런데 그건 왜 물으세요?"

갈 때는 걸어서 가고, 올 때는 마차를 빌려 타고 왔다는 말에 장 발장은 이들 부부가 꽤 검소한 생활을 하고 있다는 사실을 알았다. 그것이 마음에 걸린 장 발장이 대뜸 이렇게 물었다.

"마차를 한 대 사지 않고? 내가 준 돈이면 마차 한 대쯤은 살 수도 있잖니?"

코제트는 그런 것에는 별 관심 없는 듯 무덤덤하게 대답했다.

"잘 모르겠어요."

그로부터 몇 주일이 지난 어느 날 장 발장이 코제트를 만나기 위해 지하실로 들어갔는데, 난롯불이 켜져 있지 않았다. 코제트가 바스크를 불러 불을 피우라고 했다. 장 발장은 그 일에 크게 마음을 두지 않았다. 그런데 그다음 날은 난롯불은 켜져 있었지만 난로 옆에 있던 의자 2개가 문 옆으로 옮겨져 있었다.

장 발장은 의자를 다시 난로 옆으로 가져다 놓으면서 의자가 옮겨진 이유를 곰곰이 생각해보았다. 그러나 코제트가 들어온 순간 그러한 생각들이 사라졌다. 그런데 지하실을 막 나서려 할 때 코제트가 한 말에 장 발장의 마음이 편치 않았다.

"마리우스가 어제 저한테 이상한 걸 물었어요."

"뭘 말이냐?"

"제 연금 2만 7천 프랑과 할아버지한테서 받는 3천 프랑을 합쳐서 총 3만 프랑으로 살아갈 수 있겠냐고 물어보는 거예요. 그래서 전 상관없다고 했어요. 마리우스 당신만 있으면 돈 한 푼 없이도 살 수 있다고 했죠. 그런 건 왜 묻냐고 했더니 그냥 궁금해서 물어본 것뿐이라고 하더라고요."

그 말을 듣고, 장 발장은 마리우스가 60만 프랑의 출처에 대해 의심을 하고 있다는 것을 알 수 있었다. 마리우스는 떳떳하지 못한 돈이라고 생각하는 게 분명했다. 그러자 지하실의 의자가 옮겨져 있던 사실이 퍼뜩 떠올랐다.

그다음 날 장 발장이 지하실에 들어왔을 때 보니 의자가 온데간데없었다. 이번에는 아예 치워버린 것이었다. 장 발장은 놀란 표정을 지었다. 코제트도 의자가 없어진 것을 보고 놀랐다.

"의자가 어디 간 거야?"

장 발장은 코제트가 괜한 걱정이라도 할까 봐 얼른 얼버무렸다.

"내가 바스크한테 오늘은 의자가 필요 없으니 치우라고 부탁했단다. 오늘은 여기 오래 머물 시간이 없다."

마리우스의 의도를 확실히 알게 된 장 발장은 큰 충격에 빠져 그 집을 떠났다.

다음 날 장 발장은 코제트를 만나러 가지 않았다. 한편 마리우스는 장 발장이 오지 않았다는 말을 들었을 때, 코제트의 주의를 다른 곳으로 돌리려고 그녀에게 키스했다. 코제트는 장 발장이 오지 않은 것이 마음에 걸렸지만, 그 생각은 이내 사라졌다. 마리우스와 같이 있는 것만으로 너무 행복했기 때문이다.

그다음 날도 장 발장은 코제트를 찾아오지 않았다. 코제트는 개의치 않고 그날 하루를 보낸 뒤 다음 날 아침 비로소 그 사실을 떠올렸다. 그리고 니콜레트를 보내 혹시 장 발장의 몸이 편찮은 것은 아닌지 알아보라고 했다. 니콜레트는 장 발장은 괜찮으며, 바빠서 못 왔고, 곧 올 것이며, 늘 그랬듯이 잠시 여행을 다녀올 예정이라는 답을 가지고 왔다.

1833년 봄에서 여름으로 넘어가는 몇 달 동안 검은 옷을 입은 노인이 매일 해 질 무렵이면 옴므 아르메 거리에서 나와 피유 뒤 칼베르 거리로 향했다. 그 거리 모퉁이에 가까워질수록 노인은 눈을 반짝이며, 기쁨에 들뜬 표정으로, 입가에는 미소를 지었다. 그리고 피유 뒤 칼베르 거리 어느 지점에 이르러 침울하고 비통한 눈빛으로 어느 집을 바라보는 것이었다. 가끔 그의 뺨으로 눈물 한 방울이 떨어지기도 했다.

그러던 어느 날 노인은 조금 더 떨어져서 피유 뒤 칼베르 거리를 응시했다. 그러고는 마치 안 된다는 듯이 고개를 젓고 집으로 돌아가는 것이었다. 날이 갈수록 피유 뒤 칼베르 거리와 노인의 사이는 조금씩 멀어졌다. 매일 같은 시각에 집을 나서기는 했지만 노인이

걷는 거리는 점점 줄어들었고, 그런 노인의 얼굴에는 체념하는 표정이 떠올랐다. 눈빛은 어두웠고, 눈물도 흘리지 않았으며, 주름진 얼굴은 보기만 해도 처량했다. 비가 오는 날도 어김없이 노인은 집을 나섰다. 그러나 우산은 들고 있을 뿐 펴지 않았다.

코제트는 가끔 마리우스에게 장 발장 이야기를 꺼냈다. 그때마다 마리우스는 적당한 말로 그녀를 달랬다. 코제트는 장 발장이 여행을 떠난 모양이라고 생각했다. 그러나 이렇게 오랫동안 집을 비운 적이 없다는 사실을 떠올리고 니콜레트에게 장 발장이 여행에서 돌아왔는지 알아보고 오라고 했다. 장 발장은 니콜레트에게 아직 오지 않았다고 얘기하라고 전했다. 니콜레트가 그렇게 말하면 코제트는 더 이상 묻지 않았다. 그녀의 마음은 온통 마리우스에게 쏠려 있었기 때문이다.

마리우스는 자신의 행동이 잘못된 것이라고 생각지 않았다. 그는 장 발장을 자신들의 삶으로부터 떨어뜨려 놓아야 할 타당한 이유가 있다고 생각했다. 다만 장 발장과 거리를 두는 방법은 모질지 않으면서도 단호해야 한다고 생각했다. 또한 그는 언젠가는 의로운 마음으로 엄숙한 의무를 수행할 날이 오리라 믿었다. 그것은 바로 60만 프랑을 진짜 주인에게 돌려주는 일이었다.

마리우스는 우연히 이상한 정보를 얻었는데 그것이 60만 프랑의 출처에 대해 의심을 품게 된 계기가 되었다. 마리우스는 예전에

라피트 은행에서 직원으로 일하던 사람의 변호를 맡은 적이 있는데, 그로부터 공장이 부도가 나자 수백 명의 직공들을 실업자로 만든 어느 공장주의 이야기를 들었다. 그 의뢰인의 말에 따르면 공장주가 라피트 은행에 예금해두었던 60만 프랑을 누군가 빼돌렸다고 했는데, 그 사람이 다름 아닌 장 발장일 것으로 추측하고 있다고 했다. 이런 정보를 접한 마리우스는 그 돈을 쓸 수 없었다.

마리우스는 자신이 장 발장을 의심하고 있다는 것을 코제트가 눈치채지 못하게 했다. 코제트는 장 발장에 대한 마리우스의 감정이 어떤지 아주 모르지는 않았으나 그녀는 마리우스의 입장을 크게 거스르지 않고 순순히 따르는 편이었다.

그들 부부 사이에는 서로를 강하게 끌어당기는 끈끈한 힘이 존재했다. 그 힘은 코제트로 하여금 거의 본능적으로 남편이 원하는 대로 하게 만들었다. 그녀는 자신이 오랫동안 아버지라고 불렀던 장 발장을 변함없이 사랑하고 있었지만, 마리우스와 함께하는 새로운 인생에 마음을 빼앗겨 아버지보다 남편의 뜻을 더 따랐다. 자연히 장 발장과 관련해 마리우스의 마음을 어둡게 만드는 의혹이 코제트의 마음에도 어두운 그림자를 드리웠다. 그리하여 마리우스는 코제트를 장 발장으로부터 떼어놓는 데 성공했고, 코제트도 순응했다.

*

어느 날 장 발장은 집 앞 표석에 앉아 있었다. 1년 전 6월 5일 밤에 가브로슈를 만났던 바로 그곳이었다. 장 발장은 돌담 밑에 잠시 머물러 있다가 집 안으로 들어갔다. 그리고 그것은 시계추의 마지막 진동이었다.

다음 날 장 발장은 방에서 한 번도 나오지 않았고, 그다음 날은 하루 종일 침대에 누워 있었다.

그의 시중을 드는 문지기 여자가 양배추와 감자와 베이컨으로 만든 식사를 장 발장의 방으로 가지고 갔는데, 전날 가져다준 음식이 그대로 남아 있는 것을 보고 물었다.

"왜 식사를 안 하셨어요?"

"조금 먹었소."

장 발장이 힘없는 목소리로 대답했다.

"드시긴요. 그대로 남아 있는걸요."

장 발장이 물병을 가리키며 말했다.

"저건 비웠잖소."

"물은 좀 드셨군요. 하지만 식사를 하신 건 아니잖아요? 어르신 몸에 열이 있는 것 같아요."

장 발장은 문지기 여자의 말에 무심한 표정으로 대답했다.

"내일 먹겠소."

얼마 후 장 발장은 집을 나섰다. 그는 구리 십자가상을 사서 집으로 돌아와 침대 맞은편 벽에 걸어놓았다. 그는 십자가상을 보며 중얼거렸다.

"십자가는 언제 봐도 좋군."

그 뒤 일주일 동안 장 발장은 방에서 꼼짝도 못하고 거의 누워 있었다. 걱정이 된 문지기 여자가 지나가는 의사를 붙잡고 장 발장을 봐달라고 부탁했다.

의사는 장 발장을 진료하고 내려와서 문지기 여자에게 말했다.

"그 양반은 아무래도 사랑하는 사람을 잃었나 봅니다. 사람은 그런 일로 죽을 수도 있지요."

그러던 어느 날 장 발장은 힘겹게 팔꿈치를 짚고 침대에서 몸을 일으켰다. 스스로 맥을 짚어보자 맥박이 느껴지지 않을 정도였다. 숨도 가쁘고 호흡도 불안정했다. 그는 쇠약해질 대로 쇠약해져 있었다. 그 자신도 그것을 잘 알고 있었다.

장 발장은 겨우 일어나 낡은 노동복을 꺼내 입었다. 더 이상 외출을 하지 않는 그로서는 입기 편한 그 노동복이 더 좋았던 것이다. 소매에 팔을 끼울 때는 이마에 식은땀이 났다.

그는 가방에서 코제트의 옷을 꺼내 침대에 펼쳐놓았다. 이어, 주교의 은촛대에 양초를 꽂아 벽난로 선반 위에 올려놓았다. 아직 날이 밝았지만, 그는 굳이 촛불을 켰다. 그리고 기진맥진하여 거울 앞 의자에 털썩 주저앉았다.

무심코 거울을 들여다본 그는 깜짝 놀랐다. 거울 속 자신의 얼굴이 다른 사람 같았던 것이다. 코제트가 시집을 가기 전에는 쉰 살도 안 되어 보였는데 지금은 여든 살쯤 되어 보였다. 1년 사이에 서른 살이나 더 늙어 보였던 것이다. 더구나 이마의 주름살은 늙음의 징표라기보다 죽음의 표식처럼 보였다.

장 발장은 한동안 거울 앞에 앉아 있다가 탁자와 의자를 난로 옆으로 간신히 옮겨놓고 펜과 잉크, 종이를 탁자 위에 놓았다. 그러고는 의자에 쓰러져 한동안 의식을 잃었다.

잠시 후 겨우 정신이 돌아오자, 그는 떨리는 손으로 편지를 썼다.

코제트 보아라.

언제나 너에게 하느님의 은총이 가득하기를 빈다.

너에게 들려주고 싶은 말이 있어 이렇게 펜을 들었다.

마리우스는 내가 네 곁을 떠나야 한다는 사실을 내게 일깨워주었다. 그것은 전적으로 옳은 일이다. 그가 나에 관해 알고 있는 사실 중 몇 가지 틀린 것도 있지만, 그럼에도 그는 훌륭한 사람이다. 내가 죽은 뒤에도 그를 변함없이 아끼고 사랑하거라. 마리우스, 나의 사랑하는 코제트를 영원히 사랑해주시오. 지금 쓰는 이 글은 내가 죽은 다음에나 보게 될 것이다. 네게 마지막으로 들려주고 싶은 말이 있다. 내가 아직도 기억력이 있다면, 그 수치를 정확하게 말할 수 있을 것이다. 여하튼 그 돈은 분명히 너의 것이다. 내 말을 믿어야 한다. 이제 모든 것을 말해주마……

장 발장은 편지를 쓰다 멈추고 마음속으로 비통하게 부르짖었다.

'이제 내 인생은 끝나고 말았어. 그 아이를 두 번 다시 보지 못할 것이다. 코제트! 그 아이는 내 삶을 스쳐 지나간 아름다운 미소 같은 존재였다. 그러나 이제 그 아이를 더 이상 보지 못하고 암흑 속으로 떨어지려 하고 있다. 단 한순간만이라도 그 아이를 보고, 그 목소리를 들을 수 있다면! 죽는 것은 두렵지 않지만, 천사 같은 그 아이를 보지 못하고 죽는다는 것이 참으로 두렵기만 하구나!'

그때 밖에서 문 두드리는 소리가 들려왔다.

그날 코제트와 질노르망 씨가 저녁 식사를 마치고 정원으로 산책을 나갔을 때, 바스크가 마리우스에게 쪽지 하나를 건넸다.

"이 편지를 보낸 사람이 지금 나리를 뵙겠다면서 밖에서 기다리고 있습니다."

마리우스는 바스크가 건넨 편지를 받아 들었다. 편지에서는 담배 냄새가 진동했다. 그 순간, 그의 머릿속으로 어떤 기억 하나가 퍼뜩 떠올랐다. 그 특유의 퀴퀴한 냄새는 바로 종드레트의 방에서 났던 냄새였다. 그 냄새와 함께 글씨체도 알아볼 수 있었다.

마리우스는 서둘러 편지를 읽었다.

친애하고 존경하는 남작님

저는 남작님과 관계된 어떤 사람의 비밀을 알고 있습니다. 남작님께서 충분히 관심을 가지실 만한 일입니다. 그 사람은 남작님의 가문과는 하등의 관계도 없습니다만, 남작님의 가문을 욕보인 사람이므로 제가 그를 처단할 방법을 일러드리겠습니다. 일단 제가 드리는 정보를 들어보시면, 나머지는 남작님께서 훌륭하게 처리하실 줄로 생각합니다. 이렇게 남작님을 도와드리는 것만으로도 무한한 영광으로 생각합니다.

삼가 남작님께 존경을 표하며,

테나르디에

마리우스는 놀라운 한편 기뻤다. 테나르디에를 드디어 찾았기 때문이다. 정확히 말하면 그가 제 발로 찾아온 것이다. 이제 마리우스에게 남은 의무가 있다면, 자신의 생명을 구해준 사람을 찾는 일이었다.

마리우스는 일단 책상 서랍에서 지폐 몇 장을 꺼내 호주머니에 넣고 초인종을 눌러 바스크를 불렀다. 바스크가 들어오자 마리우스가 지시했다.

"손님을 모시고 오게."

잠시 후 바스크가 손님을 데리고 와서 말했다.

"테나르디에 씨라고 합니다."

테나르디에가 방으로 들어와 머리를 깊숙이 숙여 절을 했다. 그는 모자부터 구두까지 모두 검은색으로 차려입었는데 허름한 옷차림새가 남의 옷을 빌려 입은 것처럼 무척 헐렁하고 어색해 보였다. 그는 더러운 안경 너머로 마리우스를 유심히 훑어보며 다가왔다.

테나르디에는 마리우스와 코제트가 결혼하던 날 우연히 혼례 마차에 타고 있던 장 발장을 보게 되었다. 그날은 마침 사육제의 마지막 화요일이어서 거리는 가장 행렬로 넘쳐흘렀다. 가면을 쓴 무리들이 타고 있던 마차가 혼례 마차 옆에 잠시 멈춰 서게 되었는데 거기에 테나르디에와 그의 딸 아젤마가 타고 있었던 것이다. 테나르디에는 장 발장을 보는 순간 어디선가 본 적이 있는 사람이라고 판단했다. 그는 아젤마에게 혼례 마차의 뒤를 밟게 했고, 자신도 따로 조사해본 결과 많은 사실들을 밝혀낼 수 있었다. 그렇게 해서 하수도에서 만난 사람이 누구인지 추리해냈고, 퐁메르시 남작의 부인이 코제트라는 것도 알아냈다.

그러나 테나르디에는 이 퐁메르시가 워털루전투에서 자신이 구해준 퐁메르시와 연관이 있다고는 전혀 생각지 못했다. 왜냐하면 '메르시'라는 마지막 세 음절밖에 듣지 못했기 때문에 그저 '감사하다'고 말하는 줄만 알았던 것이다. 또한 마리우스가 자신의 옆방에 사는 동안 그의 얼굴을 한 번도 보지 못했다.

테나르디에가 먼저 입을 열었다.

"남작님의 귀한 시간을 빼앗을 마음은 없습니다. 다만 남작님께 밝혀드릴 비밀을 가지고 왔을 뿐입니다."

"그 비밀이란 게 뭔지 본론부터 말해보시오."

마리우스가 거두절미하고 말했다.

"본론부터 말씀드리자면 남작님의 인척 중에 도둑이자 살인자가 있습니다."

"계속해보시오."

"친애하고 존경하는 남작님, 한 가지를 더 말씀드린다면, 이 정보의 가격은……, 저어…… 1만 프랑입니다."

"그 일이라면 들을 것도 없소. 당신이 하려는 얘기가 뭔지 난 이미 알고 있소."

마리우스는 이렇게 대답하고 나서 지금 벌어지고 있는 상황에 대해 면밀히 생각해보았다.

지금 눈앞에 있는 사람은 마리우스가 줄곧 찾던 바로 그 사람이고, 마침내 자신은 아버지의 유언을 실행에 옮길 수 있게 되었다. 그러나 아버지가 테나르디에 같은 악당에게 은혜를 갚아야 한다는 것이야말로 크나큰 불행이 아닐 수 없다는 생각에 그의 마음은 착잡하고 번란하기만 했다. 하지만 아버지의 유언을 받들 수 있는 기회가 제 발로 찾아왔으니, 더 이상 아버지의 기억을 이런 악당의 그늘에 머물게 할 수는 없다고 생각했다.

또 한편으로 마리우스는 자신이 모르는 어떤 유용한 정보를 테나르디에가 알고 있을지도 모른다고 생각했다. 가령 코제트가 물려받은 60만 프랑의 출처 같은 것을 알게 될지도 모를 터였다. 마리우스가 말했다.

"이봐요, 테나르디에 씨. 난 이미 당신이 알고 있다는 그 '비밀'을 알고 있소. 장 발장이 도둑이며 살인자라는 것 말이오. 그는 어느 공장주의 돈을 빼돌렸기 때문에 도둑이고, 자베르라는 형사를 죽였기 때문에 살인자인 것이오."

"남작님께서 무슨 말씀을 하시는지 모르겠네요."

"그렇다면 알아듣도록 다시 말해주겠소. 1822년경 몽트뢰유쉬르메르라는 도시에 한 전과자가 있었소. 그는 한때는 전과자였지만 스스로 명예를 회복하여 마들렌이라는 이름으로 다시 태어났소. 그 사람은 한 공장의 주인으로, 그 도시 전체를 크게 번영시켰소. 가난한 사람을 구제해주었고, 병원과 학교를 지었으며, 고아들을 거둬주었소. 그리고 시장이 되었소. 그런데 마들렌이 과거에 저지른 범죄의 비밀을 알고 있던 또 한 사람의 전과자가 마들렌을 경찰에 고발했고, 마들렌은 곧 체포되었소. 그 전과자는 마들렌이 체포되었을 때 파리에 있는 라피트 은행으로 가서 서명을 위조하여 50만 프랑이 넘는 마들렌 씨의 돈을 인출하고 자취를 감추었소. 이것은 그때 라피트 은행에서 돈을 내준 사람한테 직접 들은 말이오. 그리고 당신도 잘 알다시피 마들렌 씨의 돈을 훔친 전과자가 바로 장 발장이오. 또한 장 발장이 살인자라는 사실은 당신이 말하지 않아도 잘 알고 있소. 장 발장은 자베르를 권총으로 쏴 죽였소. 자베르가 죽기 직전까지 내가 바로 그 현장에 있었소."

처음에 마리우스가 이야기를 꺼냈을 때 테나르디에는 그에게 완패했다고 생각했다. 그러나 마리우스의 이야기를 다 듣고 나서 그는 패배 직전에 역전의 기회를 잡은 사람처럼 의기양양한 표정으로 마리우스를 쳐다보았다. 이 순간 테나르디에는 빼앗겼던 땅을 모조리 되찾은 기분이었다. 열등한 자가 우월한 상대를 꺾었다는 희열에 들떠 그는 기고만장한 웃음을 흘렸다.

그는 의미심장한 미소를 지으며 말했다.

"남작님께서 지금 뭔가 잘못 짚고 계신 것 같군요."

마리우스가 말했다.

"무슨 말이오? 이건 틀림없는 사실이오. 사실이 아니라면 증거를 대보시오."

"남작님의 말씀은 한 편의 소설 같군요. 아무튼 저를 믿고 남작님께서 사실이라고 생각하신 비밀을 털어놔 주신 것에 대해 깊이 감사드립니다. 하지만 남작님께서 알고 계신 비밀은 잘못된 것이기에 저로서는 남작님께 사실을 알려드려야 할 의무를 느낄 따름입니다. 저로 말씀드릴 것 같으면 항상 진실과 정의를 최우선으로 생각하는 사람입니다. 그래서 누가 됐든 부당하게 당하는 꼴을 보면 가만있지 못하죠. 이제부터 제가 드리는 말씀을 잘 들으세요, 남작님. 우선 장 발장은 마들렌의 돈을 빼돌리지 않았습니다. 더구나 자베르를 죽이지도 않았습니다."

"그게 무슨 말이오?"

마리우스가 다그쳐 물었다.

테나르디에가 조목조목 설명했다.

"그건 두 가지 이유에서입니다. 첫째, 마들렌이 바로 장 발장이기 때문에 장 발장이 마들렌의 돈을 훔쳤다는 것은 말이 안 됩니다. 둘째, 자베르는 자살했기 때문에 장 발장이 자베르를 죽였다는 것 역시 말이 안 됩니다."

여기까지 말하고 나서 테나르디에는 의기양양한 얼굴로 마리우스를 바라보았다.

"무슨 뜻이오, 그게?"

마리우스가 미심쩍은 표정을 지으며 물었다.

"자베르 형사는 자살했습니다."

마리우스는 흥분하여 소리쳤다.

"자살했다니! 증거가 있소?"

테나르디에는 윗옷 안주머니에서 큼지막한 회색 봉투를 꺼냈다. 봉투 속에는 잡다한 문서들이 들어 있었다. 그는 그중 신문지 2개를 꺼내 펼쳐 보였다. 신문은 누렇게 색이 바래고 가장자리가 닳아 빠졌고, 역시 퀴퀴한 담배 냄새가 풍겼다. 2개의 신문지 가운데 하나가 더 오래된 것이 분명했다. 종이를 펼치자 접힌 부분이 이미 떨어져 나간 상태였다.

둘 중 더 오래된 것은 1823년 7월 25일자인데, 그 기사는 마들렌 시장이 장 발장과 동일 인물임을 말하고 있었다. 그와 함께 다른 엉뚱한 사람이 장 발장으로 고발된 형사사건과, 마들렌 시장이 법정에서 자신이 장 발장임을 증명해 보였다는 내용이 실려 있었다. 두 번째 기사는 1832년 6월 15일자 정부 기관지로 자베르가 자살했다는 내용을 담고 있었다. 또한 그 기사에는 자베르가 자살하기 직전 경찰청장에게 구두로 보고했다는 내용도 실려 있었다. 그 보고 가운데는 자베르가 샹브르리 거리의 바리케이드에서 포로로 잡혔다가 한 혁명군의 자비로운 행위로 목숨을 건졌다는 내용도 있었다. 자베르가 한 말을 그대로 인용하면, 그 혁명군은 총을 '자베르의 머리에 쏘지 않고' 공중으로 발사하고 그를 풀어주었다는 것이다.

마리우스는 그 기사를 읽고 기쁨을 감출 수 없었다. 갑자기 장 발장이라는 존재의 실체가 뚜렷이 드러났기 때문이다. 마리우스는 자신도 모르게 중얼거렸다.

"그렇다면 내가 비겁한 사람이라고 간주했던 사람이 사실은 존경받아야 할 분이었군. 그리고 그 돈도 모두 그분의 것이었어. 마들렌 씨는 그 도시의 은인으로 알려졌는데, 그분이 바로 장 발장이었다니! 그분은 도둑도 살인자도 아니야. 영웅이고, 무엇보다 성인이야!"

"그렇게 결론짓기에는 너무 이릅니다, 남작님. 그는 영웅도 아니고, 성인은 더더욱 아닙니다. 그는 도둑이자 살인자일 뿐입니다."

테나르디에가 보다 못해 나섰다.

장 발장을 두고 더 이상 듣고 싶지 않던, 도둑과 살인자라는 말을 또다시 테나르디에의 입을 통해 듣고 있자니 마리우스는 불쾌하고도 불안했다.

테나르디에가 계속 말했다.

"장 발장이 마들렌의 돈을 훔치지는 않았지만, 그자는 분명 도둑입니다. 또한 자베르를 죽이지 않은 것도 사실이지만, 분명 살인자입니다."

마리우스가 벌떡 일어나며 반박했다.

"도둑이라 하면, 그가 40년 전에 빵 한 덩이를 훔쳤던 그 가련한 도둑질을 두고 하는 말이잖소. 그는 이미 그 죗값을 수백 수천 배로 치렀소. 그리고 그 후의 회개와 극기, 고결한 삶을 통해 충분히 속죄했소. 그건 당신이 가져온 신문 기사에도 나온 사실이잖소?"

"남작님, 그래도 그는 살인자입니다. 그리고 거듭 말씀드리지만 저는 과거가 아닌 현재 사실을 전해드리고 있는 것입니다."

마리우스는 다시 의자에 앉아 계속 말해보라는 눈짓을 보냈다. 테나르디에가 계속 말했다.

"1년 전 6월 6일, 그러니까 폭동이 있던 날이었습니다. 한 남자가 센 강 입구 근처의 지하 하수도에 있었습니다."

마리우스는 이 말에 호기심이 발동했다. 그는 의자를 테나르디에 쪽으로 좀더 당겨 앉았다. 테나르디에가 그것을 놓칠 리 없었다. 그는 마치 변사처럼 말의 강세를 주어가며 설명했다.

"도망자 신세인 그 남자는 하수도 철문 열쇠를 가지고 있었습니다. 저녁 8시쯤, 남자는 하수도 쪽에서 무슨 소리가 나는 것을 듣고 깜짝 놀라 잽싸게 몸을 숨겼습니다. 그때 어둠 속에서 그 남자를 향해 다가오는 발소리가 들려왔습니다. 하수도의 쇠살문은 가까운 곳에 있었습니다. 남자는 낯선 자가 가까이 왔을 때, 쇠살문으로 비쳐든 빛으로 그의 얼굴을 볼 수 있었습니다. 낯선 자는 바로 전과자였습니다. 그 전과자는 뭔가를 짊어지고 있었는데, 놀랍게도 그것은 바로 시체였습니다. 경찰이 그 자리에 있었다면 그는 즉각 현행범으로 체포되었을 겁니다……. 고결하신 남작님께서 아실지 모르겠지만, 도둑놈들은 아무런 득도 없이 사람을 죽이거나 하지는 않습니다. 그 전과자는 사람을 죽이고 주머니를 턴 다음, 혹시 또 모르죠, 털고 난 다음 죽였는지도, 아무튼 그 피해자의 시체를 강물에 내다 버릴 참이었습니다."

마리우스는 테나르디에의 말에 계속 귀를 기울였다.

"하수도는 폭이 매우 좁아서 거기 살고 있던 남자는 몸을 숨길 곳이 없었습니다. 결국 두 남자는 서로 얼굴을 마주 보고 당황했습니다. 시체를 메고 오던 그 전과자가 거기 있던 남자에게 말했습니다. '이게 뭔지 잘 알겠지? 죽고 싶지 않으면 그 열쇠를 나한테 넘겨'라고 말입니다. 그 전과자는 한눈에 보기에도 무시무시한 장사였습니다. 열쇠를 순순히 내줄 수밖에 없었습니다. 그럼에도 남자는 열쇠를 이용해 시간을 끌면서 피해자의 신원을 알아보려 했습니다. 하지만 알아내지 못했습니다. 다만 피해자가 젊다는 것, 옷을 잘 차려입었고, 온몸이 피투성이였다는 것만 알 수 있었습니다. 그런데 남자는 전과자가 한눈을 팔고 있는 사이 기지를 발휘하여 시체의 윗옷 등짝 부분에서 천 한 조각을 찢어냈습니다. 나중에라도 증거물로 삼기 위해서였죠. 그리고 남자는 전과자에게 열쇠를 넘겨주고 도망쳤습니다. 남자는 살인 사건에 엮이고 싶지 않았던 것입니다. 시체를 강물에 버릴 때도 그 옆에 있고 싶지 않았던 겁니다."

테나르디에는 이야기를 끝내고 이렇게 물었다.

"이제 무슨 말인지 아시겠습니까? 시체를 강물에 버린 그 전과자가 바로 장 발장입니다. 그리고 열쇠를 가지고 있던 그 남자, 즉 시체에서 천 조각을 찢어낸 그 남자는 바로 접니다."

테나르디에는 호주머니에서 천 조각을 꺼내 마리우스 앞에 흔들어 보였다. 천 조각에는 검은 혈흔이 또렷이 남아 있었다.

마리우스는 얼굴이 새파랗게 질려서 벌떡 일어나더니 천 조각을 뚫어져라 응시했다. 그리고 벽장 쪽으로 뒷걸음질쳤다. 그는 테나르디에한테서 잠시도 눈을 떼지 않고 손으로 더듬어 벽에 걸려 있는 열쇠를 찾았다. 이어, 재빨리 벽장 문을 열고 손을 넣었다.

그러는 동안에도 테나르디에는 계속 지껄였다.

"남작님, 여러 정황상 그 피살자는 부잣집 청년으로 장 발장의 마수에 걸려든 게 틀림없습니다. 장 발장은 그 청년한테 엄청난 거금을 빼앗았을 겁니다."

그때 마리우스가 소리쳤다.

"이것 보시오! 그 청년이 바로 나요! 찢어진 옷도 여기 있소!"

마리우스는 피투성이 옷을 테나르디에 앞에 던졌다. 그리고 테나르디에 손에서 천 조각을 낚아채 바닥에 옷을 펼쳐놓고 뜯어진 곳에 맞춰보았다.

자신만만하던 테나르디에의 얼굴이 순식간에 굳어졌다.

마리우스는 분노로 파르르 떨었지만 이내 얼굴이 환해졌다. 그는 주머니에서 돈뭉치를 꺼내 테나르디에의 얼굴에 들이대면서 소리쳤다.

"야비하고 사악한 놈! 넌 장 발장을 모함하려 했지만 오히려 너 때문에 그분의 무죄가 밝혀졌다. 네놈은 그분을 파멸하려 했지만 거꾸로 그분한테 영광을 갖다 바치는 꼴이 됐어. 도둑놈은 바로 네놈이다! 이봐, 종드레트, 나는 네놈이 그분을 납치하고 돈을 빼앗으려고 했던 짓을 다 지켜봤어! 네놈을 감방에 처넣을 수도 있어. 그럴 만한 증거도 충분하지. 아니, 마음만 먹으면 널 단두대에 세울 수도 있어. 이거나 받아라. 1500프랑이다. 불쌍한 놈!"

마리우스는 테나르디에의 얼굴에 돈뭉치를 던지며 쏘아붙였다.

"이 돈 가지고 썩 꺼져! 워털루가 널 살려준 줄이나 알아!"

"워털루라고요?"

테나르디에가 돈을 챙기며, '이건 또 뭐지?'라는 표정으로 물었다.

"그래, 네놈이 대령의 목숨을 구해준 곳⋯⋯."

"그는 대령이 아니라 장군이었습니다."

테나르디에가 또다시 뻐기며 과장된 몸짓을 했다.

마리우스가 또다시 격분하여 소리쳤다.

"대령이었어! 당장 꺼져! 여기 3천 프랑 더 줄 테니 어서 꺼져! 그리고 내일 당장 멀리 떠나! 미국으로. 다시 또 내 눈에 띄었다가는 그 길로 감옥행이다! 네 아내가 죽었다는 걸 알고 있다. 에포닌과 가브로슈도 죽었지. 그래도 네놈에게는 아직 딸이 하나 남아 있지. 그 딸아이를 데리고 여길 떠나! 네가 떠나는 걸 확인하면 2만 프랑을 더 주겠다. 그 돈 가지고 어디 가서 죽든지 살든지 네 마음대로 해! 내 앞에 얼씬도 하지 마라, 영원히!"

테나르디에는 머리가 바닥에 닿을 정도로 절을 했다. 그에게는 더 이상 할 말도, 팔아먹을 것도 없었다.

"남작님의 은혜는 죽는 날까지 잊지 않겠습니다."

테나르디에는 무슨 영문인지도 모른 채 돈을 챙겨서 너무 기쁜 나머지 몸까지 떨며 마리우스의 집을 나갔다. 테나르디에는 마치 머리 위에 먹구름을 잔뜩 이고 있다가 졸지에 돈벼락을 맞은 것 같았다.

이틀 뒤 테나르디에는 딸 아젤마와 함께 미국으로 떠났다. 악인은 어쩔 수 없는 악인이었다. 그는 또다시 이름을 바꾸고, 한몫 챙긴 돈으로 미국에서 노예 장사를 했다.

테나르디에가 가자마자 마리우스는 정원에서 산책하고 있던 코제트에게 달려갔다. 그는 잔뜩 흥분해서 소리쳤다.

"코제트, 어서 와요! 나와 함께 갈 데가 있소! 내 생명의 은인을 마침내 찾았단 말이오. 어서 갑시다, 어서!"

마리우스는 바스크에게 빨리 마차를 부르라고 지시했다. 그는 거의 제정신이 아니었다. 코제트는 영문도 모른 채 마리우스에게 끌려가다시피 했다.

얄궂게도 테나르디에 때문에 드러난 장 발장이라는 존재는 말할 수 없이 훌륭하고, 가슴 아프도록 슬픈 사람이었다. 이제 마리우스에게 있어 장 발장은 완전히 다른 사람이었다. 장 발장이야말로 친절과 자비의 화신이며, 헤아릴 수 없는 겸양과 숭고함을 겸비한 성인 중의 성인이었다. 더욱이 장 발장은 자신의 목숨을 내걸면서까지 자기를 구해준 생명의 은인이요, 거룩한 구세주였다.

이윽고 마차가 집 앞에 도착했다. 마리우스는 코제트가 자리에 앉는 것을 거들고, 자신도 마차에 올라탔다. 그는 마부에게 다급하게 외쳤다.

"옴므 아르메 거리 7번지로 갑시다, 어서!"

마차가 출발하자 코제트가 기쁨에 겨워 말했다.

"너무 좋아요! 그분이 보고 싶어도 차마 말을 못 했는데. 지금 그분한테 가는 거 맞죠?"

"당신의 아버지야, 코제트! 누구도 부정할 수 없는 당신의 아버지. 코제트, 이제 나는 알았어. 당신은 내가 가브로슈를 통해서 보낸 편지를 받지 못했다고 했지? 그 편지가 그분에게 전해진 거야. 그래서 그분은 나를 구하려고 바리케이드에 나타났던 거였어. 천사가 되는 게 그분의 희망이었으니까. 그러면서 다른 사람들까지 구해주셨지. 심지어 자베르도 구했어. 그분은 나를 당신에게 보내주려고 그 구렁텅이에서 나를 끌어 올려주었어. 나를 업고 그 무시무시한 하수도를 지나왔어. 아아! 나는 정말 지독히도 배은망덕한 놈이야. 코제트, 그분은 당신의 보호인 동시에 내 보호자가 되어주신 거야. 상상이나 할 수 있겠어? 거기는 무시무시한 진창 구덩이였단 말이야. 코제트, 그분은 내 몸뚱이를 둘러메고 영락없이 빠져죽게 된 그 수렁을 건넌 거야. 나는 기절한 상태였어. 아무것도 보이지도 들리지도 않았지. 내 자신이 어떤 지경인지도 몰랐어. 어서 그분을 모셔와야겠어. 함께 가. 그분이 무슨 말을 하든 앞으로는 두 번 다시 헤어지지 않겠어. 우리 집에 계시면 좋을 텐데! 만나뵐 수 있으면 좋겠는데! 나는 평생 그분을 존경하며 살 거야. 당연히 그래야지. 알겠어, 코제트? 가브로슈는 내 편지를 그분에게 드렸단 말이야. 이것으로 모든 게 밝혀졌어. 당신도 이제 진실을 알겠지?"

코제트는 무슨 말인지 전혀 이해할 수 없었지만 이렇게 대답했다.

"네, 당신 말이 옳아요!"

마차는 계속 달렸다.

39. 가엾은 사람

장 발장은 문 두드리는 소리에 뒤를 돌아보았다.

"들어오시오."

기운이 하나도 없는 목소리였다.

이윽고 문이 열리고 코제트와 마리우스가 나타났다. 먼저 코제트가 뛰어들어 왔다. 마리우스는 문설주에 기대서 있었다.

"코제트!"

장 발장이 소리쳤다. 그는 의자에서 벌떡 일어나 코제트를 향해 떨리는 양팔을 벌렸다. 눈에는 핏발이 서고 안색은 창백했으나 얼굴에는 무한한 기쁨이 넘치고 있었다.

코제트는 와락 울음을 터뜨리며 장 발장의 품에 달려들었다.

"아버지!"

장 발장은 울먹이는 목소리로 더듬거렸다.

"코제트! 얘야! 이 아름다운 귀부인이 코제트 너라니! 아아! 내 딸아!"

이어서 그는 코제트의 팔을 부여잡고 흐느끼듯 외쳤다.

"코제트! 네가 와주었구나! 이제는 나를 용서해주는 거니!"

마리우스는 눈물을 애써 참으려 눈을 감고, 떨리는 입술 사이로 한 마디 내뱉었다.

"아버님!"

"자네도 나를 용서해주는 건가?"

장 발장이 마리우스를 돌아보았다. 그는 순간 말문이 막혔다. 장 발장이 말했다.

"고맙네! 정말 고마워!"

코제트는 숄과 모자를 벗어 침대 위에 던졌다. 그리고 노인의 무릎에 앉아 사랑스런 손짓으로 백발을 쓸어 올리며 이마에 입을 맞췄다. 장 발장은 흠칫 놀라는 표정을 지었지만, 그녀가 하는 대로 가만히 있었다.

코제트는 모든 사정을 이해하지는 못해도 마치 그가 마리우스에게 베풀어준 은혜에 보답하기라도 하듯 지극정성으로 애정 표현을 했다.

장 발장이 회상에 잠긴 표정으로 나지막이 말했다.

"인간은 참 어리석은 동물이야. 나는 두 번 다시 이 애를 만나지 못할 줄 알았네. 마리우스! 두 사람이 방문을 두드리기 전에 나는 이런 생각을 하고 있었네. 모든 것이 끝났다. 그 애가 입던 귀여운 옷들이 여기에 있는데, 이제 다시는 얼굴을 보지 못하겠구나. 아아,

나는 가련한 인간이다. 코제트는 영원히 떠나버린 것이다. 그때 마침 두 사람이 계단을 올라오고 있었던 거야. 내가 얼마나 어리석었는지 생각해봐. 난 정말 바보 같은 인간이었네. 다른 많은 인간들처럼 말이야. 그러나 그것은 하느님의 존재를 망각하고 있었기 때문이지. 하느님은 나 같은 인간에게 이렇게 말씀하시지. 너는 세상 사람들이 모두 너를 저버렸다고 생각하고 있구나. 어리석은 놈! 그러나 너는 아직 진실을 모르고 있다. 여기 간절히 천사를 그리워하는 한 불쌍한 늙은이가 있다. 그리고 마침내 천사가 나타났다. 이렇게 해서 늙은이는 코제트와 재회하게 된 것이네. 이토록 사랑스러운 코제트를 말이야. 아아, 방금 전까지만 해도 나는 정말 너무나 불행했어!"

그는 감정에 복받친 듯 한동안 말을 잇지 못하다 다시 말했다.

"이따금, 아주 잠깐만이라도 코제트를 보고 싶었네. 그렇게만 된다면 죽어도 여한이 없을 것 같았지. 하지만 나는 나 자신을 너무나 잘 알고 있었어. 나라는 늙은이는 아무짝에도 쓸모없는 인간이야. 나는 마음속으로 나 자신을 타일러야 했어. 그 사람들은 너 따위 인간을 필요로 하지 않아. 그저 이 방구석에 틀어박혀 있는 게 그들을 위하는 길이라고. 너는 세상 그 누구하고도 함께할 수 없다고. 그런데 아아, 고맙게도 나는 다시 코제트를 만났어……. 코제트, 네 남편은 정말이지 훌륭한 남자다. 오, 그래, 넌 예쁜 수가 놓인 옷을 입고 있구나. 무늬가 참 좋다. 남편이 골라줬겠지? 너한테는 캐시미어도 잘 어울리니 그것도 사달라고 하렴! 마리우스, 내가 코제트를 이렇게 부르는 걸 허락해주게. 아주 잠깐만."

그러자 코제트가 투정하듯 말했다.

"아버지! 우리를 그렇게 내버려두시다니 너무하셨어요! 도대체 어딜 갔다 오신 거예요? 무엇 때문에 그렇게 오래 걸리셨어요? 예전에는 여행을 가시더라도 고작 사나흘 정도였는데, 내가 사람을 보내도 언제나 집에 안 계시다는 소식뿐이었어요. 아버지는 언제 돌아오신 거죠? 오셨으면서 왜 우리에게 알려주지 않았어요? 아버지는 변하셨어요. 아아! 저는 아버지가 원망스러워요. 몸이 편찮으신데도 우리에게 그걸 감추시다니! 저희는 아무것도 몰랐어요. 보세요, 마리우스! 아버지 손이 너무 차가워요."

장 발장이 코제트의 말을 가로막고 마리우스를 바라보며 말했다.

"이렇게 나를 찾아오다니, 마리우스, 고맙네! 자네는 나를 용서한 거로군!"

장 발장은 몇 번이고 고맙다는 말을 되풀이했다. 그러자 마리우스는 봇물 터지듯 마음속에 있던 말을 한꺼번에 쏟아내기 시작했다.

"들었어, 코제트? 이분은 언제나 이런 식이야. 내 목숨을 구해주신 분이 내게 용서를 빌고 있단 말이야. 이분은 내 생명의 은인이야. 더구나 당신을 내게 주셨지. 나를 구하고 당신을 내게 주신 뒤에 이분이 스스로에게 무슨 짓을 저질렀는지 알아? 이분은 그렇게 자신을 희생하신 거야. 정말이지 너무나 훌륭한 분이야. 게다가 은혜도 모르는 나에게, 인정머리 없는 나에게, 오히려 죄인인 나에게 고맙다고 하시잖아. 코제트, 앞으로 남은 평생을 이분의 발밑에 내던져도 모자랄 거야. 죽음의 바리케이드, 무시무시한 하수도, 아수라장 같은 전쟁터, 더러운 물구덩이, 이분은 그 모든 위험 속을 오로지 나를 위해 뚫고 나오신 거야. 코제트, 이분은 내게 다가온 죽음을 물리치느라 자신의 생명을 위험에 빠뜨리기까지 했어. 이분이야말로 온갖 용기와 덕성, 온갖 용맹과 고결함의 상징이야. 코제트, 지금 우리 앞에 계신 이분이야말로 천사야!"

"아니, 무슨 그런 말을! 가당치도 않네."

장 발장이 낮은 소리로 말했다.

"아버님이야말로 어째서 그 모든 걸 숨기셨습니까? 저 또한 당신이 원망스럽습니다. 생명을 구해주시고도 그 사실을 감추려고 하시다니! 그뿐만이 아닙니다. 아버님께서는 가면을 벗어 보이겠다는 평계로 스스로를 험담하셨습니다. 그건 아무래도 너무 심하셨습니다."

마리우스는 존경심에 가득 찬 어조로 부르짖었다.

"나는 진실을 말했을 뿐이네."

장 발장이 말했다.

"절대 아닙니다. 세상에는 하나의 진실만 있는 게 아닙니다. 아버님께서는 모든 진실을 말씀하시지 않았습니다. 아버님이 바로 마들렌 씨였는데, 왜 그 사실을 말씀하지 않았습니까? 아버님은 자베르를 구해주셨는데, 어째서 그걸 숨기셨습니까? 그리고 저를 구해주섰는데 왜 아무 말씀도 안 하셨습니까?"

그러자 장 발장이 조용히 말을 이었다.

"나 역시 자네 말이 옳다고 생각했네. 나는 떠날 수밖에 없었어. 그 하수도 일을 알았다면 자네는 나를 붙잡았을 거야. 그러니 나는 잠자코 있어야만 했어. 내가 사실대로 말해버리면 정말 곤란하게 됐을 테니까."

마리우스가 격앙된 목소리로 말했다.

"뭐가 곤란하단 말인가요? 누가요? 이대로 여기 계실 겁니까? 저희가 아버님을 모시겠습니다. 죄송하지만 거절하셔도 소용없습니다. 정말입니다! 이제야 모든 사실을 알게 된 걸 생각하면 송구스러워 몸둘 바를 모르겠습니다. 그것도 우연히 알게 되다니! 어쨌든 우리는 어르신을 모셔가겠습니다. 어르신은 엄연한 저희 가족입니다. 이 사람의 아버지이고, 또한 저의 아버지이기도 하십니다. 단 하루도 이 누추한 집에 계시게 할 수 없습니다."

"아니…… 나는 이제 여기에 살지 않을 거네. 그렇지만 자네 집에 가지도 않을 거야."

장 발장이 말했다.

마리우스가 강하게 고개를 저었다.

"그게 무슨 말씀이신가요? 안 됩니다, 그건. 이젠 아무 데도 못 가십니다. 혼자서는 여행도 가시면 안 됩니다. 아버님은 결코 우리 곁을 떠나실 수 없습니다. 저희가 끝까지 모실 겁니다. 두 번 다시는 아버님을 놓지 않을 겁니다."

코제트도 거들었다.

"이번에는 절대 안 돼요. 밖에 마차가 기다리고 있어요. 제가 힘을 써서라도 아버지를 모시고 가겠어요."

코제트는 노인을 두 팔로 들어 올리는 시늉을 하며 덧붙였다.

"저희 집에 아버지 방이 마련돼 있어요. 정원이 얼마나 아름다운지 몰라요. 요즘에는 진달래가 아주 예뻐요. 오솔길에 모래도 깔았어요. 제비꽃을 닮은 보랏빛 조개껍데기가 그 모래에 섞여 있어요. 집에 가면 아버지께 딸기를 따 드릴게요. 그리고 이젠 서로 선생님이라느니 부인이라느니, 그렇게 부르지 않기로 해요. 아 참, 그리고 최근에 아주 슬픈 일이 있었어요. 담장 구멍 속에 울새 한 마리가 집을 짓고 있었는데, 고양이가 그만 울새를 잡아먹어 버렸어요. 가여운 울새. 항상 보금자리에서 고개를 내밀고 나를 빤히 쳐다보곤 했는데. 저는 그때 많이 울었어요. 나쁜 고양이 녀석을 죽여버리고 싶었죠. 하지만 이제 울지 않을 거예요. 앞으로는 우리 다 같이 웃고, 다 같이 행복하게 살아요. 그러니 아버지는 저희와 함께 사셔야 해요. 할아버지께서도 몹시 좋아하실 거예요. 저희와 함께 가서 아버지도 정원을 가꾸세요. 그 멋진 솜씨를 보여주세요. 전 아버지께서 원하시는 건 뭐든지 할게요. 그러니까 아버지도 제 말을 들어주셔야 해요."

장 발장은 코제트의 말을 멍하니 듣고 있었다. 그는 이야기에 귀를 기울인다기보다 그녀의 목소리를 음악처럼 듣고 있었다. 그의 눈가에 굵은 눈물이 한 방울 맺혔다. 그는 중얼거리듯 말했다.

"신의 자비를 증명하기 위해 지금 코제트가 여기 와 있구나!"

"아버지!"

코제트가 울먹이며 소리쳤다. 장 발장의 말이 계속 이어졌다.

"우리가 함께 산다면 분명 행복할 거다. 아침마다 새들이 지저귀고, 나는 코제트와 산책을 하겠지. 매일 아침 인사를 주고받고, 활기찬 사람들의 삶 속에 섞여드는 건 참으로 유쾌한 일이다. 우리는 매일 얼굴을 마주 보고 정원을 가꾸겠지. 코제트는 내게 산딸기를 먹여주고, 나는 장미꽃을 꺾어줄 거다. 그렇게만 할 수 있다면 얼마나 좋을까……."

장 발장은 잠시 말을 끊었다가 다시 두 사람을 향해 온화한 미소를 지었다.

"안타깝구나."

장 발장은 눈물을 삼켰다. 그러나 애써 미소 지었다. 코제트는 그런 장 발장의 손을 꼭 쥐었다가 화들짝 놀란 얼굴로 소리쳤다.

"아버지 손이 아까보다 더 차가워졌어요. 많이 편찮으세요?"

"아니야, 나는 괜찮다."

장 발장이 여전히 미소 띤 얼굴로 말했다.

"지금 나는 기분이 무척 좋구나. 단지……."

장 발장은 차마 더 이상 말을 잇지 못하고 입을 다물었다.

"아버지, 왜요?"

"난 이제 곧 죽을 몸이다."

코제트와 마리우스가 동시에 소리쳤다.

"죽다니요!"

"그러나 별일 아니야."

장 발장은 길게 한숨을 내쉰 다음 두 사람을 향해 다정한 미소를 지었다.

"코제트, 하던 얘기를 계속해보렴."

코제트는 아무 말도 하지 못하고 그저 멍하니 있었다. 장 발장은 그런 그녀에게 간청하듯 말했다.

"계속 들려다오. 너의 귀여운 울새가 죽었단 말이지? 괜찮아. 자, 이제 다시 말해주렴. 자꾸 네 목소리가 듣고 싶구나."

마리우스는 돌처럼 굳어버린 듯 꼼짝도 하지 않고 노인을 바라보았다. 코제트는 가슴이 터질 듯 고통스러운 표정으로 외쳤다.

"안 돼요, 아버지! 아버지! 제발 살아 계셔야 해요. 저는 아버지가 필요해요. 그러니 오래 사셔야 해요, 네? 아버지!"

장 발장은 애정이 듬뿍 담긴 눈길로 코제트를 바라보았다.

"오, 그래, 그래. 그렇구나. 애야, 네가 나를 죽지 않게 지켜다오. 어쩌면 네가 말한 대로 될지도 모르겠구나. 너희가 여기 왔을 때, 나는 죽어가고 있었단다. 그런데 너희 둘의 얼굴을 본 순간, 죽음의 그림자가 멈춰 서는 걸 느꼈다. 마치 다시 살아난 것만 같았지."

마리우스가 외쳤다.

"아버님은 아직 힘이 넘치십니다. 이 정도로 사람이 죽는다고 생각하세요? 사는 동안 많이 힘드셨지만, 앞으로는 절대 그런 일 없을 겁니다. 그리고 무릎 꿇어 용서를 빌어야 할 사람은 접니다. 아버님은 살 수 있습니다. 저희와 함께 오래오래 사셔야 합니다. 그래서 이렇게 모시러 왔습니다. 이제부터 저희는 아버님의 행복만을 생각하며 살 겁니다."

코제트가 눈물을 글썽거리며 말했다.

"아버지, 무슨 말인지 아시겠어요? 아버지는 절대 돌아가시지 않아요. 마리우스도 그렇게 말하고 있잖아요."

장 발장의 얼굴에는 여전히 부드러운 미소가 떠올랐다.

"자네가 나를 받아주었다고 해서 내가 지금과 다른 인간이 될 수 있겠나? 아니네. 하느님은 나나 자네 생각과 똑같아. 하느님은 절대 생각을 바꾸거나 하지 않지. 내가 이 세상을 떠나는 건 잘못된 일이 아니네. 하느님은 우리가 어떻게 해야 할지 우리보다 더 잘 알고 있어. 두 사람이 행복해지는 일, 마리우스가 코제트와 결혼하는 일, 라일락이 피고, 두 사람의 인생에 찬란한 광명이 비치는 일, 지상의 온갖 환희가 두 사람의 영혼을 가득 채우는 일, 그리고 이제 내가 죽어가는 일, 이 모든 게 하느님의 뜻이지. 알겠나? 두 사람은 내 말을 잘 알아들어야 해. 더 이상 아무것도 할 수 없어. 이제 나는 모든 게 끝났다는 걸 확실하게 느낄 수 있네."

그때 문이 열리고 의사가 들어왔다.

"어서 오시오, 의사 선생. 하지만 곧 이별해야 하는군요."

장 발장이 의사에게 말했다. 그의 얼굴에 또다시 잔잔한 미소가 번졌다. 그는 두 사람을 가리키며 흐뭇한 어조로 의사에게 말했다.

"내 자식들이라오."

마리우스가 의사에게 다가갔다. 그가 간절한 눈빛으로 질문을 하자 의사는 심각한 눈빛으로 대답했다.

장 발장이 말했다.

"하느님을 원망하는 건 부당한 짓이오."

무거운 침묵이 흘렀다.

장 발장은 코제트를 향해 눈길을 돌렸다. 영원히 코제트를 잃지 않으려는 듯 깊고 조용한 눈빛으로 그녀를 보았다. 이미 그는 어둠의 한가운데 내려가 있었지만, 코제트를 바라보는 눈길만큼은 여전히 황홀감에 빠져 있었다. 그녀의 다정한 얼굴이 그 깊은 눈 속에 담겨 있었다.

의사는 장 발장의 팔을 들어 맥을 짚어보았다.

"당신들이야말로 이분이 살아가는 이유였던 것 같습니다!"

의사는 몹시 당황한 듯 코제트와 마리우스를 번갈아 쳐다보았다. 그러고는 마리우스의 귓전에 대고 낮은 목소리로 말했다.

"그러나 이미 늦었습니다."

장 발장은 줄곧 코제트에게서 눈을 떼지 않은 채 독백처럼 중얼거렸다.

"죽는 건 아무것도 아니지. 그보다 무서운 건 살지 못한다는 거야."

말을 마친 장 발장은 갑자기 자리에서 벌떡 일어났다. 그러나 그것은 죽음 직전에 순간적으로 기운이 솟구치는 일시적인 현상일 뿐이었다.

그는 자신을 부축하려는 의사와 마리우스의 손을 뿌리치고 똑바로 걸어가서 벽에 걸린 십자가상을 탁자 위에 올려놓고 앉았더니 큰 소리로 말했다.

"바로 이분이 위대한 순교자이시다."

그리고 상체를 숙이고 떨리는 손으로 무릎을 움켜쥐었다. 그 모습을 본 코제트가 그의 양어깨를 붙들고 서럽게 흐느꼈다.

"아버지, 제발 우리를 버리지 마세요. 이제야 겨우 다시 만났는데 헤어지다니, 어떻게 이럴 수가 있어요?"

죽기 직전에 사람의 영혼은 삶과 죽음 사이를 오락가락한다. 어둠을 향해 나가다 다시 빛의 세계를 배회하기도 한다.

그처럼 장 발장은 지금 임종 직전에 놓여 있었다. 잠시 후 그는 다리 힘을 되찾더니 죽음의 그림자를 떨쳐버리듯 머리를 흔들며 정신을 차렸다. 그리고 코제트의 소맷자락을 움켜쥐고 입을 맞추었다.

"선생님, 다시 살아나신 거죠?"

마리우스가 소리쳤다.

장 발장이 마리우스에게 말했다.

"자네는 참으로 선한 사람이네! 이제 그동안 무엇이 나를 그토록 괴롭혀왔는지 고백하겠네. 마리우스, 내가 괴로웠던 건, 자네가 그 돈을 쓰려고 하지 않았기 때문이네. 그 돈은 자네 아내의 것이야. 그러니 결국 자네 것이기도 하단 말이네."

공교롭게도 이때 문지기 여자가 계단을 올라와 방 안을 흘끔거렸다. 의사가 그녀에게 내려가라고 눈짓했다. 그러나 의사도 참견하기 좋아하는 노파가 계단을 내려가기 전 이렇게 외치는 것까지 막을 수는 없었다.

"신부님을 모셔 올까요?"

"신부님은 여기도 한 분 계시오."

장 발장이 조용히 입을 열었다. 그리고 손을 들어 머리 위의 한 점을 가리켰다. 그는 마치 거기에 있는 누군가를 보고 있는 듯했다. 아마도 저 위에서 미리엘 주교가 그의 임종을 지켜보고 있을 것이다.

코제트가 장 발장의 허리 밑에 살포시 베개를 괴어주었다. 장 발장의 말이 이어졌다.

"마리우스, 제발 부탁이니 내 말을 들어주게. 그 60만 프랑은 누가 뭐래도 코제트의 것이네. 자네가 그 돈을 쓰지 않는다면 내 삶은 아무런 의미도 없게 되는 거야!"

누구나 소중한 사람이 세상을 떠나려 할 때면 간절히 붙잡고자 하는 눈빛으로 그를 바라보게 마련이다. 마리우스와 코제트는 할 말을 찾지 못한 채 입을 꾹 다물고 그저 망연자실한 모습으로 장 발장 앞에 서 있었다.

장 발장의 육신은 시시각각 무너져 내렸다. 그는 하나의 외로운 섬처럼 서서히 가라앉았다. 그렇게 죽음의 어두운 지평선을 향해 한 발 한 발 다가서고 있었다. 가파르게 이어지던 호흡이 자주 끊겼다. 팔을 움직이는 것도 힘들어했고, 두 다리는 꿈쩍도 하지 못했다. 그러나 육신이 쇠약해질수록 그 영혼은 더욱 숭고한 빛을 발했다.

미지의 빛이 그의 눈동자에 스며들기 시작했다. 얼굴은 조금씩 창백해졌지만, 여전히 미소를 띠고 있었다. 거기에는 이미 생명이 떠나고, 대신 다른 무언가가 깃들어 있었다. 호흡은 갈수록 약해지고 눈동자는 커졌다.

장 발장은 코제트와 마리우스를 번갈아 보며 가까이 오라고 눈짓했다. 기어이 작별을 고해야 할 마지막 순간이 온 것이었다. 아주 멀리서 들려오는 것처럼 작은 소리로 그가 두 사람에게 속삭이기 시작했다.

"둘 다 이리 가까이 오너라. 나는 너희 둘을 마음속 깊이 사랑하고 있다. 아! 이렇게 죽을 수 있다는 건 행복이다. 코제트, 너도 나를 사랑했다는 것을 알게 돼서 기쁘구나. 언제나 너는 이 늙은이에게 아낌없는 애정을 베풀어주었지. 내가 죽는다고 너무 슬퍼하지 마라. 알겠니? 너무 울면 못 써. 나는 네가 슬퍼하는 것을 원치 않는다. 너희는 인생을 마음껏 즐겨야 돼……. 조금 전에 나는 너에게 편지를 썼단다. 나중에 읽어보렴. 그리고 저 벽난로 위에 있는 2개의 촛대를 너에게 물려주겠다. 은으로 만들었지만 금이나 다이아몬드 촛대보다 더 값진 것이야. 내게 저 촛대를 주신 분이 지금 하늘에서 이 모습을 보시고 흡족해하실지 어떨지는 모르겠다. 나는 단지 내가 할 수 있는 최선을 다하고 싶었다……. 너희는 부디 내가 가난한 사람이라는 것을 잊지 말고, 어디라도 좋으니 너희가 알 수 있는 돌 밑에 나를 묻어다오. 돌에 이름 같은 건 새기지 말고. 이건 내 진심이다. 아주 가끔씩 코제트 네가 와준다면 나는 그것으로 충분히 기쁠 것이다. 가능하다면 마리우스, 자네도 와주길 바라네. 고백하건대, 내가 항상 자네를 사랑했던 것만은 아니었네. 부디 이 점을 용서해주게. 그러나 지금의 나에게 코제트와 자네 두 사람은 떼려야 뗄 수 없는 하나이네. 그런 면에서 자네에게 깊이 감사하고 있네. 자네가 코제트를 행복하게 해주리라는 것을 굳게 믿네……. 코제트의 장밋빛 아름다운 뺨은 내 삶의 기쁨이었네. 그리고 벽장 속에 5백 프랑짜리 지폐가 한 장 들어 있네. 가난한 사람들의 몫으로 내가 쓰지 않고 남겨둔 것이네……. 코제트, 저기 침대 위에 네가 어릴 적 입었던 드레스가 있지? 기억하겠니? 겨우 10년밖에 안 됐는데, 세월 참 빠르구나. 그 시절 우리는 참으로 행복했다. 그러나 이미 지난 일이지……. 그만, 둘 다 울음을 그쳐라. 나는 그렇게 멀리 가는 게 아니야. 가끔 밤하늘을 올려다보렴. 난 거기서 너희를 지켜보고 있을 테니. 틀림없이 내가 미소 짓고 있는 게 보일 거야……. 코제트, 몽페르메유에 살던 때를 기억하고 있니? 그때 너는 숲에서 몹시 두려움에 떨고 있었지. 내가 물통을 들어준 것 생각나니? 내가 너의 고사리 같은 손을 만져본 것은 그때가 처음이었단다. 작은 손이 이루 말할 수 없이 차가웠지. 아, 그리고 커다란 인형! 너는 그 인형 이름을 카트린이라고 지었어. 그리고 카트린을 수녀원에 데려가지 못한 것을 몹시 아쉬워 했지. 기억나니? 내 다정한 천사! 네가 얼마나 나를 자주 웃게 했는지 모른다. 어렸을 때 너는 무척 장난꾸러기였어……. 그리고 저 테나르디에 식구들은 모두 나쁜 사람들이었다. 하지만 너는 그들을 용서해야 한다……. 코제트, 이제 네 어머니의 이름을 말해줄 때가 왔구나. 네 어머니 이름은 팡틴이란다. 잊지 말고 기억해두렴. 팡틴, 그 이름을 부를 때면 항상 경건한 마음을 가져야 돼……. 가엾은 네 어머니는 너무나 불행한 삶을 살았단다. 그리고 너를 무척 사랑했다. 하느님은 우리가 하는 일을 저 별들 사이에서 모두 보고 계신다. 그리고 자신이 하고 있는 일을 모두 알고 계신다……. 자, 이제 사랑하는 너희를 두고 가야 할 시간이다. 나는 이제 가련다. 너희 두 사람은 언제까지나 서로 사랑하거라. 서로 사랑하는 것 말고 이 세상에 중요한 것은 없단다……. 가끔은 오늘 여기서 죽은 불쌍한 노인도 생각해다오……. 오, 코제트! 한동안 널 만나지 못했지만, 그건 내 탓이 아니란다. 그것 때문에 나는 심장이 터질 만큼 슬펐단다. 그동안 수도 없이 네가 사는 네거리 모퉁이까지 갔다 왔단다. 지나가는 사람들이 내 모습을 보고 이상하게 생각했을 거다. 나는 미친 사람 같았으니까……. 사랑하는 나의 자식들아, 이제 앞이 잘 보이지 않는구나. 할 말이 더 있는데……. 하지만 상관없다. 다만 이따금씩 나를 생각해다오. 너희는 축복받은 한 쌍이다. 아아, 이제 나는 어디로 가는 걸까? 모르겠다. 저기 빛이 보이는구나. 좀더 가까이 오너라. 나는 이제 죽어도 행복하다. 기쁜 마음으로 떠날 수 있어. 머리를 앞으로 내밀렴. 그 사랑스러운 머리 위에 내 손을 얹게 해다오……"

코제트와 마리우스는 눈물을 흘리며 장 발장의 손에 머리를 묻고 무너지듯 무릎을 꿇었다. 숭고한 손길은 어느덧 동작을 멈췄다. 비스듬히 누운 장 발장의 몸 위로 2개의 촛불이 희미한 빛을 비췄다. 창백한 얼굴은 하늘을 올려다보고 있었고, 그의 두 손은 코제트와 마리우스의 입술 아래 있었다. 더 이상 아주 작은 숨소리조차 들리지 않았다.

밤하늘에는 별도 뜨지 않고 한없는 어둠만이 사방을 에워싸고 있었다. 아마도 저 암흑 속에서 천사가 날개를 활짝 펴고 지상에서 올라오는 영혼을 기다리고 있을 것이다.

*

공동묘지에서 조금 떨어진, 높이 자란 풀 때문에 사람들이 가지 않는 쓸쓸한 구석, 오래되어 부서진 담장 앞, 덩굴풀에 둘러싸인 나무 아래, 돌이 하나 놓여 있었다. 그 돌은 오랜 세월 곰팡이와 이끼가 끼고, 먼지바람을 맞으면서 검은빛을 띠었다. 거기에는 고인의 이름도, 아무런 장식도 없었고, 다만 다음과 같은 글귀가 씌어 있었다. 필시 지금은 비와 먼지에 씻겨 지워졌을 것이다.

　기구한 운명을 견뎌온 그 사람, 여기 잠들었네.

　그의 천사를 잃었을 때, 그는 죽었네.

　그것은 순리대로 다가온 것

　낮이 지나면 밤이 오듯이.

〈끝〉

빅토르 위고

Victor Hugo, 1802. 2. 26~1885. 5. 22

1802년 나폴레옹 휘하 군인이었던 조제프 레오폴드 시지스베르 위고의 셋째 아들로 프랑스 동부 브장송에서 태어났다. 아버지가 에스파냐와 이탈리아 등 외지 근무가 많아 어린 시절 상당히 불규칙적인 생활을 했다. 열렬한 나폴레옹 지지자였던 아버지와 왕당파 옹호자였던 어머니는 정치적 견해 차이로 사이가 좋지 않아 서로 떨어져 지내는 시간이 많았다. 주로 어머니와 생활했던 그는 처음에 아버지와 나폴레옹을 미워했지만, 어머니가 세상을 떠난 뒤 아버지를 이해하게 되면서 나폴레옹을 존경하기에 이르렀다.

그의 아버지는 아들이 자신처럼 군인의 길을 가기를 바랐다. 그러나 그는 1819년(17세) 툴루즈 문학 아카데미에서 수상하는 등 일찍부터 문학적 재능을 발휘했다. 왕당파 시인으로 문단에 들어선 그는 형들과 함께《르 콩세르바퇴르 리테레르》라는 시집을 간행하면서 본격적인 작품 활동을 시작했다.

1821년(19세) 어머니가 돌아가신 다음 해 1822년(20세) 위고는 어릴 때부터 친구였던 아델 푸셰와 결혼했다.

작품 활동 초기 빅토르 위고는 왕당파를 지지하는 시를 많이 썼으며 가톨릭 색채가 짙게 배어 있었다. 대표적인 작품이 1822년에 출간된 《오드와 그 밖의 시편》이다. 왕가를 예찬한 이 시집으로 루이 18세로부터 장려금을 받았고, 1824년(22세) 샤를 10세의 대관식에 초대되기도 했다. 작가로서 공로를 인정받아 1825년(23세) 레지옹 도뇌르 슈발리에 훈장을 받았다.

그러나 빅토르 위고는 서서히 자유주의 영향을 받기 시작했다. 보수와 진보 사상 사이에서 갈등하는가 하면 결혼한 뒤에는 낭만주의에 더욱 깊이 빠져들었다. 낭만주의 특성이 가장 잘 드러난 작품은 1827년(25세) 발표된 희곡 《크롬웰》에 삽입된 서문이다. '낭만주의 선언서'로 알려진 이 서문에서 그는 고전주의를 대놓고 비판했다. 이후 그는 작가와 미술가들 모임을 주도하면서 낭만주의를 이끌었다. 1827년 비평가 생트 뵈브와 교제하면서 자유주의 사상에 심취하기 시작했으며, 사형제 폐지를 주장한 《어느 사형수 최후의 날》(1829년, 27세)은 이런 사상에서 나온 작품이다.

낭만파 지도자로 부상한 그는 1830년(28세) 자신의 희곡 《에르나니》를 파리의 국립극장 프랑세즈 극장에 올렸다. 고전주의 작법에 정면으로 대항한 이 작품의 상연으로 고전파와 낭만파 사이에 난투극이 벌어지기도 했으나 결국 낭만주의가 문단의 주류로 부상했다.

1830년 7월 혁명으로 샤를 10세가 퇴위하면서 왕정복고가 타도되었는데, 위고는 이 혁명으로 인해 더욱 자유주의를 지향하게 되었다.

《에르나니》 상연을 전후로 위고 부부는 위기를 맞게 되었다. 위고가 바쁜 활동으로 가정에 소홀한 틈에 아내 아델이 생트 뵈브와 사랑에 빠진 것이다. 이때부터 위고의 무분별한 여성 편력이 시작되었다. 그러나 아델은 위고의 다섯 자녀를 낳으면서 평생 그의 아내로 살았다. 1833년(31세) 위고는 《뤼크레스 보르지아》에 출연한 배우 쥘리에트 드루에와 연인 사이가 되었다. 쥘리에트는 위고의 화려한 여성 편력에도 그의 곁을 떠나지 않았고, 망명에도 동행하는 등 자신이 죽을 때까지 그와 관계를 유지했다. 쥘리에트는 그에게 보내는 사랑의 편지를 1만 8천 통이나 썼다고 한다.

1831년(29세)에 중세 분위기를 담은 소설 《노트르담 드 파리》와 시집 《가을의 나뭇잎》을 간행했다. 이 시기의 작품에서 위고는 인간의 감정을 노래하기 시작했다. 이후 나온 시집 《황혼의 노래》(1835년), 《내면의 목소리》(1837년), 《빛과 어둠》(1840년)에는 이러한 경향과 더불어 정치, 역사, 도덕 등 사회적인 주제가 담겨 있다.

1833년 상연된 희곡 《뤼크레스 보르지아》를 시점으로 위고는 사회문제에 큰 관심을 가지기 시작했다. 《레 미제라블》을 위한 자료 수집도 이 시기에 활발하게 진행되었고, 1845년부터 1848년에 걸쳐 《레 미제라블》의 초고 《레 미제르》를 집필했다.

1841년(39세) 아카데미 프랑세즈(프랑스에서 가장 권위 있는 학술기관으로 프랑스 한림원이라고도 한다) 회원이 되었다. 1843년(41세) 위고는 희곡《레 뷔르그라브》를 상연했으나 실패하자 낭만주의가 쇠퇴하기 시작했음을 느꼈고, 맏딸 레오폴딘 부부가 신혼여행 중에 센 강에서 익사하는 불행을 겪으면서 집필을 중단했다. 작가이면서 정치적 활동을 하기도 했던 프랑수와 샤토브리앙과 알퐁스 드 라마르틴을 본받아 정계에 진출해 1845년(43세) 상원의원에 임명되었다. 그는 14세 때 자신의 일기에 "샤토브리앙처럼 되지 않는다면 아무것도 되지 않겠다."고 쓰기도 했다.

1848년(48세) 왕정 해산과 공화정 성립을 이끈 2월 혁명이 일어나자 위고는 혁명의 폭력성을 비판하며 민주주의로 방향을 틀었다. 인도주의적 정치관과 나폴레옹 1세에 대한 존경심으로 나폴레옹의 조카 루이 나폴레옹(나폴레옹 3세, 2월 혁명 뒤 대통령에 당선되었다)을 지지했으나 루이 나폴레옹이 독재적 야욕을 드러내자 그에 저항하며 1851년 12월의 쿠데타를 반대했다. 이 쿠데타로 루이 나폴레옹이 의회를 해산하고 공화파의 세력을 꺾은 뒤 황제에 오르자 그는 브뤼셀로 망명했다. 이후 그는 영국령의 저지 섬과 건지 섬을 옮겨 다니며 19년 동안 망명 생활을 했다.

이 망명 기간 동안 정치 및 사회적 활동에서 벗어난 빅토르 위고는 창작 활동에 매진했다. 프랑스로 돌아온 후 출간된 작품 가운데 이 시기에 쓰여진 것들이 많다. 대표적인 시집으로는 나폴레옹 3세를 공격한 《징벌 시집》(1853년, 51세), 서정시의 걸작 《관조 시집》(1856년, 54세), 인류의 역사를 노래한 서사시 《여러 세기의 전설》(1859년, 57세) 등이다. 그의 대표작 《레 미제라블》(1862년, 60세)이 완성되고 출판된 것도 바로 이 망명 시기였다. 그 밖에 인간과 자연의 투쟁을 그린 《바다의 노동자들》(1866년, 64세), 《웃는 사나이》(1869년, 67세) 등이 있다. 망명 시기에 위고의 낭만주의 색채는 더욱 짙어졌으나 프랑스에서는 1850년 이후로 낭만주의가 쇠퇴하고 리얼리즘이 부상해, 프랑스 낭만주의는 위고와 함께 망명했다는 표현이 나오기도 했다.

망명 기간 동안 나폴레옹 3세에 대한 저항은 한층 더 강해져 망명자에 대한 황제의 특별 사면에도 귀국을 거부했다. 이러한 일련의 행동으로 그는 자유와 정의를 갈구하는 프랑스 청년들 사이에 '저 섬에 계신 아버지'로 추앙받기도 했다. 1868년(66세) 아내 아델이 브뤼셀에서 사망했다.

1870년(68세) 7월에 보불전쟁이 발발하고 9월에 나폴레옹 3세의 프랑스군이 항복하자 민중들이 쿠데타를 일으켜 황제를 폐위시켰다(프로이센군에 대한 국민방위군의 결사항전은 1871년 1월까지 이어졌다). 그해 나폴레옹 3세의 제정이 무너지자 위고는 민중의 환호성 속에 귀국했다. 1871년(69세) 2월 프로이센과 평화조약을 체결하기 위해 소집된 국민의회에서 의원에 선출되었다. 그러나 얼마 뒤 국민의회에 선출된 가리발디의 당선 무효에 항의하다 의원직을 사퇴했다.

프로이센이 파리를 포위했을 때도 시민들과 파리에 남아 있었던 위고는 1871년 3월부터 5월까지 이어진 혁명파 주도의 파리코뮌 시기에는 정부군과 코뮌군의 피의 살육전에 회의를 느끼고 브뤼셀에 머물렀다. 쥘리에트와 함께 건지 섬으로 건너가 1793년 프랑스 혁명 당시 방데의 반란을 다룬 역사 소설《93년》(1874년, 72세)을 쓰기도 했다.

파리코뮌 이후 정치에서 점차 멀어지기는 했으나 1874년 파리 상원의원에 선출되었다. 그러나 1878년(76세)에 뇌출혈로 정계를 은퇴했다. 이 시기에 출간된 작품으로는 보불전쟁과 파리코뮌을 노래한 시집《무서운 해》(1872년, 70세), 시집《할아버지로서의 자세》(1877년, 75세),《어떤 범죄의 이야기》(1, 2부)(1877~1878년), 시집《정신의 사방위》(1881년, 79세) 등이 있다.

빅토르 위고는 83세의 장수를 누리면서 자녀와 아내, 평생의 연인이었던 쥘리에트를 먼저 떠나보내는 슬픔을 겪었다. 그가 죽을 때까지 살아 있던 막내딸 아델은 20대 실연을 겪은 충격으로 실어증과 정신이상 증세를 겪으며 평생을 불운하게 보냈다.

1885년 5월 22일 국민적 대시인, 공화주의 투사였던 빅토르 위고는 폐충혈로 손녀딸이 지켜보는 가운데 눈감았다. 볼테르와 더불어 전 국민의 추앙을 받았던 대문호 빅토르 위고의 장례는 6월 1일 국장으로 치러졌다. 그의 시신이 담긴 관은 개선문 아래 놓였다가 다음 날 2백만 명이 뒤따르는 가운데 팡테옹에 안치되었다.

총5부로 구성된 대작《레 미제라블》은 1862년 브뤼셀과 파리에서 동시에 출간되었다. 이 작품은 출간되자마자 폭발적인 반응을 얻었고, 제1부는 출간한 지 일주일도 되기 전에 매진되었다. 사람들이 이 책을 사기 위해 서점 앞에 줄을 섰다고 한다. 그 이후로 오늘날까지 150년 동안《레 미제라블》은 베스트셀러이자 스테디셀러로 자리 잡았다. 프랑스에서는 성경 다음으로 많이 읽히는 책이다.

《레 미제라블》(Les Misérables, 가엾은 사람들)의 초고《레 미제르》(Les Misères, 비참함)는 '어떤 성인의 이야기', '어떤 사나이의 이야기', '어떤 여자의 이야기', '어떤 인형의 이야기' 등으로 구성되었고, 주인공 이름도 장 발장이 아닌 장 트레장이었다.

1845년부터 집필을 시작한《레 미제르》는 1848년 2월 혁명 이후 중단되었다가 1860년 건지 섬에서 다시 집필을 시작해 1861년 6월에《레 미제라블》로 완성되었다.

누나의 손에 가난하게 자란 가지치기 일꾼 장 발장은 스물다섯 살에 누나의 남편이 죽자 7명의 조카들을 먹여 살려야 하는 처지에 놓인다. 스물여섯 살이던 해 겨울 혹독한 추위에 먹을 것이 떨어지자 장 발장은 빵가게 유리를 깨고 빵 한 덩이를 훔쳐 도망치다 잡힌다. 빵 한 덩이 훔친 죄로 무려 5년형을 선고받은 그는 네 차례의 탈옥 시도로 형이 더해져 19년간 감옥살이를 하게 된다.

출소 후 디뉴 시에 들어간 장 발장은 전과자라는 이유로 식당이며 여관마다 거절당하고 쫓겨난다. 배고픔과 추위에 떨며 거리를 헤매던 그는 우연히 미리엘 주교의 집 문을 두드리게 되고 그곳에서 따뜻한 환대를 받는다. 그러나 어두운 본성이 남아 있던 장 발장은 모두 잠든 사이 은식기를 훔쳐 달아나다 경찰에게 붙잡히고 만다. 절도 사실을 확인하기 위해 경찰들 손에 끌려온 장 발장에게 미리엘 주교는 되레 은촛대를 건네며 정직한 사람이 되는 데 쓸 것을 당부한다.

주교로부터 이제까지 한 번도 경험하지 못한 자비와 사랑을 느낀 장 발장은 그날 이후 완전히 새로운 존재로 탈바꿈한다. 그는 여러 도시를 전전하다 마들렌이라는 이름으로 몽트뢰유쉬르메르에 정착한다. 그곳에서 공장을 운영하며 혁신적인 발명으로 그 지역에 엄청난 부를 가져다주고, 학교, 진료소, 보육원 등을 설립하며 자선을 베풀고, 유명 인사가 되어 시장에까지 오른다.

한편 그의 공장에서 일하던 여직공 팡틴은 미혼모라는 사실이 알려지면서 공장에서 내쫓긴다. 어쩔 수 없이 어린 딸을 남에게 맡기고 다달이 양육비를 보내야 했던 그녀는 자신의 금발과 이를 팔아아이 양육비를 마련하고 급기야 자신의 몸을 팔기에 이른다.

뒤늦게 불쌍한 여인 팡틴의 사연을 알게 된 마들렌 시장은 그녀의 딸 코제트를 데려와 두 사람의 생활을 책임지려 한다. 그러나 그가 바로 전과자 장 발장임이 밝혀져 진료소에서 팡틴의 임종을 지켜본 직후 자베르의 손에 붙잡혀 다시 감옥에 들어간다.

장 발장은 배 위에서 노역을 하던 중 우연한 사건을 계기로 탈옥에 성공하고, 생전 팡틴과의 약속을 지키기 위해 그녀의 딸 코제트를 데려온다. 평생 한 번도 사랑을 하거나 받아본 적이 없는 장 발장은 코제트를 키우면서 그녀의 아버지이자 어머니로서 숭고한 사랑의 감정을 느낀다.

한편 자베르의 추적은 계속되고, 장 발장은 코제트를 데리고 거처를 옮겨 다니며 은둔 생활을 이어간다. 그러던 어느 날 공원에서 만난 청년 마리우스와 코제트가 사랑에 빠진다.

1832년 공화제를 부르짖으며 6월 항쟁을 일으킨 학생과 시민들이 바리케이드를 치고 정부군과 대치하고, 마리우스는 혁명에 가담한다. 오직 코제트만을 바라보며 맹목적이고 숭고하며 본능에 가까운 사랑을 쏟았던 장 발장은 코제트와 마리우스의 사랑에 엄청난 상실감에 빠지지만, 결국 두 사람의 진실한 사랑을 알게 된다. 그리고 코제트와 마리우스의 사랑을 이루어주기 위해 바리케이드로 들어가 총상 입은 마리우스를 업고 파리의 하수도를 통해 탈출한다. 그 전에 장 발장은 혁명군에 잡혀 있던 자베르를 구해주기도 한다. 바리케이드를 탈출한 후 장 발장은 다시 자베르에게 붙잡혔으나 그에게 은혜를 입은 자베르는 그를 풀어준다. 평생 법과 질서를 숭배하며 살아온 자베르는 그보다 더 강한 신의 자비를 느끼고 갈등 끝에 자살한다. 그의 죽음으로 장 발장은 비로소 평생 자신을 옥죄던 것으로부터 벗어난다.

마리우스와 코제트가 결혼하자 장 발장은 오랫동안 자신을 괴롭혀온 양심의 가책에서 벗어나기로 결심하고 마리우스에게 자신의 과거를 고백한 뒤 코제트의 곁을 떠나려고 한다. 그러나 오직 삶의 목적이 코제트였던 장 발장은 그녀가 곁에 없음으로써 서서히 죽어간다. 뒤늦게 장 발장이 자기의 생명의 은인이며 성인과도 같은 삶을 살아온 사람이라는 것을 알게 된 마리우스는 코제트와 함께 장 발장을 찾아가고, 장 발장은 두 사람이 지켜보는 가운데 평화로운 죽음을 맞는다.

《레 미제라블》은 사회로부터 버림받은 한 범죄자가 주교의 자비에 감화되어 성인과도 같은 삶을 완성해가는 이야기다. 이러한 큰 줄거리 속에 19세기 프랑스의 비참한 민중들의 삶, 그런 민중들이 범죄자로 타락하는 모습, 가난한 사람들에게 더욱 차가운 법과 제도 등을 갖가지 인물들의 이야기에 대비해 그리고 있다. 미혼모 팡틴이 어린 딸을 남의 손에 맡기고 점점 비참한 나락으로 떨어지다 결국 죽음을 맞이하는 과정은 그야말로 사회 밑바닥의 '가엾은 사람들'의 전형을 보여준다. 범죄자를 잡는 데 쾌감을 느끼는 냉철한 자베르의 모습은 가난한 사람들이 타락할 수밖에 없는 현실에서 그들을 구제하고자 하기는커녕 더욱 밑바닥으로 몰아넣는 국가와 사회를 대변하는 것이다. 여기에 뼛속까지 악한인 테나르디에는 파렴치한 밑바닥 인생을 고스란히 보여준다. 어둠의 그늘에 있는 이들과 달리 코제트와 마리우스는 밝은 빛으로 사람들 마음을 비추는 인물들이다. 코제트는 장 발장에게 사람을 사랑하는 것이 어떤 것인지 깨우쳐주고, 마리우스는 악당 테나르디에에게 끝까지 자비를 베푼다.

이 작품에는 사람들을 끔찍한 상황으로 몰아넣는 사회의 요소들을 모두 제거하고, 불행하고 사악한 사람들을 자비로 감싸고 교화하면, 모든 사람들이 행복한 사회를 만들 수 있다고 믿었던 빅토르 위고의 이상주의 사상, 가난하고 타락한 인간에게 애정과 연민의 시선을 거두지 않는 인도주의적 가치관, '이 세상에 절대악이란 없다'는 낙관적인 세계관, 절대선을 베풀고자 하는 기독교적 사랑 등이 깃들어 있다. 여기에 왕정복고의 계기가 되었던 워털루전투, 프랑스대혁명 이후 끊임없이 이어진 혁명 가운데 하나였던 1832년의 6월 항쟁, 가난한 민중들의 고된 삶 등 19세기 프랑스의 격변하는 역사와 사회상이 숱한 인물과 사건들에 뒤얽혀 휘몰아치듯 전개된다. 이러한 점에서 이 작품을 '하나의 거대한 세계'라고 평한다.

초인적인 주인공이나 읊조리는 듯한 지문 등 서사시의 요소가 다분한 이 작품은 간행 당시 소설이 아닌 시로 취급되었다. 이러한 시적 요소가 지적되기도 했다. 그 밖에 워털루전투, 셋집 이름과 주인의 유래, 배경이 되는 수녀원과 파리 하수도 역사 등 끊임없이 끼어드는 장광설과 빈약한 심리 묘사로 최고의 걸작이라는 평가를 받지는 못하지만, 장 발장의 이야기는 시대를 초월해 대중들에게 폭풍

같은 감동을 안겨주며 사랑받고 있다. 이것은 곧 인간의 내면에는 끊임없이 선을 추구하고자 하는 본성이 뿌리내리고 있기 때문이라고 할 수 있다.

The Classic Books

레 미제라블 2

초판 1쇄 인쇄 2013년 10월 15일
초판 1쇄 발행 2013년 10월 25일

지은이 빅토르 위고 | **옮긴이** 북트랜스 | **펴낸이** 신경렬 | **펴낸곳** (주)더난콘텐츠그룹

상무 강용구 | **기획편집부** 차재호 · 민기범 · 남은영 · 성효영 · 윤현주 · 서유미 | **디자인** 서은영 · 박현정
마케팅 김대두 · 견진수 · 홍영기 · 서영호 | **교육기획** 함승현 · 양인종 · 지승희 · 이선미 · 이소정
디지털콘텐츠 최정원 · 박진혜 | **관리** 김태희 · 김이슬 | **제작** 유수경 | **물류** 김양천 · 박진철
기획 추지영

출판등록 2011년 6월 2일 제25100-2011-158호 | **주소** 121-840 서울시 마포구 서교동 395-137
전화 (02)325-2525 | **팩스** (02)325-9007
이메일 book@ibookroad.com | **홈페이지** http://www.ibookroad.com
ISBN 979-11-85051-27-7 04800
      979-11-85051-25-3 (세트)